Uwe Wilhelm

Die Sieben Kreise der Hölle

Thriller

blanvalet

Dieses Buch erhebt keinen Faktizitätsanspruch.

Sämtliche Handlungen und Personen in diesem Buch sind frei erfunden. Die beschriebenen Begebenheiten, Gedanken und Dialoge sind fiktiv.

MIX
Papier aus verantwortungsvollen Quellen
FSC® C014496

Verlagsgruppe Random House FSC® N001967

1. Auflage

Redaktion: René Stein
Umschlaggestaltung: © Johannes Wiebel | punchdesign,
unter Verwendung von Motiven von
Shutterstock.com/Deviney Designs
JB Herstellung: sam
Satz: KompetenzCenter, Mönchengladbach
Druck und Bindung: GGP Media GmbH, Pößneck
Printed in Germany
ISBN 978-3-7341-0345-2

www.blanvalet.de

Er zog sich aus und schlüpfte in
seinen Morgenmantel.
Er brachte eine Ernte immer nackt und blutig
wie ein Neugeborenes ein.
Thoms Harris, Das Schweigen der Lämmer

Ungeheuer ist vieles.
Doch nichts ist ungeheurer als der Mensch.
Sophokles, Antigone (Chor)

Eins

Wie in einem Winterschlaf verbringst du ein ganzes Leben in Gehorsam, Blindheit und Phlegma. Wissend, dass das Unheil kommen wird, kommen muss, schließt du wie eine blöde Kreatur die Augen und hoffst auf die Güte des Schicksals, auf Nachsicht und Erbarmen. Bis der Tag kommt, an dem die Güte des Schicksals aufgebraucht ist, und das, was du Glück nennst, dich verlässt. Heute, Helena, ist dieser Tag gekommen. Heute hebt sich der Vorhang zu dem grausamen Spektakel, das *Die sieben Kreise der Hölle* genannt wird. Der erste Kreis erzählt von Eros, dem Gott der Liebe, und Thanatos, dem Gott des Todes. Er handelt von dem Mann, der in das Puppenhaus einbricht. Von dem Grauen, das er über dich und deine Kinder bringt. Von der Erniedrigung und Entweihung des heiligen Körpers. Du willst wissen, wer dieser Mann ist? Ist er ein Untier, eine Bestie, gar der Teufel? Ja, das alles ist er, Helena, aber vor allem ist er Gottes erstes Geschöpf! Denn Gott schuf den Mann nach seinem Bilde. Nach dem Bilde Gottes schuf er ihn. Und das Weib schuf er aus dem Manne.

Rashid Gibran, Die sieben Kreise der Hölle

Samstag

1 // Sie haben vergessen, was Mama zu ihnen gesagt hat. »Wenn ihr die Fahrräder in die Garage gebracht habt, kommt ihr sofort wieder ins Haus. Ich will nicht, dass ihr im Dunkeln draußen spielt.« Das hat sie gesagt. Aber dann ist der schwarze Lieferwagen aufgetaucht. *Du bist Kunst,* steht in großen, weißen Buchstaben auf die Seitenwände geschrieben. Hinter der Schrift sitzt die Mona Lisa und lächelt rätselhaft. Es ist der Wagen, der das Bild abliefern soll, das Sophie bestellt hat und um das sie so ein großes Geheimnis gemacht hat. Sophie winkt, aber der Wagen hält nicht an. Also müssen sie hinterherlaufen. Sie könnten die Fahrräder nehmen, dann würden sie schneller vorankommen. Aber noch mal zurücklaufen bedeutet vielleicht, den Lieferwagen aus den Augen zu verlieren. Deshalb laufen sie so schnell sie können.

Es war überraschend kühl für Mitte Juni. Die Sonne versank matt hinter den Häusern, und der feine Regen fühlte sich so angenehm feinperlig an, als käme er aus einem Zerstäuber. Wasser spritzte unter den Schuhen, Pfützen leerten und füllten sich bei jedem Schritt aufs Neue. Sophie und Katharina rannten und jauchzten, neigten sich in die Kurve, überholten einander. Die Olympische hoch in Richtung Stadion. Auf die Kreuzung zu, wo es links zum Glockenturm ging und rechts zur Charlottenburger Chaussee und Ikea. Und dann sahen sie den Lieferwagen wieder. Er stand mitten auf dem Platz. Kein weiteres Auto stand dort. Die Scheinwerfer leuchteten, der Motor lief. Die weißen Wolken aus dem Auspuffrohr wurden vom Regen zerschossen. Die Türen zur Ladefläche standen offen, zwei Flügel zur Seite gestreckt wie offene Arme zur Begrüßung.

»Lass uns umdrehen«, sagte Katharina.

Aber Sophie wollte nicht umdrehen. Sie hatte vor ein paar Tagen ein Foto von sich auf eine Website hochgeladen. Eine Jury würde unter vielen Einsendungen die schönsten auswählen, bevor sie sie per Computer in ein Gemälde verwandelten, hieß es da. Und dass ein Lieferwagen zu ihr nach Hause käme, um das Bild auszuliefern, falls sie zu den Gewinnern gehören sollte.

Sophie hatte niemandem davon erzählt. Noch nicht mal Katharina, weil sie befürchtete, dass ihre Schwester dann bestimmt auch ein Gemälde hätte machen lassen. Das wollte Sophie nicht. Es sollte *ihr* Geschenk für Mama sein. Und jetzt war ja vielleicht das Gemälde von ihr in dem Wagen. Oder warum sollte der sonst durch diese Gegend fahren? Bestimmt hatte der Auslieferer sich verfahren.

»Hallo?« Sophie blickte durch die offene Tür. Kein Licht. Kein Geräusch. Als wäre niemand da. Noch einmal.

»Hallo?«

»Auch Hallo.«

Die Mädchen erschraken, drehten sich herum. Ein Mann stand hinter ihnen. Er war klein, schmal und trug eine runde, hellblau getönte Brille. Sein Lächeln war freundlich.

»Ihr seid wegen den Gemälden hier?«

»Ja«, antwortete Sophie. »Ich heiße Sophie Faber. Ich hab ein Foto von mir hochgeladen.«

»Dann wollen wir doch mal schauen, ob du ausgewählt wurdest, Sophie Faber. Kommt rein.«

»Wir warten lieber hier draußen«, sagte Katharina.

»Habt ihr Angst? Vor mir? Sehe ich aus wie jemand, vor dem man Angst haben muss?«

Sophie und Katharina schauten sich an. Sah der Mann wie jemand aus, vor dem man Angst haben musste? Vielleicht schon. Und trotzdem gingen sie in den Wagen. Hinten ihnen fiel die Tür hart zu. Es hörte sich an, als würde sie sich nie wieder öffnen.

Samstag

2 // Sie saßen in der Küche. Wie immer. Nicht im Wohnzimmer, wo mehr Platz war, sondern zu neunt dicht gedrängt um den Küchentisch herum, mit den leer gegessenen Tellern vor sich, den Gläsern mit Rotwein und Weißwein. Sie hörten atemlos zu, als Helena erzählte, wie sie im Elbsandsteingebirge verloren gegangen war. Wie sie den Serienmörder mit dem seltsamen Namen Dionysos gejagt hatte. Dass sie ihr Gedächtnis verloren hatte, dass sie beinahe sein Opfer geworden wäre. Sie berichtete, was in den Tagen passiert war, in denen sie wie ein Tier umhergestreift war. Das meiste davon hatten die Zeitungen berichtet. Aber

nicht, was schließlich mit Dionysos passiert war. Davon erzählte Helena nur in Andeutungen. Viel wichtiger war ohnehin, dass ihr ehemaliger Vorgesetzter, der Berliner Oberstaatsanwalt Georg Paulus, als Teil eines Netzwerks von Mädchenhändlern und Vergewaltigern enttarnt worden war. Er hatte sich vor zwei Wochen aus dem Staub gemacht. Jemand musste ihn gewarnt haben, dass seine Verhaftung kurz bevorstand. Jemand, der in die Ermittlungen involviert war oder zumindest davon erfahren hatte. Jetzt wusste niemand, wo Paulus sich aufhielt. Aber auch ihn würde Helena finden. Es war nur eine Frage der Zeit.

Als sie mit ihrer Erzählung geendet hatte, saßen ihre Freunde erschüttert und fassungslos da. Männer, die einflussreiche Positionen bekleideten, hatten kleine Mädchen missbraucht. Wobei der Begriff Missbrauch seltsam und unpassend war, wie Fatima bemerkte, weil es suggerierte, dass es auch einen *Ge*brauch von Mädchen gäbe. Robert öffnete eine weitere Flasche Rotwein, schenkte nach und musste die Narbe zeigen, die Dionysos ihm zugefügt hatte. Das war Anlass für ein paar Späße und Erinnerungen an amerikanische Filme, in denen Helden ohne Schussverletzungen keine Helden waren. Nach einer Weile wurde sogar gelacht. Sie sprachen darüber, dass es die alten Helden nicht mehr gab. Vielleicht, weil sich nun immer häufiger zeigte, dass die Helden Frauen sexuell belästigten, nötigten und vergewaltigten. Harvey Weinstein, Kevin Spacey, Roman Polanski. Bill Clinton nicht zu vergessen. Einflussreiche Männer. Filmproduzenten, Politiker, Unternehmer. Männer, die mächtig waren und ihre Macht benutzten.

Helena wusste, wie das ging. Sie hatte es selbst erlebt in den ersten Wochen bei der Polizei, wenn ein Vorgesetzter in ihrem Beisein Witze riss. Wenn sie von ihrem Ausbilder Anträge für eine schnelle Nummer bekommen hatte. Sogar mit Paulus hatte es so angefangen. Er hatte ihr durch die Blume zu verstehen gegeben, dass er ihre Karriere beschleunigen könnte. Er hatte nicht gesagt, wie der Preis dafür aussehen sollte, aber es hatte zwischen ihnen gestanden wie ein rot angemalter Elefant. Damals hatte sie gedacht, sie könnte den Spieß umdrehen. Statt dass er sie benutzte, wollte sie ihn benutzen. Die Dialektik der Macht ausnutzen. Das war eine Weile gut gegangen und dann nicht mehr. Dann war die Katastrophe über sie hereingebrochen.

Helena legte die Hand auf Roberts Arm, weil sie wusste, dass ihn ihre Zeit mit Paulus tief verletzt hatte. Robert zog den Arm zurück und verkündete, dass er entgegen ihren ursprünglichen Plänen nun doch nicht wieder zu Hause einziehen würde. Die Freunde waren erstaunt. Nur Barbara nicht. Sie hatte als gelegentliche Babysitterin mitbekommen, wie sehr die Ehe der beiden in Trümmern lag. Und wie die Mädchen manchmal darunter litten. Robert schob die alleinige Schuld auf Helena. Er tat das sarkastisch, um seine Verletzung zu tarnen. Helena wehrte sich. Sie war nicht für die Trennung verantwortlich, Robert war ja vor vier Jahren ausgezogen. Erwartete er, dass sie sich für ihn aufhob, falls er zurückkommen würde? Es war ein schneller Schlagabtausch, einer, bei dem sich das Lachen über die Wunden legte. Irgendwann, als der Ton schärfer wurde, lenkte Barbara das Gespräch zurück auf Paulus, der ja auch ihr Chef gewesen war. Sie konnte sich nur schwer vorstellen, dass Paulus ein Päderast war. Er war stets freundlich gewesen, zuvorkommend. Und er sah gut aus. Doch Fatima wusste, was sich hinter Paulus' Fassade verbarg, sie schien ein Gespür dafür zu haben. Die Frage tauchte auf, was jeder von ihnen tun würde, wenn dem eigenen Kind so etwas passieren würde. Barbara wandte sich an Robert.

»Was würdest du tun?«

»Ich würde den oder diejenigen umbringen.«

»Und du, Helena?«

Helena antwortete nicht.

»Helena?«

Helena war in Gedanken versunken, weshalb sie die Frage nicht gehört hatte. »Was?«

»Was würdest du tun, wenn deinen Kindern so etwas passiert?«

Helena dachte kurz nach, dann sah sie Barbara an, als habe die Frage einen beängstigenden Gedanken geweckt. »Wo sind die Mädchen?«

Sie stand auf und ging in den Flur. An der Garderobe links vor der Haustür lag Roberts Lederjacke. Darunter, in der obersten Schublade der Kommode, befand sich das Schulterholster mit der SIG Sauer P226 darin. Sie nahm die Waffe an sich. Später, bei der Vernehmung, würde sie nicht erklären können, warum sie das getan hatte.

3 // Die Fahrräder der Mädchen lagen wie üblich auf dem gepflasterten Weg, der von der Haustür zur Straße führte. Von Katharina und Sophie keine Spur.

»Katharina? Sophie?«

Helena ging zur Garage. Barfuß. Öffnete das schwere Schwenktor.

»Katharina? Sophie?«

Sie lief hinter das Haus.

»Katharina! Sophie!«

Mit jedem Ruf nach ihren Töchtern wurde ihre Stimme lauter und um ein, zwei Töne höher. Helena kam zurück zur Haustür, wo Robert mittlerweile stand. Hinter ihm die Gäste.

»Was ist?«, fragte er.

»Katharina und Sophie sind nicht hier.«

»Vielleicht sind sie drüben bei Frau Kästner.«

»Die ist im Krankenhaus.«

Ein unvermeidlicher Gedanke blitzte auf. Sie wusste in diesem Moment, dass etwas passiert war, dass ihre Mädchen in Not waren und ihre Hilfe brauchten. Und dann der zweite Gedanke. Schuld. *Sie sind entführt worden, das weißt du, Helena. Das Schlimmste ist passiert. Das Allerschlimmste. Sie werden vergewaltigt und erwürgt. Sie liegen jetzt schon irgendwo im Grunewald zwischen Laub und Moos. Die Gesichter zerschlagen, die Körper verrenkt, nackt, blutend.*

»Bei Freundinnen?«

Helena trat auf die Straße. Als hätte sie ihn nicht gehört, als sei er nicht da. »Katharina! Sophie!« Sie rannte los. Ein Muttertier, das seine Jungen sucht.

»Ich fahr zur Schule!«, rief er, weil sich die Mädchen

dort abends manchmal mit ihren Freundinnen auf dem Pausenhof trafen.

Sie hörte sein Rufen, aber sie konnte nicht warten. Rannte zur Olympischen Straße. Links oder rechts? Sie bog nach rechts ab in Richtung Stadion. Die breite Straße, die sie schon hundertausendmal gerannt war. An deren Ende die Fahnen wehten. Und da konnte sie sehen, wie ihre Töchter in einen schwarzen Lieferwagen einstiegen. Helena blieb auf der Brücke, die über die Bahngleise führte, stehen. Es war, als habe sie Angst, dass die kleinste Bewegung die Tragödie – von der sie wusste, dass sie kommen musste – erst in Gang setzen würde. Als gäbe es noch Hoffnung, wenn sie verharrte. Sie sah, wie die Tür geschlossen wurde, der Wagen losfuhr, wendete und auf sie zukam. Ein schwarzes Tier. Brüllend, wütend, unaufhaltsam. Als der Wagen fast auf ihrer Höhe war, hörte sie ein Geräusch. Rufen. Es kam aus dem Kasten. Der Fahrer blickte kurz zu ihr hin und dann angestrengt geradeaus, als würde sie aufhören zu existieren, wenn er sie nicht ansah.

In diesem Moment, als es schon fast zu spät war, erwachte Helena. Prägte sich das Gesicht ein. Unterbiss, Piercing in der Oberlippe, große, schmale Nase, eng stehende Augen, dunkle, halblange Haare, strähnig, vermutlich ungewaschen. Sah sein Grinsen und schoss. Auf die Fahrerkabine. Zweimal, dreimal. Der Wagen fuhr weiter, sie rannte hinterher. Die Sinne scharfgestellt und bereit, alles zu registrieren, was nützlich sein konnte. Wie auch das, was nutzlos war. Sie merkte sich das Nummernschild, ein Berliner Kennzeichen.

Nützlich. Mercedes Sprinter. Nützlich. Ein Bild der Mona Lisa auf der Seite des Kastens. Daneben die Schrift *Du bist Kunst* in Weiß. Nützlich. Sie passierte die Westendallee, wo es aus der Küche des griechischen Restaurants nach Gyros roch. Nutzlos. Der Wagen fuhr schneller, war rasch dreißig, vierzig Meter vor ihr. Sie rannte an der Schele-Schule vorbei, wo Mütter ihre Kinder abholten und die SUVs in zweiter Reihe parkten. Nutzlos. Sie rief die Namen ihrer Töchter. Katharina und Sophie. Und dass jemand den Lieferwagen anhalten sollte. Nützlich, aber vergeblich. Sie musste wie eine Irre wirken, wie eine von den Frauen, mit denen man nichts zu tun haben will, weil sie zu viele Probleme haben. Sie kreuzte die Oldenburger auf dem Weg zum Steubenplatz. Friedrich Wilhelm von Steuben, 1730 bis 1794, preußischer Offizier und General im Amerikanischen Unabhängigkeitskrieg. Nutzlos. Das dachte sie, während der Lieferwagen hinter anderen Wagen vor der Ampel an der Kreuzung Reichsstraße halten musste. Sie kam näher. Noch zehn Meter, fünf. Als Helena den Türgriff fassen konnte, wechselte die Ampel auf Grün. Der Wagen fuhr an und zog Helena mit sich. Eine Weile lang konnte sie sich noch festhalten, aber dann stolperte sie und fiel hin. Die Damen, die in der *Wiener Conditorei Caffeehaus* saßen, blickten zuerst mit großzügiger Herablassung zu ihr hin, wandten sich dann aber rasch wieder dem Erdbeerkuchen mit Sahne, der Schwarzwälder- oder der Sachertorte zu. Nutzlos. Helena stand auf und lief weiter. An der Einfahrt zur Bolivar Allee hatte jahrelang der Imbisswagen der Fernsehserie *Drei Damen vom Grill* mit

Brigitte Mira gestanden. Nutzlos. Wegen des Verkehrs und der einspurigen Verkehrsführung kam der Lieferwagen nur langsam voran. Nützlich. Helena sah Sophie am Fenster in der hinteren Tür. Sie schlug dagegen, den Mund aufgerissen zum Schrei. Helena rannte und rannte. Als junges Mädchen war sie die Schnellste in der Schule gewesen und hatte später sogar eine Medaille bei den Sächsischen Jugendmeisterschaften gewonnen. Jetzt ignorierte sie die Schmerzen in den Schenkeln, das Brennen der Lunge, das Blut an den Fußsohlen, weil sie in eine Scherbe getreten war. Ihr Blick war auf den Wagen gerichtet, starr und fest. Zwei Kilometer Wegstrecke. Weit vorne der Theodor-Heuss-Platz. Die Ampel war rot, aber der Wagen bremste nicht ab, überfuhr die rote Ampel und verlor im Kreisverkehr die Kontrolle. Krachte auf die Mittelinsel und blieb stehen. Helena beschleunigte noch einmal, erreichte den Wagen, schrie nach ihren Töchtern. Die hintere Tür des Lieferwagens wurde geöffnet.

Ein Mann mit einer Maske, die aussah wie das Gesicht aus einem Gemälde von Picasso und die seinen gesamten Kopf bedeckte, lugte heraus. Schwarze Hose, schwarzes Hemd, schwarze Schuhe, Handschuhe. Er hielt Sophie fest, eine Pistole auf ihren Kopf gerichtet. Helena riss Roberts Pistole hoch. Atmete schwer. Sie zielte.

»Lassen Sie meine Tochter los. Sofort.«

Sie wusste, sie sollte abdrücken. Wann, wenn nicht jetzt? Ihr Brustkorb hob und senkte sich. Der rechte Arm unruhig. Der Lauf der Pistole war ein Zweig im Wind.

»Mama!«, schrie Sophie.

Du musst schießen. Jetzt. Es gibt keine andere Möglichkeit. Sie hielt die Pistole, zielte, zitterte. Atmete ein und aus. Krümmte den Zeigefinger. Etwas hielt sie zurück. *Was, wenn ich Sophie treffe?* Der Hahn bewegte sich nicht. *Was, wenn ich Sophie treffe?* Die Patrone wurde nicht gezündet. Der Mann schloss die Tür. Der Wagen fuhr zurück auf die Straße. Nahm Fahrt auf und überquerte eine weitere rote Ampel, bevor er in die Masurenallee einbog und in den Verkehr eintauchte.

Helena stand. Sie verlor ihre Töchter aus den Augen. Bis sie bewusstlos wurde.

Samstag

4 // Eine Stunde später lief die Suche nach den Mädchen an. Robert hatte seinen Vorgesetzten deBuer angerufen, und der hatte eine Fahndung nach den Mädchen und dem Lieferwagen veranlasst. Mercedes Benz, Sprinter, Koffer, schwarz, Berliner Kennzeichen. Der Schriftzug *Du bist Kunst*, das Bild der Mona Lisa auf der Seite. Die Mädchen tragen Jeans. Sneaker von Adidas. Katharina ein T-Shirt der Dallas Mavericks, Rückennummer 41, blau. Sophie ein rotes T-Shirt, darauf ein Porträt von Michael Jackson in der Version von Andy Warhol. Katharina hat dunkelbraune Haare, Pubertätsakne. Sophie ist blond. Fotos seiner Töchter hatte er vom Handy weitergeschickt.

Der Polizeiapparat war ein menschliches Aggregat. Tausendfache Routine. Ausfallstraßen wurden überwacht, die Überwachungskameras auf den Lieferwagen programmiert, die Hubschrauber der Verkehrsüberwachung wurden zusammengezogen und kreisten über der Stadt. Radio und Fernsehen unterbrachen ihre Sendungen, die Belohnung für sachdienliche Hinweise wurde in einem ersten Schritt auf 10.000 Euro festgesetzt. Kurz darauf gingen die ersten Anrufe bei der Hotline ein. Passanten und Fahrradfahrer hatten den Lieferwagen in der Reichsstraße und vor dem Internationalen Congress Centrum gesehen. Danach hatte sich seine Spur verloren, bis ein Wachmann auf den ausgebrannten Wagen in der Tiefgarage unter dem ICC stieß.

Man braucht Bewegung, um das Adrenalin abzubauen, das der Körper in Gefahrenlagen unermüdlich ausschüttet. Robert lief in dem Warteraum des Krankenhauses auf und ab. Von der Wand mit dem Getränkeautomaten zu der Wand mit den gerahmten Tierfotos und wieder zurück. Er hatte die Mädchen angerufen. Immer wieder. *Teilnehmer antwortet nicht. Wenn Sie eine SMS schicken wollen …*

Maxim suchte in seiner Hosentasche nach Münzen. Er war nicht nur Roberts Kollege und Partner bei den Einsätzen, sondern auch sein bester Freund. »Helena hat gesehen, wie Katharina und Sophie vor dem Olympiastadion in einen Lieferwagen eingestiegen sind.«

»Wieso sind sie da eingestiegen? Was war in dem Wagen drin?«, fragte deBuer.

Roberts Chef saß auf einer Bank am Fenster. Jedes Mal, wenn Windböen einen Schwarm Regentropfen gegen die Scheiben warfen, zog er die Schultern hoch.

Aber das wusste er nicht. Er telefonierte ununterbrochen. Bisher keine Spur von Katharina und Sophie. Und je mehr Zeit verstrich, umso unwahrscheinlicher war es, dass sie gefunden wurden. Entweder die Hundertschaften, die mit den Hunden den nahen Grunewald durchstreiften, fanden die Mädchen unter Geäst oder in einem Graben oder einem kleinen Tümpel, oder die Entführer hielten sie an einem geheimen Ort fest und würden sie später außer Landes bringen. Oder sie würden sie jahrelang festhalten wie Joseph Fritzl oder Wolfgang Priklopil ihre Opfer. Oder sie töten. Das waren die Erfahrungen. Erfahrungen, die Robert nicht hören wollte.

»Hat jemand Kleingeld?«

Maxim suchte in dem kleinen Berg Münzen, die er in der rechten Hand hielt. DeBuer warf ihm einen Euro zu.

»Irgendwas, das sie interessiert hat«, sagte Robert.

»Was?« DeBuer konnte den Gedankensprung nicht nachvollziehen.

Maxim schlug gegen den Getränkeautomaten, als eine Münze nicht in den Schacht rutschen wollte. »Sie sind in den Wagen eingestiegen, weil etwas da drin war, das ihre Neugier geweckt hat. Kleine Katzen oder Hunde.«

»Wer von Ihnen ist Herr Faber?«

Sie sahen zur Tür hin. Eine Ärztin in tadellosem Weiß hielt eine Krankenakte in der Hand. Robert nickte deBuer zu.

Maxim hielt Robert kurz fest. »Wir finden sie«, sagte er.

Er war ein Hüne, zwei Meter groß, muskulös, und doch waren seine Bewegungen von einer fließenden Geschmeidigkeit, als wäre er Tänzer.

»Wir sehen uns nachher.« Robert folgte der Ärztin. In seinem Rücken beschwerte sich Maxim, dass der Getränkeautomat nicht funktionierte.

Sonntag

5 // Als Robert das Zimmer betrat, versuchte Helena gerade, die Braunüle aus ihrer rechten Armbeuge zu ziehen.

»Ich habe was vergessen. Er hatte eine Maske auf. Wie auf einem Gemälde von Picasso. Die Augen hier unten und die Nase bei den Ohren.«

»Das hast du mir schon gesagt. Was machst du da? Helena, hör auf, du kannst nicht aufstehen.«

»Es war Paulus.«

»Woher weißt du das?«

Georg Paulus. Ehemaliger Oberstaatsanwalt, verwickelt in die Morde an sechs Frauen, Mitglied eines Rings von Kinderschändern. Von der Staatsanwältin Helena Faber überführt. Vor der Festnahme durch die Polizei geflohen und untergetaucht. Und von Interpol mit einem Red-Alert-Haftbefehl gesucht.

Helena schlug die dünne Bettdecke zurück und sah den Verband, den sie am linken Fuß trug. Ihr Blick verfinsterte sich, als würde sie sich erst jetzt wieder erinnern, dass sie am Theodor-Heuss-Platz zusammengebrochen war.

Die Tür wurde geöffnet, und die Ärztin im tadellosen weißen Anzug kam herein.

»Er hat sich wie Paulus bewegt.«

»Wie geht es Ihnen?«, fragte die Ärztin.

»Meine Töchter sind entführt worden. Sie dürfen raten, wie es mir geht.«

Die Ärztin zuckte zusammen. Sie trat einen Schritt zurück und sah Robert an, als hoffte sie, bei ihm Halt zu finden.

»Ich habe die Scherbe aus dem linken Fuß entfernt«, sagte sie zu Robert und wurde förmlich. »Sie war ziemlich tief eingedrungen. Ihre Frau muss den Fuß in den nächsten Tagen ruhigstellen. Aber das geht sowieso nicht anders, weil wir den großen Zeh richten mussten, den Ihre Frau sich bei dem Sturz gebrochen hat. Sie darf den Fuß mindestens zwei Wochen lang nicht voll belasten.«

Robert nickte, und die Ärztin ging.

Helena zog sich mit Roberts Hilfe an, ließ sich Krücken aushändigen. Dann unterschrieb sie, dass sie die Klinik auf eigene Gefahr verließ. Darin hatte sie inzwischen Übung. Sie ließ sich gemäß den Vorschriften in einem Rollstuhl bis zum Ausgang fahren und humpelte, den linken Arm über Roberts Schulter gelegt, über den Parkplatz hinter der Schlossparkklinik zu seinem Citroen DS23.

Von Weitem betrachtet, sahen sie aus wie ein verwundetes Tier, das sich durch die Nacht schleppt.

6 // Auf dem Weg ins Präsidium starrte Helena auf ihr Handy, als könnte sie es zu dem einen Anruf zwingen, in dem deBuer oder sonst jemand sagte, dass man Katharina und Sophie gefunden hatte. Lebend und unversehrt, und dass alles nur ein dummer Scherz gewesen war.

»Warum habe ich nicht geschossen?«

»Du hast geschossen.«

»Ja. Aber nicht, als er die Tür aufgemacht hat.«

»Weil du dann vielleicht Sophie getroffen hättest.«

»Woher willst du das wissen?«

»Du hast es mir gesagt.«

Als sie im Besprechungszimmer ankamen, wollte Helena über jedes Detail der Fahndung Bescheid wissen. In der Staatsanwaltschaft kümmerte sich der neue OStA Serner höchstpersönlich, und bei der Kripo hatte deBuer die Leitung der Soko *Mona Lisa* inne. Mehr als dreißig Polizisten saßen in dem Einsatzraum. Es regnete immer noch. Dicke Tropfen trommelten gegen die Fensterscheiben und hinterließen Schlieren, als sie den Schmutz und Staub vom Glas wuschen. Die meisten Polizisten kannten Helena, und Helena kannte jeden Namen. In die Blicke der Polizisten waren Mitleid und Bedauern eingeschrieben. DeBuer stand an einem Whiteboard, an dem zwei Fotos der Mädchen hingen. Daneben Foto und Kennzeichen des ausgebrannten Wagens. Ein Ausschnitt des Stadtplans von Berlin. Der Westen rund um den Theodor-Heuss-Platz. Helenas Krücken lagen auf dem Boden neben ihrem Stuhl. Offiziell würden sie und Robert die Ermittlungen nur begleiten dürfen. Inoffiziell interessierte das niemanden.

»Drei Hundertschaften durchsuchen die Gegend um das ICC. Bahnhöfe und Flughäfen werden überwacht. Bis jetzt noch nichts«, sagte deBuer. »Allerdings wissen wir nicht, was auf den kleinen Flugplätzen passiert.«

»Müssen die nicht Buch führen über Starts und Landungen?«, fragte Helena.

»Gegen ein paar Hundert Euro vergisst man auch schon mal einen Eintrag. Aber wir haben die Handys der beiden Mädchen gefunden. In der Masurenallee, Höhe Haus des Rundfunks. Sie sind wahrscheinlich aus dem Lieferwagen geworfen worden.« Er hielt zwei Plastiktüten mit den Handys darin hoch. »Wir brauchen Fingerabdrücke von euren Mädchen, um zu sehen, wer die Handys angefasst hat.«

Robert nickte.

»Helena, wir brauchen eine Beschreibung von dem Kerl, der Sophie die Pistole an den Kopf gehalten hat …«

»Es war eine Sig Sauer, P 226, schwarz«, unterbrach ihn Helena.

»Die benutzen wir«, sagte deBuer überrascht. Er notierte die Bezeichnung auf dem Whiteboard. Dann deutete er auf eine Polizistin in der zweiten Reihe. »Claudia, das ist dein Job. Besorg alles, was es an Listen gibt. Auch, ob eine solche Waffe gestohlen gemeldet worden ist.«

»Er ist ungefähr eins fünfundsiebzig groß, mittelschwer, siebzig Kilo. Vielleicht mehr. Handschuhe. Schwarzes Leder«, fuhr Helena fort.

DeBuer notierte auch das. »Was haben wir über den Lieferwagen?«

Dirk Berger vom Erkennungsdienst nahm seinen Notizblock hervor. Berger war groß und so schmal, dass jeder, der mit ihm in Kontakt kam, Sorge hatte, er würde auseinanderbrechen, sobald man ihn anfasste.

»Der Wagen ist komplett ausgebrannt. Benzin. Aber wir haben das hier gefunden.« Er zeigte Fotos, die sie vom Inneren des Lieferwagens gemacht hatten. Verbrannte Holzteile, einige angekokelt.

»Was ist das?«, wollte Robert wissen.

»Reste von Bilderrahmen. Zwanzig, vielleicht mehr.«

»Was für Bilder?«

»Lässt sich noch nicht sagen.«

»Sind die beiden deswegen zum Olympiastadion gelaufen?«, fragte Maxim.

Robert sah zu Helena hin. Sie wusste seinen Blick zu deuten. *Was haben die Mädchen damit zu tun?*

»Berger, ich will wissen, was für Bilder das waren. Öl oder was auch immer. Wer hat sie gemalt. Was war da drauf.« Er wandte sich an Maxim. »Was hast du über den Lieferwagen?«

»Gehört Berlin-Special-Cars. Die vermieten Sonderanfertigungen nach Kundenwunsch.«

»Was ist mit der Aufschrift *Du bist Kunst*?«, fragte Helena.

»Ist eine Aktion der Berlin Art Week. Irgend so eine Kunstmesse. Die Autovermietung hat den Wagen gestern um zehn dreißig morgens gestohlen gemeldet.«

»Wer hat ihn gemietet?«, fragte Helena.

»Bin ich noch dran.«

»Okay, du kümmerst dich weiter um den Wagen. Wer hat ihn gemietet, was ist mit diesem Kunst-Ding«, sagte deBuer.

»Frag den Mieter, warum er am Olympiastadion war«, sagte Robert.

»Habt ihr die Maske gefunden?«, fragte Helena.

»Verbrannt. Aber ich hab das hier aus dem Netz. Ist es so eine?«

Berger hielt den Computerausdruck einer Maske hoch, die an das Dora Maar-Porträt von Picasso erinnerte. Helena zuckte zusammen, als sie das Foto sah. Ein kurzes, knappes Nicken.

»Wir suchen nach dem Hersteller. Aber es gibt nicht nur schlechte Nachrichten. Wir haben Abdrücke von einem Sportschuh.«

»Zum Glück trägt heute kaum noch jemand Sportschuhe.«

Roberts Sarkasmus ließ Berger kurz zusammenzucken. Dann schickte er von seinem Tablet ein Foto an das elektronische Whiteboard. Der Abdruck eines Schuhs der Marke Nike. Unter der Ferse der typische Haken, dann ein wildes, spinnennetzartiges Muster.

»Claudia hat bei Nike angerufen.« Er deutete zu der Polizistin hin.

Die Angesprochene erhob sich und hielt einen Computerausdruck hoch. »Das Muster gehört zu einem Schuh, der erst in zwei Monaten auf den Markt kommt. Ein paar ausgewählte Händler haben vorab Präsentationsmodelle bekommen. Wir können davon ausgehen, dass nicht mehr als zwei Dutzend von denen im Umlauf sind.«

DeBuer sah zu Robert und Helena hin. Eine stumme Botschaft. Zwei Dutzend im Umlauf. Das war doch etwas. Helena atmete tief ein und wieder aus.

»Was ist mit den Überwachungskameras?«, fragte Robert.

»Seit das ICC geschlossen ist, sind die abgeschaltet. Es gibt Reifenspuren von einem zweiten Wagen, aber die sind nicht ausreichend«, fuhr Berger fort.

»Danke, Berger«, sagte deBuer. »Sonst noch was?« Als sich niemand mehr meldete, wendete deBuer sich wieder an Helena und Robert. »Wir finden eure Töchter. Ganz sicher.«

»Er hat sich bewegt wie Paulus.«

»Wer?«

»Der die Pistole an Sophies Kopf gehalten hat.«

Augenblicklich wurde es still in dem Raum.

»Du denkst, es war ein Racheakt?«, fragte deBuer.

»Ich denke an alles.«

Eine bleierne Stimmung legte sich über die Polizisten. Selbst die, die bislang Helena nicht besonders freundlich gesinnt waren, wollten die Mädchen heil und gesund zurück. Als Maxims Handy klingelte, erschraken sie. Er nahm das Gespräch an, hörte eine Weile dem Anrufer zu. Gebannte Blicke. Dann beendete er das Gespräch.

»Eine Galerie Diener hat den Wagen gemietet.«

Robert legte Helena die rechte Hand auf den Arm. »Ich hole unsere Mädchen zurück.«

Er wollte mit diesem Satz seine Entschlossenheit zeigen. Aber seine Stimme brach und verriet seine Sorge, dass er scheitern könnte.

Montag

7 // Es war sechs Uhr morgens, als der Regen endlich aufgehört hatte. Die Fahrräder lagen wie zuvor. Vielleicht waren die Mädchen zurückgekommen. Vielleicht war alles nur ein Versehen, eine Verwechslung. Helena und Robert gingen in dem Haus umher, in dem die Stille ein Schrei war und das Fehlen der Mädchen ein Stachel, der in ihre Körper fuhr. Schultaschen lagen im Flur, die Jacken hingen an einem Haken. Schuhe standen in Reih und Glied. Barbara hatte aufgeräumt, Geschirr in die Spülmaschine gepackt, Flaschen entsorgt. Keine Spur mehr von dem gemeinsamen Essen, dem letzten Moment einer zerbrechlichen Unbeschwertheit.

Einen kurzen Moment blieben sie in der Küche stehen. Zögerten, als würde jede Bewegung die Katastrophe nur noch verschlimmern. Umarmten sich, klammerten sich aneinander. Dann holte Robert die Notebooks der Mädchen. Vermied es, zu lange in den Zimmern zu verweilen. Setzte sich in Helenas Arbeitszimmer auf das kleine Sofa, Helena saß hinter dem Schreibtisch. Das Arbeitszimmer war ein guter Ort, weil hier nur wenig an Sophie und Katharina erinnerte. Helena nahm sich Sophies Notebook vor, Robert Katharinas. Da die Computer passwortgesichert waren, dauerte es eine Weile, bis sie sich durch Mails und Websites wühlen konnten. Nichts davon war auf den ersten Blick verdächtig oder beunruhigend.

»Paulus ist seit Wochen verschwunden. Interpol hat einen Red Alert rausgegeben. Wie soll er das organisiert haben?«, fragte Robert.

»Ich weiß es nicht. Aber ich weiß, dass er Verbindungen hat, dass er Leute kennt.«

»Bei uns?«

»Vielleicht auch in der Staatsanwaltschaft.«

Es war eine beunruhigende Vorstellung, dass dieser Mann, der seine perversen Fantasien an hilflosen Kindern ausgelebt hatte, Sophie und Katharina in seiner Gewalt haben könnte. Und dass es jemanden geben sollte, der ihn informiert hatte und vielleicht immer noch mit Informationen versorgte.

»Wahrscheinlich macht er mich dafür verantwortlich, dass er gesucht wird und untertauchen musste«, sagte Helena.

»Du bist nicht verantwortlich, sondern das, was dieses Schwein getan hat, ist dafür verantwortlich.«

»Bist du da sicher?«

Wir suchen die Schuld bei uns selbst, um wenigstens einen Hauch von Sinnhaftigkeit in der Sache zu finden. Wenn das, was geschehen ist, sinnlos wäre, wäre es nicht zu ertragen.

»Du bist nicht schuld.«

Es klang gut und tröstlich.

Helena widmete sich wieder Sophies Notebook, rief die Seiten auf, die sie in den letzten Wochen besucht hatte.

Robert ging in die Küche und holte zwei Bier. Stellte eine Flasche vor Helena. Stieß mit ihr an. Und sofort war die Erinnerung wieder da. Ein Ritual, das die Mädchen unermüdlich praktizierten. Man stößt die Flaschen, egal ob Cola oder Bionade, zuerst unten an, dann oben, dann zweimal überkreuz und dann die eine

Flasche auf den Hals der anderen, bis die Flüssigkeit sprudelnd herausläuft.

»Warum sind sie in den Wagen eingestiegen?«, fragte Helena, ohne eine Antwort zu erwarten. »Sie wissen doch, dass sie nicht zu Fremden einsteigen sollen. Ich habe es ihnen hundertmal gesagt. Du doch auch.«

Helena scrollte weiter durch die Liste der Websites, die Sophie in den letzten Tagen besucht hatte. Da war eine Seite über Massentierhaltung, gefolgt von vegetarischen Rezepten. Greenpeace und Amnesty. Außerdem stand sie in Verbindung mit einem Tierschutzverein. Ein Dalmatinerwelpe hatte es ihr angetan. Sie hatte ein Dutzend Fotos von dem kleinen Hund heruntergeladen.

Sie beugten sich wieder über die Notebooks.

»Hat Katharina was mit Kunst?«

»Nicht, dass ich wüsste«, sagte Helena.

»Sophie?«

Sie schüttelte den Kopf. Ihre rechte Hand huschte auf dem Trackpad hin und her. Wie ein Raubvogel auf der Suche nach der einen verräterischen Bewegung, auf die sie sich hinabstürzen konnte. Ab und zu sah sie zu Robert hin, der unbeweglich vor Katharinas Notebook saß.

Er schaute auf den Bildschirm, als brauchte er einen Ort, an dem er sich festhalten konnte. *Wenn es tatsächlich Paulus war, der die Mädchen entführt hat, was wird er mit meinen Mädchen machen?* Der Gedanke zerteilte ihn wie ein Messer. Mitten durch sein Gehirn hindurch. Links Wut, rechts Angst.

»Wenn er ihnen was antut, bringe ich ihn um«, murmelte er immer wieder vor sich hin. Bis Helenas Schrei ihn in das Zimmer zurückholte.

»Hier. Sophie war auf der Seite der *Berlin Art Week.*«

Sie deutete auf den Bildschirm. Robert beugte sich zu ihr. Mit der Wange berührte er ihre Haare, nahm den Geruch von Desinfektionsmitteln wahr, den sie aus dem Krankenhaus mitgebracht hatte. Auf der Website gab es einen Link zu einer weiteren Website mit dem Titel *Du bist Kunst.* Man sollte bestätigen, dass man älter als achtzehn war, dann auf der Seite ein Foto hochladen, das nach einem bestimmten Algorithmus ausgewählt werden sollte. Helena sah Robert fassungslos an.

»Du musst 100 Euro zahlen, damit daraus ein Gemälde im Stil von Picasso, van Gogh oder Warhol gemacht wird«, sagte Helena.

»Hat Sophie ein Foto von sich hochgeladen?« Robert beugte sich über Helenas Schulter.

Die Seite gehörte zur Berlin Art Week und sah seriös aus. Überall in der Stadt hingen Plakate, die Zeitungen waren voll von Artikeln, die auf die Kunstausstellungen hinwiesen.

»Sie hat offensichtlich bestätigt, dass sie älter als 18 ist. Wieso macht sie das?«, fragte Helena.

»Ein elfjähriges Mädchen weiß nicht, welche Tricks diese Drecksschweine draufhaben.«

»Da!«

Helena deutete auf eine Mail. Sie war an *Dubist-Kunst.de* geschickt worden. Im Anhang drei Fotos. Porträts von Sophie, mit dem Handy in ihrem Zimmer gemacht. Helena scrollte weiter durch den Mailausgang.

»Wie ist sie überhaupt auf die Seite gekommen?«, fragte Robert.

»Ich weiß, dass sie ein Geburtstagsgeschenk für mich gesucht hat. Wir haben über Kunst gesprochen. Ich hab ihr bei einem Referat geholfen. Wahrscheinlich hat sie gedacht, dass es ein Geschenk ist, das mir gefällt.«

»Für hundert Euro?«

Helena tippte *Du bist Kunst* in die Suchmaske des Mailprogramms ein. Eine Sekunde später fand sie eine Nachricht, die an Sophie gerichtet war. *Liebe Sophie, gratuliere, du hast einen Gutschein über hundert Euro gewonnen. Lade einfach ein Foto von dir hoch. Und vergiss nicht, den Gutschein-Code einzugeben.*

»Wieso haben die Sophie einen Gutschein geschickt?«

Ein ungeheurer Gedanke keimte, trieb seine Wurzeln, hakte sich in ihren Köpfen fest.

»Was ist mit Katharina?«

Robert stöberte durch den Mailausgang.

»Nichts.«

»Vielleicht als SMS?«

»Nichts.«

»Gut.« Helena war beruhigt.

»Aber warum haben die Katharina mitgenommen?«

»Sie haben sie mitgenommen, weil sie dabei war.«

»Wenn es nur um Sophie ging, hätten sie Katharina zurücklassen können. Das haben sie aber nicht gemacht. Warum?«

Helena schloss die Augen, versuchte sich an den Moment zu erinnern, als sie auf der Brücke gestanden und gesehen hatte, wie ihre Töchter in den Lieferwagen eingestiegen waren.

»Die Typen waren zu dem Zeitpunkt nicht maskiert. Katharina hat einen oder beide gesehen. Deswegen mussten sie sie mitnehmen. Hier, die Seite gehört einer Galerie Diener. Maxim hat doch gesagt, dass diese Galerie den Wagen gemietet hat.« Helena nahm ihr Handy, wählte die Nummer, die im Impressum genannt wurde und wartete, während Robert Sophies Notebook nahm und weiter ihre Mails durchsuchte.

»Nichts. Nur die Ansage, dass die Aktion *Du bist Kunst* beendet ist«, sagte Helena.

Im selben Moment klappte Robert den Deckel des Notebooks hart zu.

»Was ist?«, fragte Helena.

Da Robert nicht antwortete, nahm sie das Notebook, hob den Bildschirm an. Ein Selfie von Sophie, stehend vor dem großen Spiegel in Helenas Schlafzimmer aufgenommen. Nackt. Ein weiteres, das ihre Brust, ein drittes, das den zarten Flaum zwischen ihren Beinen zeigte. Ein viertes von ihrem Hintern. Ein fünftes mit halb geöffnetem Mund.

Robert nahm das Handy und rief Maxim an. Er sagte ihm, dass es Fotos von Sophie gäbe. Nacktfotos. Maxim fragte, wie sie damit umgehen sollten. Die Fotos durften nicht an die Soko gegeben werden, so viel Vertrauen gab es dann doch nicht. Als Helena das hörte, stand sie auf und ging in die Küche. Sie öffnete die Kühlschranktür, um ein weiteres Bier zu nehmen. Dabei wehte ein leicht fauliger Geruch in ihre Nase. Sie übergab sich ins Waschbecken.

8 // Ein regnerischer Tag mit mehr als 30 Grad Celsius neigte sich dem Abend entgegen. Georg Paulus betrat mit einer Plastiktüte voller Mangos und Drachenfrüchten das Hotel nahe dem Saigon-Fluss. In einer zweiten Tüte trug er Mineralwasser, eine Flasche Wein und eine Packung Breitband-Antibiotikum. Das Hundehalsband und die zusammengerollte lederne Peitsche bewahrte er in der Innentasche seiner Jacke auf. Er war wütend, weil der Aufzug immer noch defekt war und nur bis zum neunten Stockwerk fuhr, sodass er die letzten drei Stockwerke zu Fuß gehen musste. Zum dritten Mal an diesem Tag. Er hatte daran gedacht, sich ein Zimmer im neunten Stock geben zu lassen, aber vom zwölften aus konnte er bei klarem Wetter bis zum Meer sehen. Dem Ostmeer, wie die Vietnamesen es nannten, dem Meer, in dem Drachen wohnten. Außerdem war er wütend, dass er sich in diesem Touristenschuppen verstecken musste, dazu in einem Land, dessen Sprache er nicht verstand, dessen Menschen er nicht mochte, dessen Klima er hasste. Was für ein Abstieg. Vom Oberstaatsanwalt mit Ambitionen auf den Posten des Justizsenators zu einem Flüchtling, der sich vor Interpol verstecken musste. Der einzige Trost war der Gedanke, dass er das Mädchen ernten würde.

Als er die Treppen überwunden hatte und die Suite betrat, atmete er so schwer, dass sich schwarze Schleier über seinen Blick legten. Er musste sich an einem Stuhl festhalten, um nicht das Gleichgewicht zu verlieren. Sein schweres Atmen weckte das Mädchen im angrenzenden Schlafzimmer der Executive-Suite. Sie sah ihn mit weit aufgerissenen Augen an. Er lächelte kurz und nickte ihr zu. »Bald werde ich dich zur Frau machen«, sagte er leise, während er das Mineralwasser im Kühlschrank verstaute. Dann setzte er sich auf den Rand des Bettes. Dabei sah er, dass sie schon wieder ins Bett gepinkelt hatte. Das zweite Mal, seit sie hier bei ihm war. Aber er war deswegen nicht wütend. Obwohl er die Matratze schon wieder wenden musste, was ihn anstrengte, weil sie groß und schwer war. Aber ihr Urin roch nicht so streng wie der von Erwachsenen. Er hatte daran geschnuppert, einmal sogar davon probiert und festgestellt, dass er leicht salzig, aber ansonsten völlig geschmacklos war.

Als er ihren Fuß zu fassen bekam, konnte er kalten Schweiß fühlen. Das rührte von der Angst her, sobald er sie berührte. Oder von der Klimaanlage. Der Monsun in Saigon machte ihm dieses Jahr mehr zu schaffen, als er erwartet hatte. Wenn er allerdings nach dem Duschen nackt blieb, würde es erträglich sein. Er fuhr mit der Hand das Bein entlang. Sie sah ihn ängstlich an. Wahrscheinlich hatte sie geweint. Und gebetet, dass er nicht zurückkommen würde. Sie betete andauernd, obwohl sie doch inzwischen wissen musste, dass Gott ihr nicht helfen wollte. Gott hilft nur denen, die stark sind, hatte er ihr gesagt. Er zum Beispiel, er war stark. Und wenn sie auch stark wäre, würde Gott sie lieben, hatte er gesagt. Aber sie hatte geschrien und um sich geschlagen. Er hätte ihr sagen können, dass er ihre Mutter oder ihre kleine Schwester töten würde, wenn sie nicht gehorchte. Was er natürlich niemals tun würde. Er war ja kein Mörder, und immerhin hatte er der

Mutter fünfhundert Dollar bezahlt. Aber weil sie weder Deutsch noch Englisch verstand und er nur drei Sätze auf Französisch sprach, konnten sie sich nicht verständigen.

Den wichtigsten Satz in seinem französischen Wortschatz – *Voulez-vous coucher avec moi?* – hatte er aus Tennessee Williams' Theaterstück *Endstation Sehnsucht*, den anderen – *La voiture a une panne* – aus einem Deutsch-Französisch-Wörterbuch, das ihn vor vielen Jahren auf einer Reise durch die Bretagne begleitet hatte, den dritten – *Arrête de pleurer* – hatte er bei Google Translate gelernt. Die erste Phrase benutzte er selten, die dritte häufig, und die zweite war für seine Zwecke völlig unbrauchbar. Sie trug zwar eine Schuluniform, einen weißen Áo dài, in dem sie sehr fein, beinahe engelsgleich aussah, aber dass die vietnamesischen Kinder bereits in der ersten oder zweiten Klasse Fremdsprachen lernten, war zu bezweifeln. Obwohl es sich um ein sehr fleißiges und bis zur Selbstverachtung ehrgeiziges Volk handelte. Vor allem im Vergleich zu den saturierten Europäern. Andrerseits waren die meisten Vietnamesen in ihrem Fleiß aber auch einfach nur dumm. Flinke Ameisen, die an jeder Ecke Geschäfte machten und ihre Kinder wie Haustiere behandelten. Vermutlich hing es mit dem Konfuzianismus zusammen, in dem der Einzelne nichts zählte und die Gemeinschaft alles.

Weil sie nun wieder zu weinen begann, ließ er sie los. Er wusste ja, dass er nach der Energie, die der Einkauf ihn gekostet hatte, keine Erektion mehr zustande bringen würde, egal wie sehr der ängstliche Blick ihn erregte. Dabei war er beinahe jederzeit in der Lage, eine ordentliche Erektion zustande zu bringen. Nicht bei Frauen in seinem Alter, deren welkes, faltiges Fleisch ihn anwiderte. Auch kaum noch bei Frauen mittleren Alters wie Helena, die vom Ehrgeiz zerfressen waren und bei denen er sich endlos abmühen musste, bis sie zum Orgasmus kamen, weil sie vermutlich sogar beim Geschlechtsverkehr noch an Termine dachten. Da waren die kleinen Mädchen doch ein anderes Kaliber. Diese kleinen zerbrechlichen Spielzeuge, deren Leben in seiner Hand lag. Als er in der Dusche den kalten, harten Strahl auf dem Rücken spürte, kehrten seine Lebensgeister wieder zurück. Das war auch dringend nötig, denn wenn er in den Spiegel sah, blickte ihm ein alter Mann entgegen.

Zurück im Schlafzimmer, prüfte er die Schnüre, mit denen er sie an die Bettpfosten gefesselt hatte. An einigen Stellen war die Haut aufgescheuert, weil sie versucht hatte, sich zu befreien. Wie dumm. »Hör auf zu weinen!«, befahl er. »Stop crying!« Und dann: »Arrête de pleurer«, und als sie nicht reagierte, noch einmal lauter: »Arrête de pleurer!« Da schwieg sie und schluckte die Tränen herunter. Und während sein Schwanz sich langsam aufrichtete, dachte er daran, dass Diener Helenas Töchter entführt hatte und sie nun auch zur Ernte bereitstanden. Das erregte ihn noch mehr. Deren Mutter hatte sein Leben zerstört. Er hätte sie sonst irgendwann geheiratet und sich eben dann über die Mädchen hergemacht. Aber das konnte er bald auch ohne Heirat.

Montag

9 // Die Soko Mona Lisa arbeitete unter deBuers Leitung auf Hochtouren. Inzwischen waren 40 Stunden vergangen, seit Sophie und Katharina entführt worden waren. Die Erfahrung sagte, dass mit jeder weiteren Stunde, jedem weiteren Tag die Wahrscheinlichkeit, die Mädchen zu finden, rapide gegen null tendierte. Es sei denn, die Entführer hatten sie umgebracht. Aber diese Möglichkeit hatte deBuer schon bei der ersten Besprechung vom Whiteboard gestrichen. Inzwischen hatte es sich zu einem Patchwork aus Fotos, Adressen, Namen und farbigen Pfeilen entwickelt.

Achtundzwanzig Zeugen, die den Lieferwagen gesehen hatten, waren befragt worden und hatten neun unterschiedliche Beschreibungen des Fahrers abgegeben. Deutsch, südländisch, mit Brille, ohne Brille, klein, dick, groß. Ein Zeuge schwor, dass es eine Frau gewesen sei. Die meisten Aussagen ergaben gewisse Übereinstimmungen mit Helenas Beschreibung, wichen aber in entscheidenden Punkten ab. Die Sig Sauer P 226 war exakt das Modell, das vom Berliner SEK und dem BKA benutzt wurde. Damit hätte man die Spur der Waffe vielleicht noch verfolgen können. Da aber auch das niederländische Militär und verschiedene Schweizer Polizeicorps die Pistole benutzten, wurde sie zur Stecknadel im Heuhaufen. Bei dem Schuhabdruck war Berger noch nicht viel weitergekommen. Es gab siebzehn Personen, die im Besitz der Schuhe sein konnten. Jeder Einzelne musste mit Helenas Personenbeschreibung abgeglichen, die Alibis mussten überprüft werden. Aber zumindest Maxim war fündig geworden.

Er hatte sich die Galerie angesehen. Auf den ersten Blick nichts Besonderes, ein Ladengeschäft, wie es Hunderte andere in Berlin gab. Da er den Besitzer German Diener nicht angetroffen hatte, ließ er einen der Angestellten wissen, dass Diener sich umgehend auf dem Präsidium bei Hauptkommissar deBuer melden solle. Eine Stunde später wollte Diener telefonisch erklären, dass er keine Zeit habe, der Aufforderung zu folgen. DeBuer machte ihm in gesetztem Ton klar, dass es auch noch andere Möglichkeiten gäbe, ihn vorstellig werden zu lassen. Dann knallte er den Telefonhörer auf. Er war müde und kam sich alt vor. Vielleicht lag es daran, dass er an diesem Morgen seine erste Brille in Empfang genommen hatte. »Ich werde langsam zu einem Wrack«, hatte er zu dem Optiker gesagt. »Ich sehe nicht mehr gut, ich brauche ein Hörgerät, und meine Knie kann ich auch wegschmeißen.«

Nachmittags saß German Diener in dem kahlen Vernehmungsraum und konnte nur schwer sein Missfallen verbergen. Drei Kameras, die unterhalb der Decke montiert waren, übertrugen die Vernehmung auf einen externen Monitor. DeBuer machte German Diener darauf aufmerksam, dass die Vernehmung aufgezeichnet wurde. Er wollte von dem Galeristen wissen, was es mit der Seite *Du bist Kunst* und den Fotos auf sich hatte, und bekam einen elend langen Monolog über die Freiheit der Kunst zu hören, der mit den Worten endete:

»Kunst ist erst Kunst im Tabubruch. In jeder Hinsicht. Kunst muss die Fassade der bürgerlichen Gesellschaft entlarven und ihr die Maske der Heuchelei vom Gesicht reißen. Kunst ist die Offenbarung der perversen, grausamen Obsessionen von Menschen wie Ihnen.«

Robert und Maxim standen im Nebenraum und sahen über den Monitor der Vernehmung zu. Roberts Finger trommelten einen ungeduldigen Takt auf den Tisch. Aber davon bekam er nichts mit. Alles, was er bemerkte, war, wie sich der Galerist mit äußerster Arroganz auf dem Stuhl spreizte. Er hatte eine Narbe über dem rechten Auge, die er ab und zu berührte.

»Von mir aus«, sagte deBuer. »Die Autovermietung hat den Wagen am Samstagmorgen um zehn Uhr dreißig gestohlen gemeldet.«

»Das war eine Katastrophe, weil wir ein Kunstwerk transportieren mussten.«

»Wann haben Sie den Diebstahl bemerkt?«

»Vermutlich bevor wir die Autovermietung angerufen haben. Danach würde es ja keinen Sinn machen, oder?«

»Uhrzeit?«

»Ich war nicht in der Galerie.«

»Wieso haben Sie nicht die Polizei angerufen?«

»Wie gesagt, ich war nicht in der Galerie. Und warum die Polizei nicht angerufen wurde, weiß nur der Mitarbeiter, der den Anruf gemacht hat.«

»Wie heißt der Mann?«

»Ich weiß nicht, wer es war.«

»Dann finden Sie es heraus.«

»Bitte.«

Bitte? DeBuer war irritiert. Er sah von seinen Unterlagen auf.

»Das Zauberwort heißt *bitte.*«

DeBuer zog die Stirn in Falten. Ein deutliches Zeichen, dass er genervt war. Trotzdem blieb er freundlich. Er schlug den Bericht der Kriminaltechnischen Untersuchung auf, allgemein als Spurensicherung bekannt.

»Die KTU schreibt, am Zündschloss sind keine auffälligen Spuren erkennbar.«

»Und?«

»Wenn es am Zündschloss keine auffälligen Spuren gibt, heißt das für gewöhnlich, dass der Wagen mit einem Schlüssel gestartet worden ist.«

»Und?«

»Wie ist derjenige an den Schlüssel gekommen?«

»Vielleicht hat er ihn auch gestohlen.«

»Gibt es Einbruchsspuren bei Ihnen in der Galerie?«

»Wieso?«

DeBuer atmete hörbar aus. Er musste an sich halten, um diesem arroganten Lackaffen, der in seinem dreiteiligen weißen Anzug, den blauen Wildlederschuhen und der hellblauen Sonnenbrille vor ihm saß, nicht in den Arsch zu treten.

»Gibt es Einbruchsspuren?«

»Nein.«

»Dann brauche ich eine Liste der Leute, die Zugang zu dem Schlüssel haben.«

»Das sind alle meine Mitarbeiter.«

»Dann werden die alle hier antanzen. Und zwar heute noch.«

»Ich werde meine Mitarbeiter fragen, ob sie Zeit haben.« Wieder das provozierende Grinsen.

Im Nebenraum bot Maxim Robert eine Wette an, wie lange es noch dauerte, bis deBuer ausrasten würde.

»Wer von Ihren Mitarbeitern hat Admin-Rechte bei dieser *Du-bist-Kunst*-Website?«

»Das werde ich Ihnen nicht sagen, weil ich dem Vordringen staatlicher Zensur nicht die Tür öffnen werde.«

DeBuer sah zum Fenster hin. Es war ein mühsamer Tag, und es wurde nicht besser. Aber er wurde nicht laut. Stattdessen sagte er mit dem Ausdruck größtmöglicher Langeweile: »Es werden hier gleich noch ganz andere Türen geöffnet, Herr Diener. Zum Beispiel, ob Sie oder einer Ihrer Mitarbeiter gewusst haben, dass ein elfjähriges Mädchen Nacktfotos auf der Seite *Du bist Kunst* hochgeladen hat.«

»Ich bin nicht mit jedem Detail dieser Aktion betraut, aber alle, die an diesem Kunstprojekt teilnehmen, müssen bestätigen, dass sie älter als 18 Jahre sind. Wenn jemand da lügt, ist das nicht unser Problem, verstehen Sie? Trotzdem bin ich sicher, dass meine Mitarbeiter die Fotos dieses Mädchens sofort gelöscht und, wenn möglich, die Eltern informiert haben. Sonst noch was?«

Der Moment, auf den Maxim gewartet hatten, war gekommen. DeBuer sprang vom Stuhl auf, stützte die Hände auf die Tischplatte und brüllte German Diener an. Feine Speicheltropfen flogen durch die Luft und landeten in Dieners Gesicht.

»Zwei Mädchen sind entführt worden. Wie es aussieht, sind sie in einen Wagen eingestiegen, der von Ihnen angemietet worden ist und den einer Ihrer Mitarbeiter gefahren haben muss.«

Diener nahm ein Taschentuch und wischte sich deBuers Speichel ab. Er ekelte sich sichtlich. Aber er knickte nicht ein.

DeBuer sah German Diener lange an. Dann nahm er einen Hefter aus einem Schrank und schlug die erste Seite auf. »Wissen Sie, was das ist?«, fragte deBuer.

»Sie werden es mir gleich sagen.«

»Strafgesetzbuch, Paragraf 258. *Wer absichtlich oder wissentlich ganz oder zum Teil vereitelt, dass ein anderer dem Strafgesetz gemäß wegen einer rechtswidrigen Tat bestraft oder einer Maßnahme unterworfen wird, wird mit Freiheitsstrafe bis zu fünf Jahren oder mit Geldstrafe bestraft.*«

Dieners Gesicht glich einer Maske, die drei oder vier Mienen bereithielt. DeBuer kannte solche Masken. Er hatte schon einige davon in Aktion erlebt. Keine davon erlaubte den Blick in den Geist, der dahinter lebte und der einerseits von einem Sonnenuntergang auf Santorini schwärmen und gleichzeitig unvorstellbar grausam sein konnte.

»Schicken Sie es meinem Anwalt«, sagte Diener scheinbar unbeeindruckt. »Er wird sich dann bei Ihnen melden. Und jetzt entschuldigen Sie mich, ich habe heute Morgen die Porzellanskulptur *Naked* von Jeff Koons für einen Klienten gekauft. Der Mann wartet schon seit zehn Minuten in meiner Galerie.«

German Diener stand auf und ließ einen müden deBuer zurück, als er durch die Tür des Vernehmungszimmers trat. DeBuer sah zu einer der Kameras hin und nickte. Für Robert war es ein Zeichen, dass er sich um Diener kümmern sollte.

10 // »Dieser Polizist hat mir mit Gefängnis gedroht, kannst du dir das vorstellen, Mama?«

Als German Diener das Polizeipräsidium verließ, lachte er so laut und exaltiert, dass ihm die Aufmerksamkeit aller Besucher des Polizeipräsidiums sicher war. Bis er den Parkplatz erreichte, wo Robert neben einem Porsche stand und telefonierte. Diener trat neben ihn, woraufhin Robert sein Handy in die Jackentasche steckte.

»Schöner Wagen. 63er Baujahr, hundertdreißig PS, zwei Liter, sechs Zylinder, Boxermotor«, sagte er.

»Der ist unverkäuflich«, sagte German Diener.

»Kommt drauf an, oder?«

»Sie müssten mich umbringen, Herr Faber.«

»Meine Frau hat mich heute Morgen gefragt, wie weit ich gehen würde.«

»Wie meinte sie das? Wegen dem Wagen? Oder sexuell?« German Diener lachte. »Und jetzt gehen Sie von der Tür weg. Husch, husch.«

Er wischte mit der Hand vor Roberts Gesicht. Dabei berührte er ihn beinahe mit dem übergroßen Smaragdring, den er am Mittelfinder der rechten Hand trug. Robert nahm es ohne sichtbare Gefühlsregung hin.

»Ich habe ihr gesagt, dass es keine Grenzen gibt. Das hat sie erschreckt. Aber so ist es nun mal. Wenn mir jemand das nimmt, was ich über alles liebe, mehr noch als mein Leben, gibt es keine Grenzen.«

»Wollen Sie mich wegen dem Porsche umbringen?«

»Nicht wegen dem Porsche.«

Jetzt schien German Diener irritiert zu sein. Er neigte den Kopf zur Seite, zog die Stirn in Falten und grinste amüsiert. »Ich habe Ihnen schon einmal gesagt, halten Sie sich fern von mir, Herr Faber. Aber Sie wollten ja nicht hören. Sie wussten damals nicht, mit wem Sie sich anlegen. Jetzt wissen Sie es.«

Die Stimme bekam ein eigenartiges Vibrato. Sie war ohnehin schon hoch und jetzt noch höher. Nicht weiblich, eher von einer schneidenden Schärfe. Ein bitteres Lächeln schlich sich auf Roberts Lippen. Er hatte bei der Vernehmung erlebt, wie Diener sein Gegenüber provozieren konnte.

»Unter meiner rechten Schulter steckt eine automatische Pistole. Ich werde sie nicht herausnehmen und auf dich schießen, weil das die letzte Option ist und ich die anderen Schritte davor verschwenden würde. Zum Beispiel dir so wehzutun, dass du nach deiner Mama weinst.«

»Sie sind verrückt.«

Robert sah German Diener an.

Wer jemals, vielleicht im Zoo, in die Augen eines Löwen gesehen hat, kennt diesen Blick. Er ist weder von Erbarmen noch Freundlichkeit noch irgendeiner moralischen Prägung getrübt. Er ist ein Abgrund.

Robert griff in German Dieners Schritt, bekam die Hoden zu fassen und drückte sie zusammen. So fest, dass Diener sich unter den Schmerzen nach vorne beugte.

»Lassen Sie los«, presste er zwischen den Zähnen hervor. Die Adern an Hals und Schläfe sahen aus wie Würmer, die sich unter der Haut schlängelten. Das

Gesicht wurde rot, und die Augen traten aus den Höhlen. »Ich werde Sie anzeigen.«

»Nein, das wirst du nicht. Und weißt du, warum nicht? Weil ich dir dann deine verschrumpelten Eier abreiße. Hast du das verstanden? Hast du das verstanden?« Robert drückte noch einmal fester zu, hielt German Diener am Kragen fest, damit der nicht auf die Knie ging. »Wo sind meine Kinder?«

»Woher soll ich das wissen?«

»Wir fahren jetzt in deine Galerie, und du zeigst mir, wer Zugang zu der Seite hat. Und wenn er oder du nichts mit dem Verschwinden meiner Töchter zu hast, ist alles in Ordnung. Aber wenn nicht …«

Robert entließ Diener aus seinem Griff, nahm ihm den Wagenschlüssel aus der Hand und schloss die Fahrertür auf. Dann schob er German Diener auf den Fahrersitz. Er selbst stieg auf der Beifahrerseite ein. Diener fuhr den Porsche auf das große Tor zu und verließ den Hof des Polizeipräsidiums. Robert sah, dass deBuer vom Fenster im zweiten Stock aus die Szene beobachtet hatte. Ob er ahnte, dass Robert eine entsicherte Waffe war? Wahrscheinlich.

Montag

11 // Eine Dunkelheit umfing sie, die nicht wich, selbst wenn es Morgen wurde und die Sonne sich alle Mühe gab, einen neuen Tag anzukündigen. Helena saß in der Küche. Sophies Computer stand auf dem Tisch. Google Earth war geöffnet. Als befände sich dort die

Antwort auf die Frage, wo ihre Mädchen waren. Sie hatte schon lange nicht mehr gebetet. Das letzte Mal als sie sechs war. In der Zeit, als es passiert war. Seitdem war das Gebet kein Trost mehr. Danach hatte sie alle belächelt, die beteten und in irgendeiner Weise an Gott glaubten. Allen voran ihren Vater und ihre Mutter. *Wir wissen, dass es keinen Gott gibt*, hatte sie gesagt, *weil er zulässt, was er zulässt. Und wie soll ich zu jemandem beten, der nicht existiert?* Als sie das ihrer Mutter ins Gesicht geschrien hatte, da war sie vierzehn gewesen oder vielleicht auch schon fünfzehn, hatte sie sich keine Situation vorstellen können, in der sie wieder zu Gott beten würde. Ihre Mutter hatte ihr prophezeit, dass diese Situation irgendwann kommen würde. Und wenn nicht, könnte sie sich glücklich wähnen, hatte ihre Mutter gesagt. Helena konnte sich nicht glücklich schätzen. Vielleicht sollte sie es noch einmal probieren. Vielleicht würde sie dann noch mehr Antworten erhalten.

»Vater unser, der du bist im Himmel, geheiligt werde dein Name. Dein Reich komme. Dein Wille geschehe, wie im Himmel, so auf Erden. Unser tägliches Brot gib uns heute. Und vergib uns unsere Schuld, wie auch wir vergeben unseren Schuldigern. Und führe uns nicht in Versuchung, sondern erlöse uns von dem Bösen. Denn dein ist das Reich und die Kraft und die Herrlichkeit in Ewigkeit. Amen.«

Gab es eine Antwort? Nein. Fühlte sie sich besser? Sie schloss die Augen, spürte das raue Zittern, den Atem, der sich in ihrer Brust wie Schmirgelpapier anfühlte. Ja, sie fühlte sich besser. Das Gebet gab ihr einen Halt. Es war eine Wand, die sich zwischen sie und das Grauen stellte. Auch wenn die Wand aus Pergament war. Das Gebet beschützte sie. Das Gebet und die Tavor, die Dr. Freund ihr verschrieben hatte.

Als sie das Vaterunser zum dritten Mal sprechen wollte, hörte sie Roberts Schlüssel in der Haustür. Sie brach das Gebet ab.

»Nehmen wir an, die ganze Aktion war nur dazu da, Sophie zu entführen. Warum so kompliziert?«, rief sie Robert entgegen.

Er blieb stehen, lehnte sich an den Türrahmen und zündete sich eine Zigarette an. »Wie hätten sie es sonst machen sollen?«

»Was weiß ich. Auf der Straße abgreifen, in den Wagen reinziehen und fertig.«

»Zu viel Aufmerksamkeit.«

»Okay. Dann stell dir vor, die rufen sie an. Hat Sophie nicht telefoniert, kurz bevor ich sie wegen der Fahrräder rausgeschickt habe?«

»Ich erinnere mich nicht«, sagte Robert.

»Also, die rufen sie an. Sagen Sophie, sie kann das Bild abholen. Aber nicht hier, weil die Gefahr zu groß ist, dass wir sie sehen. Also verabreden sie sich mit Sophie vor dem Olympiastadion. Von da aus gibt es drei Fluchtwege.«

Sie drehte den Bildschirm so, dass Robert sehen konnte, was sie andeutete.

»Richtung Westen über die Trakehner, nördlich über die Rominter oder über die Olympische. Das ist doch ideal. Die werden nicht gesehen. Das Einzige, womit sie nicht gerechnet haben, war ich.«

Das war Helena, wie er sie kannte. Klug, schnell. Wahrscheinlich hatte sie einen IQ jenseits der hundertfünfzig. Er war nicht so klug und nicht so schnell.

»Ich muss schlafen«, sagte er.

Sie hörte, wie er in den ersten Stock hinaufging. Sie hörte seine schweren Schritte auf der Treppe. Eine Tür wurde geöffnet. Es war die Tür zu Sophies Zimmer. Dann war es still. Sie wusste, dass er auf Sophies Bett saß und ihr Kopfkissen vor der Brust umklammert hielt. Dass er daran roch. Dass er weinte. Sie hörte, wie er schrie. »Ich werde das Schwein finden und in Stücke schneiden.« Und noch andere Dinge, die sie erschreckten. Sie konnte es nicht mehr hören, ging ins Wohnzimmer und schloss die Tür.

Sie klappte das Notebook auf. DeBuer hatte ihnen den Zugang zum Polizeicomputer gegeben, damit sie von zu Hause auf die Datenbank zugreifen konnte. In einer Datei wurden alle Anrufe transkribiert und ausgewertet. Der letzte Eintrag war drei Minuten alt. Ein Mann hatte einen anderen Mann gesehen, der mit zwei weinenden Mädchen in ein Haus in der Kantstraße gegangen war. Als die Polizei anrückte, stellte sich heraus, dass der Hund des Mädchens gestorben war. Eine Frau hatte in der Wohnung über ihrer Wohnung Schreie gehört, eine andere Frau glaubte, in ihrem Keller verdächtige Geräusche gehört zu haben, ein Wachschützer war ziemlich sicher, die Mädchen in der Herz-Jesu-Kirche gesehen zu haben. Es gab Dutzende Hinweise, denen deBuer und die Soko so schnell sie konnten nachgingen, aber nichts davon führte zu den Mädchen. Helena wechselte zu ihrem privaten Mailaccount. Kollegen aus der Staatsanwaltschaft, Lehrer der Mädchen, Katharinas Basketballtrainerin boten ihre Hilfe an. Allerdings gab es nicht nur Aufmunterungen. In den sozialen Medien beschimpften ein paar Idioten Helena und Robert, sie hätten nicht genügend auf ihre Kinder aufgepasst. Andere machten sich einen Spaß daraus, Fotos von Katharina und Sophie digital zu bearbeiten, sodass es aussah, als wären sie tot. Und immer wieder der Hinweis, dass die Mädchen einem Netzwerk von Mädchenhändlern in die Hände gefallen seien. Helena klappte das Notebook zu. Mädchenhändler. Das war die schlimmste Vermutung von allen. Mädchenhändler bedeutete, dass es Profis waren, die Katharina und Sophie entführt hatten. Dass Paulus damit zu tun hatte.

Können wir uns treffen? Außerhalb der Staatsanwaltschaft.

Eine Nachricht von dem neuen Oberstaatsanwalt Serner. Was wollte er von ihr? Und wieso wollte er sich nicht in der Staatsanwaltschaft treffen?

Haben Sie etwas von meinen Kindern gehört?

Keine Antwort. Sie nahm die Krücken und humpelte in den Flur. Griff nach dem Autoschlüssel ihres alten Volvos. Von Robert war nichts mehr zu hören. Vielleicht war er eingeschlafen.

Als sie die Schuhe der Mädchen an der Garderobe neben der Tür stehen sah, musste sie weinen.

12 // In der Galerie Diener hatte Robert erfahren, dass nur eine Person Zugang zu dem Bereich der Website hatte, in dem man sehen konnte, wer welche Fotos hochgeladen hatte. Die Person war Dieners achtundsiebzigjährige Mutter. Eine große, schmale Frau. Asketisch und unnahbar, mit kurz geschorenen weißen Haaren und einer Tätowierung am Hals, die einen Strichcode darstellte. Sie führte offensichtlich das Regiment. Von ihr musste German Diener Dünkel und Überheblichkeit gelernt haben. Sie hatte Robert ignoriert, nur mit ihrem Sohn gesprochen und erklärt, dass es kein Foto von einer Sophie in dem Computer gäbe. Außerdem sei der Wagen ausschließlich von einem Praktikanten gefahren worden, und zwar bevor der Diebstahl sich ereignet hatte. Der Praktikant hieß Vitali Adam, Student der Kunstgeschichte. Er war am Morgen nicht zur Arbeit erschienen. Somit war er ein Hauptverdächtiger. Robert hatte sich ein Foto geben lassen, hatte deBuer angerufen, und deBuer hatte Vitali Adam zur Fahndung ausgeschrieben.

Danach war Robert weiter durch die Räume der Galerie gestreift. An den Wänden hingen Akte von Mädchen und Jungen in sexuell eindeutigen Positionen. Sie waren allesamt älter als achtzehn, wie German Diener betonte. Die Akte erinnerten an berühmte Gemälde von Picasso, Schiele, Klimt. Die Beine gespreizt, die Hände auf den Geschlechtsteilen, die Jungs zum Teil mit Erektionen. Natürlich waren es keine Werke dieser berühmten Maler. Der Künstler war ein Computerprogramm, das Fotos digital in den jeweiligen

Stilen bearbeitete. Diener hatte irgendwas von Dekonstruktion und Singularität geschwafelt. Befreiung der Kunst vom Künstler. Disruption des künstlerischen Prozesses. Robert war weiter durch die Räume gegangen, hatte aber kein Bild gefunden, das auf Sophie schließen ließ. Er hatte trotzdem den Computer beschlagnahmt, Frau Diener hatte mit ihrem Anwalt gedroht. Danach hatte er in einem Supermarkt eine Flasche Wodka gekauft und sie halb leer getrunken. Er wollte die Unruhe ertränken. Es misslang.

Er lag auf Sophies Bett, starrte an die Decke, wo er vor sechs Jahren kleine, fluoreszierende Plastiksterne angebracht hatte, die noch eine Weile leuchteten, nachdem das Licht gelöscht war. Damals hatte Sophie von ihrer Mutter wissen wollen, ob Gott tatsächlich bei den Sternen wohnt. Helena hatte Sophie an ihn verwiesen, vermutlich weil sie ihrer Tochter nicht sagen wollte, dass sie selbst nicht an Gott glaubte. Er war sich da nicht so sicher. Wenn er darüber mit Helena sprach, meinte sie, dass Gott keine Antwort gäbe angesichts des massenhaften Leidens und Sterbens der Schwächsten auf der Welt. Dass Gott eine Kirche über den Betenden einstürzen ließe. Dass Typhus und Schwäne denselben Ursprung hätten. Sophie allerdings zu erzählen, dass es Gott nicht gäbe, hatte er nicht übers Herz gebracht. Dafür hatte sie noch nicht genug Enttäuschungen erlebt.

Endlich dämmerte er weg. Als sein Handy ihn weckte, wusste er nicht, wie lange er geschlafen hatte. Er nahm es hervor, sah auf das Display. Eine Viertelstunde. DeBuer.

»Ist Helena bei dir?«

»Wieso?«

»Wir haben ein Mädchen gefunden.«

»Wo?«

»Landwehrkanal. Unterschleuse. Kennst du den *Schleusenkrug*? Direkt hinterm Zoo.«

Er kannte die Kneipe. Er hatte dort seinen Dreißigsten gefeiert. »Wisst ihr schon, wer …« Weil er die Antwort fürchtete, sprach er die Frage nicht zu Ende.

»Nein.«

Er schaltete das Handy aus, stand auf und war augenblicklich nüchtern und hellwach.

»Helena? Helena!«

Er rannte die Treppe nach unten, stolperte und fing sich wieder. Ging in die Küche, das Wohnzimmer, Helenas Büro. Sie war nicht da, der Volvo verschwunden. Wohin war sie gefahren? Ohne ihn. Oder wie Sophie manchmal sagte: Wohin? Dahin. Warum? Darum.

Die Fahrt von der Westendallee zur Unterschleuse dauert normalerweise eine Viertelstunde. Mit Blaulicht und Sirene sind es ein paar Minuten weniger. Auf der Reichsstraße schlängelte Robert sich rechts an dem stehenden Verkehr vorbei. Der Kaiserdamm war frei, aber die Bismarck schon wieder eine Baustelle und von drei auf eine Spur verengt. Auf dem Ernst Reuter war ein Krankenwagen umgekippt. War das der, der zur Unterschleuse fahren sollte? Die Frage nach Gott war noch nicht beantwortet. Er nahm sein Handy und wählte Helenas private Nummer. Die Mailbox schaltete sich ein. Als er Katharinas Stimme vernahm, erschrak er. »Dies ist der Anrufbeantworter einer Frau, die nie ans Telefon geht. Nehmen Sie es nicht persönlich. Wenn Sie zur Familie gehören und es wichtig ist, rufen Sie Robert an. Der geht immer ans Telefon.« Katharina hatte die Ansage gesprochen.

»Kannst du verdammt noch mal die Ansage ändern, Helena?«, brüllte er ins Telefon. »Sie haben ein Mädchen gefunden. An der Unterschleuse. Sie wissen noch nicht, ob es Sophie oder Katharina ist. Ich bin auf dem Weg. Ich melde mich, wenn ich was weiß. Versuch ruhig zu bleiben. Ich liebe dich.«

Als er in der Müller-Breslau anhielt, musste er sich den Weg zum *Schleusenkrug* durch eine Hochzeitsgesellschaft bahnen, die offensichtlich das Lokal für die Feierlichkeit gemietet hatte und nun das Fest abbrechen musste. Ein totes Kind ist kein gutes Omen. Der Notarztwagen war schon vor Robert eingetroffen. Ebenso die Feuerwehr. Zwei Taucher hoben einen Körper aus dem Schleusenbecken, zwei Sanis nahmen ihn entgegen. Ein Mädchen. So groß wie Sophie, blond wie Sophie, mit halblangen Haaren wie Sophie. Roberts Blick taumelte umher auf der Suche nach Halt, bis er deBuer traf. Seinen alten Freund, seinen Chef. Das Mädchen wurde auf das grüne, frisch gemähte Gras neben der Schleuse gelegt. Die Notärztin drehte den Körper auf den Rücken, sah zu Robert hin. Robert sah nur die Ärztin an. Er kannte sie von ein paar Einsätzen, die sie zusammen durchgeführt hatten. Aber er kannte sie nicht gut genug, um ihren Blick lesen zu können. Für einen Moment, einen winzigen Augenblick, wünschte er sich, dass der Körper, der auf dem frisch gemähten Gras lag, seine Tochter wäre. Dann hätte auch der Horror der Ungewissheit ein Ende. Die Notärztin schüttelte den Kopf. Es sah aus wie Trost. Aber es war kein Trost. Es war die Haltbarkeit des Horrors.

Dann erlaubte er seinem Blick, das Mädchen anzusehen.

Montag

13 // Das Arema in der Birkenstraße wurde hauptsächlich von Studenten frequentiert. Ein guter Ort für ein konspiratives Treffen, dachte Helena. Oberstaatsanwalt Serner wartete an einem Tisch im hinteren Teil des Cafés. Er hatte sich bisher bei den Ermittlungen zurückgehalten und lediglich über deBuer Einfluss genommen. Er hob die Hand und winkte, als Helena das Lokal betrat. Er war Mitte dreißig, trug eine Brille, wie sie schon mal in den 50ern und jetzt wieder in Mode war. Das Haar war sauber gescheitelt, der Anzug saß akkurat. Serner schien sich in der Rolle eines modernen, eloquenten Beamten zu gefallen. Nach dem Skandal um den OStA Paulus hatte die Senatsverwaltung für Justiz niemanden aus dem Berliner Stall auf den vakanten Posten befördern wollen. Es sollte jemand von außen sein. Jemand, der unverdächtig war, in irgendeiner Weise mit den unappetitlichen Vorgängen in Verbindung zu stehen. Also hatte man Stephan Serner geholt, der sich im hessischen Wiesbaden einen Namen als entschlossener Staatsanwalt gemacht hatte, als er zwielichtige Verbindungen eines Landtagsabgeordneten ins

Rotlichtmilieu aufgedeckt hatte. Es war die richtige Entscheidung gewesen. Das Problem war nur, dass ein Neuer niemanden in der Behörde kannte und somit von dem inoffiziellen Informationsfluss ausgeschlossen war.

Helena war ihm bisher nur einmal begegnet. Das war an dem Tag, als er in sein Amt eingeführt worden war und eine kurze Rede gehalten hatte, drei Tage vor Katharinas und Sophies Entführung. Aus dem Lautsprecher flüsterte B. B. King etwas über eine süße, kleine Sechzehnjährige. *When I first met you, baby / Baby, you were just sweet sixteen / You just left your home then, woman / Ah, the sweetest thing I'd ever seen.* Helena kannte den Text auswendig, weil Robert bei ihrer ersten Verabredung das Lied gesungen hatte. Jetzt kam es ihr geschmacklos vor. Ein alter, fetter Sack und eine Sechzehnjährige.

»Ist das Café okay für Sie?«, fragte Serner, als Helena einen Moment lang dem Song lauschte und unschlüssig vor dem Tisch stehen blieb.

»Warum treffen wir uns hier?«

»Nehmen Sie Platz. Dann erfahren Sie es.«

Helena setzte sich mit dem Rücken zur Wand und legte die Krücken auf den Boden. Serner winkte die Bedienung herbei. Bestellte einen Kaffee und für Helena Tee. Dann erkundigte er sich, wie es ihr ginge, ob sie Schmerzen im Fuß habe, versprach, alles zu tun, um die Mädchen zu finden. Helena nickte. Sie wusste, was der Satz bedeutete, weil sie ihn selbst schon hundertmal zu Müttern, Ehemännern, Kindern gesagt hatte – nämlich nichts.

»Sie wissen, dass wir Sie noch einmal genauer zu

den Vorgängen um die Entführung von Katharina und Sophie vernehmen müssen. Ich habe das bisher noch nicht angeordnet, weil ich Ihnen eine gewisse Zeit geben wollte, um sich zu sammeln.«

»Sammeln? Wozu soll ich mich sammeln?«

Die Bedienung brachte Kaffee und Tee. Auf den Untertassen lagen Kekse mit Schokoladenüberzug, und B. B. King hatte seine Fantasie über die süße Sechzehnjährige beendet. Helena atmete hörbar aus. Sie nahm ihr Handy aus der Hosentasche. Nur um zu sehen, ob eine Nachricht eingetroffen war. Von Robert, von deBuer, von einer ihrer Töchter. Aber im Café hatte das Handy keine Verbindung.

»Sie haben im ersten Gespräch mit der Polizei gesagt, Sie wären zum Olympiastadion gelaufen. Das sind 750 Meter.«

»Und?«

»Wieso sind Sie zum Olympiastadion gelaufen? Sie hätten auch in jede andere Richtung laufen können. Zum Beispiel in den kleinen Park vor Ihrer Haustür.«

»Haben Sie Kinder?«

»Nein.«

»Wenn Sie Kinder hätten, wüssten Sie, warum ich zum Olympiastadion gelaufen bin.«

»Erklären Sie es mir.«

»Da gibt es nichts zu erklären, weil es nichts ist, was Wissenschaft begreifen kann.«

»Sie meinen, so etwas wie der sechste Sinn?«

Der Tee war heiß. Helena trank und musste gegen den Würgereflex ankämpfen. Sie hatte seit Samstag nichts mehr gegessen.

»Sie haben die Pistole Ihres Mannes genommen, bevor Sie das Haus verlassen haben. War das auch die Eingebung eines sechsten Sinns?«

»Was wollen Sie von mir?«

»Ich will verstehen, warum Sie mit einer Waffe in der Hand zum Olympiastadion gelaufen sind …«

Helena unterbrach ihn. »Wenn wir schon genau sein wollen, dann bin ich nur bis zur Brücke gelaufen.«

Er nahm ein iPad aus seiner Ledertasche, öffnete einen Ordner und suchte das erste Vernehmungsprotokoll, das im Präsidium aufgenommen worden war. Er fand die Datei und scrollte nach unten.

»Stimmt. Bei Ihrer ersten Aussage haben Sie angegeben, dass Sie bis zur Brücke gelaufen sind. Dann ist der Wagen an Ihnen vorbeigefahren. Haben Sie da Ihre Töchter gesehen?«

»Ich habe sie gehört.«

»Und dann haben Sie geschossen.«

»Ja.«

»Wie oft?«

»Steht im Protokoll.«

Er las weiter.

»Dann sind Sie dem Wagen bis zum Theodor-Heuss-Platz hinterhergelaufen. Der Wagen ist auf die Mittelinsel gefahren, und die hintere Tür wurde geöffnet. Laut Ihrer Aussage war da ein Mann, der Ihrer Tochter Sophie eine Waffe an den Kopf gehalten hat.«

»Ja.«

»Sophie ist die jüngere?«

»Sie ist elf, Katharina ist dreizehn.«

»Blond, ungefähr eins fünfundvierzig groß, Jeans, T-Shirt.«

»Was soll das?«

»Ich versuche nur, die Widersprüche zu verstehen.«

»Welche Widersprüche?«

»Mehrere Zeugen, die den Vorgang beobachtet haben, behaupten, sie hätten durchaus einen Mann in der hinteren Tür des Lieferwagens gesehen, und der hätte tatsächlich eine Pistole in der Hand gehabt. Aber es soll ein Junge gewesen sein, dem er die Pistole an den Kopf gehalten hat.«

»Es war meine Tochter. Ich weiß es. Ich habe sie gesehen.«

Helena war so laut geworden, dass die Bedienung zu ihrem Tisch hinsah. An den Nachbartischen drehten Gäste die Köpfe.

»Sie sagen, es war Ihre Tochter Sophie, die Zeugen behaupten, es wäre ein Junge gewesen.«

»Sie wissen genauso gut wie ich, dass Zeugen das schlechteste Beweismittel überhaupt sind. Sie irren sich, verwechseln Dinge, bringen Sachen durcheinander. Und sie lügen. Ich will die Namen haben.«

»Das geht nicht. Und das wissen Sie, Frau Faber. Beauftragen Sie einen Rechtsanwalt. Gehen wir noch mal zurück zum Stadion. Im Protokoll steht, Sie hätten gesehen, wie Ihre Töchter in diesen Lieferwagen eingestiegen sind.«

»Ja.«

»Der Wagen stand zu dem Zeitpunkt auf dem Parkplatz vor dem Stadion?«

»Ja.«

Serner öffnete auf seinem Tablet den Stadtplan von Berlin. Weil es keine Internetverbindung gab, konnte er die Strecke nicht abmessen. »Wie weit ist es von der Brücke zum Parkplatz?«

»Weiß ich nicht.«

»Fünfhundert Meter?«

Helena sah Serner entnervt an. Fünfhundert, tausend, zehntausend. Was machte das für einen Unterschied.

»Sie haben auf fünfhundert Meter genau gesehen, dass es Ihre Töchter waren, die in den Lieferwagen eingestiegen sind?«

»Ja.«

»Sicher?«

»Ja!«

»Frau Faber, ich mache das nicht, um Sie zu ärgern. Aber an diesem Tag ist zum gleichen Zeitpunkt die Jugendmannschaft von Hertha BSC über den Parkplatz gejoggt. Neunzehn Jungs, fünf davon blond, davon drei ungefähr einen Meter fünfzig groß.«

»Da waren keine Jungs. Nicht zu dem Zeitpunkt, als der Lieferwagen da stand. Was wollen Sie mir damit eigentlich sagen?«

»Ich stelle Ihnen nur Fragen. Zum Beispiel die Frage, ob es sein kann, dass Ihre Mädchen gar nicht in dem Wagen waren, sondern … von zu Hause weggelaufen sind.«

»Wie bitte?«

»So etwas kommt vor.«

»Warum sollten sie weglaufen?«

»Sagen Sie es mir.«

Helena hielt die Tasse mit beiden Händen fest. Sie wollte an diese unwahrscheinlichste aller Möglichkeiten nicht denken, schüttelte den Kopf. Jetzt war Pink dran. *Can we work it out, can we be a family? I promise I'll be better, daddy please don't leave.*

»Sie leben von Ihrem Mann getrennt. Man hört, dass Ihr Verhältnis nicht das beste ist. Der flüchtige Oberstaatsanwalt Paulus, Ihr Vorgesetzter, mit dem Sie eine Affäre hatten, war mehrmals bei Ihnen zu Hause, auch über Nacht. Und dann waren Sie wochenlang verschwunden. Sie haben angeblich wie ein Tier im Wald gelebt. Ihre Töchter hatten mit Sicherheit Angst, dass Sie tot sind. Kinder kommen mit so etwas nur schwer klar. Sie sind traumatisiert, und sie reagieren nicht so, wie Erwachsene reagieren.«

Es fehlte nicht viel, und sie hätte ihm ins Gesicht geschlagen. Vielleicht sah er es in ihrem Blick und wich zurück, vielleicht konnte er ihre Wut riechen. Hatte sie sich geirrt? Waren die Mädchen weggelaufen? Und war die Person, die sie in der Tür des Lieferwagens gesehen hatte, ein Junge? Nein. Unmöglich. Sie fing sich, nahm ihren Zorn an die Leine und riss ihn zurück.

»Das hätte ich gemerkt. Katharina und Sophie waren nicht traumatisiert, falls Sie das meinen. Sie hätten sich sonst zurückgezogen, oder nicht? Aber sie wollten im Sommer mit Robert und mir eine Bootstour an die Ostsee machen. Sie hatten die Tour schon geplant.«

»Mit Ihnen und Robert?«

»Ja.«

Sie sah, wie Serner die Mundwinkel nach unten zog.

»Wie hat eigentlich Ihr Mann auf die Affäre mit Paulus reagiert?«

»War's das?«

Sie griff nach ihren Krücken und humpelte aus dem Café. Auf der Straße musste sie sich an eine Litfaßsäule anlehnen. Atmen nicht vergessen. *Er verdächtigt mich und Robert. Was denn noch alles? Genügt es nicht, dass die Mädchen verschwunden sind? Dass ich vor Angst um sie kaum denken kann? Dass ich ein schlechtes Gewissen habe, weil ich sie nicht beschützt habe?* Das Handyklingeln holte sie in die Wirklichkeit zurück. Sie hatte wieder Netz. Die Mailbox meldete neun Anrufe. Alle von Robert.

Montag

14 // Es heißt, es sei unmöglich, nicht zu denken, aber wenn man den Blick unscharf stellt, die Augen nicht auf einen bestimmten Gegenstand fokussiert, schafft man es, einige Augenblicke lang nicht zu denken. Das Gehirn befindet sich dann in einer Art von Standby-Modus. Wie in den ersten Minuten des Einschlafens. Wenn die Synapsen mit Melatonin überschwemmt werden. Der Herzschlag wird langsamer, der Blutdruck sinkt, die Muskeln verlieren an Spannung, der Atem beruhigt sich. So saß Robert Faber seit einer Viertelstunde in seiner DS. Starrte geradeaus und nahm sich selbst aus der Zeit. Als die Beifahrertür geöffnet wurde, erschrak er.

»Sie heißt Annika«, sagte Helena. »Acht Jahre alt.«

»Wer?«

»Das Mädchen. Sie hat überall am Körper Folterspuren. Vermutlich von einer Auspeitschung.«

Als er das Entsetzen in Helenas Gesicht sah, war der Standby-Modus beendet. »Ich war dabei, als sie sie aus dem Wasser gezogen haben. Es ist nicht normal.«

»Was ist nicht normal?«

»Ich hab gehofft, dass ein anderes Mädchen tot ist. Nicht Sophie. Ich war bereit, alles zu tun, damit es nicht unsere Tochter ist. Und dann habe ich mich gefreut, weil sie es nicht ist. Ich war dankbar. Und es war mir scheißegal, dass da ein Kind tot ist.«

»Ja.«

»Ich hätte vor Freude beinahe laut losgebrüllt.«

Sie legte die Hand auf seinen Arm. Es war die erste zärtliche Berührung seit der Stunde, in der die Mädchen entführt worden waren. Er sah auf ihre Hand, fasste sie mit der Linken und drückte sie so fest, dass Helena stöhnte. Er lockerte den Griff und entschuldigte sich. Dann umarmte er sie, so gut es eben in dem Wagen ging.

»Wir finden sie«, sagte er.

Helena nickte. »Ja.«

»Und wir werden die Schweine zur Strecke bringen.«

Helena schwieg. Nicht weil sie es nicht glaubte, sondern weil es kein Trost für sie war.

»Ich hab versucht, dich anzurufen.«

»Ich hab mich mit Serner getroffen.«

»Serner? Wieso hast du nichts gesagt?«

»Er wollte mich in einem Café treffen. Alleine. Es

war so was wie eine Vor-Vernehmung. Ich glaube, er traut uns nicht und dem Laden auch nicht.«

»Was hat er gesagt?«

»Ob ich sicher bin, dass ich Sophie gesehen hätte, weil laut Zeugen ein Junge in dem Lieferwagen war.«

Robert ließ sie los. »Was hast du geantwortet?«

»Dass ich Sophie gesehen habe.«

»Sicher?«

»Denkst du, ich kann Sophie nicht von einem Jungen unterscheiden? Ich habe sie gesehen. Okay?!«

Robert startete den Wagen. »Okay.«

Der Trost der Umarmung war schon wieder verbraucht. »Warum fragst du so etwas? Denkst du, ich würde das alles erfinden?«

»Nein.«

»Und warum fragst du dann, ob ich sicher bin?«

Robert musste über die Frage nachdenken. Wieso hatte er das gefragt? Weil er eine Antwort ersehnte, die Hoffnung in sich barg. »Weil du das jede andere beteiligte Person auch fragen würdest.«

Robert bog in die Straße des 17. Juni ein.

»Wo fährst du hin?«

»In die Rechtsmedizin. DeBuer sagt, das Mädchen wird seit zwölf Monaten vermisst. Ich will mir die Ermittlungsakten ansehen. Weißt du, wer bei euch an dem Fall dran war?«

»Wahrscheinlich Ziffer.«

Robert sah Helena erstaunt an. Seit dreizehn Jahren war er mit ihr verheiratet, seit vier Jahren lebten sie getrennt, und trotzdem verstand er sie immer noch nicht. Wie sie das sagte, *wahrscheinlich Ziffer*, als wäre es ein beliebiger Name, ein harmloser Kollege. Dabei war Ziffer niemand anderes als Dionysos gewesen. Er hatte sechs Frauen inklusive seiner eigenen Mutter auf die denkbar grausamste Weise ermordet.

»Wer auch sonst«, sagte er, weil er keine Diskussion anfangen wollte.

»Eines noch«, sagte sie.

»Ja?«

»Serner hat mich gefragt, ob du eifersüchtig warst. Auf Paulus.«

»Weil er denkt, dass ich …«

»Kann sein.«

»So ein Arschloch.«

»Wir dürfen uns nicht verunsichern lassen. Nicht von Serner, nicht von deBuer, von niemandem.«

Nein, von niemandem. Wenn sie nicht zusammenhalten, wenn sie sich nicht aneinander festhalten, sind sie verloren. Und ihre Töchter auch.

»Traust du Serner?«, fragte Robert.

»Wieso fragst du das?«

»Weil irgendjemand Paulus gewarnt hat. Und weil Paulus nur deswegen abtauchen konnte. Vielleicht ist Serner Teil eines viel größeren Netzwerks, von dem wir nicht den Hauch einer Ahnung haben.«

»Ich weiß.«

»Es war jemand von euch oder von uns.«

»Ja.«

»Was ist, wenn derjenige auch mit der Entführung von Sophie und Katharina zu tun hat?«

Das ist der Moment, in dem er eine Tür öffnet, hinter der eine ganze Welt liegt. Und hinter der Welt eine nächste

Welt und dahinter noch unzählige weitere. Je mehr Fragen wir stellen, umso mehr erschrecken uns die Antworten. Je mehr wir uns einer Wahrheit nähern, umso weiter rückt sie von uns weg. Wir gehen dabei auf einer Hängebrücke, die über einem Abgrund schwingt.

Robert streckte seine Hand aus. Helena ergriff sie. Er lächelte sie aufmunternd an.

»Morgen ist eine Pressekonferenz. DeBuer will, dass wir dabei sind und was sagen.«

»Okay.«

»Wir müssen ein paar Sätze aufschreiben. Ich will nicht vor den Kameras sitzen und herumstottern. Kannst du das machen? Du bist doch gut in so was.«

Ja, das war sie. Normalerweise. Aber war sie gut darin, aufzuschreiben, was ihr durch den Kopf ging, seit Katharina und Sophie verschwunden waren?

Montag

15 // Acht Tische aus Edelstahl. Auf dem ersten lag ein Männerkörper ohne Kopf. Auf dem zweiten eine alte Frau, deren Haut grau und eingefallen war, als wäre sie eine Mumie. Der dritte war leer. Ein Mitarbeiter wischte Reste von geronnenem Blut ab. Er war an den Armen tätowiert und summte eine Melodie. Auf dem vierten lag das Mädchen aus dem Landwehrkanal. Sie hieß Annika Martens, blond, abgemagert, neun Jahre alt. Der Körper von roten Striemen überzogen.

Robert und Helena gingen an den Tischen vorbei auf Dr. Becker zu. Sie hatten den Vorschriften gemäß grüne Hosen und Hemden, grüne Hauben angezogen, um die Kontaminierung durch Fasern oder Verschmutzung zu vermeiden.

Die Begrüßung bestand aus einem kurzen Kopfnicken. Dann schaltete Dr. Becker ihr Diktiergerät wieder ein.

»Intravaginale Traumata – Punkt – Ruptur der Scheide, des Gebärmutterhalses und der Gebärmutter – Punkt – Durchstich zur Harnblase – Punkt – Ursache ist die Einführung eines harten Gegenstandes – Punkt – vermutlich Metall, etwa fünfunddreißig Zentimeter tief – Punkt – Trauma von Anus und Rektum bis in die Bauchhöhle – Punkt.«

Mit der größtmöglichen professionellen Distanz machte sie das Mädchen auf dem Tisch zu einem wissenschaftlichen Objekt, zu einem Körper ohne Namen, ohne Geschichte. Die Brust des Mädchens war geöffnet.

»Kein Wasser in Bronchien und Lunge. Sie war mehr als vierundzwanzig Stunden tot, als sie in den Landwehrkanal geworfen wurde«, sagte Dr. Becker.

»Woran ist sie gestorben?«, fragte Robert.

»Erstickt. Gelenksperre und Spuren von Sperma in der Speiseröhre.«

»Das heißt …« Helena beendete den Satz nicht, weil sie im selben Augenblick wusste, was es hieß.

»Wenn jemand den Kiefer sehr weit öffnet, wandert der Gelenkkopf nach vorne«, erklärte Dr. Becker. Sie klang so unbeteiligt, als würde sie eine Vorlesung halten. »Dabei überwindet der Kiefer das Tuberculum articulare. Die Folge ist ein Austritt aus der Gelenkbahn. Das Gelenk muss dann wieder eingehakt werden. Mit einem besonderen Griff. Das ist sehr schmerzhaft. Meinen Bericht haben Sie morgen früh.«

»Danke«, sagte Helena.

»Die Mutter will sie sehen. Aber das muss die Staatsanwaltschaft entscheiden.«

»Ich gebe dem OStA Bescheid«, sagte Helena. Dann riss sie sich von dem Anblick los und verließ die Rechtsmedizin. Wartete nicht auf Robert. Ging den Weg zur Turmstraße, bog nach links ab und erreichte wenig später das Amtsgericht.

Wie oft war sie durch die große Tür gegangen, über der Justitia behauptete, unparteiisch zu sein. Hatte ihr Büro im zweiten Stock betreten und eine Akte aufgeschlagen. Hatte in unzähligen Mordfällen ermittelt, Vergewaltigungen, Entführungen. Manche Schicksale waren ihr nahegegangen. Bei manchen Fällen wäre sie froh gewesen, wenn nicht sie, sondern ein Kollege den Fall übernommen hätte. Jetzt war es anders. Jetzt würde sie alles aufrufen, was sie an Erfahrung besaß. Ihren Instinkt benutzen, ihr phänomenales Gedächtnis einsetzen. Sie humpelte die Stufen hinauf in die Geschäftsstelle im zweiten Stock. Barbara Heiliger hielt dort die Stellung, nachdem Fatima Volkan gekündigt hatte. Ein Staatsanwalt, der Frauen grausam umgebracht hatte, und ein Oberstaatsanwalt, der einen Ring von Kinderschändern organisiert hatte, waren zu viel für sie gewesen.

»Was Neues von den Mädchen?«, fragte Barbara.

Helena schüttelte den Kopf.

»Wie geht es dir heute?«

Helena schüttelte erneut den Kopf. *Frag mich nicht. Frag mich nicht, weil du es nicht ertragen wirst, wenn ich dir sage, wie es mir geht.* »Sie haben ein Mädchen aus dem Landwehrkanal gezogen. Sie heißt Annika Martens.«

»Ich hab's gehört.«

»Es muss eine Akte geben.«

»Gibt es. Paulus hat sie in seinem Tresor versteckt. Wir haben sie gefunden, nachdem er untergetaucht ist.« Barbara verschwand in einem Nebenzimmer. Wenig später kam sie zurück. Schüttelte den Kopf.

»Die ist nicht hier.«

»Wo ist sie?«

»Komm mit.«

Barbara marschierte den Gang entlang bis zum Ende, dort wo das Büro des Oberstaatsanwaltes lag. Darüber gab es nur noch den Generalstaatsanwalt, aber der hatte sein Büro in einem anderen Gebäude. Sie klopfte. Eine Frauenstimme bat sie herein. Schneider. Ehemals Helenas erbitterte Feindin um Paulus' Herz. Ein kurzes Kopfnicken. Ein angestrengtes Lächeln. Sie war in dem letzten halben Jahr alt geworden, als sei der Sommer kurz gewesen und der Herbst überraschend hereingebrochen.

»Ist er da?«, fragte Barbara.

»Er ist zu Tisch. In zehn Minuten hat er einen Telefontermin. Was sucht ihr?«

»Die Akte Annika Martens.«

»Die hat er.«

»Dürfen wir?«

Barbara deutete auf Serners Büro. »Fünf Minuten.

Maximal. Manchmal kommt er früher zurück. Wenn es nichts Richtiges für ihn gibt. Er ist Veganer.«

Helena und Barbara huschten in Serners Büro. Es war karg. Die Möbel, mit denen Paulus sich seine Burg eingerichtet hatte, waren verschwunden. Ein Schreibtisch von Ikea. Stühle, Sessel, Couch auch von Ikea. Billy-Regale. Neben dem Schreibtisch lagen mehrere meterhohe Stapel von Akten. Ein Berg von Arbeit.

»Er meint es ernst«, sagte Barbara.

Sie fingen an zu suchen. Achteten darauf, die Stapel nicht durcheinanderzubringen. Eine Akte nach der anderen wanderte ergebnislos durch ihre Hände. Als sie fünf der sechs Stapel durchsucht hatten, hörten sie, wie im Vorzimmer eine Tür geöffnet wurde. Serners Stimme. Helena und Barbara hielten die Luft an. Was konnten sie als Erklärung vorbringen, wenn er sie hier erwischen würde?

Serner sagte etwas zu Schneider. Es klang wie eine Frage.

Helena deutete mit dem Kopf zu einer zweiten Tür auf der anderen Seite des Zimmers. Dahinter, das wusste sie noch sehr genau, lag ein Raum, in den sie und Paulus sich gelegentlich zurückgezogen hatten. Ein Zimmer mit einer Couch und drei Sesseln. Schallisoliert. Für spezielle Besprechungen. Während Serner immer noch mit Schneider sprach, schlichen Helena und Barbara zu der Tür hin. Wenn der Fußboden leise knarrte, stoppten sie sofort. Gingen vorsichtig weiter, versuchten schwerelos zu sein. Die Tür war verschlossen. Serners wütende Stimme polterte im Vorzimmer.

»Dann sagen Sie ihm, dass ich auf dem Weg bin, verdammt noch mal. Was glaubt er, wer er ist?«

Eine Tür krachte ins Schloss. Helena und Barbara rührten sich nicht. Erst als Schneider Entwarnung gab, suchten sie weiter nach der Akte, die sie schließlich oben auf dem letzten Stapel fanden.

»Was halten Sie von ihm?«, fragte Helena, als sie wieder vor Schneider stand.

»Weiß ich noch nicht. Er lässt alle antanzen und fragt jeden nach Paulus. Außerdem hat er die Möbel rausgeworfen und neue bestellt. Habt ihr ja gesehen.« Sie verzog das Gesicht, um zu zeigen, dass sie ihn für einen komischen Kauz hielt.

»Ansonsten redet er mit niemandem. Entweder er traut keinem von uns, oder wir sollten ihm nicht trauen.«

»Danke. Ich brauche auch noch die Namen der Zeugen.«

»Ich weiß nicht …«

Es war klar, dass Helena nicht berechtigt war, die Akte einzusehen. Aber das hier war eine spezielle Situation. Ihr die Namen der Zeugen zu geben war eine geradezu banale Überschreitung der Dienstvorschriften, gemessen an dem, was sich in den letzten Wochen in der Staatsanwaltschaft ereignet hatte.

»Kriegst du«, sagte Barbara mit einem aufmunternden Lächeln.

Helena reichte Schneider die Hand. Sie fühlte sich warm an. Sympathisch. Barbara blieb noch für einen Plausch.

Helenas Büro roch nach altem Papier. Die gelben

Rosen, die sie von den Kollegen nach ihrer spektakulären Rettung erhalten hatte, ließen die Köpfe hängen. Die Tulpen waren gewachsen und ragten vorwitzig zwischen den Gerbera hervor. Helena setzte sich an den Schreibtisch und schlug den Hefter auf. Die Akte war von Ziffer angelegt worden. Offensichtlich hatte Paulus ihn auf den Fall angesetzt, damit er sicher sein konnte, dass die Ermittlungen im Sand verliefen. Helena las und murmelte dabei die Sätze laut vor sich hin, damit sie sie sich besser merken konnte. Eintrag am 5. Oktober. *Vernehmung Rita Martens durch Sta. Ziffer. Rita Martens Tochter Annika Martens, geboren am 9. Januar 2008, vermisst gemeldet zwei Jahre zuvor am 3. September. Vater Jean Martens am 3. Juni 2014 bei einem Autounfall ums Leben gekommen. Umstände mysteriös, Mutter Rita Martens, geborene Wouters, neunundzwanzig Jahre alt, Journalistin bei Het Nieuwsblad, einer belgischen Tageszeitung. Annika ist mit ihrer Mutter Rita zu den Feierlichkeiten anlässlich des Tages der deutschen Einheit nach Berlin gereist. Rita Martens ist abends zu einem Empfang in der belgischen Botschaft eingeladen. Als sie gegen halb zwölf nachts ins* Motel One *am Bahnhof Zoo zurückkommt, läuft der Fernseher. Annika Martens ist laut Aussage Rita Martens verschwunden. Vernehmung wird abgebrochen, Rita Martens erhält Beruhigungsmittel.*

Zweiter Eintrag. *Fortsetzung der Vernehmung. Laut Rita Martens (Mutter) trägt Annika Martens eine Levis mit Löchern an den Knien, ein T-Shirt mit dem Brandenburger Tor auf der Vorderseite, weiße Turnschuhe und einen neuen blauen Anorak von H&M. Der Nachtportier sagt bei einer ersten Vernehmung aus, niemanden gesehen zu ha-*

ben. Rita Martens hat zuerst die der Öffentlichkeit zugänglichen Bereiche des Gebäudes in der Kantstraße 163–165 durchsucht. Anschließend hat sie die Straßen um das Hotel herum abgesucht. Nach ihren Aussagen hat sie auch im Zoo-Palast-Kino nach Annika gefragt. Anschließend ist sie zum Bahnhof Zoo gegangen. Bei der Vernehmung sagt sie, dass sie weiß, dass die Gegend wegen der Kinderprostitution berüchtigt ist. Sie sucht nach eigenen Angaben ungefähr dreißig Minuten lang die Straßen um den Bahnhof herum ab. Um ein Uhr morgens wählt sie die 110. Der Beamte vom Notruf nimmt die Vermisstenanzeige entgegen und leitet sie sofort weiter. Gegen Morgen des 4. Oktober wird eine umfangreiche Suche gestartet.

Dritter Eintrag am 6. Oktober. *Zwei Hundertschaften der Bereitschaftspolizei suchen seit dem 4.10. die Umgebung ab, Angestellte des Zoologischen Gartens durchkämmen den Tierpark. In der Nähe der Unterschleuse wird ein Schuh gefunden, den Rita Martens als ihrer Tochter gehörig identifiziert.*

Kein weiterer Eintrag. Der Fall war bei den Akten. Helena lehnte sich zurück. Der rechte Fuß schmerzte. *1660 Kinder unter 14 Jahren sind in Deutschland verschwunden. Allein in Berlin sind es zurzeit 27, die dauerhaft vermisst gelten.* Helena nahm ihr Handy und schickte Robert eine SMS: *Ziffer und Paulus haben den Fall Martens verhungern lassen.* Anschließend wählte sie die Handynummer von Rita Martens. *Rita Martens, du bist Journalistin, mit Sicherheit hast du den Fall nicht zu den Akten gelegt.* Während sie darauf wartete, dass Martens das Gespräch annahm, entdeckte sie eine handgeschriebene Notiz. Rashid Gibran in Großbuchstaben. Emeritierter Professor der Ethnologie. Helena dachte daran, wie sie ihm zum ersten Mal begegnet war. In einem Vorlesungssaal der Humboldt Universität. Damals hatte sie an eine fleischfressende Pflanze gedacht, eine Kobralilie. Geheimnisvoll und verlockend. Der Mann, der sie mit seiner kalten Philosophie fasziniert und herausgefordert hatte. Mit dem sie geschlafen hatte, und vor dem sie zutiefst erschreckt war. Und nicht nur vor ihm, sondern auch vor sich selbst. In dem Moment, als sie zugesehen hatte, wie Dionysos in dem See verbrannt war. Es war Notwehr, hatte sie sich eingeredet. Aber hinter der Notwehr hatte eine tiefe Genugtuung ihr Haupt erhoben.

Da Martens sich nicht meldete, suchte sie Gibrans Nummer in ihrem Handy. Wieso befand sich eine Notiz mit seinem Namen in der Akte?

Dienstag

16 // Von der Dachterrasse des Myst Dong Khoi konnte er die nächtliche Stadt sehen. Die unendlichen Lichter und die noch unendlichere Geschäftigkeit der Menschen in Ho-Chi-Minh City. Er war zu dieser Uhrzeit, um drei Uhr morgens, alleine. Die übrigen Gäste des Hotels trieben sich entweder in den Bars herum oder schliefen. Ihm war das nur recht, weil er dadurch ungestört arbeiten konnte. Nachts zu schreiben hatte einen berauschenden Effekt. Es kam ihm vor, als würde er sich mit dunklen Mächten verbinden und außerhalb seines Objektes alles wahrnehmen, was es am Tage nicht zu sehen gab. Rashid Gibran war ein Beobachter, der die Menschen wie unter einem Mikroskop betrachtete, während sie sich unbeobachtet fühlten und nicht wehren konnten. Vor Tagen war ihm ein Satz eingefallen, nach dem er lange gesucht hatte. Vermutlich stammte er von Hemingway. *Bei Tage ist es kinderleicht, die Dinge nüchtern und unsentimental zu sehen. Nachts ist das eine ganz andere Geschichte.*

Außerdem war die Hitze endlich erträglich. Das Thermometer an der Wand neben der hölzernen Tür war von fünfunddreißig auf vierundzwanzig Grad hinabgeklettert. Elf Grad innerhalb weniger Stunden. Er konnte dennoch barfuß sein und das Hemd offen tragen. Als sein Handy neben dem Block mit den Notizen summte, ärgerte er sich, weil er es nicht ausgeschaltet hatte. Aber dann las er den Namen *Helena* auf dem Display. Im Internet hatte er einen Bericht über die Entführung ihrer beiden Mädchen gelesen und mit sich selbst eine Wette abgeschlossen, ob und wann sie ihn anrufen würde. Jetzt war es so weit. Er zündete sich eine Zigarette an, dann nahm er das Handy hoch.

»Helena!«

»Ja.«

Es brauchte nur dieses eine Wort, damit er wusste, wie es ihr ging. Zwei Buchstaben, in denen Schmerz, Wut und Trotz miteinander kämpften. Was für eine interessante Kombination, dachte er.

»Störe ich dich?«

»Das kommt drauf an. Ich habe gelesen, dass deine beiden Töchter entführt worden sind.«

»Ja.«

Er konnte hören, wie sie sich sammelte und fasste.

»Überrascht dich das?«

»Was meinst du?«

»Nach all dem, was du Paulus angetan hast, war das doch zu erwarten, glaubst du nicht? Wobei ich eher damit gerechnet habe, dass sie dich umbringen. Aber die Mädchen zu entführen ist natürlich die viel bessere Rache.«

»Ich habe in einer Akte eine Notiz mit deinem Namen gefunden. Kennst du Rita Martens?«

»Wer ist das?«

»Eine Journalistin. Ihre Tochter ist entführt und ermordet worden.«

»Und zwischen diesen beiden Ereignissen wurde sie vergewaltigt und gefoltert.«

»Ja.«

»Ich hab davon gehört.«

Sie schwieg am anderen Ende der Leitung. Es hörte sich an, als sei sie nicht sicher, ob sie ihm eine Frage stellen sollte.

»Du willst erfahren, ob ich etwas darüber weiß.«

»Ja.«

Er drückte die Kippe im Aschenbecher aus und nahm das Telefon ans andere Ohr. »Erinnerst du dich? Ich habe dir von einem Buch erzählt, das ich für dich schreibe.«

»Ich erinnere mich. *Die Kreise der Hölle*.«

»Es sind sieben Kreise.«

»Hört sich pathetisch an.«

»Eher tragisch.«

»Du glaubst, dass es diesen mystisch verklärten Ort,

der tief in der Erde inmitten glühender Kohlen auf uns Sünder wartet, tatsächlich gibt?«

»Nein, gemeint ist vielmehr die Hölle, die wir uns hier oben bereiten. Das erste Kapitel heißt *Begierde.* Es geht darin um Gott und die Welt. Du weißt schon: Sokrates, Mohammed, Roman Polanski, Josef Fritzl und so weiter. »

»Das klingt so, als ob ich es nicht lesen werde.«

»Doch, das wirst du. Weil diese Hölle nicht ohne eine zweite Hölle vollständig ist.«

»Welche ist das?«

»Die der weiblichen Tugenden.«

»Was sind denn die weiblichen Tugenden?«

»Das weißt du nicht? Die weiblichen Tugenden heißen Verstehen und Verzeihen, Dulden und Verdrängen. Frauen überwintern für gewöhnlich ein Leben lang in Angst, Unterwürfigkeit und Feigheit. Ist es nicht so?« Er zündete sich eine neue Zigarette an, atmete tief ein, blies Ringe in die Luft und fuhr fort, ohne Helenas Antwort abzuwarten. »Wusstest du, dass es auf der ganzen Welt sieben Mal mehr Heime für gepeinigte Tiere als für Opfer des Mädchenhandels gibt?«

»Nein, das wusste ich nicht.«

»Siehst du. Und jetzt willst du von mir wissen, ob Paulus alleine gehandelt hat oder ob es noch andere gibt, die dir deine Töchter weggenommen haben. Ich sage es dir. Sie sind zwischen 160 und 200 Zentimeter groß. Es können auch ein paar Zentimeter mehr oder weniger sein. Zwischen 60 und 140 Kilo schwer, weil jenseits von 140 der Schwanz unter den Bauchfalten begraben wird. Alter ungefähr 17 bis 75. Katholik, Protestant, Moslem, Jude, Hindu oder ein lächerlicher Atheist. Ach so, das Wichtigste hätte ich beinahe vergessen. Männlich.«

»Wo bist du gerade?«

»Unterwegs. Ich betreibe Studien für mein Buch.«

»Und du weißt nichts über den Fall Martens oder meine Kinder?«

»Wieso sollte ich das?«

»Es ist nur eine Frage.«

»Was würde es dir nützen?«

»Ich würde meine Töchter finden und ...«

»Nein, das würdest du nicht.«

»Wieso nicht?«

»Weil du nicht verstehst, um was es hier geht. Und jetzt muss ich unsere kleine Unterhaltung leider beenden. Ich habe eine Verabredung.«

Er schaltete das Telefon ab. Sah auf die Uhr. Ein Wolkenhaufen war herbeigezogen und schob sich vor die Mondsichel. Er stand auf, ging an den Rand der Dachterrasse und sah zum Hotel Continental hinüber. Paulus würde in einer Stunde das Hotel betreten. In Begleitung.

Dienstag

17 // Ein winziges Zimmer. Ungefähr ein Meter fünfzig breit und drei Meter lang. Mit einem Fenster weit oben, vor dem ein feinmaschiges Gitter angebracht ist. Das Fenster ist mit schwarzer Plastikfolie abgedeckt. Die Wände sind aus Ziegelsteinen gemauert, der Fuß-

boden ist aus Beton. Die eiserne Tür an einem Ende des Zimmers hat keinen Griff, aber eine kleine Klappe, die nur von außen geöffnet werden kann. Neben der Tür steht ein Eimer, daneben eine Rolle Toilettenpapier. Zwei leere Pizzaschachteln. Zwei Wasserflaschen. Ein Manga-Comic. Eine schwache Glühbirne baumelt von der Decke. Ihr trübes Licht beleuchtet die beiden Mädchen, die aneinandergeklammert auf einer Matratze liegen. Sie schlafen unruhig. Zucken immer wieder mit den Beinen, murmeln Unverständliches, seufzen.

Plötzlich riss Sophie den rechten Arm hoch. »Lass mich los!« Sie schlug um sich und traf Katharina, die hinter ihr lag, im Gesicht.

»Was ist? Warum haust du mich?«

Katharina rückte ein Stück von ihrer Schwester weg. Blut lief aus ihrer Nase, tropfte auf das T-Shirt, auf dem groß die Nummer 41 prangte, darunter *Dirk Nowitzki* und *Dallas Mavericks*.

Sophie sah Katharina verwirrt an. »Wo ist Mama?«

»Sie ist nicht da«, sagte Katharina. »Wie oft soll ich dir das noch sagen?«

Katharina hielt den Kopf in den Nacken, damit nicht noch mehr Blut auf ihr weißes T-Shirt tropfte. Zog das Blut hoch und schluckte es hinunter. Sophie sah sich um. Für einen Moment hatte sie vergessen, wo sie war. Jetzt erinnerte sie sich wieder.

»Was für ein Tag ist heute?«

»Weiß nicht.«

»Ist es nachts oder …?«

»Wegen dir habe ich mein T-Shirt vollgeblutet.« Katharina war wütend, nahm eine Wasserflasche, schraubte sie auf und goss Wasser über die Blutflecke. Versuchte das Blut wegzuwischen, rieb es aber dabei noch weiter in den Stoff.

»Tut mir leid.«

»Blut geht scheiß schwer wieder raus.« Sie rieb über die Flecken, als würde ihr Leben davon abhängen.

»Tut mir leid. Ich kauf dir ein Neues.«

»Von deinem Taschengeld, oder was? So eins kann man nicht kaufen. Da ist ein Autogramm von Dirk Nowitzki drauf.«

Jetzt fing Sophie an zu weinen. Sie verkroch sich in eine Ecke des Raumes, umklammerte ihre Knie und schluchzte still vor sich hin. Katharina rieb weiter, bis ihr T-Shirt komplett nass und der Flecken nur noch ein rötlicher Schatten war. Sie sah zu ihrer kleinen Schwester hin. Die Haare hingen in Sophies Gesicht. Ein kleines Geschöpf, verängstigt und schutzlos. Genauso verängstigt und schutzlos wie Katharina. Aber sie war die Ältere. Sie war die Stärkere. Zumindest wollte sie das sein.

»Der Fleck ist fast ganz raus«, sagte sie.

»Okay«, antwortete Sophie und nahm den Kopf hoch. »Wollte ich nicht. Ich hab irgendwas geträumt und …«

»Schon gut.«

Sie lächelten beide und krochen aufeinander zu. Umarmten sich und hielt sich aneinander fest. Schaukelten und summten eine Melodie.

»Wie lange sind wir schon hier?«, fragte Sophie.

»Weiß nicht. Zwei Tage. Drei.«

»Meinst du, dass Mama oder Papa kommen?«

»Glaub schon.«

»Eher Papa, oder?«

»Ja, bestimmt. Papa tritt denen in die Eier.«

»Genau. Und dann erschießt er sie.«

»Er macht ein Sieb aus denen.«

Sie lachten leise.

»Weißt du was?«, fragte Sophie.

»Was?«

»Wenn sie uns nicht finden, dann müssen wir vielleicht hierbleiben, bis wir erwachsen sind. Wie dieses Mädchen aus Österreich.«

»Was für ein Mädchen?«

»Mama und Papa haben doch über die gesprochen. Die war ganz lange in einem Keller eingesperrt.«

Für einen Moment tauchten die Bilder auf, die von dem Martyrium der Natascha Kampusch erzählten.

»Mama und Papa werden uns finden«, sagte Katharina so fest und sicher, dass sie es selbst glaubte.

»Und wenn nicht?«

»Du darfst nicht daran denken. Du musst dir immer vorstellen, dass es gut ausgeht.«

»Wir könnten ja beten.«

»Ja.«

Die beiden ließen voneinander ab und falteten die Hände. Sophie sprach das Gebet.

»Lieber Gott, ich weiß, dass du alles siehst. Und du hast wahrscheinlich gerade so viel zu tun, dass du dich noch nicht um uns gekümmert hast. Das ist auch nicht so schlimm, weil ja nichts passiert ist. Aber jetzt musst du Mama und Papa bitte zeigen, wo wir sind, damit sie uns hier finden und uns wieder mit nach Hause nehmen. Wenn du das nicht machst, dann muss ich drüber nachdenken, ob ich immer noch an dich glauben kann. Und das willst du ja nicht. Okay? Also, dann bis bald. Amen.« Sie sah Katharina an. »Willst du auch noch was sagen?«

Katharina schüttelte den Kopf.

»Okay.«

Sie setzten sich nebeneinander.

»Jetzt, wo wir gebetet haben, wird alles wieder gut«, sagte Sophie.

»Ja.«

»Ich hab Durst.«

Katharina reichte Sophie die Wasserflasche. Sophie trank. Als sie die Flasche absetzte, waren Schritte zu hören. Sophie sprang von der Matratze auf. Erwartungsvoll sah sie zur Tür hin. Von außen wurde ein Schlüssel ins Schloss gesteckt. Zweimal herumgedreht. Dann wurde die Tür aufgestoßen. Ein Mann mit einer Maske auf dem Kopf kam herein. Die beiden Mädchen sahen ihn entsetzt an. Die Maske ähnelte der, die sie schon in dem Lieferwagen gesehen hatten. Sophie wich schreiend zurück. Der Mann betrat den Raum, packte sie am Arm und zerrte sie zur Tür hin.

»Katha!«, schrie Sophie.

Katharina sprang auf. »Lassen Sie meine Schwester los!« Sie packte Sophies rechten Arm, zog ihre Schwester zu sich heran. »Sie sollen sie loslassen!«

Der Mann schlug Katharina so hart auf die Brust, dass sie keine Luft mehr bekam und zusammenbrach. Die Tür fiel ins Schloss. Und alles, was in dem Raum von Sophie zurückblieb, war ihr Schreien.

18 // Robert sah Helena verblüfft an. »Was hast du mit deinen Haaren gemacht?«

Sie hatte ihre Haare abgeschnitten, weil sie keine Zeit mit Waschen und Föhnen vertrödeln wollte. Jetzt sah sie noch härter aus als vorher. Tiefe Ringe unter den Augen, der Blick flattrig, unruhig. Sie trug die schwarze Lederjacke aus den Anfangsjahren bei der Polizei. Besser wäre es gewesen, sie hätte ein Kleid angezogen, etwas Schlichtes, damit die Leute sie als eine von ihnen annehmen konnten, hatte Serner gesagt. »Das ist mir scheißegal«, hatte Helena geantwortet.

Kameras von RBB, ZDF, RTL und N24 waren vor dem Tisch aufgebaut. Mikrofone mit bunten Schaumstoffüberzügen reckten sich wie hungrige Muränen Serner, Helena, Robert und deBuer entgegen. Sie saßen auf einem kleinen Podium hinter zwei zusammengestellten Tischen. Vor ihnen standen Namensschilder, die jemand hastig beschriftet hatte. Der Name des neuen Oberstaatsanwaltes war falsch geschrieben. An der Wand hinter ihnen hingen Fotos von Sophie und Katharina, auf denen sie lächelten und glücklich aussahen. Helena hatte die Hände in den Schoß gelegt, hielt den Kopf gesenkt. Sie las noch einmal die Worte, die sie aufgeschrieben hatte, für den Fall, dass sie nicht wissen würde, was sie sagen sollte. Das Telefongespräch mit Gibran hatte sie aufgewühlt. Seine Worte summten in ihr wie eine elektrische Ladung. Er hatte von den weiblichen Tugenden des Verstehens und Verzeihens gesprochen. Frauen überwintern ein Leben lang in Angst, Unterwürfigkeit und Feigheit, hatte er gesagt. Manche Sätze strich sie in Gedanken durch.

DeBuer informierte Serner leise über den neuesten Stand der Ermittlungen. Die Flugplätze hatten nichts ergeben. Keine Starts mit zwei minderjährigen Mädchen, zumindest waren keine aufgezeichnet worden. Vitali Adam hatte den Lieferwagen vor fünf Tagen bei der Autovermietung abgeholt, war dann zu einem Laden gefahren, wo die Folien aufgeklebt worden waren. Vitali selbst war immer noch wie vom Erdboden verschluckt.

Es dauerte eine Weile, bis das Klicken der Kameras verstummte. Serner rückte sein Mikrofon zu sich heran.

»Darf ich Sie bitten, Platz zu nehmen.«

Er wartete, bis auch der letzte Reporter sich auf einen der Stühle gesetzt hatte.

»Mein Name ist Serner, nicht Senner, wie auf dem Namensschild zu lesen ist. Wer mich noch nicht kennt, ich bin der neue Oberstaatsanwalt. Ich möchte zuallererst den an dem Fall beteiligten Kräften meinen Dank für ihre unermüdliche Arbeit aussprechen. Wir gehen derzeit über 500 Hinweisen aus der Bevölkerung nach. Und ich bitte Sie, meine Damen und Herren, in Ihren Berichten darauf hinzuweisen, dass wir auf Fragen nach dem Stand der Ermittlungen keine telefonischen Hinweise geben können. Allerdings werde ich Sie auf den PKs regelmäßig darüber informieren, wo wir derzeit stehen. Polizeihauptkommissar deBuer wird meine Angaben ergänzen. Bevor wir damit beginnen, werden die Eltern der beiden entführten Mädchen, Robert und Helena Faber, eine Erklärung verlesen. Rückfragen bitte an mich oder an deBuer.«

Er sah nach rechts zu Helena und Robert. Beide starrten auf das Papier, das vor ihnen auf dem Tisch lag, als würde dort geschrieben stehen, wie sie von nun an ihr Leben meistern konnten. Oder wenigstens die nächsten paar Minuten. Helena hob den Kopf und blickte in die leeren Linsen der Kameras.

»Mein Mann Robert und ich haben oft Mütter und Väter begleitet, wenn sie vor den Kameras etwas sagen sollten, für das es keine Worte gibt. Wir haben uns oft gefragt, wie es wäre, wenn wir in diese Situation kämen, was wir dann sagen würden, was die richtigen Worte sind. Jetzt ist es so weit. Und wir wissen nicht, was die richtigen Worte sind.«

Nenne die Namen der Mädchen, damit sie aufhören, anonyme Körper zu sein.

»Wir können nur sagen, dass unsere Töchter Katharina und Sophie zwei ganz wunderbare Menschen sind.«

Beschreibe sie als Menschen, die man liebhaben muss.

»Sie sind liebevoll, fleißig, intelligent, aufgeweckt und neugierig auf das Leben, das noch vor ihnen liegt.«

Wecke Mitleid mit den Mädchen. Appelliere an das Mitgefühl der Entführer.

»Aber jetzt haben sie Angst, fürchterliche Angst.« Helena hob den Kopf und sah in die Kameras. »Wer auch immer Sie sind, Sie haben unsere Töchter entführt. Und bestimmt haben auch Sie irgendwann in Ihrem Leben Angst gehabt. Vielleicht als junger Mensch. Als Kind. Und vielleicht wurden Ihnen schlimme Dinge angetan. Dinge, die niemand erleiden sollte. Aber diese Dinge werden nicht weniger, wenn Sie Sophie und Katharina das Gleiche antun. Ich bin die Mutter von Katharina und Sophie …«

Sie hielt inne. Presste Unter- und Oberkiefer aufeinander, zwang die Tränen zurück. Als sie weitersprechen wollte, war ihre Kehle zugeschnürt. Sie sah zur Seite, zur Tür hin, weil sie dachte, dort stünde jemand, den sie kannte. Sie glaubte, ein leises Flüstern zu hören. Seltsam, dachte sie. Robert legte die Hand auf ihren Unterarm. Dann fuhr er fort und las den Text, den Helena geschrieben hatte, von dem Zettel ab.

»Wir sind die Eltern von Katharina und Sophie. Überlegen Sie bitte, was gewonnen ist, wenn Sie nun auch anderen Schmerzen zufügen. Sie wissen, dass das an Ihrem Leid nichts ändert. Deshalb flehen wir Sie an, uns Katharina und Sophie wieder zurückzugeben. Ich bin sicher, dass dieser Akt Ihnen etwas von Ihrem eigenen Leid nehmen wird. Einfach weil Sie sich über die erheben, die Ihnen Leid zugefügt haben. Sie können barmherzig und sanftmütig sein. Sie können Größe zeigen. Und wir versprechen Ihnen, dass die Suche nach Ihnen eingestellt wird, sobald wir Katharina und Sophie wieder in die Arme nehmen können. Danke.«

Als Helena nun den Kopf hob und in die Kameras sah, das Summen der Filmkameras hörte, das serielle Klicken der Fotoapparate, wusste sie, dass das, was sie hier taten, sinnlos war. Sie wusste, dass sie in eine Wand aus Kameras sprach, in der Hoffnung, etwas zu erreichen, indem sie ihre Gefühle zeigte. Aber diejenigen, die Katharina und Sophie entführt hatten, waren durch den Appell verzweifelter Eltern nicht zu erreichen. Sie wusste es. Und die Entführer wussten mit Sicherheit, in welche Gefahr sie sich begaben, wenn sie die Kinder von zwei Ermittlern entführten. Sie hatten es trotzdem getan. Sie hatten Pläne, und diese Pläne würden sie verfolgen. Als Serner sein Mikrofon zu sich heranzog, hob Helena die Hand.

»Wenn ich noch etwas sagen darf...«

Serner nickte. Helena räusperte sich, schluckte die Anspannung herunter, die sich wie ein Stein durch die Kehle hinab in den Magen quälte.

»Wer auch immer ihr seid«, sie duzte die Entführer jetzt, »und was auch immer ihr mit meinen Töchtern vorhabt, überdenkt es noch einmal genau. Überlegt euch genau, in welchem Verhältnis euer Handeln zu dem steht, was euch erwartet, wenn ich euch finden werde.«

Es war deutlich zu sehen, wie die Reporter aus der Routine erwachten. Sie sahen sich an. Hatte die Mutter soeben den Entführern gedroht? Der Geruch des Skandals breitete sich aus. Auch auf dem Podium.

»Helena ...«, Robert legte erneut die Hand auf ihren Arm.

»Ich werde euch finden. Und dann werdet ihr wünschen, ihr hättet euch jemand anderes als Gegnerin ausgesucht. Falls ihr aber klug sein, wovon ich ausgehe, habt ihr noch die Möglichkeit, euren Tod abzuwenden, indem ihr Katharina und Sophie freilasst. Andernfalls werdet ihr das hier nicht überleben.«

Sie stand auf und blickte einen Augenblick lang entschlossen in die Kameras. Das Klicken der Auslöser glich dem Angriff eines wütenden Heuschreckenschwarms. Als dann auch noch eine Kakofonie von Fragen über sie hereinstürzte, nahm sie ihre Krücken und verließ den Raum durch eine Seitentür. Humpelte auf die Damentoilette. Verschloss die Tür. Stellte sich vor den Spiegel. *Erst in einer Krise erkennen wir, wer wir sind. Jenseits der Person, die wir allen zeigen. Auch uns selbst.* Da war der Schatten gewesen. Eine kurze Dunkelheit in ihrem Kopf, in der sie ein Bild von sich entdeckt hatte. Zuletzt war es aufgetaucht, als Dionysos verbrannt war. Sie hatte am Ufer gestanden und regungslos seinem Todeskampf zugesehen. Aber das war nicht sie gewesen, nicht die, die sie kannte. Da war noch jemand anderes. Wie vor ein paar Minuten auch. *Und dann werdet ihr wünschen, ihr hättet euch jemand anderes als Gegnerin ausgesucht.* Das hatte sie gesagt. Damit hatte sie ein Versprechen abgegeben. Sich selbst, den Entführern und Katharina und Sophie. Egal ob sie es hörten oder nicht. Hinter dieses Versprechen würde sie nicht mehr zurückgehen. Selbst wenn alle Spuren im Sand verlaufen würden, wenn es nichts mehr gab, was sie noch tun könnte. *Und ich werde euch finden.* Der Satz war die Tür, die sie hinter sich zugeschlagen hatte. *Was bist du bereit zu tun, Helena?,* hatte Rashid Gibran sie gefragt. Einmal schon hatte sie die Antwort auf diese Frage gegeben. Jetzt würde sie wieder eine Antwort geben.

Als sie nach einer Viertelstunde den Ausgang zum Parkplatz erreichte, standen Serner und deBuer unweit von Helenas Volvo. Sie unterbrachen ihr Gespräch.

»Ich verstehe Ihre Situation, Frau Faber, aber das war nicht hilfreich«, eröffnete Serner ihr.

»Wenn Sie wissen, was hilfreich ist, um meine Töchter zurückzubringen, sagen Sie es mir.«

»Es ist auf alle Fälle nicht hilfreich, dem Täter zu drohen«, fuhr Serner fort. »Es kann sein, dass er in Panik gerät und dann …« Er sprach den Satz nicht zu Ende, weil klar war, was nach dem *und dann* kommen würde.

»Ja, es kann sein, dass er in Panik gerät. Aber so, wie der Fall sich bis jetzt darstellt, ist das unwahrscheinlich. Und alles, was mir bleibt, ist, die wahrscheinlichen und unwahrscheinlichen Möglichkeiten gegeneinander abzuwägen und dann zu handeln.«

Sie stieg in den Volvo ein, legte die Krücken auf den Beifahrersitz und hoffte, dass der Motor anspringen würde. Der Anlasser tat ihr nach einigen missmutigen Umdrehungen den Gefallen. DeBuer und Serner sahen sie mitleidig an. *Ich mache das Richtige, und ich werde meine Töchter finden.* Als sie vom Hof fuhr und eine schwarze Abgaswolke zurückließ, meldete Fatima sich mit einer SMS.

Ich kenne jemanden, die euch was zu den Mädchen sagen kann.

Dienstag

19 // Fatima Volkan hatte nach dem Skandal um Paulus ihren Job bei der Staatsanwaltschaft gekündigt und arbeitete nun für Nemesis, eine Frauenrechtsorganisation, die durch ihre Aktionen gegen gewalttätige Männer berühmt und berüchtigt geworden war. Sie hatte als Treffpunkt das Café im Martin Gropius Bau in der Niederkirchnerstraße neben der *Topographie des Terrors* als Treffpunkt genannt. Der Ort war mit Bedacht gewählt. Das Café wurde jeden Tag von Tausenden Ausstellungsbesuchern und Touristen frequentiert. Niemand fiel dort auf. Als Helena, Robert und Maxim im Café eintrafen, saß Fatima mit einer weiteren Frau an einem Tisch in der Ecke neben dem Eingang. Man stellte sich vor, reichte Hände.

»Das ist Rita Martens«, sagte Fatima.

Rita Martens. Die Mutter des Mädchens, das sie aus dem Landwehrkanal gezogen hatten. Das nun in der Rechtsmedizin lag. Helena faltete die Hände.

»Sie ist seit zwei Jahren hinter einem Ring von Mädchenhändlern her und weiß mehr darüber als jeder andere.«

Ring von Mädchenhändlern. Der Gedanke, den Helena aus dem Kreis der Möglichkeiten gestrichen hatte, den sie nicht denken wollte. Dieser Gedanke nahm Gestalt an, wurde ein Riese, der alles überragte und mit seinem Schatten verdunkelte. Martens war groß, sehr schlank, hatte kurze, schwarze Haare und eingefallene Wangen. Ihr Blick war wie ihr Händedruck: zu fest. *Alles an ihr erzählt, dass sie monatelang kaum geschlafen hat,* dachte Helena. Sie konnte den Blick nicht von der Frau abwenden. Es war, als würde sie ihre Zukunft erblicken und dort eine dunkle Göttin aus Schmerz sehen. Man setzte sich.

»Es tut mir sehr leid, dass wir Ihre Tochter tot gefunden haben«, sagte Robert.

»Es ist sicher schwer für Sie, darüber zu sprechen und uns zu helfen«, fügte Helena hinzu.

»Annika ist vor zwei Jahren entführt worden. Seitdem gibt es zwei Gedanken, die mich aufrecht halten. Erstens: Ich finde Annika lebend. Zweitens: Ich finde Annika tot. Alles andere dazwischen ist nicht zu ertragen. Von jetzt an werde ich nicht mehr darüber sprechen.«

»Ich gehöre zwar nicht in die Abteilung, aber die Kollegen werden alles tun, was in ihrer Macht steht, um den Mörder zu finden.«

»Das glaube ich nicht. Trotzdem danke für das Mitleid.«

Das höfliche Präludium war mit einem Schlag beendet.

»Was heißt das, Sie glauben nicht, dass meine Kollegen alles tun werden?«, fragte Robert.

Martens antwortete nicht, sah stattdessen Fatima an. Ein Blick, der zu fragen schien, ob das hier überhaupt Sinn ergab. Fatima nickte kaum merklich. So etwas wie: *Gib ihm eine Chance.* Martens wandte sich Robert zu.

»Wenn Sie sich vorstellen können, dass nicht alle bei der Polizei daran interessiert sind, dass Ihre Töchter gefunden werden, und wenn Sie sich vorstellen können, dass es korrupte Strukturen gibt, wie in der Staatsanwaltschaft zu der Zeit, als Ihre Frau umgebracht werden sollte, wenn Sie das in Erwägung ziehen können, reden wir weiter.«

Die Bedienung nahm gelangweilt die Bestellung entgegen. Kaffee, Tee, Wasser. Robert schwieg.

»Ich habe Rita zu dem Gespräch gebeten, weil sie uns vielleicht etwas sagen kann, das dabei hilft, Katharina und Sophie zu finden«, versuchte Fatima das Gespräch in Gang zu halten.

»Und zwar, bevor sie tot aus irgendeinem Kanal gezogen werden«, fügte Martens hinzu.

»Was schlagen Sie vor?«, fragte Helena.

»Was hier passiert ist, passt in ein Muster, das wir schon länger kennen. Sie haben bei der Pressekonferenz richtig gehandelt, Helena. Die Leute müssen Angst kriegen, weil sie dann Fehler machen.«

»Wer ist wir?«, fragte Helena.

»Ein paar Frauen, die beschlossen haben zu handeln«, warf Fatima ein.

»Was ich Ihnen jetzt sage«, wandte Martens sich an Robert und Helena, »sage ich Ihnen, weil Fatima geschworen hat, dass Sie nicht zu dem Netzwerk gehören.«

»Wovon reden Sie? Zu was für einem Netzwerk sollen wir gehören?«

»Herr Faber. Entweder Sie hören mir einen Moment lang zu, oder das Treffen ist beendet. Ich bin nicht Ihr Feind.«

Robert lehnte sich auf seinem Stuhl zurück und verschränkte die Arme über der Brust. Eine menschliche Burg.

»Fahren Sie fort«, sagte Helena.

Martens sah sie müde an. »Wissen Sie, es kostet Kraft, die eigene Tochter auf einem stählernen Bett in der Rechtsmedizin zu sehen. Und es kostet Kraft, nicht im selben Moment zu sterben. Es gibt da einen starken Sog. Seit zwei Jahren widerstehe ich ihm. Weil ich mir das Versprechen gegeben habe, nicht zu sterben. Aber ich habe nicht die Kraft, jemanden zu überzeugen, der nicht überzeugt werden will.«

»Wir werden Ihnen zuhören.«

»Haben Sie schon mal vom CDH gehört?«, fragte Martens.

Helena schüttelte den Kopf. »Was ist das?«

»Der Club der Humanisten. Eine Art Bruderschaft. Gegründet vermutlich im 15. Jahrhundert von Gilles de Rais unter einem anderen Namen. Ich rate Ihnen, diesen Namen nicht zu googeln, wenn Sie nicht den vollkommenen Horror erleben wollen. Im CDH sind Leute versammelt, die sich von Eliteuniversitäten her kennen, Politiker, Unternehmer, Künstler. Sie sind perfekt vernetzt. Und sie haben Einfluss bis in höchste Regierungskreise.«

»Sie meinen die deutsche Regierung?« Robert sah Martens ungläubig an.

»Das weiß ich nicht. Aber ich weiß, warum der Fall Dutroux in Belgien bis heute nicht restlos aufgeklärt ist. Siebenundzwanzig Menschen sind ums Leben gekommen, die direkt oder indirekt mit dem Fall zu tun hatten. Leute, die bei der Polizei ausgesagt haben. Leute, mit denen ich gesprochen habe. Sogar ein Kollege von mir. Der CDH hat Verbindungen bis ins belgische Königshaus.«

»Kennen Sie ein Mitglied persönlich?«, fragte Helena.

»Einen Monat nachdem Annika entführt worden ist, habe ich einen Anruf erhalten. Der Anrufer hat gesagt, er wüsste, wo Annika festgehalten wird. Und dass jemand grauenvolle Dinge mit ihr machen würde. Als ich ihn gefragt habe, wer dieser Jemand ist, hat er den Club der Humanisten erwähnt. Er wollte sich am nächsten Tag mit mir treffen und mir sagen, wer zu diesem Club gehört und wo ich Annika finden kann. Aber dazu ist es nicht mehr gekommen.«

»Warum nicht?«, fragte Helena.

Die Bedienung stellte die Getränke ab, fragte nach weiteren Wünschen. Da sie keine Antwort erhielt, ging sie wieder.

»Der Mann, der am Treffpunkt auf mich gewartet hat, war tot. Jemand hatte ihm einen Krummsäbel bis zum Schaft in den Anus gesteckt.«

Helena zuckte kurz zurück.

»Wissen Sie, wer der Mann war?«, fragte Maxim.

»Michael Stevens, ein Kunsthändler aus Antwerpen. Zwei Tage später habe ich einen Brief von ihm erhalten, den er noch vor seinem Tod abgeschickt haben muss. Er hat geschrieben, dass der CDH sich auf Kunstmessen trifft. *Art Basel, Documenta, Art Cologne.* Am liebsten allerdings dort, wo man nicht auffällt. Istanbul zum Beispiel, Riad oder Bangkok.«

»Hat er Ihnen geschrieben, wer zu dem Club gehört?«, fragte Maxim.

»Nein. Aber er hat mich gewarnt. Wenn ich mich mit dem CDH anlege, würde ich es nicht überleben.«

Der Lieferwagen. Du bist Kunst.

»Die *Berlin Art Week* ist eine Kunstmesse«, sagte Helena.

»Während der Messen werden private Versteigerungen veranstaltet«, sagte Fatima.

»Versteigerungen von …« Helena unterbrach sich.

Noch bevor sie die Frage formuliert hatte, ahnte sie schon die Antwort.

»Westliche Mädchen bringen mehr Geld als afrikanische oder asiatische oder die aus dem Osten. Der ganz alltägliche Rassismus. Am begehrtesten sind Mädchen, die eine gewisse Intelligenz haben, plaudern können, sportlich sind, ein Instrument spielen. Man will sich von ihnen unterhalten lassen. Dann werden sie entjungfert und anschließend als Prostituierte verkauft.«

Robert ballte die Fäuste, bis die Knöchel weiß wurden.

»Die Entjungferung eines asiatischen Mädchens kostet fünf, die eines europäischen zwischen zehn und hunderttausend Euro. Je jünger das Mädchen ist, je spezieller, je schöner, je intelligenter, umso teurer. Meine Tochter hat Klavier und Geige gespielt. Ich schätze, sie hat fünfzigtausend gekostet. Haben Sie, als Sie in der Rechtsmedizin waren, die Hornhaut an den Fingerkuppen ihrer linken Hand gesehen? Sie musste offensichtlich bis zuletzt Geige spielen.«

Weder Katharina noch Sophie spielen ein Instrument. Zählt auch Basketball?

»Wo werden die Mädchen hingebracht?«, fragte Robert.

»Einige bleiben hier in Deutschland. Gut versteckt. Andere werden mit Privatflugzeugen außer Landes geflogen. Oft geht es als Erstes nach Belgien.«

»Wieso Belgien?«

»Das Europäische Parlament. Einige von den Typen, die am Wochenende nicht nach Hause fliegen, langweilen sich fürchterlich«, sagte Fatima. »Eine Zeit lang treiben sie sich im Internet herum und wichsen sich einen Tennisarm.«

Der Lärm der Schüler in dem Café war wie Wellen, die sich am Ufer brechen. Jetzt brach eine besonders Große. Helena wurde von dem Lärm erschreckt. Sie wandte den Kopf und sah ein Mädchen, das große Ähnlichkeiten mit Sophie hatte. Blond, energisch, unaufhaltsam in ihrem Redefluss. Am liebsten hätte sie das Mädchen umarmt.

»Sie stumpfen ab«, fuhr Fatima fort. »Sie schauen Gangbang, und manchen reicht es irgendwann nicht mehr. Dann landen sie bei Kinderpornos, und dann finden sie auf speziellen Seiten ein Angebot. Da zögern sie noch. Dann dürfen sie bei einem Video zuschauen, das live gestreamt wird. Beim nächsten Mal sind sie höchstpersönlich dabei.«

Helena hatte von ihren Kollegen gehört, dass es Netzwerke gab, die Frauen, Mädchen und sogar Kinder kauften und entführten, um sie an Bordelle zu verkaufen. Aber sie hatte sich nie ernsthaft mit dem Thema befasst. Vielleicht weil diese Fälle von einer anderen Abteilung bearbeitet wurden. Oder weil sie nicht wissen wollte, was da passierte.

»Wenn die Mädchen entjungfert sind, geht es von Brüssel per Flugzeug nach Istanbul, wo ihr Jungfernhäutchen repariert wird und sie auf dem arabischen Markt verkauft werden. Von da per Flugzeug nach Ägypten, Jordanien, Saudi-Arabien«, sagte Fatima.

»Sie kennen Scheherazade aus den *Märchen aus tausend und einer Nacht*?«, fragte Martens. »König Schahrayar heiratet jeden Tag eine neue Frau, die er am nächsten Morgen töten lässt, weil er Angst hat, dass sie ihn betrügen könnte. So ist es bis heute. Wenn Sie den Obduktionsbericht von Annika lesen, wissen Sie, wovon ich spreche.«

Stille. Blicke wandten sich von Martens ab. Die Augen suchten einen Halt. Aber es gab nur die Bilder. Martens hatte sie in ihren Gehirnen geweckt.

»Sie sagen das so, als würde es sich um einen anderen Menschen handeln«, sagte Helena nach einer Weile.

»Es handelt sich um einen anderen Menschen. Sowohl was Annika angeht als auch mich. Aber da ist noch etwas. Es gibt endlos viele europäische Mädchen, die ins Profil dieser Leute passen. Süße, kleine Französinnen, Engländerinnen in ihren Schuluniformen. Italienerinnen am Adriastrand. Dass es ausgerechnet Ihre Töchter trifft, hat vermutlich einen Grund. Wie bei mir, als Annika verschwunden ist.«

»Was für einen Grund?«, fragte Robert.

»Helena hat Paulus auffliegen lassen. Kann sein, dass er zum CDH gehört«, sagte Fatima.

»Paulus ist verschwunden«, sagte Robert.

»Ja. Aber wir glauben zu wissen, wo er ist.«

»Wo?«, fragte Robert.

Fatima legte einige Papiere auf den Tisch. Reiseplanungen aus den vergangenen drei Jahren. Paulus bei einem Kongress in Saigon, bei einer Tagung in Pnom Penh, auf einem Symposium in Istanbul.

»Wo hast du das her?«, fragte Helena.

»Frau Schneider hat die Reiseplanungen für ihn gemacht. Wenn er zurückgekommen ist, hat er ihr Reisebelege auf den Tisch gelegt. Da ist dann bei Buchungen in den Hotels ab und zu der Name Schiele aufgetaucht.«

»Er hat einen Ausweis auf den Namen Schiele?«

Du schälst eine Zwiebel, und unter jeder Schicht taucht eine neue verfaulte Schicht auf.

»Interpol muss die Fahndung auf den Namen Schiele erweitern«, sagte Robert.

Maxim nickte.

»Vielleicht hat er die Mädchen bei sich?«, sagte Helena.

Sie sah zu Robert hin. Die Aufregung schnürte ihr den Hals zu. Wenn Paulus die Mädchen hat? Was macht er mit ihnen?

Als Robert die Rechnung bezahlt hatte, war der Entschluss bereits gefasst. Martens, Helena und er würden nach Saigon fliegen. Maxim sollte an Vitali Adam dranbleiben und regelmäßig von den Ermittlungen berichten.

Eine ängstliche Euphorie erfasste Helena. Die erste hoffnungsvolle Spur. An deren Ende das größte Glück warten konnte. Oder das größte Unglück.

Mittwoch

20 // Es war ein Geschäft. Es war nicht persönlich. Sie waren wie Rennpferde oder Fußballspieler eine Ware, die in bestem Zustand sein musste, wenn sie ihrem Zweck zugeführt wurden: Rennen, Spiele oder Sex. Die Kinder waren auf einer Geburtstagsparty, seine Frau war im Sportstudio, um ihren Körper wieder in Form zu bringen. Er hatte den Marquis de Sade im französischen Original gelesen. *Justine ou les Malheurs de la vertu*. Es war ein ruhiger Mittwochabend. Aber Serif Bey hatte sich nicht konzentrieren können, weil er wusste, dass er sich noch um die Versteigerung kümmern musste, die in drei Wochen in Berlin stattfinden sollte. Ein Aquarell von Georges Grosz mit dem Titel *Der Mädchenhändler* aus dem Jahre 1918. Anschließend sollte ein Maskenball gefeiert werden. Einige Clubmitglieder, insbesondere die Vegetarier, hatten ihm dezidierte Vorstellungen übermittelt, was das Menü betraf. Es musste ein Hotel auf dem Land angemietet werden, eine Küchenbrigade angeheuert, Getränke gekauft, eine Security musste bestellt werden; dazu Masken, Bademäntel, Badelatschen. Und nicht zuletzt die Mädchen. Es sollten Europäerinnen sein. Am besten Französinnen, oder Italienerinnen. Deutsche waren auch beliebt. Ein paar Clubmitglieder hatten Fotos der Ware gesehen und sich beschwert, dass sie nicht klein genug, nicht jung genug seien. Er hatte, die ältere Tochter von Faber mitgezählt, bisher neun gesammelt. Mit der kleinen wären es sogar zehn gewesen, aber die war für Paulus reserviert. Neun also. Dreizehn brauchte er. Vielleicht konnte er die fehlenden vier bei einem österreichischen Händler bestellen, der gute Kontakte nach Rumänien und Bulgarien hatte. Das Problem war allerdings, dass die dann weder Deutsch noch Englisch sprachen und die schulische Bildung zu wünschen übrig ließ. Und darauf standen die Humanisten nun mal. Zudem waren einige bereits von ihren Vätern und Onkeln entjungfert worden, was ihren Wert auf nahe null senkte. Er schrieb dennoch eine Nachricht an den Österreicher, der offiziell für eine Kinderschutzorganisation arbeitete und beste Kontakte zur rumänischen und bulgarischen Polizei hatte.

Das Gute an seiner Arbeit als Kunstsammler und Händler war, dass er solche Nachrichten nicht verschlüsseln musste. Er konnte einfach über Zeichnungen von Heinrich Zille sprechen, über Akte von Egon Schiele, er musste nur die Namen Gauguin, Kirchner oder Jawlenski erwähnen, und jeder Eingeweihte wusste, was damit gemeint war. Serif Bey schloss sein Büro ab und fuhr nach Dahlem, wo er sich um den Teil der Ware, den er bereits im Keller seines Kunstlagers aufbewahrte, kümmern musste. Unterwegs hielt er an einem Spätkauf an. Er erstand Obst und Kinderschokolade und ein paar Multivitaminpillen.

Das Lager war ein Luftschutzbunker aus dem Zweiten Weltkrieg. Vier Stockwerke über der Erde, vier darunter. In den 1980er Jahren hatten sie versucht, den Bunker zu sprengen, waren aber kläglich gescheitert. Wenn die Deutschen etwas machten, dann machten sie es richtig. Brot, Bunker, Autos, KZ. Die Stahltür musste mit zwei Schlüsseln geöffnet werden. Dann ging es durch einen breiten Flur zum Treppenhaus. Der Beton war an den Wänden von weißen Kalkadern überzogen. Es war feucht und roch nach Schimmel. Dann kam eine weitere Tür, die wieder mit zwei Schlössern gesichert war. Vier Treppen und zwei Stockwerke tiefer waren die Räume, in denen er die Kunstwerke lagerte. Einer davon, ungefähr fünfunddreißig mal fünfzehn Meter groß, war klimatisiert, der Boden war mit Eichendielen ausgelegt, und an den Wänden hatte er Holzpaneele angebracht. Die Raumtemperatur betrug einundzwanzig Grad Celsius und schwankte um maximal ein Grad. Die Luftfeuchtigkeit betrug konstant fünfundvierzig Prozent. Die hygienischen Bedingungen waren einwandfrei. Ganz zu Anfang, als er noch keine Klimaanlage eingebaut hatte, war es bei einigen Gemälden zu Läusefraß gekommen. Der Insektenkot hatte sogar die Farben eines Warhols zersetzt. Aber das konnte jetzt nicht mehr passieren.

Die Mädchen lagerte er in einem Raum, der kleiner und weniger aufwendig ausgebaut war. Nackte Wände, alte Teppiche auf dem Fußboden. Er hatte mehrere Matratzen ausgelegt, Decken, sogar Kopfkissen, die er bei Ikea gekauft hatte. Wasser gab es aus einem Kanister. Die Notdurft konnte in der kleinen, chemischen Campingtoilette verrichtet werden, die er neben der Tür aufgestellt hatte. Als er vor der Tür stand, erinnerte er sich, dass er vorsichtig sein musste. Die Mädchen hatten ihn bei seinem letzten Besuch völlig überraschend attackiert. Er hatte ihnen einen DVD-Player und ein paar DVDs bringen wollen, damit sie sich ablenken konnten und nicht die ganze Zeit weinten. Doch kaum hatte er die schwere Tür aufgeschlossen, hatten sie sich auf ihn gestürzt. Er war aus dem Gleichgewicht geraten und musste sie mit Händen und Füßen abwehren. Allzu viel Kraft hatten sie ja nicht, sie waren ja noch sehr jung und waren durch das wenige, was er ihnen zu essen gab, zusätzlich ermattet. Den DVD-

Player hatte er den Mädchen trotzdem gelassen. Da war er großmütig. Jetzt hatte er Pfefferspray dabei, doch sie lagen friedlich auf den Matratzen. Einige schliefen, andere jammerten leise vor sich hin. Sie waren blass, und es roch nach Schweiß und leicht nach Ammoniak. Irgendwann würde er sie duschen müssen.

»Ich habe euch Obst und Kinderschokolade mitgebracht. Und hier sind Vitamintabletten. Die nehmt ihr immer morgens. Heute Abend gibt es Pizza. Okay?«

Gierig stürzten sie sich auf Äpfel und Bananen. Stritten sich um die Kinderschokolade, rissen einander die Packungen aus den Händen, schlugen und traten. Er ließ sie gewähren.

Dann ging er in den kleinen Raum, in den er die Faber eingesperrt hatte. Sie lag regungslos in der hintersten Ecke, die Augen starr an die Decke gerichtet. Ihr rechter Arm lag unnatürlich verdreht unter ihr. Ein beunruhigender Gedanke erfasste ihn: War sie tot? Er ging vorsichtig auf sie zu, hielt das Pfefferspray am Arm ausgestreckt. Nur für den Fall, dass auch sie ihn angreifen wollte. Als er nahe vor ihr stand, wollte er gerade einen kurzen Stoß aus der kleinen Sprühflasche auf sie abgeben.

»Wo ist meine Schwester? Was haben Sie mit ihr gemacht?«

Sie sprang auf, schrie ihn an. Nicht lange, und sie stürzte sich auf ihn, das kleine Biest. Zur Sicherheit sprühte er ihr Pfefferspray ins Gesicht. Sie riss die Hände hoch, hielt sie schützend vor die Augen und ließ sofort von ihm ab. Er wusste, dass die Flüssigkeit in den Augen höllisch brannte. Sie wälzte sich am

Boden, jammerte und stöhnte. Heulte und rief nach ihrer Mama. Schon wieder. Wieso musste sie so einen Aufstand machen? Je mehr sie jetzt jammerte, umso wütender und erregter wurde er. Er hätte sie jetzt nehmen sollen. So, dass das Jungfernhäutchen nicht verletzt wurde. Aber dann hätte er sie zuerst duschen müssen, und das war ihm zu anstrengend.

Als er wieder vor dem Bunker stand, leitete er noch schnell eine Nachricht seines Informanten an Paulus weiter. *Die Restaurateure wollen die Bilder sehen.* Jetzt blieb nur zu hoffen, dass Paulus die verschlüsselte Nachricht verstehen und sich in Sicherheit bringen würde.

Es war bereits nach Mitternacht, als er zu Hause ankam. Er fuhr den Tesla in die Garage, schaltete die Alarmanlage ein und ging ins Haus. Vor einem Monat erst hatte er es gemietet. Ein weißer Bau, der aussah, als habe jemand ovale, überdimensionale Käseschachteln versetzt aufeinandergestapelt. Im ersten Stock brannte noch Licht, also waren seine beiden Töchter noch wach.

Er ging die Treppe hoch, schaute zuerst zu der kleinen Selin ins Zimmer. Sie las den Koran, wie er es ihr aufgetragen hatte. Am nächsten Morgen würde ihre Einschulung sein. Die Schultüte stand neben dem Schreibtischstuhl, ihr rotes Kleid hing auf einem Bügel an der geöffneten Schranktür. Er lächelte, gab ihr einen Kuss auf die Wange und schloss leise die Tür. Das Licht in Samiras Zimmer war gelöscht. Natürlich hatte sie es erst ausgemacht, als sie ihn auf der Treppe gehört hatte. Sie tat so, als ob sie schlafen würde, aber er konnte an ihrem Atem hören, dass sie noch wach war. Er hätte mit ihr schimpfen können, weil sie vermutlich wieder ein Buch gelesen hatte. Aber er ließ es sein. Sie war neun, und sie brauchte gewisse Freiheiten.

Als er ins Schlafzimmer kam, las seine Frau auf ihrem Kindle-Reader einen Roman. Sie hob kurz den Kopf und zog schnell die Bettdecke über ihren massigen Körper. Seit Selins Geburt hatte sie dreißig Kilo zugenommen. Dreißig Kilo, um sich in seinen Augen so unattraktiv zu machen, dass er sie nicht mehr anfasste. Sie schickte ihm einen strafenden Blick. Dann las sie weiter. Oder sie tat so, als würde sie lesen. Bis sie sich getraute, die Frage zu stellen.

»Warst du …?«

Er zog Schuhe und Hose aus, legte sie auf einen Stuhl. »Höre ich da ein leises Missfallen?«

Es war kein Missfallen. Es war Ekel. Er wusste es, und sie wusste es auch. Zuletzt nahm er einen Smaragdring vom Mittelfinger der rechten Hand und legte ihn in eine mit Samt ausgeschlagene Schachtel. Sie schwieg.

»Siehst du. Oder wäre es dir lieber, wenn ich Samira nehmen würde? Denn das müsste ich tun, wenn es die Mädchen nicht gäbe.«

ZWEI

Mittwoch

21 // Drei Stunden hatte Helena in der vietnamesischen Botschaft warten müssen, bis sie für sich und Robert die Genehmigung für die einmalige Ein- und Ausreise in der Hand hielt. Robert hatte sich bei deBuer abgemeldet, Helena war für weitere zwei Wochen beurlaubt. Die Schmerzen im Fuß waren erträglich, sie konnte inzwischen ohne Krücken gehen.

Der Flug führte über Frankfurt und Abu Dhabi nach Saigon. Helena zog die schwarze Lederjacke aus. Robert sah sie kopfschüttelnd an. Dass sie sich die Haare kurzgeschnitten hatte, konnte er immer noch nicht verstehen. Sie hatten vierzehn Stunden vor sich. Vierzehn Stunden stillsitzen. Vierzehn Stunden von den Gedanken an die Mädchen gefesselt, ohne etwas tun zu können.

Ga chien sot lac stand auf der Speisekarte. Knusprig gebackene Hühnerbrust mit Erdnuss-Soße, Kokosmilch, Gemüse und Reis. Helena schob das Essen beiseite. In der Economy servierte die Fluggesellschaft einen Fraß, den niemand, der noch einen letzten Geschmacksnerv auf der Zunge hatte, essen konnte. Robert schien sich nicht daran zu stören. Für ihn bedeutete Essen vorrangig die Versorgung mit Kalorien. Er kaute nicht, sondern schluckte den Brei einfach hinunter. *Wie oft muss man kauen? So oft, wie man Zähne im Mund hat.*

Helena hatte den Mädchen beigebracht, dass die Verdauung im Mund beginnt, dass die Enzyme im Speichel die Nahrung aufspalten und es dadurch zuerst für den Magen und später für den Dünndarm leichter machen, die Nährstoffbausteine zu resorbieren. Nach der Mundhöhle gelangt die Nahrung in die Speiseröhre. Die Speiseröhre ist ein muskulöser Schlauch, der hinter der Luftröhre liegt und die Nahrung in den Magen transportiert. Die Nahrung wird durch Muskelbewegungen, die sogenannte Peristaltik, die wellenförmig vom Rachen zum Magen verläuft, in wenigen Sekunden in den Magen gepresst. Dies ist ein aktiver Transportvorgang innerhalb des Verdauungssystems. Aufgrund dieses Vorganges ist das Schlucken im Liegen ebenso wie im Handstand möglich. Sie hatte das einmal bei Wikipedia gelesen. Und wie alles, was sie einmal gehört, gesehen oder gelesen hatte, vergaß sie es nicht mehr.

»Kaffee? Tee? Cola?«

Die Stewardess trat auf die Bremse des Trolleys und schaute Helena fragend an. Der unaufhaltsame Strom der Erinnerungen versandete.

»Bier, Wein, Orangensaft?«

»Bier«, antwortete Robert, ohne aufzusehen. »Und zwei Whiskey.«

Die Stewardess nahm eine Dose Budweiser und zwei kleine Whiskeyfläschchen. Sie hielt sie Robert hin.

»Und Sie?«

»Kaffee.«

»Mit Milch, ohne? Zucker, ohne?«

»Schwarz.«

Schon bei dem Gedanken an Milch musste sie sich fast übergeben. Helena nahm den Becher Kaffee entgegen. Sie beobachtete Robert, wie er das Essen in sich hineinschaufelte. Einem Menschen beim Essen zuzusehen kann desillusionierend sein, deshalb unterhalten wir uns beim Essen. Sie hätte einen Film anschauen, Musik hören oder sich einem Hörbuch widmen können. Aber sie sah ihm zu, weil sie ihn jetzt noch einmal neu kennenlernte. Eine Seite voller ungezügelter Wut, die er wie einen Motor in sich trug. Jetzt stand sie in voller Blüte.

»Wir kommen nachher durch die Kabine, um Ihnen unser Angebot an zollfreien Waren zu präsentieren. Sie können bar oder mit Kreditkarte bezahlen«, sagte die Flugbegleiterin noch, bevor sie die Tabletts abräumte.

Robert kippte die Rückenlehne nach hinten und schloss die Augen. Helena drehte sich herum. In der Reihe hinter ihnen saß Rita Martens, das iPad auf dem Klapptisch. Seit dem Start in Frankfurt schrieb sie. Ab und an blätterte sie in Papieren, die auf ihrem Schoß lagen. Als sie Helenas Blick spürte, lächelte sie.

»Wie erfahren wir, wo Paulus sich in Saigon aufhält?«

»Das sage ich ihnen noch.«

»Wann?«

»Wenn wir da sind.«

»Sie haben einen Informanten in Saigon?«

»Ja.«

»Wer?«

Wieder das Lächeln. »Informanten sind wie ein

scheues Reh. Das wissen Sie doch. Wenn zu viele Leute auftauchen, verschwinden sie im Unterholz.«

»Glauben Sie, dieser German Diener gehört zu dem CDH?«

»Kann sein.«

»Ist er der Nachfolger von Paulus?«

»Möglich.«

Rita Martens galt in Belgien als die erbittertste Gegnerin eines Netzwerkes, das als Club der Humanisten durch das Netz geisterte, hatte Helena inzwischen herausgefunden. Das Netzwerk war im Zusammenhang mit dem Dutroux-Skandal zu trauriger Berühmtheit gelangt.

»Er ist ein angesehener Galerist.«

»Ja? Und was sagt das? Ich habe Beweise vorgelegt, dass Abgeordnete des Parlaments, Mitglieder des Königshauses, Industrielle und Künstler in den Fall Dutroux verwickelt sind. Ich habe Zeugen ausfindig gemacht und die Justiz damit gezwungen zu ermitteln. Aber als es zum Prozess gegen die Hintermänner von Dutroux und Michel Nihoul kommen sollte, haben die Zeugen sich mit einem Mal nicht mehr erinnert. Wissen Sie warum? Die meisten, weil man sie ertrunken, erfroren oder in einem ausgebrannten Autowrack gefunden hat. Danach hat jemand eine Schmutzkampagne gestartet, in der ich beschuldigt worden bin, Drogen zu nehmen, meine Zeugen bestochen zu haben und mit dem Ermittlungsrichter im Bett gewesen zu sein.«

Helena sah zum Fenster hinaus. Das Flugzeug befand sich in einer Höhe von neunundzwanzigtausend Fuß. Außentemperatur minus zweiundvierzig Grad

Celsius. Das war nichts im Vergleich zu dem, was in den Artikeln stand, die Martens ihr gegeben hatte. Sie überflog die Zeilen. Sexueller Missbrauch, Folter, Menschenhandel. Erschreckende Zahlen. Ein Satz darin erstaunte sie. *Ich musste irgendwann vor mir selbst auf der Hut sein, weil ich in jedem Mann, dem ich begegnete, einen Vergewaltiger sah.*

Irgendwann schlief Helena ein. Ein flacher, unfreundlicher Schlaf. Vier Stunden lang, bis die Ansage aus dem Lautsprecher sie aufforderte, die Rückenlehne in eine senkrechte Position zu stellen. Robert neben ihr kam von der Toilette zurück. Er roch frisch, hatte die Haare angefeuchtet und die Zähne geputzt.

»Du hast geschlafen«, sagte er. »Das ist gut.«

Sein Lächeln war warm und sanft. Ein Kissen gefüllt mit Daunen. Eine Stewardess brachte heiße Tücher. Helena legte ihres auf das Gesicht. Es brannte auf der Haut. Robert nahm ihre Hand und küsste sie.

»Wir finden sie«, sagte er. »Und dann wird alles wieder gut.«

Alles? Gut?

Mittwoch

22 // Vieleicht war es Eingebung gewesen oder der berühmte Instinkt eines Ermittlers, vielleicht auch einfach nur Zufall, man konnte es nennen, wie man es wollte. Maxim war noch einmal zu Vitali Adams Wohnung gefahren, um nachzusehen, ob es Fotos gab, Hinweise auf die Familie, Adressen, die bei der ersten

Wohnungsdurchsuchung übersehen worden waren. So etwas kam vor. Er wusste, dass man nur das findet, was man sucht. Mit seltenen Ausnahmen. Eine dieser Ausnahmen ereignete sich, als Maxim die Versiegelung an der Wohnungstür brechen wollte und feststellte, dass es schon jemand vor ihm getan hatte. Er hörte ein Geräusch und wartete einige Minuten, bis die Tür von innen geöffnet wurde. Da sah er Vitali Adam. Und Vitali erschrak eine Sekunde lang. Als er nach einer weiteren Sekunde seinen Schrecken überwunden hatte, stürzte er sich auf Maxim. Er wollte ihn beiseitestoßen, hatte aber nicht damit gerechnet, dass es einen Stier brauchte, um an Maxim vorbeizukommen. Und er hatte nicht damit gerechnet, dass Maxim ihn mit einem knappen Faustschlag davon abhalten konnte, ihn mit dem Springmesser in der Hand übel zu verletzen. Bei der folgenden Wohnungsdurchsuchung fand die Polizei zwölf Gramm Marihuana, ein Fixerbesteck und einige Gramm Crack. Außerdem sechstausend Euro in bar.

Jetzt saß Vitali im Vernehmungszimmer des Polizeipräsidiums. Unterbiss, Piercing in der Oberlippe, große, schmale Nase, eng stehende Augen, dunkle, halblange Haare. Er sah genau so aus, wie Helena ihn beschrieben hatte. Als ob er nach ihren Angaben geformt worden wäre. Mit Ausnahme der Schwellung an der linken Wange. Er trug eine blaue und eine grüne Socke. Auf dem Tisch vor ihm stand ein Paar Nikes. Das Profil der Sohle stimmte mit dem Fußabdruck überein, den die KTU im Lieferwagen gefunden hatte. Außerdem lag eine Ermittlungsakte auf dem Tisch. Direkt neben einem Telefon.

Vitali grinste. Offensichtlich fühlte er sich sehr sicher. Dabei ahnte er nicht, zwischen welche Mahlsteine er sich begeben hatte. Vielleicht, weil er erst vierundzwanzig Jahre alt war und sich für unverwundbar hielt. Vielleicht hatten ihm die Leute, in deren Auftrag er den Wagen gefahren hatte, versichert, dass ihm nichts passieren konnte. Vielleicht war er auch einfach nur zu dumm, um zu erkennen, dass seine Rolle austauschbar und er ersetzbar war.

»Ich will einen Anwalt haben«, sagte er und verschränkte die Arme über der Brust.

Maxim schob das Telefon über den Tisch. »Nummer?«, fragte Vitali.

»Was meinst du mit Nummer?«

»Die Nummer von einem Anwalt.«

»Ich hab keine Nummer von einem Anwalt. Vielleicht rufst du die Auskunft an«, bemerkte Maxim trocken.

»Hey, Scheiße, willst du mich verarschen, Bulle? Ich weiß genau, dass du mir einen Anwalt stellen musst. Wenn du das nicht machst, geh ich hier raus, und ihr zwei könnt euch gegenseitig in die Ärsche ficken.«

DeBuer erhob sich müde von seinem Stuhl, ging zum vergitterten Fenster und sah, wie ein junger Mann auf dem Bürgersteig ein Fahrradschloss mit einem Bolzenschneider durchtrennte. *Ihr könnt euch gegenseitig in die Ärsche ficken.* Wie oft hatte er solche Sätze schon gehört. Und wie oft hatten diejenigen nach wenigen Stunden heulend von der bösen Welt da draußen und ihren Ungerechtigkeiten erzählt.

»Die Tür ist offen. Du brauchst einfach nur aufzustehen und zu verschwinden. Die Schuhe bleiben allerdings hier, als Beweismittel«, sagte Maxim.

Vitali sah auf die Schuhe, sah zu Maxim. Drehte sich herum, sah zur Tür hin. Er schien in diesem Augenblick nicht zu verstehen, was hier mit ihm passierte und warum man ihn so einfach gehen lassen wollte. Immerhin waren die Beweise, soweit man das mit gesundem Menschenverstand erkennen konnte, eindeutig.

»Du weißt wahrscheinlich nicht, dass wir das Profil von diesen Dingern in dem Lieferwagen gefunden haben. Und von denen gibt es derzeit in Berlin nur eine Handvoll. Und wir fragen uns, wie viele davon die kleine Beschädigung an der Ferse haben.«

Vitali verstand immer noch nicht, worauf Maxim hinauswollte.

»Eines solltest du aber noch wissen: Anschließend erfährt die Presse, dass wir dich vernommen haben und dass wir aber wegen der laufenden Ermittlungen noch nichts sagen wollen. Das lesen auch die Leute, für die du den Wagen gefahren hast. Die fragen sich, ob du geplaudert hast. Ich hab schon erlebt, dass gewisse Leute dann sehr nervös werden.«

»Willst du mir drohen?«

»Eine Drohung sieht bei mir anders aus. Hast du ja erlebt.«

Maxim deutete auf die Stelle am Kinn, an der er Vitali erwischt hatte. Vitali dachte nach. Wankte zwischen aufstehen und sitzen bleiben. Zwischen Arroganz und Verunsicherung. Was hier mit ihm passierte, überstieg eindeutig sein intellektuelles Vorstellungsvermögen. Als er schließlich keine Anstalten machte zu gehen, setzte Maxim sich ihm gegenüber.

»Wo hast du eigentlich die Schuhe her?«

»Von so einer Fotze, die bei Nike arbeitet.«

»Name?«

»Fotze.«

Die Tür wurde geöffnet, eine Polizistin brachte eine Akte herein. Maxim nahm sie entgegen und reichte sie an deBuer weiter.

DeBuer warf einen Blick hinein.

»German Diener?«, fragte Maxim.

»Hat ein Alibi für die Tatzeit«, sagte deBuer. »Er war zur Tatzeit beim Zahnarzt. Ein Stockwerk über der Galerie. Er hat ein Attest.«

»Wieso hat er ein Attest?«

»Irgendwas wegen einer Versicherung.« DeBuer blätterte weiter. »Am Samstag waren außer ihm noch drei Personen in der Galerie. Seine Mutter Kassandra, Jessica Born und Daniela Ricci. Die drei Frauen bestätigen, dass er vor und nach dem Zahnarzt in der Galerie war.«

Maxim setzte sich wieder Vitali gegenüber. »Du arbeitest für die Galerie Diener?«

»Manchmal.«

»Und hast mit dieser *Du-bist-Kunst*-Aktion zu tun.«

»Manchmal.«

»Jemand hat Sophie Faber einen Gutschein über hundert Euro geschickt, damit sie ein Foto von sich hochlädt.«

»Kann sein, wir haben da Hunderte Frauen.«

»Sophie Faber ist elf Jahre alt.«

»Und? Ist nicht mein Problem. Steht im Kleingedruckten, dass wir nicht für unrechtmäßige Benutzung haften.« Vitali bekam langsam wieder seelischen Boden unter die Füße. Als er aufstehen wollte, drückte Maxim ihn zurück auf den Stuhl.

»Ich habe nichts von Aufstehen gesagt. Hast du veranlasst, dass so ein Gemälde von ihr gemacht wird?«

»Weiß ich nicht mehr.«

»Denk nach. Warst du deswegen am Olympiastadion, weil du ihr das Bild übergeben wolltest?«

Maxim schlug die Ermittlungsakte auf, nahm ein Foto des Lieferwagens heraus. Langsam schob er das Foto zu Vitali hin.

Vitali tat, als würde er nachdenken, zog die Stirn in Falten. Dann sah er Maxim an und grinste breit. »Fällt mir jetzt nicht ein.«

»Oder warst du da, weil du sie mitnehmen wolltest? Sophie Faber und ihre Schwester Katharina sind seit Samstagabend verschwunden. Sie sind in einen schwarzen Lieferwagen eingestiegen, den du gefahren hast.« Maxim nahm zwei Fotos von Katharina und Sophie, schob sie ebenfalls zu Vitali hin.

»Davon weiß ich nichts.«

»Dann bist du auf der Brücke an Helena Faber, der Mutter der beiden, vorbeigefahren. Erinnerst du dich? Sie hat zuerst auf dich geschossen, und dann ist sie dir hinterhergerannt, bis du am Theo einen kleinen Ausflug in die Botanik gemacht hast.«

»Ich hab keinen Lieferwagen gefahren.« Vitalis Blick wanderte von den Fotos der Mädchen zu einem Foto von Helena. Er erinnerte sich wieder. Es war deutlich zu sehen. Im selben Moment bemerkte er, dass sein Blick ihn verraten hatte.

»Wer war eigentlich der Zweite im Lieferwagen?«, fragte Maxim. »Der mit der Knarre an Sophie Fabers Kopf? Wir haben zuerst gedacht, es wäre German Diener gewesen, aber der hat ja ein Alibi.«

Vitalis Blick huschte hin und her wie eine Fliege an einer Fensterscheibe. Gab es einen Ausweg? Sollte er einfach gehen, wie Maxim es ihm in Aussicht gestellt hatte?

»Hör zu. Ich werde dir jetzt eine Frage stellen. Mit deiner Antwort entscheidest du über dein zukünftiges Leben, und vor allem, wie lange es noch dauert. Und dabei ist es unerheblich, ob ich ein Polizist bin und du ein Arschloch, ob du hier im Präsidium sitzt oder nach Patagonien abhaust. Wenn du mich anlügst, und wenn die Mädchen sterben, schneide ich dich in Stücke. Hast du das verstanden?« Maxim schlug mit der flachen Hand so heftig auf den Tisch, dass Vitali zurückzuckte. »Wo hast du die Mädchen hingebracht?«

»Ich will hier raus, sofort!«

Maxim griff in Vitalis Haare, drückte seinen Kopf nach unten. »Wo hast du die Mädchen hingebracht.«

»Ich hab niemand irgendwo hingebracht. Ich weiß überhaupt nicht, wovon du sprichst.«

DeBuer hatte am Fenster gestanden und löste sich langsam von der Fensterbank. »Mein Kollege spricht davon, dass wir nett sind und der Presse nicht sagen, dass du mit uns geredet hast. Und weißt du, warum? Weil wir dich so oder so einbuchten. Verstoß gegen BtMG. Zwölf Gramm Crack reichen für ein paar

Monate. Aber nur wenn der Richter gut drauf ist. Dann sitzt du in Moabit, und zufällig sickert durch, dass du was mit kleinen Mädchen hast. Weißt du, was dann passiert?«

DeBuer trat an den Tisch heran, stützte sich mit beiden Händen ab. Das Gesicht so nahe an Vitalis, dass der Blick unscharf wurde. Er kam über ihn wie ein Kaventsmann.

»Du rutschst in der sexuellen Nahrungskette ganz nach unten. Die ficken dich mit einem Stuhlbein und lassen es dich anschließend ablecken. Ich weiß nicht, ob du darauf stehst. Wir würden dir natürlich einmal im Monat eine Zahnbürste schicken. Ist aber nur ein schwacher Trost, oder?«

Donnerstag

23 // Continental Hotel, 132-134 Dong Khoi, Stadtbezirk 1, Ho-Chi-Minh-Stadt, Vietnam, im Zentrum gelegen. Einst eines der legendären Kolonialhotels des Fernen Ostens, hatte das Gebäude zuerst die japanische Besatzung im Zweiten Weltkrieg, dann die Franzosen im Indochinakrieg und zuletzt die Amerikaner während des Vietnamkrieges überlebt. Das Haus war weltberühmt. Graham Greene hatte hier sein Buch *Der stille Amerikaner* geschrieben und André Malraux *La Condition humaine*. An den Wänden hingen Fotos von Schriftstellern, Journalisten und Politikern. *Time* und *Newsweek* hatten während des Vietnamkrieges ihre Zelte im zweiten Stock aufgeschlagen.

Sie mieteten drei Zimmer im zweiten Stock. Als Helena ihr Zimmer betrat, das so groß war wie der untere Teil ihres Hauses in der Westendallee, fühlte sie sich verloren. Möbel, Fußboden, Decke aus dunklem Holz. Das Dekor im französischen Kolonialstil. Es wäre ihr lieber gewesen, die Wände wären in greifbarerer Nähe, wie in einer kleinen Höhle. Sie stellte ihre Reisetasche ab und sprang schnell unter die Dusche. Die Mädchen waren seit fünf Tagen verschwunden. Das Duschgel roch nach Zitronengras und Jasmin. Für einen Moment war es, als ob das Wasser mit dem Staub auch die Schmerzen abwaschen würde. Die Handtücher waren flauschig weich. Sie zog Sneaker, Jeans und ein T-Shirt an, es waren draußen immerhin zweiunddreißig Grad. Jacke und Tasche blieben im Zimmer. Falls sie aus irgendeinem Grund rennen musste, würden die nur stören. Und alles, was sie brauchte, hatte ohnehin Platz in einer Gürteltasche. Kreditkarte, vier Millionen Dong, was umgerechnet ungefähr hundertsechzig Euro entsprach. Pass, Tabletten, Tampons, Fotos von Katharina und Sophie. Pfefferspray.

Die junge Rezeptionistin fragte, ob die neuen Gäste in einem der Hotelrestaurants essen wollten. Als Martens verneinte, empfahl sie ihnen einen Markt, zwei Blocks weiter in Richtung Osten, wo man unter freiem Himmel original vietnamesisches Essen bekam.

»Sie werden dort einen sehr guten Eindruck vom Leben in Ho-Chi-Minh-Stadt bekommen«, sagte sie mit einem bezaubernden Lächeln. Zu dritt schlenderten sie die Dong-Khoi-Straße entlang, erreichten den Markt und ließen sich an den Ständen vorbeitreiben, die jeden Abend um achtzehn Uhr aufgebaut und um zwei Uhr nachts wieder abgebaut wurden, weil der Platz tagsüber eine viel befahrene Straße war. Vietnamesische Musik dudelte aus den Lautsprechern, auf Flachbildschirmen liefen Comedy-Shows, in denen hysterisch gelacht wurde. Aus allen Ecken kam Lärm. Die Überflutung mit Reizen überdeckte einen Moment lang die Sorgen. Martens war sich sicher, dass Paulus in der Zwischenzeit veranlasst hatte, Katharina und Sophie nach Saigon zu bringen. Es gab viele reiche Asiaten, die sich auf europäische Mädchen spezialisiert hatten. Auch wenn das, rein geschäftlich gesehen, unsinnig war, weil der Vorrat an jungen Mädchen, die für die Prostitution gekauft oder geraubt wurden, in Vietnam und dem nahen Kambodscha endlos war.

Sie setzten sich auf einfache Plastikstühle, bekamen Reis und Gemüse auf Plastiktellern serviert, aßen mit Plastikstäbchen und tranken Bier aus Plastikbechern. Die Stunden verrannen, die Zeit zerfloss zu zähem, stinkendem Teer. Irgendwann beschlossen sie, zum vertraulicheren Du zu wechseln.

»Wann erfährst du, wo er ist?«, fragte Helena.

»Ich werde angerufen«, antwortete Rita.

»Wann?«

»Ich weiß es nicht.«

Robert trank das vierte Bier aus. Dann verschränkte er die Arme vor der Brust. »Wir sitzen hier seit zwei Stunden und warten, dass du einen Scheißanruf kriegst.«

Robert war so laut geworden, dass die anderen Gäste an den Nachbartischen ihn irritiert ansahen. In dem

Moment klingelte Ritas Handy. Sie nahm das Telefon, hörte dem Anrufer zu, nickte ein paarmal und legte dann auf. »Renaissance Riverside Hotel.«

Helena sprang auf. Sie spürte, wie ein Strom durch sie hindurchfloss. Sie musste ihr Körpergewicht auf Ferse und Ballen ausbalancieren, damit sie nicht wankte. Rita warf ein paar Geldscheine auf den Tisch. Robert lief zur Straße und winkte einem Taxi. Als das dritte hielt, ein Toyota wie alle anderen, nannte Martens dem Taxifahrer die Adresse: 8-15 Ton Duc Thang Street. Robert hielt dem Taxifahrer fünfhunderttausend Dong hin, was dem Gegenwert von ungefähr zwanzig Euro entsprach. Helena sah auf die Uhr. Je öfter sie nachschaute, desto langsamer verging die Zeit.

Sie sahen aus den Fenstern, beobachteten die Straßenküchen, die auf den Bürgersteigen wucherten. Kinder schliefen auf Kartonpappen, Frauen schnitten Gemüse und rührten in Töpfen. Helena beobachtete das chaotische Treiben der Moped- und Rollerfahrer, die Verkehrszeichen und Ampeln als eine Handlungsempfehlung unter vielen ansahen. Junge Frauen in Weiß mit bunten Helmen auf den Köpfen, vielleicht auf dem Weg in ein Büro. Junge Männer in zerschlissenen Jeans und auf schrottreifen Fahrzeugen. Sie kamen am An Dong Market vorbei. Der fünfte Distrikt, das chinesische Viertel. Unzählige Mädchen standen am Straßenrand. Jedes Alter.

»Die ganz jungen stehen natürlich nicht am Straßenrand, die gibt es gewissermaßen unter der Ladentheke«, erklärte Martens.

Wenn das Taxi an einer Ampel halten musste, kamen

die Mädchen darauf zu, sahen durch die Fenster in das Innere des Wagens. Aber sie lachten, wenn sie die Insassen sahen. *In dieser Stadt gehst du verloren, und niemanden kümmert es,* dachte Helena.

Renaissance Riverside Hotel. 8-15 Ton Duc Thang Street, District 1. Fünf Sterne, Marriott-Gruppe. Blick auf den Saigon-Fluss. Vierzehn Gehminuten von der Basilika Notre-Dame entfernt, eins Komma vier Kilometer vom Markt Ben Thanh, zwei Komma zwei Kilometer vom Wiedervereinigungspalast. Das Taxi hielt vor einem Quader aus Glas, der sich geistlos in den Himmel streckte und von der Sonne beschienen wurde, sodass die Glasfläche den Besucher blendete. Robert bezahlte das Taxi und bat den Fahrer zu warten. Dann stiegen sie aus. Gingen in die Lobby.

»Weißt du die Zimmernummer?«, fragte Helena.

»Nein. Wir müssen fragen.«

Vor der Rezeption hatten sich lange Schlangen gebildet. Geschäftsleute, Männer in Anzügen mit Aktentaschen und Trolleys. Die meisten Europäer, wenig Asiaten, ein paar Afrikaner. Einige hatten ihre Jacketts ausgezogen. Ihre weißen Hemden glänzten grau vom Schweiß. *Wer von denen, die das Hotel betreten, ist ein harmloser Geschäftsreisender, der zu Hause Frauen und Kinder hat, die ihn sehnsüchtig erwarten? Wer gehört zu denen, die sich für die Nacht minderjährige Prostituierte angeln und für zwanzig Dollar mit ihnen machen, was ihnen gerade in den Sinn kommt.*

»Wonach willst du fragen? Paulus ist doch nicht unter seinem Namen hier abgestiegen«, sagte Robert.

»Wir versuchen es mit Schiele.«

Helena lief durch die Masse der Hotelgäste. Vielleicht konnte sie Paulus unter ihnen entdecken. Sah sich um, scannte die Gäste. Da war ein Dicker, dem das Hemd aus der Hose hing. Ein großer Hagerer mit einer Sonnenbrille. Einer mit femininen Bewegungen. Einer mit Tattoos auf den Händen. Ein Schwarzer, der aussah wie eine Kopie von Charles Taylor. Und dann – er. Helena deutete stumm zur Drehtür hin. Es war Paulus, der in diesem Moment das Hotel betrat. Er sah heruntergekommen aus. Die Haut grau und schlaff, als sei er in den letzten Wochen um zehn Jahre gealtert. Er strahlte die Müdigkeit von jemandem aus, der alles verloren hatte und keine Kraft mehr besaß, sich dagegen zu wehren. Robert, Helena und Rita Martens beobachteten jeden seiner Schritte. Wie er kurz beim Concierge stehen blieb, eine Zeitung entgegennahm und dann zum Aufzug ging. Die Handbewegung, mit der er den Liftknopf betätigte, war fahrig.

»Los«, befahl Robert.

Als sich die Aufzugstür öffnete, rannten sie los und stiegen ebenfalls ein. Georg Paulus schien einen kurzen Moment lang irritiert zu sein. So als könnte er nicht glauben, Robert und Helena Faber vor sich zu haben.

»Die Welt ist klein, findest du nicht auch, Paulus?«, fragte Robert. »Da fliegt man in ein Land, neuntausend Kilometer entfernt, und trifft doch nur wieder diejenigen, die man von zu Hause kennt. Und vor denen man weggelaufen ist.«

An der rechten Hand trug Paulus einen Ring mit einem kleinen Smaragd.

Donnerstag

24 // Als er die Chipkarte an das elektronische Türschloss hielt, zitterte Paulus so stark, dass Robert ihm die Karte aus der Hand nahm und selbst die Tür öffnete. Dann schob er Paulus in das Wohnzimmer hinein. Helena und Rita folgten.

»Sophie! Katharina!« Helena sah sich angsterfüllt um und lief durch das Apartment. Das Badezimmer war leer. Die Küche. Der Balkon genauso. Im Schlafzimmer war das Bett zerwühlt. Ein Mädchen lag dort. Gefesselt. In einer Blutlache. Sie sah Helena mit schreckgeweiteten Augen an. Nicht Sophie. Nicht Katharina.

»Oh Gott!« Die Worte stolperten über Helenas Lippen. Robert und Rita Martens kamen herein. Sahen das Mädchen und blieben stehen. Rita ging zu dem Mädchen. Sie strampelte, versuchte Rita mit den Füßen zu treffen. Rita sprach beruhigend auf das Mädchen ein. »Tu n'as pas à avoir peur. Tout ira bien. Quel est votre nom?«

Helena ging zurück ins Wohnzimmer. Baute sich vor Paulus auf. Eine Löwin, die einen Angreifer in Fetzen reißt. »Wo sind meine Töchter?«, schrie sie ihn an.

»Ich weiß nicht, wo deine Töchter sind.«

Helena schlug ihm ins Gesicht. Paulus ächzte, taumelte rückwärts und fiel über einen Sessel. Robert kam dazu, packte ihn und zog ihn wieder hoch.

»Wo sind Sophie und Katharina?«

»Woher soll ich das wissen? Scheiße.« Paulus fasst an die Stelle über seinem rechten Auge. Eine Schwellung wuchs an der Braue und drückte das Lid nach unten. Er konnte auf dem Auge kaum noch etwas sehen.

Robert stieß ihn gegen die Wand. »Ich werde dir so wehtun, dass du wünschst, du wärst nie geboren worden, wenn du mir nicht sagst, wo meine Töchter sind.«

»Ich sage es Ihnen noch mal, ich weiß es nicht.«

Ein kurzer Haken in die Magengegend. Paulus sackte in die Knie. Stöhnte. Augenblicklich wurde ihm übel, und er erbrach sich. Ein heller Brei aus halb verdauter Nudelsuppe mit Huhn. Robert packte Paulus an den Haaren und zog ihn ins Badezimmer. Stieß ihn zu Boden. Nahm die Schnur, an der man Wäsche aufhängen konnte, und fesselte Paulus' Hände.

»Was soll das? Hören Sie auf, lassen Sie mich los«, jammerte er. Da war nichts mehr von dem arroganten Oberstaatsanwalt. Ein Titel, den er wie eine Galionsfigur vor sich hergetragen hatte.

Robert packte Paulus unter den Armen und zog ihn hoch. Legte ihm die Schnur um den Hals. Hievte ihn in die Badewanne. Befestigte die Schnur am Duschkopf, sodass Paulus stehen musste, wenn er sich nicht selbst strangulieren wollte.

»Wo sind Katharina und Sophie?«

»Ich weiß es nicht. Ich schwöre es.«

Helena kam ins Badezimmer. »Wer hat dir das hier geschickt?«

Sie hielt sein Handy hoch. Auf dem Bildschirm war die SMS zu lesen. *Die Restaurateure wollen die Bilder sehen.*

»Helena, bitte. Du musst mir glauben. Ich weiß

nicht, wo deine Töchter sind. Ich bin hier in Saigon. Alleine. Ich kenne hier niemanden. Ich weiß nicht, was mit deinen Töchtern passiert ist.«

»Wer hat dir das hier geschickt?«

»Helena. Wir waren einmal Freunde. Wir waren mehr als das. Du kennst sogar noch den Code für mein Handy. Ich schwöre dir, ich hab keine Ahnung …«

Ein Schlag auf die Nase. Das leise Knirschen, als der Knorpel sich vom Knochen löste. Robert drehte den Wasserhahn auf. Ein kalter Schwall ergoss sich über Paulus.

»Von wem ist die SMS?«, schrie Robert.

Beim Einatmen bekam Paulus Wasser in Mund und Nase. Verschluckte sich, hustete. »Aufhören!«

»Von wem ist die SMS? Ich will einen Namen.«

»Ich weiß den Namen nicht.«

In der glatten Badewanne verlor Paulus den Halt. Seine Füße rutschten nach vorne. Er drohte, sich selbst zu strangulieren, doch Robert hielt ihn fest.

»Scheiße! Aufhören!«

»Sie hat dich was gefragt!«

Robert ließ Paulus ein Stück nach unten rutschen. Das Seil um Paulus' Hals zog sich zu.

»Robert …« Helena fasst ihren Mann am Arm. Er reagierte nicht. »Hör auf, lass ihn.«

Robert ließ Paulus los. Paulus klammerte sich an dem Duschkopf fest, damit er nicht weiter nach unten rutschte.

»Okay. Aber es ist besser, wenn du draußen wartest«, sagte Robert.

»Nein. Ich bleibe hier. Und du hörst auf.«

»Ja«, sagte Robert. Er packte Helena an den Schultern und schob sie aus dem Badezimmer.

»Robert!«

Er schloss die Tür ab und wandte sich wieder Paulus zu. Helenas Schläge gegen die Tür dröhnten in dem engen Badezimmer.

»Ich gebe dir drei Sekunden.«

»Wie oft soll ich es Ihnen noch sagen. Ich habe keine Ahnung, wo Ihre Töchter sind. Sie sind weg.«

Das Seil spannte sich immer fester um Paulus' Hals. So fest, dass es zwischen den Hautfalten verschwand. Seine Beine suchten Halt. Rutschten auf dem nassen Boden der Badewanne aus.

»Serif Bey«, ächzte Paulus.

»Serif Bey?«

»Ja.«

»Wie schreibt man das?«

Paulus buchstabierte den Namen.

»Hat dieser Serif Bey meine Töchter?«

»Ja.«

»Wo?«

»Ich kriege keine Luft.«

Bumm, bumm, bumm.

Helena schlug, trat gegen die Tür, rüttelte am Türgriff. Rita Martens kam hinzu.

»Was ist?«, fragte sie.

»Robert, mach die verdammte Tür auf!«

»Was macht er da drin?«

»Gibt es hier irgendwas, womit man die Tür aufbrechen kann? Ein Schraubenzieher oder so was?«

Sie sah sich um, riss in der Küche Schubladen auf und kam mit einem Messer zurück. In dem Augenblick klackte das Schloss, und die Tür zum Badezimmer wurde geöffnet. Robert kam heraus. Er war von oben bis unten nass. Ein mattes Lächeln auf den Lippen, bitter und zynisch. Helena kannte diesen Gesichtsausdruck.

»Was ist mit ihm?«

Robert antwortete nicht. Ging in die Küche und nahm Bier aus dem Kühlschrank.

Helena stürzte ins Badezimmer. Paulus saß seltsam ungelenk mit eingeknickten Knien in der Badewanne. Sein Gesicht war rot und aufgebläht. Das Seil um seinen Hals hatte sich tief in die Haut eingegraben. Blut floss in feinen Rinnsalen, wurde vom Wasser verdünnt und sammelte sich auf dem Boden der Wanne. Helena war gebannt von dem Anblick. Das war der Mann, der sie protegiert und gefördert hatte, mit dem sie eine Affäre gehabt hatte, der sie umbringen lassen wollte und der ihre beiden Töchter entführt hatte. Martens war hinter sie getreten und starrte Paulus entsetzt an. Dann ging sie zu Robert in die Küche.

»Ich bin seit zwei Jahren hinter dem Club der Humanisten her. Ich versuche, an den ranzukommen, der diesen Club leitet. Paulus kennt ihn. Er hatte vermutlich Kontakt zu ihm.«

Roberts Blick streifte über das Etikett der Flasche. Saigon-Beer. »Er heißt Serif Bey.« Dann verließ er die Küche.

Martens lief ihm hinterher. »Serif Bey? Hat er dir das gesagt? Hat er gesagt, dass der Mann Serif Bey heißt?«

Robert ließ sich im Wohnzimmer auf das Sofa fallen.

»Und wann hat er dir das gesagt? Bevor oder nachdem du ihn zu Tode gefoltert hast?«

»Danach.«

»Großartig. Weißt du, wer Serif Bey ist? Serif Bey war ein türkischer Diplomat und Kunstsammler. Er ist 1879 gestorben. Es ist ein Tarnname. Alle im Club der Humanisten benutzen Tarnnamen.«

Robert trank das Bier leer. »Ich weiß, wo Katharina und Sophie sind«, sagte er.

Martens schaute überrascht. »Wo?«

»In Belgien, Ostende. Die Ausstellung heißt Brafa.« Er grinste. »Ich hab ja gesagt, dass ich meine Mädchen finde.«

»Du willst deine Mädchen so finden?« Sie deutete in Richtung Badezimmer. »Indem du Leute umbringst? Was glaubst du, wie weit du jetzt noch kommst? Du hast doch keine Ahnung, mit wem du dich anlegst.«

Helena kam aus dem Badezimmer zurück. »Er ist nicht tot.«

»Ob tot oder lebendig: Wir müssen hier weg, bevor die Polizei kommt«, sagte Robert.

Rita ging auf den Flur, holte eine Frau vom Roomservice und bat sie, bei dem Mädchen zu bleiben, bis der Krankenwagen einträfe. Dann verließen sie hastig das Hotel. Auf der Straße hatte Helena für einen winzigen Augenblick den Eindruck, sie habe Gibran gesehen, aber das musste eine Täuschung gewesen sein. Warum sollte er in Saigon sein? Noch im Taxi buchte sie online zwei Tickets für achthundert Dollar nach Brüssel.

Rita Martens hatte andere Pläne. Pläne, über die sie nicht sprach.

Donnerstag

25 // Er musste sich beeilen. Bevor die Polizei eintraf, musste er Paulus aus dem Hotelzimmer schaffen, und das ging am besten, indem er einen der Wagen zweckentfremdete, die der Roomservice benutzte. Gibran hob Georg Paulus aus der Badewanne, schleifte ihn ins Wohnzimmer, verstaute ihn in dem Servicewagen und legte eine Decke darüber, sodass niemand sehen konnte, was er da transportierte. Als er den Wagen auf den Flur hinausschob, kamen zwei Polizisten aus dem Treppenhaus in den Gang. Sie schienen es nicht besonders eilig zu haben. Vermutlich hatte der Aufstieg über Hunderte Stufen sie ermüdet. Noch bevor sie ihn sehen konnten, schob er den Wagen zu einer weiteren Treppe, die direkt zu einer Dachterrasse führte. Gibran vergewisserte sich, dass sie leer war, dann schleppte er Paulus durch die gläserne Tür und setzte ihn in einen der Deckchairs. Wie schnell ein Mensch jede Fassung verlieren kann, dachte er. Ein paar Wochen genügten, um ein angesehenes Mitglied der zivilisierten Gesellschaft in ein heruntergekommenes Wrack zu verwandeln. Sicher hatte die Behandlung, die Paulus in der letzten Stunde erfahren hatte, zu seinem desolaten Zustand beigetragen. Und ebenso sicher würde das Gespräch, dass Gibran mit Paulus führen wollte, dadurch erschwert werden. Aber das änderte nichts an

seinem Vorhaben. Im Gegenteil. Er besaß nun in Paulus ein luzides Beispiel dafür, wie der Wesenskern eines Menschen, genauer gesagt, eines Mannes, im richtigen Umfeld und unter geeigneten Bedingungen hervorbrach. Die Frage, die er beantworten wollte, richtete sich auf Paulus' Kindheit. Gab es da ein Ereignis, irgendetwas, das das zivilisatorische Gerüst zum Einsturz gebracht hatte? War er als Kind misshandelt, missbraucht oder in sonst einer Weise bei der Konditionierung moralischer Grundsätze beeinträchtigt worden?

»Kannst du sprechen?«, fragte er den Schwerverletzten.

Keine Antwort. Paulus hing in dem Deckchair, als sei er bereits tot. Gibran schlug ihm dreimal fest ins Gesicht. Paulus öffnete die Augen, und es schien, als würde er erst jetzt erkennen, wer da vor ihm stand und ihn hierhergebracht hatte.

»Was willst du?« Die Worte stolperten über seine Lippen, begleitet von Blut und Speichel.

»Ich frage mich, ob es eine Erklärung dafür gibt, wie sich deine sexuellen ... wie soll ich es nennen? Ausschweifungen? Extravaganzen? Exzesse? Exzesse trifft es, glaube ich, am besten. Ich frage mich also, ob es eine Erklärung für deine sexuellen Exzesse gibt. Hat man dich misshandelt oder gar missbraucht, als du ein Kind warst? Oder hat der Libertin in dir, der doch große Ähnlichkeiten mit den Charakteren hat, die der Marquis de Sade so gut beschreiben konnte, unbeeinflusst davon einfach nur lange geschlafen und lediglich auf den richtigen Moment gewartet? Hat er so eine Art Wake-up-Call erhalten?«

Paulus sah Gibran unter den geschwollenen Augenliedern konsterniert an. Er schien nicht zu verstehen, warum Gibran das wissen wollte. Ausgerechnet jetzt, wo er doch eher einen Arzt gebraucht hätte, der feststellen konnte, ob er vielleicht lebensgefährliche Verletzungen erlitten hatte.

»Lass mich in Ruhe. Geh weg.«

Das war nicht die Antwort, die Gibran sich erhofft hatte. Er schlug Paulus noch ein paarmal ins Gesicht, bis er bereit war, auf die ihm gestellten Fragen zu antworten.

»Die Antwort steht doch in deinen Büchern. In dem Manifest, das du für den Club geschrieben hast. Was willst du noch?«

»Das Manifest alleine genügt nicht zur Erklärung. Die Frage ist, ob das Grauen von Anfang an in dir war oder ob du es erst eingeatmet hast.«

Gibran nahm sein Handy und öffnete eine App, mit der er das Gespräch aufzeichnen konnte. Er würde es später transkribieren und in sein Buch aufnehmen, freilich ohne Paulus' Namen zu erwähnen. Es dauerte eine halbe Stunde, dann hatte Gibran die gewünschten Informationen erhalten. Im Grunde, und das war ein wenig enttäuschend, bestätigten sie seine Theorie. Paulus hatte eine glückliche Kindheit erlebt. Von der Mutter geliebt, mit dem Vater zu Ausflügen in die Berge gefahren, ein Bruder, eine Schwester, die sich um ihn, den Jüngsten, liebevoll gekümmert hatten, soweit ältere Geschwister dazu fähig sind. Keinerlei Schläge, keinerlei seelische Gewalt, keine Erpressung mit Liebesentzug.

»Weißt du, Paulus, ich habe nichts anderes erwartet. Das ist einerseits enttäuschend, weil es banal ist, andererseits aber auch erhellend, weil wir beide nun wissen, was dich zu den Exzessen befähigt hat.«

Später würde er die Sätze abschreiben, an ihnen feilen, bis sie folgendermaßen klängen: *Es geht um Lust in ihrer reinsten Erscheinungsform. In einem Raum ohne Grenzen, ohne Kontrolle, in einem Raum der vollkommenen Macht dürfen wir der Mann sein, der in uns wohnt. Der Mann, der die Frau foltert, vergewaltigt, verstümmelt, demütigt, tötet. Ich habe durch Selbstbeobachtung feststellen dürfen, dass Gewalt die Normalität ist. Denn warum sonst wird, trotz allen guten Willens, die Gewalt nicht aus der Welt geschafft? Gewalt und Lust sind das Paradies der männlichen Seele, der lauten wie der leisen, der starken wie der schwachen, der vernünftigen wie der schöpferischen.*

»Meinst du nicht auch, Paulus?«

Da Paulus nicht antwortete, mit dem Kinn auf der Brust Blut und Rotz sabberte, verlor Gibran die Lust an dem einseitigen Gespräch. Er hob Paulus an den Armen aus dem Deckchair, schleifte ihn zu der Brüstung, die die Dachterrasse umgab, und ließ ihn langsam über die hüfthohe Mauer gleiten. Dreizehn Stockwerke oder zweiundfünfzig Meter tiefer krachte Paulus auf den Asphalt und wurde wenige Sekunden später von einem Bus überrollt, dessen Fahrer nicht mehr rechtzeitig bremsen konnte.

Gibran verfolgte das Geschehen mit bescheidenem Vergnügen. Er beschloss, dem zweiten Kapitel seines Buches die Überschrift *Gewalt* zu geben. Auf dem

Weg zurück zu seinem Hotel rief er Serif Bey an, um ihm zu sagen, dass Paulus Selbstmord begangen hätte. Sie unterhielten sich zudem noch eine Weile darüber, wann die nächste Versteigerung stattfinden würde.

Donnerstag

26 // Am Tan Son Nhat International Airport mussten sie vier Stunden warten. Stunden, in denen Helena dachte, der Sekundenzeiger der Uhr würde rückwärtslaufen. Robert erreichte Maxim endlich und ließ sich den Stand der Ermittlungen berichten. Er erfuhr, dass der OSta Serner vorgeschlagen hatte, Vitali Adam in ein Zeugenschutzprogramm aufzunehmen. Er würde in eine Wohnung gebracht werden, die das LKA angemietet hatte und in der man ihn rund um die Uhr bewachen würde. Im Gegenzug sollte er den Namen derjenigen nennen, die ihn beauftragt hatten. Maxim hatte auf Vitali Adams Konto bei der Commerzbank zwölftausend Euro entdeckt. Zwei Überweisungen durch die Galerie Diener. Frau Diener hatte Maxim gegenüber die Überweisungen als Prämie für besondere Leistungen deklariert. Worin die besonderen Leistungen bestanden, wollte sie nicht sagen und verwies auf ihren Sohn, der im Ausland verschiedene Kunstmessen besuchte. Wo genau das war, wollte Frau Diener ebenfalls nicht sagen. Maxim schlug daraufhin vor, Diener zur Fahndung ausschreiben zu lassen, deBuer hatte ihn aber gebremst. Nur weil jemand zwölftausend Euro zahlt, ist er noch nicht verdächtig.

Die Maske, die bei der Entführung benutzt wurde, war ein chinesisches Produkt und war zusammen mit anderen Künstlermasken der Renner bei Amazon und Alibaba.

»Wie sieht es bei euch aus?«, fragte Maxim zum Schluss.

»Wir haben Paulus gefunden. Er sagt, dass die Mädchen in Ostende sind. Angeblich sollen sie während einer Kunstmesse versteigert werden.«

»Wo ist Paulus jetzt?«

Robert schwieg und überlegte einen kurzen Moment, ob es wichtig war, dass Maxim wusste, was mit dem ehemaligen Oberstaatsanwalt geschehen war. Er entschied sich, nichts zu sagen.

»Die Messe heißt Brafa«, antwortete Robert stattdessen. Das ist eine Abkürzung für *Brussels Art Fair*. Die machen eine Sonderausstellung. Irgendwo am Hafen. DeBuer soll das an die belgische Polizei weiterleiten.«

»Sag ich ihm. Wo bist du?«

»Ho-Chi-Minh Flughafen.«

»Und Helena?«

»Sitzt neben mir. In ein paar Minuten fliegen wir los. Sorg dafür, dass deBuer dich nach Ostende schickt. Als Beobachter. Und schau nach, ob du den Namen Serif Bey irgendwo findest. Er gehört zum CDH. Die Martens meint, es wäre ein Tarnname. Aber vielleicht haben wir Glück. Und noch was. Paulus trägt den gleichen Ring wie German Diener.«

Ohne ein weiteres Wort legte Robert auf. Dann drehte er sich zu Helena um. Eine wütende Euphorie umfing ihn. »DeBuer ruft die Belgier an, damit sie sich den Laden anschauen. Und Serner will Vitali Adam in den Zeugenschutz nehmen.«

Helena sah ihn überrascht an.

»Du hast gedacht, Serner ist das Leck?«, fragte Robert.

»Ja.«

»Er kann es immer noch sein. Kommt drauf an, was Vitali Adam aussagt. Und ob das für jemanden zu gefährlich wird.«

»Wenn er es nicht ist, wer dann? DeBuer?«

»DeBuer? Niemals. Eher jemand aus der Staatsanwaltschaft.«

»Hat Maxim was zu Paulus gesagt?«

»Er weiß, wann er Fragen stellen muss und wann nicht.«

Helena nickte. Sie wusste, dass Robert und Maxim neben dem Codex, dem sie als Polizisten verpflichtet waren, noch einen eigenen Codex hatten, dessen Regeln nur sie kannten. Sie beneidete die beiden um ihre Freundschaft. Unter Frauen gab es das nicht, zumindest wusste sie nichts davon. Vielleicht hätte so etwas mit Rita entstehen können. Aber dazu war es nicht gekommen. Auf alle Fälle war es gut, dass gehandelt wurde. Eine Frauenstimme meldete sich über Lautsprecher.

»Etihad Flight 440 to Brussels via Abu Dhabi is now ready for boarding at Gate 12. We ask all passengers to show your boarding pass and passport.«

Als sie losging, hatte Helena wieder das Gefühl, jemand beobachte sie. Sie drehte sich herum. Da war niemand. Alles was sie sah, war wieder dieser Schatten, der sofort verschwand, sobald sie hinsah. Nur noch das

Echo eines Flüsterns, das von den Wänden abprallte, war zu hören. Oder war es das Flüstern in ihrem Kopf?

Freitag

27 // Paulus war in Saigon aufgeflogen. Und nicht nur das, er hatte sich auch noch von der Dachterrasse seines Hotels gestürzt. Oder war gestürzt worden. So oder so war es eine schlechte Nachricht. Eine sehr schlechte Nachricht. Aber vielleicht konnte er es einfach als Störfeuer eines Gegners abbuchen. Serif Bey sah den Telefonhörer eine Weile nachdenklich an, bevor er auflegte. Er war lange genug Geschäftsmann, um sich von solchen Dingen nicht aus der Ruhe bringen zu lassen. Was ihm allerdings wirklich Sorgen bereitete, war, dass Paulus Ostende verraten hatte. Er musste schnell handeln. Dreizehn Mädchen sollten in Ostende bei einer Party dabei sein. Mesens musste die Mädchen sofort wegschaffen. Wenn es nicht mit allen gelang, dann wenigstens die besten. Wie zum Beispiel die kleine Faber. Er rief Mesens an.

»Wir müssen umdisponieren.«

»Was heißt das?«

»Der Maskenball fällt aus.«

»Wie bitte? Es ist schon alles vorbereitet.«

»Es gibt Regen.«

Regen war das Codewort für alles Unangenehme wie der Tod eines Mädchens, das Auftauchen der Polizei, soweit sie die nicht unter Kontrolle hatten, oder wenn jemand aufgeflogen war. Wie Paulus.

»Das fällt dir reichlich spät ein.«

Serif Bey konnte Mesens Empörung verstehen. Er hatte dreizehn Personen auf der Gästeliste, die alle bereit waren, eine sechsstellige Summe für ein außerordentliches Event zu bezahlen. Der Umsatz hätte mehr als eine Million Euro betragen, bei Kosten von unter hunderttausend Euro. Das fiel nun ins Wasser. Ein herber Verlust. Serif Bey schwieg eine Weile am Telefon, um Mesens Zeit zu lassen, die neue Situation zu verarbeiten.

»Was schlägst du vor?«, fragte Mesens schließlich.

»Ein Teil der Ware wird von Tangui zur Contemporary Istanbul gebracht. Tangui soll mich anrufen. Und es wäre gut, wenn du den Rest an einen Ort bringst, wo sie sicher sind.«

»Wann soll es regnen?«

»Vermutlich heute noch.«

Nachdem er aufgelegt hatte, ging Serif Bey noch auf ein Bier in die Paris Bar.

Er mochte den Laden, weil er hier seinen ersten großen Deal abgeschlossen hatte: *Zwei Mädchen im Schilf* von Otto Mueller für zweihunderttausend gekauft und noch am selben Abend für dreihunderttausend verkauft. Das war gewissermaßen der Ritterschlag zum Kunsthändler gewesen. Sie hatten bis um fünf Uhr morgens gefeiert. Hatten eine Fotografie herumgereicht, die eine Frau zeigte, die einen gewaltigen Schwanz lutschte. Irgendwie waren sie übereingekommen, dass Aktfotos und Aktgemälde letztendlich vor allem Wichsvorlagen waren. Wer malte heute schon noch Akte? Abgesehen davon, dass kaum noch jemand ganz klassisch malte.

Einer der Gäste hatte um drei Uhr morgens mit einem Kugelschreiber eine nackte Frau auf eine Serviette gemalt, seinen Schwanz aus der Hose genommen und angefangen zu masturbieren. Es war ein sagenhafter Abend gewesen. Ein paar Monate später hatte er mit einem Amerikaner, den er an dem legendären Abend getroffen hatte, über Aktfotografie geredet. Er hatte zuerst gedacht, es ginge um Helmut Newton, aber derjenige war auf jüngere Modelle aus. Und er wollte dabei sein, wenn die Models fotografiert wurden. Das war dann der Beginn des richtigen Geschäftes gewesen. Er hatte sich umgehört und ein privates Shooting arrangiert. Es gab ja genug Kinder, die nach dem Fall der Mauer in Berlin ankamen und für ein warmes Essen bereit waren, alles zu machen. Wirklich alles. Kaum hatte er sein zweites Bier bestellt, rief Tangui an.

»Mesens hat mich angerufen. Schöne Scheiße.«

Serif Bey schwieg. Schöne Scheiße. Die Wortwahl irritierte ihn. Wer so redet, hat die Situation und sich nicht unter Kontrolle.

»Ich kann nur ein Werk nach Istanbul bringen. *Nude 1*«, sagte Tangui.

»Was ist mit *Nude 2*?«

»Beschädigt.«

Beschädigt bedeutete verletzt oder tot. Betriebswirtschaftlich gesehen ein herber Verlust, weil er bereits in die Ware investiert hatte. Aber wenigstens war *Nude 1* noch in gutem Zustand.

»Ich geb in Istanbul Bescheid. Jemand von der Messe wird am Flughafen sein.«

»Wer?«

»Das musst du nicht wissen. Er wird dich erkennen.«

»Gut.«

Serif Bey konnte hören, wie Tangui erleichtert ausatmete.

»Hast du von der Sache in Berlin gehört? Die Polizei hat den Idioten, der die beiden Mädchen entführt hat. Angeblich gibt es ein Foto. Es soll auf dem Handy von einem der Mädchen sein.«

»Und was hat das mit uns zu tun?« Serif Bey legte auf. An dem Zittern in Tanguis Stimme konnte er hören, dass es nicht glattlaufen würde. Es war zum Verrücktwerden. Seit einigen Tagen war in den Geschäften der Wurm drin. Zuerst die Sache in Berlin, dann Paulus und jetzt Ostende. Berlin würde er unter Kontrolle bekommen. Aber was Ostende anging? In Zukunft würde er die Mädchen nur noch versteigern. Der Erwerber konnte dann damit machen, was er wollte.

Die Gespräche mit Mesens und Tangui hatten ihn aufgeregt. Er brauchte Entspannung, entweder im Sportstudio oder die große Faber. Er bezahlte, stieg in seinen Tesla und fuhr zur Lagerhalle.

Freitag

28 // Sie hatte Angst. Angst, dass sie nie mehr aus dem Raum herauskommen würde. Dass sie hier sterben würde. Sie hatte geschrien. Nach ihrer Mama, ihrem Papa, nach Sophie. Sie hatte um Hilfe geschrien. Aber niemand war gekommen, um sie zu befreien. Wie lange war sie nun schon eingesperrt? Zwei Tage? Drei?

Eine Woche? Katharina hatte jedes Zeitgefühl verloren. Und der Mann war auch seit einem Tag nicht mehr da gewesen. Oder noch länger. Wieso kam er nicht mehr? Hatte er das Interesse an ihr verloren? Hatte er sie vergessen? Oder hatte die Polizei ihn geschnappt? Oder ihr Papa und ihre Mama? Und der Mann erzählte ihnen nicht, dass er sie hier in diesem Raum gefangen hielt?

Mama und Papa wussten ja nicht, dass sie hier war. Bestimmt hielten sie den Mann fest. Ja, so konnte es sein. Wie hieß das noch gleich? U-Haft. Da konnte man jemanden sehr lange festhalten. Wie lange genau, wusste sie nicht. Aber es waren bestimmt Tage. Tage, die sie hier sitzen oder stehen oder liegen würde, darauf warten, dass sie verhungern und verdursten würde. Und ihre Mama starb inzwischen vor Angst. Sie konnte sich vorstellen, wie sie umherlief und sie suchte.

Wenn nur sie und Sophie dem Wagen nicht hinterhergerannt wären! Wenn sie die Fahrräder in die Garage gestellt hätten, wie Mama gesagt hatte, wäre das alles nicht passiert. Und wenn Sophie nicht eingestiegen wäre. Sie hatte ihre Schwester zurückhalten wollen. Man steigt nicht in einen fremden Wagen. Hatte Mama es nicht immer wieder gesagt? Und Papa auch? Aber Sophie war nicht zu bremsen gewesen. Und da war sie auch eingestiegen, und der Mann hatte die Tür zugemacht und ihnen etwas ins Gesicht gesprüht.

War da ein Geräusch? Sie hielt den Atem an und lauschte. Lange. Aber da war kein Geräusch. Vielleicht war es auch besser so.

Hier zu sterben war bestimmt besser als das, was der Mann mit ihr machen würde. Sie hatte darüber gelesen, dass Frauen und Mädchen entführt und vergewaltigt wurden. Manchmal monate- und jahrelang. Und dass sie keine Chance hatten, wieder frei zu kommen. Nicht so wie das Mädchen aus Österreich. Die war auch jahrelang eingesperrt gewesen. Dann lieber hier drin sterben. Den Hunger aushalten. Und den Durst. Es blieb ihr ja sowieso nichts anderes übrig.

Den letzten Schluck Wasser hatte sie vor einer Ewigkeit getrunken. Aus dem Eimer, in dem sie ihre Notdurft verrichten musste, stank es fürchterlich. Sie rückte so weit davon weg, wie sie konnte. Jetzt hörte sie ein Rascheln. Aber das waren nur die Ratten, die an der Tür schabten. Wahrscheinlich rochen die Viecher, dass sie hier drin war. Und sobald die einen Weg gefunden hatten, wie sie sich durch den schmalen Spalt unter der Tür hindurchzwängen konnten, würden sie sich bestimmt auf sie stürzen. Da war das Geraschel schon wieder. Keine Ratten. Das waren Schritte, die über den Fußboden schlurften. Es hörte sich nicht wie der Mann an. Vielleicht war es ihr Papa. Oder Maxim. Oder Papas Chef deBuer. Sie sprang auf, ging zur Tür und schlug dagegen.

»Hilfe! Hilfe! Hier bin ich!«

Sie hörte den Schlüssel im Türschloss. Trat ein paar Schritte zurück. Wusste nicht, was sie tun sollte. Wer war es, der gleich hereinkommen würde? Als die Tür geöffnet wurde, war es nicht ihr Papa.

»Komm mit!«, befahl der Mann.

Sie blieb an der hinteren Wand stehen, als sei sie mit dem Beton verwachsen.

»Komm!«, sagte er noch einmal und streckte die

Hand aus. »Du musst keine Angst haben. Wenn du dich nicht wieder auf mich stürzt, tue ich dir nichts.«

Katharina sah ihn wie hypnotisiert an.

»Du hast ganz schön viel Kraft. Machst du Sport? Irgendwas, bei dem du die Arme brauchst, richtig? Ich schätze es ist Volleyball. Oder Handball? Nein. Ich weiß. Du spielst Basketball. Deswegen das T-Shirt.« Langsam ging er auf sie zu. »Du musst keine Angst mehr haben. Es wird alles gut.«

»Ich darf hier raus?«

»Aber ja.«

»Sie lassen mich gehen?«

»Ja.«

»Und Sophie?«

»Die ist bereits bei deinen Eltern. Die warten schon auf dich.«

Katharina glaubte ihm nicht. Niemals würde der Mann sie einfach so gehen lassen. Aber zur gleichen Zeit wünschte sie, dass er es doch tun würde. Und dieser Wunsch war stärker als jeder Zweifel. Er griff ihre Hand und führte sie aus dem Raum. Den Flur entlang zu einer Tür. Er nahm einen Schlüssel und schloss die Tür auf.

»Wo gehen wir hin?«, fragte sie.

»Wirst du gleich sehen.«

Er schob die Tür auf. Der Raum war hell erleuchtet. Er sah aus wie ein richtiges Zimmer. Mit Tapeten und Bildern an den Wänden. Einer Lampe an der Decke und einem Spiegel. Mit Teppichen und einem großen Bett in der Mitte. Da wusste sie, was ihr bevorstand. Ohne, dass sie es kontrollieren konnte, fing sie an zu weinen. Er deutete auf das Bett. Katharina ging darauf zu. Setzte sich. Sah ihn nicht an.

»In welche Klasse gehst du?«, fragte der Mann.

Sie wollte *die Siebte* sagen, bekam aber nur ein Krächzen heraus. »Werden Sie mir wehtun?«

Freitag

29 // Der Flug mit Etihad von Ho-Chi-Minh-Stadt nach Brüssel dauerte sechzehn Stunden, inklusive eine Stunde dreißig Zwischenstopp in Abu Dhabi.

Robert und Helena hatten aus dem Bord-Unterhaltungsangebot eine Komödie ausgesucht. Ihr schlechtes Gewissen beruhigten sie mit der gegenseitigen Versicherung, dass sie Katharina und Sophie nicht weniger liebten und nicht weniger hartnäckig nach ihnen suchen würden. Die Komödie war tatsächlich lustig, um sie herum lachten die Passagiere, die denselben Film ansahen.

Als sie in Abu Dhabi auf den Anschlussflug warteten, rief Robert Maxim erneut an. Helena sah ihm ungeduldig zu, während er mit dem Hörer am Ohr auf und ab ging. Sie sah, wie er nickte, mit dem Finger auf ein unbestimmtes Ziel deutete. Als das Gespräch beendet war, blieb er eine Weile unschlüssig vor dem Schaufenster eines Ladens stehen, der Stoffpuppen verkaufte. Helena ging zu ihm.

»Wenn sie tot sind, muss ich irgendwo hin, wo mich nichts an Mädchen erinnert«, flüsterte er, als würde er mit sich selbst reden.

Helena ging nicht darauf ein. Den Gedanken, dass Katharina und Sophie tot sein könnten, hatte sie aus ihrer Vorstellungswelt verbannt. »Was hat Maxim gesagt?«

»Die belgische Polizei hat die Adresse, die Paulus genannt hat, überprüft. Es ist eine Lagerhalle A3 im Hafen von Ostende, ziemlich am Ende vom Victoriakai.«

»Waren sie schon drin?«

»Sie überfliegen die Halle mit einer Drohne. Es gibt auf der einen Seite Fenster, durch die sie reinschauen wollen. Maxim sagt, dass sie noch auf ein Einsatzkommando warten.«

»Warum warten sie auf ein Einsatzkommando? Wenn die Mädchen da drinnen sind, müssen sie so schnell wie möglich befreit werden.«

Robert fasste Helena an den Schultern an. Sah ihr in die Augen und drückte sie an sich. »Sie machen alles, was nötig ist, um die Mädchen zu befreien. DeBuer hat Maxim hingeschickt, um den Einsatz zu beobachten.«

Helena spürte die Wärme seines Körpers, roch den Schweiß. Er hatte nicht geduscht, hatte nur ein Deo benutzt. Es roch nach Zitrone, vermischt mit Pheromonen.

»Berger hat auf Katharinas Handy ein Foto aus dem Lieferwagen gefunden«, berichtete Robert weiter. »Sie muss es gemacht haben, bevor das Handy auf der Straße gelandet ist.«

»Können sie was erkennen?«

»Noch nicht.«

»Sie ist ein gutes Mädchen«, sagte Helena stolz.

»Sie will Polizistin werden.«

»Ich weiß.«

»Weil sie dich verehrt.«

»Das wird sich geben.« Robert ging zu einem Restaurant, kaufte zwei Becher Kaffee. Einen davon, schwarz, ohne Zucker, gab er Helena.

»Meinst du, sie sind da?«, fragte sie.

»Ich weiß es nicht.«

»Sie sind da«, sagte Helena. »Ich weiß es. Ich kann es spüren.«

Der Flug von Abu Dhabi nach Brüssel dauerte noch einmal sechseinhalb Stunden. Am Flughafen stand ein Polizeiwagen bereit, der sie die etwas mehr als hundert Kilometer in Richtung Westen nach Ostende brachte. Der Fahrer sprach nur Französisch, Helena und Robert nur Deutsch und Englisch. Es wurde eine schweigsame Fahrt. Erst als Maxim am Telefon berichtete, dass das Einsatzkommando die Lagerhalle stürmte, wurde es laut in dem Polizeiwagen. Robert wollte über jeden Schritt genau unterrichtet werden. Maxim konnte nichts dazu sagen, weil er den Einsatz nur von außen beobachten durfte. Die Spannung wurde immer unerträglicher, je näher sie dem Ort kamen. Als sie am Ortseingang von Ostende an einer Ampel übermäßig lange warten mussten, wäre Helena am liebsten ausgestiegen und gelaufen. Kurz darauf erreichten sie den Hafen und den Victoriakai.

Ein Feuerwerk aus hektisch blinkenden Lichtern aus Blau und Rot sprang ihnen entgegen. Krankenwagen, Polizeiwagen, Transporter der Spezialkräfte der föderalen Polizei. Robert und Helena mussten am Eingang zum Kai aussteigen und die letzten Meter zu Fuß gehen. In großen Buchstaben erstrahlte eine Leuchtschrift: *BRAFA – L'Origine du monde.* Als ein Polizist sie aufhielt, kam Maxim auf sie zu und holte sie ab. Die Begrüßung war knapp und herzlich.

»Wie sieht es aus?«, fragte Robert, als sie zu dritt in Richtung Halle gingen.

»Sie haben in einer zweiten Lagerhalle fünf Mädchen gefunden«, sagte Maxim. »Aber es müssen mehr gewesen sein. In einem der Zimmer waren dreizehn Paar Kinderschuhe.«

»Was ist mit Katharina und Sophie?«

Maxim schüttelte den Kopf. »Bisher nichts. Aber sie haben auch noch nicht alles durchsucht. Es gibt mehrere Keller mit Stahltüren.«

Robert griff in eine Tasche seiner Jacke, nahm ein Handy heraus und drückte es Maxim in die Hand.

»Von Paulus?«

»Es ist mit einem Code gesichert«, sagte Robert. »Ich will wissen, wen er angerufen hat, wem er Nachrichten geschickt hat. Vor allem, wenn es um einen Serif Bey geht. Das ist sein Ring.« Robert warf Maxim den Ring zu, den er Paulus vom Finger gezogen hatte. »Da sind Zeichen auf der Innenseite eingraviert. Frag einen Juwelier, was das bedeutet.«

Als sie das Absperrband erreichten, das die Neugierigen und die Presse zurückhielt, ging Helena auf einen der Polizisten zu.

»Ich bin eine Kollegin.« Sie zeigte ihren Ausweis und wollte unter der Absperrung hindurchtauchen, wurde aber am Arm festgehalten.

»Arrête! Vous ne pouvez pas être ici.«

»Ich bin Staatsanwältin aus Berlin.«

Der Polizist hatte seine Befehle.

»Meine beiden Töchter sind entführt worden. Ich glaube, sie sind da drin.«

Keine Chance. Sie sah zu Robert hin. Sah, wie er aufgeregt mit Maxim redete. Worüber sprachen sie? Und wieso wollte er nicht ebenfalls in die Lagerhalle rein? Sie schaute sich um. Wenn der Polizist sie an der Vorderseite des Lagers nicht durchlassen wollte, konnte sie es auf der Rückseite versuchen.

Helena ging dorthin, wo die Krankenwagen standen. Sie wartete, bis einer der Sanitäter zur Einsatzstelle lief, dann nahm sie einen Sanitätskoffer und eine der gelbroten Sanitätsjacken und schlüpfte hinein. Zwei Polizisten standen vor einer Tür, rauchten und unterhielten sich angeregt. Damit sie nicht in die Verlegenheit kam, den beiden etwas erklären zu müssen, nahm sie ihr Handy ans Ohr und tat so, als würde sie telefonieren.

»Oui … Oui … Non.«

Sie sah die Polizisten nicht an, marschierte entschlossen auf sie zu, woraufhin einer der beiden das Absperrband hochhob, um sie durchzulassen. Helena nickte kurz. Der zweite Polizist hielt ihr sogar die Tür zur Lagerhalle auf.

Ein kalter, feuchter Geruch von verfaultem Holz schlug ihr entgegen. Da war ein Treppenhaus. Eine Treppe führte nach oben, eine zweite nach unten in einen Keller. Die Stufen bestanden aus Metallgittern und quietschten bei jedem Schritt. Maxim hatte von

Stahltüren gesprochen. Feuerwehrleute kamen ihr mit schwerem Gerät entgegen. Zwei Sanitäter trugen ein Mädchen die Treppe hoch, es war bewusstlos und in Decken eingehüllt. Helena hielt die Sanitäter an, schaute in das Gesicht des Mädchens. Weder Sophie noch Katharina. Ein dritter Sanitäter, vermutlich nicht älter als zwanzig, weinte.

Als sie den Flur erreichte, schaute sie in die Räume, in denen die Mädchen gefangen gehalten worden waren. Matratzen auf dem Betonboden. Eimer für die Notdurft, Ketten, die an Ringen festgemacht waren, die wiederum an die Wände geschraubt waren. In einem Raum standen die dreizehn Paar Kinderschuhe, von denen Maxim gesprochen hatte. Sneaker von Adidas, Puma und Nike. Nirgendwo ihre Töchter. Als sie das Ende des Flures erreicht hatte, stand sie eine Weile regungslos, bis ihr Handy sie aus der Gedankenlosigkeit riss. Roberts Name stand auf dem Display.

»Wo bist du?«

»Im Keller.«

»Sie haben noch zwei Mädchen befreit. Katharina und Sophie sind nicht dabei. Es sind sonst keine Mädchen mehr da.«

»Woher weißt du das?«

»Weil sie alles durchsucht haben.«

»Vielleicht haben sie was übersehen? Vielleicht gibt es Zimmer, die getarnt sind. Wie damals bei Dutroux.«

Sie ging weiter. Erreichte einen dunklen Raum. Machte Licht an. Sah hinein. Der Raum war leer. Keine Matratze wie in den anderen. Kein Eimer. Nichts. Ging weiter. Stoppte nach ein paar Schritten. Es war, als hätte sie etwas wahrgenommen. Eine Bewegung, ein Wort, ein Bild. Sie ging zurück. Und jetzt sah sie es. Das diffuse Licht sorgte dafür, dass ein winziger Gegenstand vor ihr glitzerte. Ein Anhänger. Der gleiche, den Katharina Sophie zum elften Geburtstag geschenkt hatte. Ein goldenes Herz. Im Durchmesser nicht mehr als ein Zentimeter. Nein, nicht der gleiche. Auf der Vorderseite ein Steinbock und auf der Rückseite das Wort *LOVE*. Derselbe.

Samstag

30 // Obwohl die äußeren Jalousien in dem Büro der Polizei von Ostende heruntergefahren waren, prahlte die Sonne vor den Fensterscheiben und heizte sie auf. Sophies Anhänger lag eingepackt in eine kleine Plastiktüte auf dem Tisch. Sie hatte alle Hoffnung in diesen Moment gesetzt. Sie hatte die Stunden, Minuten und Sekunden gezählt und ihre Langsamkeit kaum ertragen können. Und dann hatte sie doch nur Sophies Anhänger gefunden. *Du willst nach deinem Mädchen greifen und stellst fest, dass es nur ein Wunsch war.* Seit über einer Woche waren Katharina und Sophie nun verschwunden. Eine Woche, in der ihre Fantasie sie quälte, indem sie ihr als einzigen Gedanken das Grauen zeigte, das seine hässliche Fratze erhob. Sie wollte niemanden sehen, mit niemandem sprechen. Sie wollte nicht hören, dass sie weitersuchen müssten, dass es nicht zu spät sei, dass sie ihre Mädchen bald finden würden. Sie wollte all das nicht hören, was sie sich

selbst ununterbrochen sagte. Es wurde dadurch nicht wahrer. Der Trost verbrauchte sich wie die Luft in der Lunge eines Ertrinkenden.

Jetzt stand sie mit Robert, Maxim und zwei Kommissaren der Abteilung Organisierte Kriminalität um einen Tisch herum. Einer der Polizisten war ein unauffälliger, schmaler Mann mit hoher Stirn und kalten Augen. Er war noch keine dreißig. Der andere war ziemlich dick und bräsig. Er kaute auf seinen Lippen herum, als wollte er sie verschlingen, während der schmale, der sich als Roger Vermeulen vorgestellt hatte, die Plastiktüte hochhob. Er sah Helena an. Seine Haltung war distanziert, sein Blick hart und abweisend.

»Sie haben das Schmuckstück im Keller unter der Halle A4 gleich neben der Ausstellungshalle gefunden?« Sein Deutsch war ausgezeichnet. »Sie sagen, es handelt sich um ein Beweisstück. Aber wenn Sie eine Staatsanwältin sind, dann wissen Sie auch, dass es jetzt kein Beweisstück mehr ist.«

»Ich habe es nicht da hingelegt. Wieso sollte ich das tun? Ich suche meine Töchter. Jemand hat meinem Mann und mir gesagt, dass sie hier in Ostende sind.«

»Es geht nicht darum, wieso Sie das tun sollten. Jeder Strafverteidiger wird das Beweisstück anfechten, und er wird vor jedem Gericht der Welt recht bekommen.«

»Was ist mit dem Veranstalter?«, fragte Robert. Er stand am Fenster mit dem Rücken zum Tisch.

»Wir vernehmen ihn derzeit.«

»Na, immerhin.«

»Was soll das heißen?«

»Es soll heißen, dass ihr nicht gerade von der schnellen Truppe seid. Und dass ihr euch lange genug Zeit gelassen habt, damit die Mädchen abtransportiert werden konnten. Wie heißt er?«

Vermeulen ignorierte die Vorwürfe, als hätten sie nichts mit ihm zu tun. »Wir haben einen Anruf mit dem Hinweis auf die Ausstellung erst heute Morgen erhalten.«

Robert sah zu Maxim hin. *Erst heute Morgen?* Maxim schüttelte kaum merklich den Kopf, als würde er die Information für eine Lüge halten.

»Sein Name ist Verhoeven«, sagte Vermeulen.

»Und wann lasst ihr ihn wieder frei?«

Ein bitteres, sarkastisches Lächeln auf Vermeulens Lippen. »Sie glauben vermutlich, die belgische Polizei ist durch und durch unfähig und korrupt, oder?«

Er nahm sein Handy und wählte eine Nummer. »Wie weit bist du? … Warte einen Moment, wir schauen zu.«

Der Dicke öffnete die Tür.

Zu fünft gingen sie in einen Raum auf der anderen Seite des Flurs. Kahl und unpersönlich wie schon der erste. Zwei Tische, darauf Monitore und Lautsprecher. Eine Reihe von Stühlen.

»Eines der Mädchen, die wir aus dem Keller befreit haben, stammt aus Berlin«, sagte Vermeulen. »Sie wird seit zwei Jahren vermisst. Wir haben vor sechs Monaten zum ersten Mal von diesem Mädchen gehört. Passanten hatten sie auf der Straße in Antwerpen gefunden. Sie ist in ein Krankenhaus gebracht worden, wo sie nach zwei Tagen wieder verschwunden ist. Wir haben daraufhin eine Anfrage nach Berlin geschickt und bis heute keine Antwort erhalten. Nehmen Sie Platz.«

Vermeulen gab dem Dicken ein Zeichen. Die Monitore wurden angeschaltet. Vier Kameras lieferten Bilder aus einem Vernehmungszimmer, das stark an ein Ikea-Wohnzimmer erinnerte. Sofa, Sessel, Flokati, ein flacher Tisch. Jemand hatte versucht, eine wohnliche, vertrauliche Atmosphäre zu schaffen, und war gescheitert. In dem Vernehmungszimmer hockte ein Mädchen auf einer Couch. Sie hatte sich auf ihr rechtes Bein gesetzt und drehte mit dem Zeigefinger der rechten Hand ununterbrochen Locken in ihr schwarzes Haar. Ihre Frisur sah aus, als sei sie in der Mauser. Sie war klein und sehr dünn. Die hellblauen Augen mussten früher einmal gestrahlt haben. Jetzt war ihr Blick trüb. An den Armen hatte sie unzählige Brandwunden. Ihr Name war Marie. Eine Psychologin saß in einem Sessel dem Mädchen gegenüber. Auf dem kleinen Tisch zwischen ihnen lagen Zeitschriften. Aufklärungsmaterial der Polizei und eines Ministeriums. Die Psychologin war ebenfalls klein und schmal. Sie machte eifrig Notizen.

»Ich mache das seit sieben Jahren«, sagte das Mädchen so, als würde sie über einen Job als Hundesitter reden.

»Wie alt bist du jetzt?«

»Dreizehn. Als ich sechs war, hat meine Mutter mich zum ersten Mal verkauft. Der Typ war jemand aus dem Fernsehen.«

»Weißt du noch, wie er heißt?«

»Nee. Der ist auch inzwischen tot. Glaube ich.«

»Wo war das?«

»In so einer Stadt mit so einer riesigen Kirche.«

»Köln«, sagte Robert in dem Überwachungszimmer.

»Oder Aachen«, meinte Maxim.

Helena starrte auf den Monitor. Ihr Körper war aufs Äußerste angespannt, so als müsste sie im nächsten Moment aufspringen und das Mädchen in dem Monitor vor etwas retten, das sie nicht sehen konnte.

»Habt ihr da gewohnt?«, fragte die Psychologin.

»Nee, in Berlin. Wir sind da mit dem Zug hingefahren.«

»Willst du mir davon erzählen?«

Das Mädchen zuckte mit den Schultern, als würde es keinen Unterschied machen, ob sie darüber sprach oder nicht. Ihre Stimme klang entspannt. Nur ihre Augen wieselten umher wie kleine Mäuse. Immer wieder sah sie zur Tür hin, als würde sie jemanden erwarten.

»Gleich beim ersten Mal war das so eine SM-Sache. Die haben mich mit einem Halsband herumgeführt und so Sachen gemacht.«

»Was für Sachen?«

»Das willst du nicht wissen. Glaub's mir. Von dem Tag an bin ich drei- oder viermal von meiner Mutter dahin gebracht worden. Wir haben dann richtig Geld gehabt, und meine Mutter hat sogar ein neues Auto gekauft.«

»Drei- bis viermal pro Monat?«

»Klar, Monat. Was denn sonst. Immer am Wochenende.«

»Und du bist nie auf die Idee gekommen, zur Polizei zu gehen?«

Sie zuckte mit den Schultern. »Niemand hat das gemacht, weil es nicht gut war, so einen Scheiß zu machen. Die haben dich voll erpresst. ›Wenn du was sagst, bringen wir ein anderes Kind um!‹, haben die gesagt. Echt voll schlau.«

»Ist das tatsächlich passiert?«

»Klar. Wir hatten einen Jungen, so einen blonden mit blauen Augen. Total süß. Den hätte ich gerne als Bruder gehabt. Irgendwann hat der Ärger gemacht. Wahrscheinlich, weil es ihm wehgetan hat. Da haben sie ihn dann gefoltert. Hat jemand mal eine Kippe?«

»Hier ist rauchen nicht erlaubt.«

»Wenn ich euch was erzählen soll, will ich eine Kippe, okay?«

Vermeulen gab dem Dicken ein Zeichen, woraufhin der aufstand, in das Vernehmungszimmer ging und dem Mädchen eine Schachtel Marlboro hinhielt. Das Mädchen nahm die ganze Schachtel. Der Dicke hielt ihr sein Feuerzeug hin, aber sie wartete, bis er es anzündete. Sie hielt die Zigarette in die Flamme und berührte seine Hand. Dann zwinkerte sie ihm zu, während sie ihm das Feuerzeug aus der Hand nahm. Der Dicke ging wieder zurück. Er war blass.

»Wurdest du auch gefoltert?«, fragte die Psychologin.

»Nur einmal hat mich einer richtig fett verdroschen, der hat sonst nicht abspritzen können. Der war von der Kirche.«

»Von der Kirche? Woher weißt du das?«

»Weil er so einen komischen Fummel anhatte. Wie so ein Kleid.«

»Wie war das mit dem Mann?«

»Er hat gesagt, dass es der Wille Gottes ist und dass das wegen meinen Sünden wäre. Weil ich ihn verführt hätte. Kann schon sein, weiß ich nicht. Jedenfalls hat er dabei die ganze Zeit das Vaterunser gebetet. Das hat er jedes Mal gemacht. Vater unser, der du bist im Himmel, geheiligt werde dein Name, dein Reich komme, dein Wille geschehe, wie im Himmel so auf Erden und so weiter. Und dann hat er mich übers Knie gelegt und richtig verdroschen. Mit einem Gürtel. Aber ich weiß auch, dass der mich echt geliebt hat. Aber der konnte einfach nicht anders, als mir wehzutun. Ich glaub, das war seine Art, Liebe zu zeigen.«

»Das ist keine Liebe, das ist krank.«

»Vielleicht. Aber seitdem kann ich das Vaterunser auswendig.« Sie lachte wieder. Ein angestrengtes Lachen. Zu laut und zu lang. Eines, das zu schnell wieder verstummte.

»Ich hab ein paar Tage lang in der Schule nicht sitzen können. Meine Lehrerin hat voll den Stress gemacht, die blöde Fotze.«

»Und du hast nichts gesagt und dich nicht gewehrt?«

»Ey, wenn du dich als Mädchen gewehrt hast, haben sie dich kaltgemacht. Einmal, als ich krank war und gesagt hab, dass ich nach Hause will, haben die mich in einen Keller gebracht und mir ein Mädchen gezeigt. Die war tot. Echt tot. Die waren da echt hart drauf. Und nicht nur gegen uns. Einer von denen hat mal gesagt, er will nicht, dass ich in den Arsch gefickt werde und dass sie mir die Zigaretten nicht auf den Armen ausdrücken sollen. Der hat sich richtig aufgeregt. Der lebt heute nicht mehr.« Sie fuhr mit dem Zeigefinger über ihren Hals.

»Was heißt das? Hat man ihn umgebracht?«

»Die haben ihn in einen Wald gefahren und aufgehängt. So ein Idiot. Mir war das egal mit dem Arschficken. Die haben ja mehr dafür bezahlt.«

»Und das hat die ganze Zeit niemand bemerkt?«

»Nein. Ich war voll schlecht in der Schule. Aber die haben gesagt, es liegt daran, dass ich rauche. Auch schon Gras und so.«

»Wie hast du das nur die ganzen Jahre ausgehalten?«

Sie schwieg. Lange. Sah auf ihre Hände. »Gar nicht«, sagte sie schließlich.

»Willst du was trinken?«

Sie nickte.

»Was magst du?«

»Ein Bier?«

»Wir haben kein Bier. Was ist mit Cola?«

»Okay. Von mir aus. Einer von denen ist übrigens manchmal im Fernsehen. Der gehört zur Regierung.«

»Zur belgischen oder zur deutschen?«

»Deutschen.«

»Okay«, sagte die Psychologin. »Wir bringen dich jetzt in eine Wohngemeinschaft, wo lauter nette Kinder sind.«

»Vergiss es.« Das Mädchen zündete sich eine weitere Zigarette an, inhalierte den Rauch, blies ihn in Ringen zur Decke.

Helena tippte Vermeulen auf die Schulter. »Wo ist der Raum?«

Dabei deutete sie auf den Monitor.

»Nebenan. Aber Sie dürfen da nicht rein.«

Helena verließ den Monitorraum. Vermeulen folgte ihr. Als Robert auch den Raum verlassen wollte, hielt Maxim ihn zurück.

»Besser, wenn nicht zu viele da drin sind.«

Kurz darauf waren Helena und Vermeulen auf dem Monitor zu sehen.

Die Psychologin sah Helena irritiert an. »Wer sind Sie? Was machen Sie hier?«

Vermeulen nickte der Psychologin zu. Ein stummes *Ist schon okay.* Helena setzte sich dem Mädchen gegenüber auf das Sofa.

»Ich heiße Helena Faber«, begann sie. »Du hast eben von einem Mann gesprochen. Einem Deutschen. Wer ist es?«

»Kommst du aus Berlin?«, fragte das Mädchen.

»Ja.«

»Merkt man an der Sprache.«

»Eigentlich komme ich aus Sachsen.«

»Aus Sachsen!«, wiederholte das Mädchen mit sächsischem Dialekt. »Merkt man gar nicht.«

»Wer ist der Mann?«

»Sag ich nicht.«

»Warum nicht? Hast du Angst, er könnte dir was tun? Wir können dich beschützen.«

»Ihr könnt mich beschützen? Du hast ja voll keine Ahnung. Meinst du, das sind nur die, die mich für die Partys gebucht haben? Die sind überall. Bei den Bullen, im Fernsehen, in der Regierung. Da sind die ganzen Typen.«

Sie zog ein letztes Mal an der Zigarette, bevor sie sie

durch die kleine Öffnung der Coladose warf. Ein leises Zischen war zu hören, als die Glut verlosch. Das Mädchen sah Helena mit einem schiefen Lächeln auf den Lippen an. Ihr Blick war jetzt zehn Jahre älter. Ihre Stimme tiefer. »Weißt du«, sagte sie, »nach den ganzen Jahren hab ich verstanden, wie das läuft. Die können mit dir machen, was du willst, und es ist am besten, wenn du das Maul hältst.«

Helena nahm zwei Fotos aus ihrer Jackentasche, legte sie vor dem Mädchen auf den Tisch. »Kennst du die?«

Das Mädchen nahm die Fotos, zündete sich die nächste Zigarette an. »Sind das deine?«

Helena deutete auf ein Foto. »Das ist Sophie. Und das Katharina.«

»Süße Mädels. Die machen bestimmt Karriere.«

»Was heißt das? *Karriere*?«

»Die sind süß. Die darf nicht jeder ficken. Nicht so wie ich. Bei mir hat jeder rangedurft.«

»Hast du sie schon mal gesehen?«

Das Mädchen nickte. Helena sah zu einer der Kameras, als wollte sie Blickkontakt mit Robert herstellen.

»Wo?«

»Die Kleine war anfangs im Keller. Aber dann haben sie sie weggebracht.«

»Wohin?«

»Keine Ahnung.«

»Was ist mit ihr?« Helena deutete auf Katharinas Foto.

»Nie gesehen. Kann ich mal austreten? Scheißcola. Ich steh mehr auf Red Bull.«

Die Psychologin brachte das Mädchen aus dem Raum.

In der Tür drehte sich das Mädchen noch mal zu Helena herum. »Ich würde mich an deiner Stelle beeilen.«

Helena sah ihr fassungslos nach. Dann nahm sie die Fotos wieder an sich. Betrachtete sie. Fuhr mit dem rechten Zeigefinger darüber und streichelte die Abbilder ihrer Töchter.

»Was sind das nur für Menschen.«

»Es sind Männer«, sagte Vermeulen mit einem Ausdruck tiefen Abscheus im Gesicht.

»Ja«, erwiderte Helena. »Aber es war ihre Mutter, die sie jedes Wochenende verkauft hat.«

Montag

31 // Die Ausstellung steht unter dem Motto *Der Ursprung der Welt*. Der Titel ist ein Zitat und verweist auf ein Gemälde von Gustave Courbet. *L'Origine du monde*, 1866 in Öl auf Leinwand. Das Bild zeigt die schwarzbehaarte Vulva einer liegenden, nackten Frau mit gespreizten Schenkeln. Bauch und eine Brust sind sichtbar, ihr Kopf ist von einem Betttuch bedeckt.

Obwohl das Gemälde in der Mitte des riesigen Raumes platziert war, hatte kaum jemand darauf reagiert. Was die belgischen Ermittler jedoch in Nebenräumen der Ausstellung gefunden hatten, rief sehr deutliche Reaktionen hervor. Auf Nachahmungen des Gemäldes von Courbet waren junge Frauen zu sehen, die in derselben Pose wie im Original dargestellt waren. Es war nicht zu erkennen, wie alt die Modelle waren. Vierzehn? Achtzehn? Über zwanzig? Ein Begleittext erklärte, dass nicht ein Maler Urheber der Imitationen war, sondern ein Computer, der mithilfe eines speziellen Programms die Fotografien, die von den Modellen gemacht worden waren, nach Courbets Vorbild reproduzierte. Jedes Gemälde war in weniger als einer halben Stunde angefertigt worden.

Die Ausstellungsmacher waren sich durchaus des Tabubruchs bewusst, wollten ihn sogar provozieren, um auf das Problem der Kinderpornografie und ihrer Verbreitung im Internet hinzuweisen, wie der Kurator bei der Vernehmung aussagte. *Das Weglassen des Kopfes kann als ikonografisch für Pornografie bezeichnet werden. Was wir zeigen wollen, ist, wie die Frau und das Mädchen vor allem durch das Internet und die Digitalisierung zum Objekt der männlichen Ausbeutung wird, zum Körper ohne Persönlichkeit.* Besucher der Ausstellung konnten diese Bilder kaufen.

Der Kurator hieß Silvan Verhoeven. Für alle Fälle hatte er zu der Vernehmung bei der Polizei von Ostende einen Anwalt mitgebracht und sich auf die Freiheit der Kunst berufen, die in Deutschland, wo die Bilder angefertigt worden waren, durch das Grundgesetz, Artikel 5, Absatz 3 geschützt wären. *Kunst und Wissenschaft, Forschung und Lehre sind frei.* Bei einer improvisierten Pressekonferenz ließ er durch seinen Anwalt erklären, dass er lediglich die Halle A3 angemietet habe. Von den Vorgängen im Keller der benachbarten Halle habe Verhoeven nichts gewusst.

Helena hatte zwei Zimmer im Hotel Andromeda direkt am Strand gemietet. Robert, Maxim und sie waren von den Vernehmungen ausgeschlossen worden und mussten darauf warten, dass Vermeulen sie über die Ergebnisse unterrichtete.

Als Robert und Maxim in einer kleinen Bar ein Bier tranken, war Maxim ungewöhnlich nervös. Er hatte darauf bestanden, dass er vor seinem Rückflug nach Berlin mit Robert reden müsse. Das klang nicht gerade beruhigend. Robert zog die Stirn in Falten. Er war müde, und er war auf das Schlimmste gefasst. Und er wusste nicht, ob er noch einen weiteren Rückschlag verkraften würde.

»Was ist? Worüber willst du reden? Hat es mit dem Anruf bei den Belgiern zu tun?«

Maxim trank sein Bier aus und setzte das Glas energisch auf dem Tresen ab.

»Was?«

»Hat es?«

»Du denkst, ich … Spinnst du?«

»Dieser Vermeulen sagt, er hat den Anruf erst am Morgen erhalten. Ich hab dich aber schon zwanzig Stunden vorher angerufen. Entweder der Belgier lügt, oder deBuer hat ihn nicht angerufen. Oder du hast gewartet, bevor du es deBuer gesagt hast.«

Maxim sah Robert völlig fassungslos an. »Faber, im Ernst, wenn ich nicht genau wüsste, was du durchmachst …«

»Ja, was wär dann?«

Mit einem Mal stand eine seltsame Aggressivität zwischen ihnen.

»Dann würde ich sagen, dass du ein verdammtes Arschloch bist. Ich habe deBuer sofort nach deinem Anruf Bescheid gesagt.«

»Ja, völlig richtig. Ich bin ein verdammtes Arschloch. Aber du hast mir immer noch nicht gesagt, wieso wir uns hier treffen.«

Maxim ließ den Kopf hängen. So als könnte er nicht fassen, dass Robert ihn mit der Entführung der Mädchen in Verbindung brachte.

»Du willst wissen, warum wir uns hier treffen? Ich werde heiraten.«

Was? *Ich werde heiraten?* Der Gedanke kam von so weit her, aus einer derart anderen Welt, dass Robert einen Moment brauchte, bis er ihm folgen konnte. »Okay.« Und danach dauerte es noch ein weiteres Bier, bevor Robert die Sprache wiederfand.

»Aber du bist schwul.«

»Ach ja, gut, dass du mir das sagt, habe ich ganz vergessen.«

»Wer ist es?«

»Vom SEK, kennst du nicht. Er heißt Ismael.«

»Okay. Gratuliere.« Er reichte Maxim die Hand. Die Gratulation war unbeholfen. Robert spürte es.

»Danke.« Maxim packte ihn und drückte ihn an sich. Es war ein seltsames Gefühl, dass sein Kollege, mit dem er nächtelang unterwegs gewesen war, mit dem er über alles Mögliche gesprochen hatte, dem er von Helena und dem Ärger bei der Trennung erzählt hatte, jetzt einen Mann heiraten würde. Ein Hauch von Eifersucht wehte durch Robert hindurch.

»Ich wollte eigentlich, dass du mein Trauzeuge bist,

aber ich verstehe, wenn du jetzt dafür keinen Kopf hast.«

»Wie lange läuft das schon bei euch?«

»Neun Monate.«

»Neun Monate? Wieso hast du nichts gesagt?«

»Weil du mit anderen Sachen beschäftigt warst.«

Das stimmte. In den Monaten, in denen er Helena gesucht hatte, war nichts zu ihm durchgedrungen, was nicht mit ihr zu tun hatte.

»Ich bin gerne dein Trauzeuge. Wenn ihr noch ein bisschen warten könnt. Oder habt ihr schon einen Termin?«

»Nein, nicht direkt. Ismael muss erst mit seinem Imam reden.«

»Warum einfach, wenn es auch kompliziert geht.«

»Ja.«

Robert lächelte. Er sah Maxim an. Diesen Berg von einem Kerl, durchtrainiert, beim Fußball ein beinharter Verteidiger, der Witze über Schwule machte. »Ich muss das machen, weil ich sonst in dem Laden hier unten durch bin«, hatte er einmal gesagt, als Robert ihn auf den Widerspruch angesprochen hatte.

»Du musst was für mich tun«, sagte Robert.

»Einen violetten Anzug kaufen.«

»So ähnlich. Krieg raus, wer hier lügt.«

Montag

32 // Robert hatte Laufschuhe gekauft und war so lange am Strand entlanggerannt, bis die Blasen an seinen Füßen anfingen zu bluten, und er die Schmerzen nicht mehr aushalten konnte.

Als sie gegen Mittag endlich die Drucke der Mädchen ansehen durften, wurden sie von einer quälenden Scham befallen. Dreiundzwanzig Gemälde. Auf einem davon trug ein Mädchen ein kleines Muttermal am linken, inneren Oberschenkel in der ungefähren Form eines Vogels. Sophie hatte so ein Muttermal. Sophie. Wie groß war die Wahrscheinlichkeit, dass es dieses Muttermal ein zweites Mal gab? In der gleichen Form, an der gleichen Stelle? Sie war gleich null. Das hieß, dass Kassandra Diener gelogen hatte. Sophies Fotografien waren in dem Computerprogramm hochgeladen und bearbeitet worden. Robert gab die Information an Maxim weiter. Dabei erfuhr er, dass auf dem Foto, das Katharina noch in dem Lieferwagen gemacht hatte, laut Gesichtserkennungssoftware mit vierundachtzigprozentiger Wahrscheinlichkeit German Diener abgebildet war. Die Fahndung lief.

Anschließend packten sie die Koffer, um zurück nach Berlin zu fliegen. In Ostende gab es nichts mehr, was sie tun konnten. Ein Polizist sollte sie nach Brüssel bringen. Sie hatten noch vier Stunden bis zum Abflug. Robert stand am Balkon und sah auf den Strand hinunter.

»Die Polizei von Ostende hat sich ziemlich viel Zeit gelassen, bevor sie die Ausstellung gestürmt hat«, sagte Robert. »Warum?«

»Entweder sie haben den Hinweis zu spät erhalten, oder sie wollten nicht, dass die Mädchen gefunden werden«, sagte Helena, während sie das Zimmer aufräumte.

»Die belgische Polizei will nicht, dass Mädchen gefunden werden, die entführt und missbraucht werden?«

»Lies dir durch, was Rita Martens über den Fall Dutroux geschrieben hat. Die Polizei war damals informiert worden, dass die beiden Mädchen in dem Haus waren. Monatelang ist nichts passiert. Hilfst du mir mal?«, fragte Helena. Sie hielt ihm die Tagesdecke hin.

»Warum?«

»Weil ich sie alleine nicht auf das Bett legen kann.«

»Warum willst du sie auf das Bett legen?«

Sie brauchte Ordnung um sich herum. Wenn schon in ihr drin alles in heller Aufruhr war, brauchte sie Ordnung. Sie machten das Bett, setzten sich in die Sessel und warteten. Sie hätten sich in die Lobby des Hotels begeben können. Zum Strand hinuntergehen können. Aber da hätten sie andere Mädchen gesehen. Sie hingen ihren Gedanken nach. Suchten nach dem Moment, den sie bisher nicht gesehen hatten und der ihnen sagte, wo ihre Töchter festgehalten wurden. In das Schweigen hinein klopfte es. Rita Martens stand vor der Zimmertür. Neben ihr Roger Vermeulen.

»Hallo«, sagte sie. »Das ist mein Bruder, Roger. Wir haben ein paar Informationen, die euch vielleicht bei der Suche nach Sophie und Katharina weiterbringen.«

Jetzt erst bemerkte Helena, dass der Polizist seiner Schwester sehr ähnlich sah. Dieselbe Nase, derselbe kleine Mund, sogar die verkürzte rechte Augenbraue war identisch. Helena bat die beiden ins Zimmer.

»Wieso hast du deine Meinung geändert?«, fragte Helena.

»Ich habe meine Meinung nicht geändert. Aber es gibt Umstände, die dazu raten, dass wir doch noch zusammenarbeiten.«

Helena bot stumm die beiden Sessel an. Sie selbst setzte sich aufs Bett. Robert blieb in der Tür stehen, als würde er einen Fluchtweg brauchen.

»Es gibt eine Aufzeichnung von einer Überwachungskamera«, sagte Rita. »Ihr solltet euch das ansehen.«

Vermeulen nahm sein Handy, suchte eine App und startete ein Video. Es zeigte den Parkplatz zwischen den Hallen A3 und A4. Lieferwagen standen kreuz und quer. Ansonsten war niemand zu sehen.

»Es wird gerade eine Dokumentation über die Brafa gedreht. Und weil die Filmleute ihr Zeug über Nacht stehen lassen, haben sie die Überwachungskamera an einen Lichtmast montiert.«

Obwohl es Nacht war, hatten die Bilder eine erstaunlich hohe Auflösung. Eine Weile geschah nichts. Dann hielt ein Krankenwagen neben der Hintertür von Halle A4. Zwei Männer in gelbroten Uniformen stiegen aus, gingen zur Rückseite des Krankenwagens und schoben die Trage heraus. Dann verschwanden sie damit durch die schwere Metalltür in der Halle.

»Sind die gerufen worden?«, fragte Helena.

»Abwarten.«

Vermeulen fuhr mit dem Zeigefinger an dem weißen Balken am unteren Rand des Videos entlang, übersprang ein paar Minuten, bis die Metalltür wieder geöffnet wurde. Die beiden Männer kamen heraus. Auf der Trage lag ein Mädchen. Es bewegte sich nicht.

»Moment.« Robert nahm das Handy und stoppte

das Video. Er versuchte, das Gesicht des Mädchens zu vergrößern.

»Das geht bei diesem Video nicht«, sagte Vermeulen. »Aber ich habe eine Ausschnittvergrößerung machen lassen.« Er rief ein Foto auf, das das Gesicht des Mädchens zeigte. Sophie.

»Das ist Sophie«, stöhnte Helena.

»Wer sind die Männer?«, fragte Robert.

»Einen werden Sie kennen«, antwortete Vermeulen.

Ein weiteres Foto. Ein Mann mit einer Narbe über dem rechten Auge. Sein Blick war fahrig.

»Das ist er«, rief Robert. »German Diener. Von wann ist das Video?«

»Freitag, 23:30 Uhr«, sagte Vermeulen.

»Wieso war niemand von euch da?«, fragte Robert.

»Der Anruf aus Berlin mit dem Hinweis auf die entführten Mädchen ist bei uns erst am nächsten Morgen um acht Uhr eingegangen.«

»Ich habe meinen Kollegen Maxim Rosenthal am Donnerstag gegen siebzehn Uhr Saigon-Zeit angerufen. Das ist hier zwölf Uhr mittags. Elfeinhalb Stunden, bevor das hier passiert ist«, sagte er und deutete auf das Handy. »Maxim hat sofort nach meinem Anruf deBuer informiert. Und deBuer hat euch sofort informiert.«

Alle Blicke waren auf Roger Vermeulen gerichtet.

»Bei uns ist die Nachricht erst am Freitag um acht Uhr morgens protokolliert worden. Entweder ist sie absichtlich verschlampt worden, oder dieser deBuer sagt nicht die Wahrheit.«

»DeBuer ist mein Chef«, sagte Robert. »Ich kenne ihn seit hundert Jahren. Ich weiß, dass er nicht lügt.«

»Ja, das denkt man jedes Mal. Und dann lernt man die Menschen wirklich kennen«, sagte Rita.

Helena wandte sich an Vermeulen. »Warum zeigen Sie uns das Video?«

»Weil Ihre Tochter darauf zu sehen ist.«

»Ja. Aber warum zeigen Sie es uns hier und nicht im Polizeipräsidium?«

Vermeulen schaute auf das Smartphone in seiner Hand. Lehnte sich in dem Sessel zurück, als müsste er Platz schaffen zwischen sich und den anderen Personen im Zimmer.

»Das hier ist eine Kopie«, sagte er beinahe tonlos. »Der Chip mit dem Originalvideo ist aus den Fallakten verschwunden.«

Einen Moment lang war das Zimmer kein Zufluchtsort mehr. Der Feind lag nicht länger vor den Toren der Stadt, sondern hatte die Stadt seit ewigen Zeiten gekauft. *Aus den Akten verschwunden*. Ein Video, das ein wichtiges Beweismittel darstellt. Einfach so? Aus Unachtsamkeit und Schlamperei? Oder war es Absicht?

»Wo hat Diener Sophie hingebracht?«, fragte Helena.

»Der Krankenwagen ist am Flughafen Ostende-Brügge gefunden worden«, antwortete Vermeulen.

»Das heißt, Diener ist mit Sophie weggeflogen?«

»Sieht so aus.«

»Wohin?«

Zu viert fuhren sie zum Flughafen Ostende-Brügge. Ein Kasten aus grauem Beton, der vor ein paar Jahren unrühmliche Bedeutung erlangt hatte, weil von hier aus Waffen nach Libyen geschmuggelt worden waren.

Da es ein Nachtflugverbot von 23.00 bis 5:30 Uhr für große Maschinen gab, kamen nur die kleinen Privatflieger infrage.

Sie klapperten die Büros der Fluggesellschaften ab, bekamen aber keine Auskünfte. Erst als Vermeulen seinen Polizeiausweis vorlegte, war eine Angestellte der Flughafenleitung bereit, im elektronischen Flugbuch nachzuschauen. Sie schleppte ihre hundertzwanzig Kilo in ihr Büro, fuhr den Computer wieder hoch und suchte die fraglichen Eintragungen. Vier Flüge nach null Uhr. Eine Cessna mit Ziel Brüssel um 0:12 Uhr, nur der Pilot und seine Frau. Eine Piper mit vier Männern an Bord um 0:33 Uhr, die zum belgischen Radsportteam Lotto-Soudal gehörten, mit Ziel Palma de Mallorca. Eine weitere Piper, die von DHL gechartert worden war, Ziel Straßburg um 1:42 Uhr. Und eine Beech King Air 350. Der Kunde hieß Silvan Verhoeven. Es hatte bei der Beladung Probleme mit zwei Holzkisten gegeben. Angeblich befanden sich wertvolle Skulpturen darin. Eine Kiste wurde zurückgelassen, weil sie nicht in den Laderaum der Beech King passte. Abflug um 0:45 Uhr. Die Zeile, in der das Ziel angegeben werden musste, war leer. Warum das so war, wusste die Angestellte nicht. Bestimmt ein Irrtum. Die zurückgelassene Kiste war wieder mitgenommen worden. Von wem, wusste die Angestellte nicht.

»Zwei Kisten. Und in einer davon ist entweder Sophie oder Katharina. Die kommen niemals durch den Zoll. Egal, wo sie hingeflogen sind«, sagte Robert.

»Es sei denn, sie ist als Diplomatengepäck deklariert«, sagte Vermeulen. »Wer als diplomatischer Kurier reist, darf nicht aufgehalten und nicht durchsucht werden. Dasselbe gilt für das Gepäck. Es wäre nicht das erste Mal, das Menschen auf so eine Weise transportiert werden.«

»Diener fährt mit ihr zum Flughafen Ostende und fliegt irgendwo hin. Und Verhoeven nimmt die zweite wieder mit zurück«, sagte Helena.

Robert rief deBuer an. Sie mussten nach Silvan Verhoeven fahnden. Diesmal sperrte deBuer sich nicht. Ob es eine undichte Stelle bei der Polizei oder der Staatsanwaltschaft gab, konnte deBuer nicht sagen. Noch nicht. Aber er hatte einen Verdacht.

Dienstag

33 // Es war frustrierend. Noch immer trafen täglich Dutzende Hinweise von Zeugen ein, die angeblich wussten, wo Sophie und Katharina sich befanden. Die meisten davon konnten von den zwei Dutzend Polizisten, die sich damit befassten, sofort aussortiert werden. Andere mussten genau überprüft werden, was bedeutete, dass man die Zeugen aufsuchen musste, mit ihnen sprechen, den Hinweisen nachgehen, um am Ende wieder nur genauso schlau zu sein wie zuvor. Auf der Festplatte des Computers, den Robert in der Galerie Diener beschlagnahmt hatte, hatten die Techniker bei der KTU weder Fotos von Sophie noch Spuren einer eventuellen Löschung gefunden. Dafür waren in der passwortgesicherten Cloud, die für die automatische Speicherung benutzt wurde, neun Fotos von Sophie

aufgetaucht. Als Maxim die alte Kassandra Diener mit den Bildern, die Helena und Robert in Ostende von Sophie gefunden hatten, und den Fotos aus der Cloud konfrontierte, bestand sie darauf, dass Vitali Adam das Passwort gestohlen haben musste, um die Fotos von dem Programm bearbeiten zu lassen. Im selben Atemzug verwies sie auf ihren Rechtsanwalt, der in Zukunft solche Fragen beantworten sollte. Kurz darauf wurde von dem Anwalt Anzeige gegen Vitali Adam wegen Passwortdiebstahl gestellt.

Als deBuer nun das Vernehmungszimmer betrat, war er seit mehr als zwanzig Stunden auf den Beinen. Die Rückenschmerzen zwangen ihn in eine gebückte Haltung. Er musste am nächsten Morgen zum Arzt gehen und hoffen, dass es nur eine Muskelzerrung oder ein ausgerenkter Wirbel war und kein Bandscheibenvorfall.

Vitali Adam saß am Tisch und las im Strafgesetzbuch. Langsam, stockend. Er sprach nahezu akzentfrei, aber deutsch lesen fiel ihm dennoch schwer.

»Auf Freiheitsstrafe bis zu zehn Jahren ist zu erkennen, wenn der Täter das Opfer durch die Tat in die Gefahr des Todes oder einer schweren Gesundheitsschädigung oder einer erheblichen Schädigung der körperlichen oder seelischen Entwicklung bringt oder die Tat gegen Entgelt oder in der Absicht begeht, sich oder einen Dritten zu bereichern.«

»Gut. Es klingt so, als hättest du es verstanden.« Maxim nahm das StGB wieder an sich und stellte es zurück in ein Regal.

»Mittlerweile hat Kassandra Diener Strafanzeige

gegen dich wegen Passwortdiebstahl gestellt. Sie vermutet, dass du es warst, der sich Zugang zur Cloud verschafft hat. Zu dumm, oder? Du siehst, wenn die Scheiße langsam nach oben steigt, machen sich manche Leute aus dem Staub. Aber du hast Glück. Wir wissen inzwischen, dass du die Mädchen nicht irgendwo versteckt hast. Das ist erstens schon mal gut für dich, weil ich sonst meinen Job quittieren und dich so lange foltern müsste, bis du mit der Sprache rausrückst. Und zweitens machen wir, mein Chef und ich, jetzt ein Angebot.«

DeBuer nickte kurz und setzte sich zu Vitali. »Sie bekommen nachher ein Schriftstück, in dem steht alles, was Sie wissen müssen«, begann er. »Sie lesen es, und wenn Sie einverstanden sind, unterschreiben Sie. Ich erkläre Ihnen aber jetzt schon mal, was drin steht, damit Sie darüber nachdenken können. Also, es ist ganz einfach. Sie sagen uns, wer Sie beauftragt hat, wer die Leute sind, die Sophie und Katharina Faber entführt haben, und wo sie jetzt festgehalten werden. Und wir wollen von Ihnen nicht nur den Namen German Diener oder den seiner Mutter. Die Staatsanwaltschaft bietet dafür an, Sie in ein Zeugenschutzprogramm aufzunehmen.«

Vitali sah deBuer erstaunt an. Offensichtlich dachte er darüber nach, ob das Angebot seriös war. »Im Ernst?«

»Ich bin zu alt und zu müde, um Spielchen zu spielen. Von wem hast du den Auftrag erhalten? German Diener?«, fragte deBuer.

»Keine Ahnung. Das war nur eine SMS.«

»Auf welches Handy?«

»Ein Prepaid.«

»Her damit.«

»Hab ich weggeworfen.«

»Wer war mit dir in dem Lieferwagen?«

»Weiß ich nicht. Er hat eine Maske aufgehabt.«

»Ihr habt unten im ICC gehalten und den Wagen getauscht. Wo seid ihr hingefahren?«

»Wir haben die zweite Karre auf dem Parkplatz am Flughafen Schönefeld abgestellt.«

»Und dann?«

»Sind wir mit der S-Bahn zurück.«

»Und der andere hat die ganze Zeit die Maske auf dem Kopf gehabt?«

Jetzt war auch für Vitali klar, dass er nur noch eine Möglichkeit hatte. »Erst will ich den Wisch sehen.«

DeBuer lehnte sich auf dem Stuhl zurück. Seine Müdigkeit meldete sich zurück. Früher musste er nach einem trostlosen Tag lediglich acht Stunden schlafen. Danach war er wieder von dieser sinnlosen Hoffnung erfüllt, dass seine Arbeit wichtig sei. Früher lag lange zurück. Er gab Maxim ein kurzes Zeichen, sich um Vitali Adam zu kümmern. Dann stand er auf und verließ wortlos den Raum.

Auf dem Weg zum Parkplatz dachte er daran, dass er Maxim nicht nach Paulus gefragt hatte, also rief er ihn vom Handy aus an.

»Hör mal, Maxim, du weißt nicht zufällig, wieso Paulus sich von der Dachterrasse seines Hotels gestürzt hat?«

»Ich war nicht dabei.«

»Aber Faber.«

»Er sagt, dass Paulus noch gelebt hat, als er gegangen ist.«

»Er hat Paulus allein in seinem Zimmer zurückgelassen?«

»Sieht so aus.«

»Na gut. Und lass mich wissen, ob die Gravur in dem Smaragdring irgendwas erzählt.«

Als er sich in den Verkehr einordnete, traf eine SMS aus der Staatsanwaltschaft ein. Vitali Adam hatte das Angebot angenommen und war bereit, umfassend über seine Auftraggeber auszusagen. DeBuer antwortete mit einem schlichten *Ok*. Er kaufte bei Aldi ein Sixpack Karlskrone und zwei tiefgefrorene Pizzen.

Zu Hause fiel ihm ein, dass er noch etwas vergessen hatte. Er hatte Maxim nicht nach dem Handy gefragt, das Faber Paulus abgenommen hatte. Er rief den Erkennungsdienst an. Ein Mitarbeiter der Nachtschicht wusste nichts von einem Handy. Wieso hatte Maxim es nicht dort abgegeben? Als deBuer ihn anrufen wollte, meldete sich nur die Mailbox.

Dienstag

34 // Die *Contemporary Istanbul* fand in Beyoğlu, Mete Cadesi No 10 statt. Direkt gegenüber dem Gezi-Park. Serif Bey war auf dem Istanbul-Sabiha-Gökçen-Flughafen gelandet, hatte in einem Shop ein paar Kleider Größe 164 gekauft, war in ein Taxi gestiegen und eine halbe Stunde später vor der Kunstmesse eingetroffen. Am Eingang wurde er kontrolliert und

musste seine Tasche abgeben. Ein aufgeregter Schwarm von Selbstdarstellern wuselte umher, telefonierte, lachte zu laut. An den Countern hatten sich lange Schlangen gebildet, weil die Computer ausgefallen waren. Zwei Dragqueens küssten sich demonstrativ. Auf ihren Rücken stand *Liebe ist Kunst.*

Serif Bey sah sich um. German Diener saß schwitzend auf einem der unbequemen Designersofas. Er telefonierte. Sein Blick hetzte wie der eines Mafiosos auf der Flucht über die Gesichter der Menschen. Als Serif Bey sich näherte, sprang Diener auf und zwängte sich zu ihm durch.

»Ich ruf dich später wieder an, Mama«, jammerte er in sein Handy.

Auf dem Weg in Richtung Stadtmitte hatte er den Mittelsmann treffen sollen, aber dummerweise die Adresse falsch verstanden.

»Ich bin eine Stunde lang mit dem Leihwagen durch Istanbul gefahren. Und dann ist die Ware aufgewacht und hat Theater gemacht«, schimpfte er.

»Wieso hast du Batu nicht angerufen?«

»Hab ich doch, aber er ist nicht ans Telefon gegangen.«

Diener schwitzte so sehr, dass der Schweiß seinen gelben Anzug dunkel färbte. Ununterbrochen wischte er sich mit einem Taschentuch über die Stirn.

»Wo ist sie?«

»Im Wagen.«

»In der Kiste?«

»Wo denn sonst?«

Serif Bey glaubte, nicht richtig zu hören. Er schloss

für einen kurzen Moment die Augen. Er musste sich konzentrieren, damit er diesen Idioten nicht am Kragen packte und vor aller Augen verdrosch.

»Wo steht der Wagen?«

»Auf dem Hotelparkplatz.«

»Welches Hotel?«

»Avantgarde. Da wohne ich. Hatten wir doch so besprochen.«

Serif Bey packte Diener am Arm und zog ihn aus dem Gebäude. Diener jammerte, dass das alles zu viel für ihn sei, dass er so etwas nie wieder machen würde. Sie marschierten die Mete Cadesi entlang bis zum Hotel. Die Sonne stand tief und blendete sie. Auf dem Gezi sang jemand *We shall overcome.* Es war eine schöne Frauenstimme, die leise über den Akkorden einer Gitarre schwebte. Bey beschleunigte den Schritt. Mit Sicherheit würde jeden Moment die Polizei kommen und die Darbietung beenden. Die Sirenen waren schon zu hören. Aber das war nichts Besonderes in diesen Tagen. Sirenen gehörten zum Stadtbild wie das Rufen der Händler.

»Wie lange ist sie schon im Kofferraum?«

Diener zuckte mit den Schultern. »Stunde ungefähr. Aber sie hat was zu trinken.«

Serif Bey wollte nicht daran denken, was mit der Ware alles passiert sein konnte. Sie konnte sich beim Versuch, auf sich aufmerksam zu machen, verletzt haben. Es konnte sein, dass Leute sie gehört und befreit hatten. Es konnte sein, dass die Polizei längst auf dem Parkplatz stand und Spuren sicherte. Dann würden sie den Mieter des Leihwagens ausfindig machen und Diener verhaften. Was dann passieren würde, war völlig klar: Ein Deutscher, der in Istanbul ein Mädchen entführt hatte, hatte kein Mitleid zu erwarten. Sie würden ihn derart in die Mangel nehmen, dass er nach spätestens einer Stunde wie eine Nachtigall singen würde.

Als sie jetzt das Hotel erreichten, wagte Serif Bey einen vorsichtigen Blick auf den Parkplatz. Acht Autos standen dort.

»Welcher ist es?«

»Der Lieferwagen.«

Ein schwarzer Mercedes.

»Schlüssel.«

Serif Bey streckte die Hand aus. Diener suchte eine Weile in seinen Taschen. Da er den Schlüssel nicht gleich fand, fing er wieder an zu schwitzen.

»Ich hab ihn eingesteckt, das weiß ich ganz genau. Oder er steckt noch.«

»Geh nachschauen.«

Diener lief los, öffnete die Tür auf der Fahrerseite und hielt nach einem kurzen Augenblick den Autoschlüssel in der Hand. Serif Bey gab ihm zu verstehen, dass er den Wagen vom Parkplatz herunterfahren sollte, und ging zurück auf die Straße. Dort wartete er, bis der schwarze Mercedes neben ihm hielt, und stieg ein.

»Wo soll ich hinfahren?«, fragte Diener.

»Geradeaus.«

Dann kletterte er in den Laderaum und öffnete vorsichtig die Schnappverschlüsse an der Seite der Kiste. Die Innenwände waren mit gelbem Noppenschaumstoff gepolstert, der jedes Geräusch schluckte. Zwei

Löcher an der Fußseite für die Luftzirkulation. Eine kleine Flasche Wasser. Es roch leicht nach Urin. Das Mädchen lag auf der rechten Seite. Zusammengerollt wie ein Käfer. Sie schlief, atmete schwach. Serif Bey schüttelte den Kopf. Er hatte dem Kunden zwei Mädchen versprochen, doch jetzt hatte er nur eine zu bieten. Zum Glück war es das schönere. Er verschloss die Kiste wieder.

Die Straße war frisch geteert, die Fahrt verlief ruhig und ohne Staus. Serif Bey dirigierte Diener in Richtung Osten, bis sie nach einer halben Stunde einen Stadtteil erreichten, der vom Abrisswahn noch verschont geblieben war. Hier war er geboren worden. Hier hatte seine Familie gelebt, bis 2005 für die Formel 1 eine Rennstrecke gebaut worden war. Die Straßen starrten vor Müll, die Häuser waren seit Jahrzehnten nicht renoviert wurden. Diener musste immer wieder abbremsen, weil Kinder und Hunde erst dann zur Seite gingen, wenn er energisch hupte.

»Da vorne, in die Einfahrt«, sagte Serif Bey.

Ein zweiflügeliges Tor, das weit offen stand. Dahinter ein dreistöckiges Haus, das ziemlich heruntergekommen aussah. Ein Foto des türkischen Staatspräsidenten Erdogan über der Eingangstür war noch das Freundlichste an diesem gottverlassenen Ort. Diener lenkte den Wagen durch die Einfahrt und parkte rechts neben einem Holzkarren. Kurz darauf kamen zwei Männer aus dem Haus gerannt, in den Händen hielten sie Pistolen. Sie stoppten sofort, als sie Serif Bey erkannten.

»Tor zu!«, rief der größere der beiden. Er war kahlköpfig und hatte die Statur eines Bodybuilders. An

Armen und Hals tätowiert, eine Schlange, die an seinem Hals das Maul aufriss. Der Kleinere, der sich jetzt beeilte, das schwere Tor zu schließen, war dünn. Eine Narbe in seinem Gesicht hatte einen Muskel über dem Mund verkürzt, weshalb er unabwendbar lächelte.

Serif Bey stieg aus und öffnete die Tür zur Ladefläche. Die Kiste bewegte sich leicht. Das Mädchen darin musste wach geworden sein. Er öffnete den Deckel. Sie lag immer noch zusammengekrümmt. Ihr Gesicht leuchtete rot. Ihre Augen flackerten. Sie war in heller Panik und hatte sich eingekotet. Serif Bey hielt sich die Nase zu und drehte den Kopf zur Seite.

»Ruf die Frauen. Sie müssen sie waschen. Der Wagen muss heute noch zurückgebracht werden«, sagte Serif Bey zu dem Kleinen. Dann wandte er sich an die Glatze und drückte ihm die Einkaufstasche in die Hand.

»Wenn sie sauber ist, soll sie das Rote anziehen. Ihr gebt ihr zu essen und passt auf, dass sie sich nichts antut.«

»Wie lange bleibt sie hier?«, fragte die Glatze.

»Vier Tage.«

»Kommen noch mehr?«

»Nicht hierher. Ist zu gefährlich, nachdem der Idiot alles getan hat, um aufzufallen.«

Diener stand neben der Kiste und hielt sich ein Taschentuch vor den Mund. Er hatte durchaus gehört, was Serif Bey gesagt hatte, jedenfalls hielt er den Kopf schuldbewusst gesenkt.

»Wie geht es jetzt weiter?«, fragte Diener.

»Wir gehen auf die Messe, oder was hast du gedacht? Wir sind Kunsthändler. Und Kunsthändler verkaufen Bilder.«

Inzwischen waren drei Frauen aus dem Haus gekommen. Sie waren ganz in Schwarz gekleidet und trugen Kopftücher. Ohne ein Wort packten sie Sophie, eine hielt sie an den Armen, die andere an den Beinen, während die dritte Frau Sophie den Mund zuhielt. Die Männer beobachteten, wie sie in das Haus gebracht wurde. Serif Bey nahm einen Umschlag aus der Jacke und gab ihn Glatze.

»Falls jemand auf die Idee kommt, das Mädchen anzurühren, ist derjenige tot. Ist das klar?«

Glatze und der Kleine nickten.

Dienstag

35 // In der leeren Bar des Hotels wurden die Fenster gereinigt. Ein Mann wischte in eleganten Schwüngen mit einem Wischer über die Scheiben. Hin und wieder war ein hohes Quietschen zu hören. Es nervte.

Robert hielt das Telefon in der Hand. Er hatte gerade von deBuer erfahren, dass Vitali Adam die Identität des zweiten Mannes in dem Lieferwagen bestätigt hatte. German Diener. Vitali wurde in ein Zeugenschutzprogramm aufgenommen, weil deBuer hoffte, dass er noch weitere Informationen aus dem Mann herausholen konnte. Es war keine überraschende Nachricht, aber wenigstens eine, die ihnen bestätigte, dass sie nicht nur scheiterten, sondern dass es auch kleine

Siege gab. Mit weiteren Informationen wollte Vitali erst dann herausrücken, wenn er außer Landes gebracht worden war. Offensichtlich vertraute Vitali weder der Berliner Polizei noch der Staatsanwaltschaft.

»Katharina und Sophie sind während der Art Week in Berlin entführt worden, in Ostende hat diese Ausstellung stattgefunden. Was ist, wenn Diener sie irgendwo hingebracht hat, wo ebenfalls eine Kunstmesse stattfindet?«, fragte Helena.

»In Saigon war keine Kunstmesse«, sagte Robert.

»Aber das Ho Chi Minh Museum of Fine Arts hat bis letzte Woche eine Wanderausstellung beherbergt. Fotografien aus fünf Jahrzehnten«, bemerkte Rita Martens.

Sie hielt das Display ihres Handys hoch und wischte über die Bilder, die Fotos von Menschen in extremer Armut zeigten, einige von ihnen waren nackt. Dazwischen war auch das berühmte Foto aus dem Vietnamkrieg, das ein ebenfalls nacktes Mädchen zeigte, wie es vor Schmerzen schreiend eine Straße auf den Fotografen zurannte.

»Wo finden zurzeit Kunstmessen statt?«, fragte Robert.

»Harrogate, England, und Hongkong, Fine Art Asia«, sagte Rita. Die Liste umfasste insgesamt neun Städte: Chicago, Barcelona, Amsterdam, Seoul, Wien, Madrid und Istanbul.

»Chicago und Seoul scheiden aus. Ebenso Hongkong. Das ist zu weit weg«, sagte Rita.

»Dann sind es immer noch sechs Orte«, stöhnte Robert. »Wir können die nicht alle abklappern.«

Nein, das konnten sie nicht. Auf Sieg folgt Niederlage, als sei es ein Naturgesetz, dachte Helena. Oder Gott will verhindern, dass wir übermütig werden. Und glücklich. Vielleicht war das auch einfach nur katholischer Mystizismus. Sie waren müde und ermattet. Robert saß auf der Sesselkante, den Rücken gebeugt, die Schultern nach vorne geschoben, als würde er sich vor der Welt schützen wollen.

Rita nahm ihre Jacke und die Tasche.

»Ich muss schlafen. Wir sehen uns morgen«, verabschiedete sie sich.

Robert und Helena verließen ebenfalls die Bar. Als sie das Zimmer betraten, fielen sie auf das Bett. Roberts Hand tastete nach Helenas Rücken, blieb dort liegen, als ob er Halt brauchen würde. Helena konnte die Berührung spüren. Sie fühlte sich verbraucht an. Als sie ein Stück zu ihm rückte, klingelte sein Telefon. Robert griff danach. Maxims Name stand auf dem Display. Robert schaltete den Lautsprecher ein.

»Maxim?«

»Ich bin bei einem Freund. Er hat das Handy geknackt.«

Robert richtete sich auf. Ging zur Balkontür. »Wer ist dieser Freund, kannst du ihm vertrauen?«

»Hundert Prozent.«

»Sicher?«

»Was ist? Willst du hören, was er gefunden hat?«

»Sag schon.«

»Paulus hat mehrmals mit einer Galerie in Saigon telefoniert. Dann zweimal mit einem Tangui. Dann gibt's da noch E.L.T. Mesens.«

»Was ist mit diesem Serif Bey?«, bellte Robert ins Telefon.

»Zwei Anrufe. Und jetzt pass auf. Paulus hat den Namen Serif Bey in seinem Adressbuch stehen. Und dahinter noch einen anderen Namen. Akif Kaplan.«

»Was heißt das? Heißt Serif Bey mit richtigem Namen Akif Kaplan?«

»Kann sein. Vielleicht ist es aber auch eine andere Person.«

»Kannst du rausfinden, wer dieser Akif Kaplan ist?«

»Schon passiert. Akif Kaplan gehört zum türkischen Konsulat in Berlin.«

»Hast du bei denen nachgefragt?«

»Die sind nicht gerade redselig. Auf alle Fälle sitzt er im Berliner Kunst- und Kulturausschuss. Und er ist einer der Finanziers der Art Week Berlin und der Brafa.«

»Wo ist er?«

»Nicht mehr in Berlin. Die Botschaft sagt, er wäre nach Los Angeles geflogen. Ich hab das überprüft. Er ist gestern von Tegel mit Cityjet nach Brüssel gestartet. Ab Brüssel gibt es keine Hinweise, dass er weitergeflogen ist. Zumindest nicht als Serif Bey.«

»Aber vielleicht unter Akif Kaplan.«

»Möglich. Wenn er aber tatsächlich in die USA gewollt hat, wieso dann über Brüssel? Es gibt Direktflüge, oder du machst einen Zwischenstopp in Frankfurt, Zürich oder London.«

»Was glaubst du, wo er hingeflogen ist?«

»Keine Ahnung. Auf alle Fälle hat er nicht gewollt, dass seine Route nachverfolgt werden kann.«

»Gibt es sonst noch was auf dem Handy?«, fragte Helena aus dem Hintergrund.

»Einen Code. Mein Freund meint, der gehört zu Tor, das ist ein Netzwerk, besser bekannt als Darknet. Er ist da noch dran.«

»Danke.«

Robert beendete das Gespräch. Er sah zu Helena hin. »Istanbul.«

»Istanbul.« Helena nickte. Es war, wie Gibran gesagt hatte. Wer sich nicht kennt und den Feind nicht kennt, verliert jede Schlacht.

»Und wenn es wieder nichts bringt?«

»Hast du eine bessere Idee?«

Eine Stunde später, nachdem Helena Rita informiert hatte und zwei Flüge um sieben Uhr morgens nach Istanbul gebucht waren, lagen sie ineinander verschlungen im Bett. Zum ersten Mal, seit die Mädchen verschwunden waren. Robert atmete schwer. Hin und wieder zuckte sein rechtes Bein, als würde er rennen. Seine Hand, als würde er schlagen. Helena lag wach. Sie spürte seine Arme. Den Muskeltonus, der jeden Moment einen Angriff erwartete. Sie wusste davon. Es war sein Panzer, durch den sie nur selten hindurchkam. Der Ritter, der mit seiner Rüstung verwachsen war. Der alles tun wollte, um seine Familie zu beschützen. Und der gescheitert war. Wie fremd sind uns manche, die nahe sind. Es war eine Zeile aus einem Lied. Dazu eine Melodie. Woher kannte sie das Lied? Sie konnte sich nicht erinnern. Sie fragte sich, ob es ein gutes Zeichen sei. Als das Display ihres Handys aufleuchtete, befreite sie sich aus Roberts Umarmung. Sie nahm das Handy ans Ohr.

»Ich werde dir helfen. Geh zum Strand!«, sagte eine Stimme, die sie kannte.

Vorsichtig stieg sie aus dem Bett. Die Matratze gab nach, und Robert drehte sich auf die andere Seite, ohne aufzuwachen. Helena zog sich an und verließ das Hotelzimmer.

Mittwoch

36 // Morgens gegen fünf Uhr hatte sich das Meer weit zurückgezogen, als würde es sich aus der Nähe der Menschen zurückziehen wollen. In ihrem Rücken näherte sich der Tag. Gibran war nirgends zu sehen. Wieso nicht? Er hatte sie doch hierhin bestellt. Und sie war der Aufforderung gefolgt. Ohne zu wissen, warum. Ohne sich zu fragen, ob es richtig war, ihn zu sehen. Sie lief in Richtung Süden. Der linke Fuß schmerzte, und sie versuchte ihn zu entlasten. Der feine Sand gab unter ihren Schritten nur unwillig nach. Jede Kuhle füllte sich sofort mit Wasser. Sie schaute sich wieder um, aber außer kreischenden Möwen, die sich um einen verfaulten Fischkadaver stritten, war niemand in der Nähe. Sie wählte seine Nummer.

»Wo bist du?«, fragte sie.

»Ich habe deine Schwester gefunden«, antwortete Gibran.

»Ich habe keine Schwester.«

»Nicht heute, aber vor ein paar Hundert Jahren. Willst du wissen, was die Romantiker über sie sagen?«

Sie hörte, wie er in einem Buch blätterte, Seiten raschelten.

»Hier ist es. *Denn jetzt steig' ich in meinen Busen nieder, gleich einem Schacht, und grabe, kalt wie Erz, mir ein vernichtendes Gefühl hervor. Dies Erz, dies läutr' ich in der Glut des Jammers hart mir zu Stahl; tränk' es mit Gift sodann, heißätzendem, der Reue, durch und durch; trag' es der Hoffnung ew'gem Amboß zu, und schärf' und spitz es mir zu einem Dolch; und diesem Dolch jetzt reich' ich meine Brust: So! So! So! So! Und wieder! – Nun ist's gut.* Ist das nicht schön gesagt? So romantisch, sentimental. Kann man stilvoller scheitern?«

»Ich hab den Anhänger gefunden, den Katharina Sophie geschenkt hat. Eine goldene Kette und ein kleines Herz.«

»Was hast du erwartet? Ein paar dumme Jungs, die dir einen Streich spielen?«

»Ich weiß nicht, was ich erwartet habe.« Der Wind rüttelte an ihr. Sie legte den Kopf in den Nacken und sah zum Himmel hinauf. »Du musst mir helfen.«

»Was soll ich tun?«

Sie dachte nach. Wie konnte er ihr helfen? Dieser Mann, von dem sie nichts wusste, außer dass er aus der gleichen zerstörten Kindheit schöpfte wie sie, dass er Professor gewesen war. Manchmal fragte sie sich, wovon er lebte. Und noch mehr fragte sie sich, wer er eigentlich war.

»Kennst du den Club der Humanisten.«

»Ja.«

Ja? Er kannte den CDH? Damit hatte sie nicht gerechnet. Sie hatte die Frage gestellt, wie man einen

Angelhaken in den Fluss wirft. In der Hoffnung, dass irgendwas anbeißt.

»Woher?«

»Das ist unwichtig.«

»Sag mir, wer das ist.«

»Wozu?«

»Wozu? Damit ich diese Dreckskerle der Polizei melden kann.«

»Du hast es immer noch nicht verstanden.«

»Kennst du einen Serif Bey?«

»Gute Nacht.«

»Warte, leg nicht auf!«

Jetzt wurde von fern Musik herangeweht, tauchte im Wind auf und ab. Als sie sich der königlichen Strandpromenade näherte, konnte sie hören, woher die Musik kam.

Im ersten Stock des lang gestreckten, eingeschossigen Baus stand ein Fenster offen. Die Läden waren weit zur Seite gebeugt. Helena lief auf die Promenade zu, fand eine Tür, die in die Promenade hineinführte und dahinter einen langen Flur. Der Putz an den Wänden war von der Feuchtigkeit des Meeres aufgeweicht. Die gemalten Verzierungen um Fenster und Türen waren verbleicht. In den Ecken hatte sich Sand gesammelt. Es roch nach Verfall. Helena stieg eine Treppe hinauf und ließ sich von der Musik zu einem Zimmer führen. Sie spürte, dass sie erregt wurde. Wie eine Vorahnung, ein siebter Sinn, der sie warnen wollte und auf den sie nicht hörte. Nicht hier, nicht jetzt, nicht an diesem Ort, nicht vor dem, was sie erwartete. Sie öffnete die Tür.

Weiß gestrichene Wände, zwei Sessel, ein kleiner

Tisch, darauf eine Reiseschreibmaschine von Olivetti, eine Kaffeekanne und zwei Tassen. Ein Frisiertisch mit einem Spiegel, der zur Hälfte erblindet war. Ein großes Bett. Gibran stand am Fenster und sah aufs Meer hinaus. Er trug eine weite Hose, wie Judo-Kämpfer sie tragen. Der Oberkörper war unbekleidet. Er drehte die Musik leise.

»Du hast meine Frage nicht beantwortet. Kennst du einen Mann namens Serif Bey? Weißt du, wie er mit richtigem Namen heißt?«

»Nein.«

»Du lügst.«

»Bist du bereit für das dritte Kapitel? Es ist ein grimmiges Kapitel, es heißt *Angst*.«

Er drehte sich zu ihr herum. Sie sah die Narben auf seiner Brust. Mehrere hellrote Striche, zehn Zentimeter lang. Sie erinnerte sich, dass sie sie schon einmal gesehen hatte. Vor Monaten, im Soho House. Damals hatte sie nicht danach gefragt. Und jetzt würde sie es auch nicht tun. Die Verletzungen mussten alt sein. *Wir alle kennen das. Manche Spuren reichen weiter zurück und tauchen so tief, dass Fragen sie nicht erreichen können.* Er nahm einige Seiten Papier von einem Stapel, setzte sich in einen der Sessel und las vor.

»Sie ist in jede deiner Zellen eingebrannt. Getrunken mit der Muttermilch, hast du sie an deine Töchter weitergegeben und sie eingehüllt in eine Wolke aus Selbstzweifel, Unterwürfigkeit und Gehorsam, die sie aus deinem Mund eingeatmet haben.«

Sie nahm ihm die Seite aus der Hand, zerknüllte sie und warf sie in eine Ecke des Zimmers.

»Kaffee?«, fragte Gibran. Er wartete ihre Antwort nicht ab, schenkte aus der Kaffeekanne ein. »Immer noch schwarz?«

»Du hast Paulus umgebracht«, sagte sie.

Sie nahm den Becher aus seiner Hand, spürte die Wärme, die durch die Hände in sie eindrang und sie frösteln ließ, weil sie erst jetzt die Kälte des Morgens wahrnahm.

»Als wir in Saigon vor dem Hotel in ein Taxi gestiegen sind, habe ich dich gesehen. Wie war das möglich? Die Polizei war doch schon in dem Zimmer.«

»Es war möglich.«

»Warum hast du es getan?«

»Weil er dir die Mädchen geraubt hat. Nicht er selbst, aber es war seine Idee.«

»Woher weißt du das?«

»Ist es nicht naheliegend? Ich an seiner Stelle hätte es ebenso gemacht.«

Sie sah das leise Lächeln auf seinen Lippen. Es war schnell und zerfiel sofort wieder. Die Halbwertzeit seines Erbarmens war kurz.

Gibran nahm ihr den Kaffeebecher aus der Hand und stellte ihn auf den Schminktisch. Kam zurück, streifte die Bluse über ihre Schultern. Sie trug keinen BH. Es war ein Überfall, den sie nicht erwartet hatte. Oder doch? Warum war sie sonst dem Anruf gefolgt? Warum hatte sie Robert nicht geweckt und ihm gesagt, dass sie zu Gibran geht? Damit er ihr wehtun wird.

Sie ließ es geschehen. Sah zu, wie er sie auszog.

»Du hast gesagt, du wirst mir helfen. Wie? Wie willst du das tun?«

Schuhe, Hose. Als sie nackt vor ihm stand, fror sie. Legte die Arme über die Brust. Gibran führte sie zum Bett, warf die Decke herunter. Riss die zwei Kordeln ab, mit denen die Vorhänge am Fenster bewegt wurden, und band ihre Hände damit am Bettpfosten fest.

»Wenn ich es dir sage, wirst du meine Hilfe nicht annehmen.«

»Ich werde jede Hilfe annehmen.«

»Bist du sicher?«

»Ja.«

»Woher willst du das wissen?«

»Weil es meine Töchter sind. Weil ich ihre Mutter bin, weil ich bereit bin, alles zu tun, damit ich sie wieder in den Armen halten kann.«

»Ach, Helena. Dir ist nicht im Mindesten bewusst, dass du in einer anderen Welt lebst als die, die deine Kinder entführt haben. Für Paulus bist du nicht mehr als eine brave Soldatin der Biologie gewesen. Er wollte Kinder mit dir haben, hat er dir das je gesagt? Dabei hättest du dann nur dem genetischen Befehl zur Weitergabe deiner DNA gehorcht, und wärst mit der Ausschüttung von Glückshormonen belohnt worden, während du die Brut aus dir herauspresst. Kommt dir das bekannt vor? Hast du je daran gedacht, dass du eine Gebärmaschine bist, die den Geist der Kinder verkrüppelt und ihre Seele zurechtstutzt, damit Nachschub für den sinnlosen Konsum bereitsteht? Die Besitzerin des warmen, weichen, feuchten Lochs zwischen deinen Beinen, in das ein Mann seinen Schwanz hineinsteckt und ejakuliert.«

Was er sagte, war absurd, lächerlich, unerträglich.

Sie wusste noch nicht einmal, ob er es ernst meinte. Und sie hätte ihm nicht zuhören müssen. Aber sie hörte zu, weil sie in seinen Gedanken einen Abgrund fand, tief genug, damit sie darauf stehen konnte. *Wir zerstören das, was wir lieben, und wir lieben das, was uns zerstört.* Sie spürte, dass sie überlief. Die Nässe rann an ihren Pobacken herab. Und als Gibran in sie eindrang, entfuhr ihrer Kehle ein Ton, den sie nicht kannte.

Sie wollte ihn umarmen, doch die Fesseln hielten ihre Arme fest, schmerzten an den Handgelenken. Er schlug sie, und sie war dankbar. Schmerzen können angenehm sein, wenn wir damit Zuwendung und Nähe verbinden. Als sie kamen, verschmolzen Lust und Schmerz, Schuld und Scham zu einem glühenden Stern. Sie tauchte darin ein. Tauchte ein in eine Zeit, weit zurück, als die Schmerzen ihre Nahrung waren. Die Sonne versank wieder im Osten. Das Licht verglomm. Um sie herum wurde es schwarz. Ihr Pulsschlag verlangsamte sich, das Rauschen in den Ohren verstummte. Sie verweilte, ließ sich treiben. Wenn sie konnte, würde sie dort, wo auch immer das ist, bleiben. Verbunden mit Gott. Verbunden mit der Reinheit, der Ursprünglichkeit. Vor einer Tür. Hinter der ihre Mädchen warten. Sophie und Katharina. Sie liegen in einem Himmelbett. Unverletzt und unwissend und unberührt. Doch als sie zu ihnen gehen und sie umarmen und küssen will, spürt sie einen Sog, der sie zurückzieht. Die Bilder verblassen, die Welt wird hell und kalt. Der Körper baut den Stress ab, das Oxytocin zerfällt, Prolaktin wird ausgeschüttet. Das weiß sie. Wie sie nichts, was sie einmal gelesen hat, vergisst.

Sie kehrte zurück in die Wirklichkeit, in das Zimmer. Wollte bei ihm sein und sich in seinen Armen verstecken. Doch als sie sich umsah, war Gibran verschwunden. Und erst jetzt merkte sie, dass die Fesseln an ihren Händen gelöst waren.

Am Strand fuhr ein Wagen der Müllabfuhr. Zwei Männer leerten Mülleimer in das große Maul. Sie sahen zu ihr hin, wie sie die Promenade durch eine Seitentür verließ. Einer rief etwas, das sie nicht verstand. Der andere winkte. Dann lachten sie.

Worauf gründet die Macht der Männer, wenn nicht auf der täglichen Abrichtung der hypnotisierten Frauen?, hatte Gibran gefragt.

Ist das so? Helena sah zum Meer hin. Sie konnte den Sog der Ebbe spüren. Sie ging ein paar Schritte. Der Sand war feucht, die Wellen leckten vorwitzig an ihren Füßen. Umschmeichelten und riefen sie. Sie spürte wieder die Schnittwunde an ihrem linken Fuß, die sich ab und zu wütend meldete. Und dann eine SMS von Gibran. *Es gibt eine Versteigerung in Istanbul. Sieh zu, dass du daran teilnehmen kannst.* Nur diese beiden Sätze.

Helena lief ein kalter Schauder über den Rücken. *Es gibt eine Versteigerung in Istanbul.* Woher wusste er davon?

Mittwoch

37 // In der angespannten Atmosphäre, die sich in den letzten Monaten zwischen dem offiziellen Deutschland und der offiziellen Türkei entwickelt hatte, war es

nahezu unmöglich, einen Termin beim türkischen Botschafter oder einem seiner Mitarbeiter zu bekommen. Allerdings gab es einen Weg, den Maxim gelegentlich benutzte, wenn alle anderen versperrt waren. Von Ismael hatte Maxim den Namen eines Mitarbeiters der türkischen Botschaft erhalten, der hin und wieder in dem Saunaclub *Adonis* verkehrte. Derselbe Club, den auch Maxim und Ismael frequentierten, obwohl sie den Namen lächerlich fanden. Ufuk Terim. Ismael hatte Ufuk angerufen, und nun traf sich Maxim mit Ufuk in einer der etwas ruhigeren Kabinen des *Adonis*. Ufuk war am ganzen Körper tätowiert. Wenn er allerdings Anzug, weißes Hemd und Krawatte trug, war davon nichts mehr zu sehen. Von ihm hatten sie erfahren, dass Akif Kaplan angeblich nach Los Angeles geflogen war.

»Akif Kaplan?«, fragte Maxim.

Ufuk verdrehte die Augen. »Was willst du wissen?«

»Er ist nicht nach Los Angeles geflogen, oder?«

»Ich buche die Flüge nicht. Das macht er selbst.«

Ufuk nahm eine hölzerne Kelle, schöpfte Wasser und schüttete es auf die heißen Lavasteine. Die Kabine verwandelte sich in eine Suppe aus Wasserdampf.

»Wer ist der Typ, was macht er, wer beschützt ihn?«

»Wieso fragst du, wer ihn beschützt?«

»Musst du jetzt noch nicht wissen«, sagte Maxim. »Komm schon. Der Mann ist in die Entführung von zwei Mädchen verstrickt. Und die Mädchen sind zufällig die Töchter von einem guten Freund.«

»Ist er schwul?«

»Bei zwei Töchtern?«

Ufuk sah sich um. Sie waren alleine in der Kabine.

»Er ist noch nicht so lange bei uns. Ein seltsamer Typ. Hat in Oxford studiert. Danach bei der Garanti-Bank International in Amsterdam. Von 2006 an stellvertretender Staatsminister im Wirtschaftsministerium. Seit 2015 ist er Sekretär beim türkischen Generalkonsul in Berlin.«

»Das ist alles?«, fragte Maxim.

»Was willst du wissen? Ob er ein islamistischer Selbstmordterrorist ist?«

»Was macht er in Berlin?«

»Kunsthandel. Manchmal im Auftrag der türkischen Regierung.«

»Weißt du, wo er jetzt ist?«

»Istanbul.«

»Was macht er da?«

»Keine Ahnung.«

»Kannst du dich mal umhören?«

»Wenn du mir einen bläst.«

»Ist das dein Ernst?«

Als Maxim eine Stunde später nach Hause kam und Ismael ihn fragte, wie das Treffen mit Ufuk gelaufen sei, war Maxim äußerst mürrisch.

»Was ist?«, wollte Ismael wissen. Dabei grinste er provozierend.

»Nichts«, antwortete Maxim. »Es war nur nicht so ergiebig, wie ich dachte.«

»Musstest du ihm einen blasen, damit er was sagt?«

Maxim sah Ismael erstaunt an.

»Verstehe«, sagte Ismael. »Und hast du?«

»Nein.«

»Schwörst du?«

»Nein.«

»Also hast du.«

Maxim war sichtlich genervt. Wieso konnte Ismael ihn nicht einfach in Ruhe lassen? »Ich schwöre, dass ich ihm keinen geblasen habe.«

»Warum regst du dich so auf? Ich sag doch gar nichts. Außerdem geht es um die beiden Mädchen.«

»Aber vielleicht muss ich das noch, damit er mir sagt, was Akif Kaplan in Istanbul treibt.«

»Wusste ich's doch. Aber während du dich in der Sauna herumtreibst, war ich fleißig. Willst du wissen, was ich über diesen Club der Humanisten herausgefunden habe?«

Mittwoch

38 // Der Flughafen Istanbul Atatürk ist ein Moloch. Laut, hektisch, ungeduldig. Ein menschlicher Ameisenhaufen in höchster Aufregung, weil irgendeine Rockband angekommen war und die Fans sich überschlugen, um ihre Helden zu sehen. Robert und Helena zwängten sich durch die kreischende Masse. Am Zoll interessierte sich niemand für sie, die Passkontrolle war umso gründlicher. Sie mussten eine Stunde warten, bis ihnen das Betreten der Türkei erlaubt wurde. Fatima lief ihnen entgegen, als sie die Haupthalle erreichten. Helena sah sie zuerst und winkte. Sie war froh, dass eine bekannte Person sie abholte, auch wenn sie mit Fatima bisher nicht warm geworden war. Ihre Härte und Schroffheit verunsicherten sie. Sie verließen

das Flughafengebäude und gingen zu einem Parkhaus, das in einem anderen Gebäude beheimatet war.

»Ich habe ein Hotel für euch in der Nähe vom Taksim-Platz.«

»Danke. Wir werden das irgendwann wiedergutmachen«, sagte Robert.

»Schon okay. Maxim hat angerufen. Sie sind noch an dem Code dran. Aber so viel ist schon mal klar: Dieser Club der Humanisten wird über eine Website im Darknet organisiert. Es gibt Hunderte Bilder von Kindern, die wie Kunstwerke aussehen. Außerdem soll es wohl eine Versteigerung geben.«

Wie Gibran geschrieben hatte.

»Wann?«, fragte Helena.

»Haben sie noch nicht rausgefunden.«

»Wo?«

»Keine Ahnung. Aber es wird irgendwo sein, wo ihr nicht rankommt.«

»Was ist mit der Polizei? Ich kenne zwei Kommissare«, sagte Robert.

»Sind die noch im Dienst, oder hat Erdogan die auch inzwischen rausgeworfen?« Robert wusste es nicht. »Es sind gerade wieder zehntausend Polizisten entlassen worden. Und du kannst davon ausgehen, dass die Scheißkerle, die bei der Versteigerung dabei sind, sofort Bescheid wissen, wenn wir die Polizei einschalten«, erklärte Fatima.

Nachdem sie Fatimas Wagen aus dem Parkhaus geholt hatten, fuhren sie auf der sechsspurigen Kennedy Caddesi so nahe am Ufer entlang, dass sie das Meer sehen konnten. Vorbei an einem Hafen, in dem große, weiße Jachten lagen. Am Horizont kreuzten Frachtschiffe. Der Verkehr war laut und aggressiv. Fatima fuhr provozierend langsam. Sie war keine gute Fahrerin, unsicher und vom hiesigen Verkehr überfordert, was in krassem Gegensatz zu ihrem übrigen Auftreten stand. Helena beobachtete sie und legte diese Information zu den anderen Eindrücken, die sie von Fatima hatte. Fahrer, die Fatima überholten, zeigten ihr den Mittelfinger. Ein BMW überholte und bremste so stark, dass sie beinahe auf den Wagen aufgefahren wäre. Sie schimpfte auf Türkisch. Löste die rechte Hand vom Lenkrad und tat so, als würde sie den Mann erschießen.

Als sie den Stadtteil Fatih erreichten, kurz bevor sie über die Galata-Brücke in den Stadtteil Beyoğlu fuhren, waren die Veränderungen zu spüren, die Istanbul seit einigen Jahren heimsuchten. Viele Frauen hatten die Haare mit einem Hijab bedeckt, und sogar die Zahl der Nikabs hatte zugenommen. »Unsere Ninjas.« So nannte Fatima die Frauen, die diesen schwarzen Schleier trugen, der den ganzen Kopf bedeckte und nur einen kleinen Schlitz für die Augen freiließ. *Eine davon könnte Katharina sein*, dachte Helena mit Schaudern. Sie drehte sich zu Robert herum.

»Wir müssen eine Einladung für die Versteigerung bekommen.«

Robert sah sie konsterniert an. »Wie soll das denn gehen?«, fragte er.

»Wir geben uns als jemand aus, der an Mädchen interessiert ist.«

Robert schüttelte den Kopf. »Das ist keine Versteigerung, die öffentlich angekündigt wird. Das ist ein geschlossener Zirkel. Die überprüfen jeden, der da mitmachen will.«

»Okay. Nehmen wir mal für einen Moment an, ihr schafft es trotzdem irgendwie, zu der Versteigerung zu kommen. Was dann?«, fragte Fatima.

»Bieten wir mit.«

»Rita hat gesagt, dass da Preise von fünfzigtausend und mehr aufgerufen werden. Hast du so viel?«

»Serner hat die Belohnung auf hunderttausend erhöht.«

Robert lachte höhnisch. »Dann ruf ihn an und sag ihm, er soll die hunderttausend rüberschicken, weil wir um unsere Töchter mitbieten wollen.«

Helena sah wieder zum Fenster hinaus. Sie wusste, dass Serner nicht mitmachen würde. Aber vielleicht würde es noch einen anderen Weg geben, um an so viel Geld zu kommen. Und in einem fernen Winkel ihres Verstandes wusste sie auch wie.

Zehn Minuten später erreichten sie ein kleines Hotel Namens Riva, in unmittelbarer Nachbarschaft des Taksim-Platzes. Es gab nur noch Einzelzimmer. Robert wollte ein anderes Hotel nehmen, aber Helena hielt ihn zurück. Allein in einem Bett würde sie vielleicht besser schlafen können. Und wenn nicht, konnten sie immer noch in ein anderes Hotel wechseln. Wenn sie die Mädchen gefunden und befreit hatten. Das Zimmer war klein und modern eingerichtet. In warmen Brauntönen, mit Holzfußboden und Stofftapeten. Helena machte sich kurz frisch, bevor sie sich in der Lobby treffen wollten, um die nächsten Schritte zu besprechen.

Aus der Regendusche perlte es sanft, das Duschgel

roch nach Vanille. Helena schloss die Augen, als sie den Kopf unter das Wasser hielt. Seit sie die Haare abgeschnitten hatte, musste sie sich keine Gedanken mehr machen, ob und wie sie sie trocknen konnte. Das war ein enormer Vorteil, auch wenn sie sich nicht mehr so weiblich fühlte. Feine, warme Rinnsale liefen über ihr Gesicht, wuschen den Staub und den Schweiß ab. Sie stand so ein paar Minuten, bis sie das Gefühl hatte, ein Schleier würde von ihr genommen werden. Als würde ihre Haut atmen. Wenn sie die Augen schloss, war es einen Moment lang so, als könnte sie die Nähe ihrer Mädchen fühlen. Ihre Angst, ihr Weinen und die leisen Rufe nach ihr. *Das war komplett irrational. Aber deswegen nicht weniger wahr.*

Mittwoch

39 // Als sie eine halbe Stunde später in die Lobby des Hotels kam, saßen Robert und Fatima bereits nebeneinander in kleinen Sesseln um einen Tisch herum. Robert telefonierte aufgeregt. Fatima hatte ihr Notebook geöffnet.

»Was Neues?«, fragte Helena.

»Maxim hat gerade eine Mail geschickt. Dieser Akif Kaplan besitzt eine Galerie in der Nähe vom Galata-Turm, in der Büyük Hendek Caddesi. Da findet morgen eine Versteigerung statt.«

Fatima drehte das Notebook so, dass Helena den Bildschirm sehen konnte. Ein Foto der Galerie. Zwei Schaufenster, die bis zum Boden reichten, darüber der

Schriftzug *Haram*, eine Tür. In den Schaufenstern moderne Malerei. Unscheinbar wie ein Vögelchen.

»Was heißt Haram?«, fragte Helena.

»Man kann es am besten mit Tabu übersetzen«, erklärte Fatima. »Es gibt auf der CDH-Website eine Liste von Objekten, die versteigert werden. Sieben Bilder aus einem Privatbesitz.«

»Was für Bilder sind das? Kann man die irgendwo sehen?«

Fatima öffnete die Website der Galerie. Zu sehen waren Bilder, die zu den heiligen Top Ten der Malerei gehörten. Goyas Maja, die Mona Lisa, Das Mädchen mit dem Perlenohrring, Picassos Porträt von Dora Maar, Marilyn Monroe, wie Warhol sie sah. Helena stutzte.

»Das sind nicht die Originale.«

»Richtig«, sagte Fatima.

»Die Maja hängt im Prado, die Mona Lisa im Louvre, Das Mädchen mit dem Perlenohrring im Mauritshuis in Den Haag, Picassos Dora Maar im Guggenheim. Das sind Kopien.«

Fatima sah Helena erstaunt an. »Woher weißt du das alles?«

»Sie vergisst nichts, hast du das noch nicht gemerkt?«, sagte Robert. Er hatte das Telefon beendet und ließ sich in einen der Sessel fallen.

»Katharina hat vor zwei Jahren im Kunstunterricht darüber einen Test geschrieben«, erklärte Helena.

»Was hast du so lange gemacht?«, fragte Robert.

Helena überlegte einen Augenblick lang, ob sie von dem Gefühl erzählen sollte, das sie unter der Dusche überfallen hatte. Dann entschied sie sich, die Frage nicht zu beantworten. Robert schien ohnehin keine Antwort zu erwarten.

»Maxim hat auf der Website von diesem Club der Humanisten eine Liste von Namen gefunden. Es kann sein, dass sie im Zusammenhang mit der Versteigerung stehen.«

»Jemand, den wir kennen?«, fragte Fatima.

»Allerdings. Michelangelo, Küfner, van Meegeren, Schtschukin, Barnes, Guggenheim, Takamaro, Heidegger, Der Prophet.«

»Das sind Tarnnamen. Die sind alle schon lange tot«, sagte Fatima.

»Auf der Liste steht *Der Prophet?*«, fragte Helena.

»Ja, wieso?«

»Nur so.« Kaum hatte sie den Satz ausgesprochen, wusste sie, dass es nicht überzeugend geklungen hatte. Die Lüge schimmerte hindurch. Und Robert konnte es sehen.

»Was ist mit dem Namen?«, fragte Robert.

»Nichts. Ich dachte nur … Nichts.«

Rashid Gibran war als junger Mann von dem Buch *Der Prophet* eines gewissen Khalil Gibran so sehr beeindruckt gewesen, dass er den Namen des Dichters angenommen und beschlossen hatte, selbst zu schreiben. Warum stand der Name *Der Prophet* auf der Liste? Enthielt die Liste tatsächlich die Namen derer, die an der Versteigerung teilnahmen?

Ein Kellner brachte Kaffee und Wasser. Sie lehnten sich in den Sesseln zurück und warteten, bis der Kellner wieder gegangen war. Helena trank einen Schluck Kaffee, dann stand sie abrupt auf.

»Wo gehst du hin?«, fragte Robert.

»Ich muss mich bewegen, sonst drehe ich durch.«

»Soll ich mitkommen?«, fragte Fatima.

»Nein, schon gut.«

Zu Fuß machte sie sich auf den Weg. Bewegung, um denken zu können. Durch die İstiklâl Caddesi, die Unabhängigkeitsstraße, vorbei an den Modeläden der internationalen Marken. Vorbei an einem fliegenden Händler, der gebratene Maiskolben verkaufte. Sie wurde den Gedanken nicht los. *Ich soll zu der Versteigerung gehen, an der er selbst teilnimmt.* Vorbei an schwer bewaffneten Polizisten, die einen Mann abführten, während eine Frau die Polizisten anschrie und nach ihnen schlug. Vorbei an einer Konditorei, aus der es nach Baklava mit Zimt roch. Sie hatte seit zwei Tagen nichts mehr gegessen. Ihr Magen fühlte sich leer und kalt an. *Um deine Mädchen zu finden, musst du stark sein. Und um stark zu sein, musst du etwas essen.* Sie betrat eine Bäckerei, kaufte ein Baguette ohne alles. Als sie in das warme Brot biss, fühlte es sich wie trockene Erde an. *Er gehört zum Club der Humanisten. Er ist einer von ihnen. Rashid Gibran ist einer der Männer, die kleine Mädchen entführen, versklaven, vergewaltigen, foltern, töten.*

Donnerstag

40 // Acht Mädchen. Valerie, Pernilla, Leentje, Harriet, Solange, Marlen und sie selbst, Sophie. Den Namen des achten Mädchens kennt sie nicht, weil sie

nicht spricht. Nur weint. Manchmal singt sie ein Lied in einer Sprache, die Sophie nicht versteht. Sophie ist die Älteste. Die Jüngste, Leentje, ist fünf Jahre alt. Sie sitzt apathisch auf ihrem Bett. Die Fußgelenke der Mädchen sind mit Lederbändern und Ketten an Metallringen festgemacht, die wiederum an den Wänden festgeschraubt sind. Die Älteren weinen nicht. Sie haben sich einem Schicksal ergeben, das sie nicht kennen, aber erahnen.

Auf den Schulhöfen hatten sie die Videos gesehen, die in den Pausen herumgezeigt wurden und nichts ausließen, was in der Welt der Pornografie angeboten wurde. Da hatten sie verschämt, kichernd, erschreckt und manchmal angeekelt in Trauben um ein Smartphone herumgestanden und in eine Welt hineingesehen, die ihnen jetzt drohte. Der Raum war schmutzig und nicht sehr groß, die Wände waren hellgrün gestrichen, an einer Wand hing ein Poster von einem weißen Pferd. Der Boden war mit Kacheln ausgelegt. Es war kein gemütlicher Ort. Sophies Bett stand neben dem von Valerie. Valerie hielt sich tapfer. Aber hin und wieder fing sie an zu weinen und krümmte sich zusammen wie ein Baby im Bauch der Mutter.

»Warum weinst du denn?«, fragte Sophie. »Meine Eltern werden uns befreien.«

»Woher willst du das wissen?«

»Weil mein Vater der beste Polizist der Welt ist und meine Mutter die beste Staatsanwältin.«

»Was ist eine Staatsanwältin?«

»Sie sorgt dafür, dass Verbrecher ins Gefängnis kommen.«

»Je liegt. Ze zullen niet komen. Het is nooit iemand gekomen», schrie Leentje Sophie an.

»Je veux rentrer à la maison.« Lilou.

Immer wenn ein Mädchen laut wurde, ihre Angst und Verzweiflung zeigte, wachten auch die anderen aus dem Schlaf und dem Phlegma auf.

»Il mio stomaco fa male così tanto.« Pernilla.

»Oni će nas ubiti.« Olga.

Sophie war sich sicher, dass man ihnen Schlafmittel ins Essen tat. Weil sie hinterher immer so schrecklich müde war. Jetzt war es kurz vor Mittag, und sie war immer noch müde.

»Ma maman à venir. Je veux que ma Maman.« Lilou.

»Ihr müsst leise sein. Sonst kommen sie wieder.«

Aber die meisten Mädchen verstanden Sophie nicht. Und auch wenn sie den Zeigefinger auf die Lippen legte und »Psst!« machte, reagierten sie nicht. Dabei war es so wichtig, dass sie leise waren. Sonst kam diese Frau gleich wieder herein, die ihnen etwas zu trinken brachte, Cola und Säfte, die alle bitter schmeckten, weil sie bestimmt ein Schlafmittel hineingetan hatte. Wenn sie davon tranken, wurden sie alle so müde, als würden sie sterben. Und das Pipi roch auch seltsam anders. Sophie hatte am Anfang versucht, nicht von der Cola und dem Saft zu trinken, aber dann war sie so durstig geworden, dass sie nicht mehr widerstehen konnte.

Jetzt kam die Frau herein, wie Sophie es befürchtet hatte. Sie war in Schwarz gekleidet, trug einen Schleier über dem Gesicht und schwarze Handschuhe. Das sah ziemlich gruselig aus. Wie ein Schatten aus einer Märchenwelt. Aber ihre Augen lächelten, und ihre Stimme war sanft. Sie war nicht sehr groß, vielleicht sogar schmal unter dem schwarzen Gewand. Und obwohl sie Türkisch sprach und Sophie kein Wort verstand, klang das, was sie sagte, tröstlich.

»Korkuyorsunuz, biliyorum, ama her şey yoluna girecek.« [Ihr habt Angst, ich weiß, aber alles wird gut werden.]

Aber vielleicht war das auch nur Einbildung, weil Sophie wollte, dass es tröstlich klang. Die Frau beugte sich zu Valerie und gab ihr eine Cola.

»Ağlamana gerek yok.« [Du musst nicht weinen.] »Çok güzel bir kızsın. Hoşlarına gideceksin.« [Du bist ein schönes Mädchen. Du wirst ihnen gefallen.]

Dann inspizierte sie die Betten. Suchte unter den Laken und Matratzen, in den Kopfkissen. Sophie wusste nicht, was sie suchte, aber es musste wichtig sein, weil die Frau sehr gründlich vorging. Einige der Mädchen wichen vor ihr zurück, andere versuchten sie zu berühren. Die Frau wich zurück, vermutlich wollte sie nicht, dass man sie berührte. Schließlich ging sie zu dem achten Mädchen. Sie war diejenige, die nicht sprach und die meiste Zeit weinte. Sie hatte das Essen, das am Morgen gebracht worden war, nicht angerührt. Fladenbrot und Eier und süßes Gebäck.

»Bir şeyler yemek zorundasın, aksi halde ölürsün. Ve biz bunu istemiyoruz, öyle değil mi?« [Du musst was essen, sonst stirbst du. Und das wollen wir doch nicht, oder?]

Sie nahm ein Stück von dem Gebäck und hielt es dem Mädchen unter die Nase. Das Mädchen presste die Lippen aufeinander und schüttelte den Kopf. Sie wollte nicht essen. Das war eindeutig. Vielleicht war ihr übel. Oder sie wollte verhungern. Vielleicht wusste sie auch, was sie erwartete. Aber sie hatte seit zwei Tagen nichts gegessen, sie musste sehr hungrig sein. Sophie beobachtete neugierig, wie lange es dauern würde, bis das Mädchen nachgab. Würde sie der Verlockung widerstehen können? Doch nach einem Moment öffnete sie die Lippen einen Spalt breit, woraufhin ihr die Frau das Gebäck langsam in den Mund schob. Aber statt nun glücklich zu sein, weinte das Mädchen nur umso mehr. Tränen liefen über ihre Wangen, und sie sah die Frau an, als würde sie in diesem Moment wissen, dass sie sterben musste. Sophie war sehr beunruhigt von diesem Anblick. Als die Frau den Raum wieder verlassen wollte, hielt Sophie sie an dem Umhang fest.

»Wann dürfen wir wieder nach Hause gehen?«, fragte sie.

Die Frau nickte freundlich. Behutsam strich sie Sophie über die Haare. Bestimmt hatte sie verstanden, was Sophie meinte, auch ohne die Worte für sich übersetzen zu können. Jedenfalls beugte sie sich zu Sophie herab und flüsterte etwas, das wie ein Lied klang.

Während die Frau noch bei Sophie kniete, kamen zwei weitere Frauen herein. Sie waren ebenfalls voll verschleiert, aber sie wirkten jünger als die Frau, die das Essen brachte. Sie fuhren einen Kleiderständer herein mit Kostümen, die aussahen wie Prinzessinnenkleider aus Tausendundeiner Nacht. Als Erstes zerrten sie Leentje aus dem Bett hoch und lösten die Handschellen. Die größere Frau hielt Leentje fest, während die kleinere ihr die Hose und das T-Shirt auszog. Dann bekam sie das Kleid übergestreift. Es war in Rottönen gehalten, von Gold- und Silberfäden durchzogen. Eine Kapuze, die ihre Haare bedeckte, Ärmel, die sich an den Handgelenken weiteten. Aber es war zu kurz. Vermutlich hatte es ein Mädchen getragen, das noch kleiner als Leentje war. Leentje sah darin aus wie eine kleine Prinzessin. Wunderschön und unschuldig. Da sie aber von den Schlafmitteln im Getränk müde war, musste eine der Frauen sie festhalten, während die andere Fotos von ihr machte. Leentje musste sich drehen. Nach links und dann nach rechts. Musste in die Knie gehen und sich bücken. Das Kleid war ein wenig zu weit an den Schultern, und die Ärmel waren zu lang. Und der Saum musste ausgelassen werden. Die kleinere von beiden Frauen nahm Nadeln aus einem bunten Nadelkissen, das sie am Handgelenk über dem Handschuh trug, und steckte Ärmel, Schultern und den Saum ab.

Sophie sah der Prozedur zu. Bisher hatte sie gedacht, sie würde auf irgendeine Weise einem Schicksal entgehen können, das manchmal, wenn sie nach ein paar Stunden Schlaf aufwachte, in ihren dunkelsten Fantasien aufleuchtete. Aber jetzt, wo sie sah, dass die Frauen ihnen Kostüme anzogen, dass sie vorbereitet wurden für etwas, das sie nicht kannte, dass es nicht mehr weit war, bis es geschehen würde, was sie befürchtete, da verlor auch sie den Mut. Dabei war sie sich so sicher gewesen, dass ihre Mutter oder ihr Vater noch rechtzeitig kommen und sie nach Hause holen würden. Sie hatte gebetet, hatte Gott angefleht, hatte ihm versprochen, alles zu tun, damit er sie retten würde. So wie sie es schon einmal gemacht hatte, als ihre Mutter verschwunden war und sie auch bereit gewesen war, alles zu tun, um ihre Mutter zurückzubekommen. Damals hatte es funktioniert. Jetzt schien es so, als würde Gott nicht zuhören. Vielleicht lag es ja daran, dass sie in einem anderen Land waren. Sie wusste nicht in welchem. Sie dachte, dass die Worte der Frau, die ihnen Essen und Getränke brachte, Türkisch klangen. Sie hatte in der Schule davon gehört, dass die Menschen im Orient nicht zu Gott, sondern zu Allah beteten. Aber sie konnte nicht zu Allah beten, weil sie kein Türkisch sprach. Und Allah schien auch nicht der gleiche Gott sein wie der Gott, zu dem sie zu Hause gebetet hatte. Jedenfalls kam er ihr viel unbarmherziger vor.

Als Leentje das Kleid wieder ausgezogen und Jeans und T-Shirt angezogen hatte, war Sophie an der Reihe. Die kleine Frau nahm ein Kostüm von der Kleiderstange, das aussah, als käme es direkt vom Karnevalswierts. Ein goldenes Stirnband mit angenähtem Schleier, der vor das Gesicht fiel. Eine bauchfreie Weste aus rotem und ockerfarbenem Stoff mit glänzenden Goldborten, an der Seite goldene Schulterklappen mit Schmuckstein. Ein hüfthoher Satinrock mit goldenem Ornament und einem blauen Schmuckstein am Bauch. Sophie schüttelte energisch den Kopf. Daraufhin sahen die beiden Frauen sich an. Die größere ging zu ihr, löste die Fessel an Sophies Fuß und schlug ihr ins Gesicht. Nicht fest, aber so, dass Sophie erschrak. Sie sah die drei Frauen an, und mit einem Mal bekam sie

Angst. Nicht so, wie sie in den vergangenen Stunden Angst gehabt hatte. Das war keine Angst, sondern eher Furcht gewesen. Weil die Furcht weiß oder ahnt, was passieren wird, hatte ihre Mutter ihr erklärt. Angst weiß nicht, was kommt und woher etwas kommt und warum es kommt.

Als die beiden Frauen ihr das Kostüm anzogen, erstarrte sie und wurde zu einem ausgestopften Vögelchen. Die Frauen sprachen aufgeregt zueinander. Ein Spiegel wurde geholt, damit Sophie sich darin betrachten konnte. Das Kostüm passte wie angegossen, nur eine Stelle an der Rückseite des Rocks musste repariert werden. Dort, wo die Knöpfe saßen, sah es aus, als habe jemand den Rock auseinandergerissen.

Donnerstag

41 // Robert hatte viel erlebt in den Jahren bei der Polizei. Hatte Dinge gesehen, die weit jenseits dessen lagen, was er dachte ertragen zu können. Aber er hatte durchgehalten. Auch den Verrat in der eigenen Abteilung, der vor acht Jahren seinen Partner Karl das Leben gekostet hatte. Sogar die Trennung von Helena hatte er ertragen. Und Gibran. Ja, auch Gibran. Er war bereit gewesen, Helena sogar das zu verzeihen. Er selbst war ja auch unterwegs gewesen. Eine Zeit lang hatte er jede gevögelt, die ihm über den Weg lief. Und wenn auch nur, um sich am nächsten Morgen so richtig elend zu fühlen. Aber das hier überstieg alles. Es war der Gipfel, der in sich zusammenstürzte. Weil

Helena so seltsam reagiert hatte, aufgesprungen war und das Hotel verlassen hatte, war er skeptisch geworden. Er hatte auf Google nachgesehen, was sich hinter *Der Prophet* verbergen konnte. Khalil Gibran. Es war nicht der richtige Vorname. Aber was hatte das zu bedeuten? Die Mädchen waren seit zwei Wochen verschwunden. Und Helena hatte immer noch Kontakt zu diesem Arschloch.

Schon wieder sein Handy. Helena. Er drückte sie weg, lief weiter durch Beyoğlu. Laufen half, das Adrenalin abzubauen. Er wusste, dass er in diesem Zustand keine Entscheidungen treffen durfte. Und wenn doch, musste er die Entscheidung noch einmal überprüfen, den Plan durchgehen. Schritt für Schritt. Was will ich erreichen, was kann ich erreichen, wo sind die Hindernisse? Welches Risiko gehe ich ein, und ist der mögliche Erfolg das Risiko wert? Welches sind die unerwarteten Schwierigkeiten, auf welchen Widerstand werde ich treffen? Welchen Schaden kann die Geisel nehmen, welchen Schaden kann ich nehmen? Was spricht gegen den Einsatz, was dafür.

Die Büyük Hendek war eine schmale und gepflasterte Straße, kleine Poller rechts und links als Abgrenzung zum Bürgersteig. Ein Auto passte hindurch, mehr nicht. Robert hatte sich am Morgen am Ambarli-Hafen zwei Pistolen besorgt sowie sechs zusätzliche Magazine, insgesamt hundertvierundvierzig Schuss. Das musste reichen. Er wollte warten, bis die Versteigerung begann. Dann rein in die Galerie, sich einen der Angestellten greifen. Am besten eine Frau, am besten älter. Sie zwingen, ihn dorthin zu führen, wo die Mädchen festgehalten werden. Wenn ihm jemand entgegenkommt, sofort schießen. Jeden abknallen, der sich in der Nähe der Mädchen befindet. Es werden nicht nur Katharina und Sophie dort gefangen gehalten, er muss *alle* Mädchen befreien. Und wenn das nicht möglich ist, dann wenigstens seine Töchter. Die sind am wichtigsten.

Robert kaufte bei einem Straßenhändler eine Basecap und zog sie sich tief ins Gesicht. *Mach dir ein genaues Bild der Umgebung.* Als er Akif Kaplans Galerie erreichte, bückte er sich, als müsste er einen Schuh zubinden. Sah dabei zur Galerie hin. Zwei Frauen und ein Mann standen in dem Laden. Sie betrachteten ein Gemälde. Eine der Frauen, wohl eine Angestellte, deutete auf das Bild, erklärte mit ausladenden Gesten. Der Mann nickte. *War er ein Kunde? Vielleicht auch einer derjenigen, die bei der Versteigerung dabei sein würden. Gab es eine weitere Tür?* Robert konnte es nicht genau erkennen. Auf alle Fälle gab es einen zweiten Raum, der durch einen Vorhang aus bunten Schnüren verdeckt war. Wahrscheinlich das Büro. Normalerweise hatten solche Läden einen Ausgang zum Hof, wo die Mülltonnen standen. Direkt neben dem Laden gab es einen Eingang zu einem Wohnhaus. Robert überquerte die Straße und stellte sich neben den Eingang. Sollte jemand herauskommen, wollte er in das Haus hineinschlüpfen. Er musste warten. Lange zehn Minuten, die sich wie eine Woche anfühlten. In seiner Hosentasche spürte er, wie sein Handy vibrierte. Helena rief wieder an. Er wusste, was sie sagen würde. Aber dafür war es zu spät. *Irgendwann musst du handeln. Wie bei Paulus in Saigon.* Und jetzt war er entschlossen zu handeln. Er musste. Nach allem, was passiert war. *Denke nicht dran, Robert. Was passiert ist, ist passiert. Und du kannst es nicht rückgängig machen. Aber du kannst deine Mädchen zurückbringen. Du kannst machen, dass alles wieder gut ist.* Das Geräusch der Tür. Ein kleines Mädchen kam aus dem Haus. Es trug ein Kopftuch. Robert erschrak. Für einen Moment dachte er, es sei Sophie, aber das Mädchen war dicker und trug eine Brille. Sie hüpfte fröhlich über die Straße und verschwand in der Bäckerei schräg gegenüber. Robert sah ihr nach. Dann fiel ihm die Tür ein. Beinahe hätte er vergessen, wieso er hier stand. Im letzten Moment konnte er sie aufhalten, bevor sie ins Schloss fiel.

Der Hausflur erstrahlte durch ein Buntglasfenster zum Hof in gelbem, blauem und grünem Licht. Eine Hintertür führte zu einem kleinen Hof, der von einer Mauer umgeben war. Links hinter der Mauer befand sich der Hof der Galerie. Robert stellte sich auf die Zehenspitzen, zog sich an der Mauer hoch. Verpackungsmaterial lag überall herum: Pappkartons, Holzgestelle, Luftpolsterfolie. Leere Kartons, in denen Veuve Clicquot und Orangensaft angeliefert worden waren. Links war die Tür zum Hintereingang der Galerie zu sehen. Rechts schloss sich ein altes Gebäude an, das früher eine Näherei gewesen sein musste. Alte Nähmaschinen waren an der Wand neben dem Eingang aufgestellt, als würde es sich um eine Installation handeln. War das der Ort? Das Gebäude hatte vier Stockwerke. In den oberen zwei Stockwerken waren die Fenster schwarz verhangen. Waren die Mädchen hier? Aber wie wurden sie dann hierhergebracht? Auf keinen Fall durch die Galerie. Das war zu auffällig. Also musste es noch einen zweiten Eingang geben. Der Stadtplan auf seinem Handy zeigte die Okçu Musa Caddesi. Das konnte der zweite Eingang sein. Robert verließ den Hausflur. Eine harmlose Geschäftigkeit erfüllte die Straße, die nichts davon ahnen ließ, was in den Hinterhöfen geschah. An einer Kreuzung trafen sich vier Wege. Die schmalste Straße, die Savcı Bey Sokak, war eine Sackgasse. Sie führte von der anderen Seite aus dorthin, wo sich das Gebäude befand, in dem er die Versteigerung vermutete. Robert ging ein paar Schritte, bis ein Metalltor ihm den Weg versperrte. Es war mit einer Kette und einem Schloss gesichert.

»Ne işin var burada?« [Was machst du hier?]

Ein Mann war aus dem Nichts hinter ihm aufgetaucht. Robert fuhr herum und blickte in ein rundes Gesicht. Ein bleicher Vollmond, in dem ihn kalte blaue Augen verächtlich anstarrten. Der Mann war ein wenig kleiner als Robert, aber mindestens doppelt so breit. Seine rechte Hand hielt er hinter dem Rücken.

»Was?«

»What do you want? Private Street.«

»Oh, sorry. I didn't see a sign.«

»I'm the sign.«

»I'm looking for Galata Tower.«

»Get lost. Move!« Der Mann stieß Robert gegen die Brust.

Der Stoß gegen die Brust gehörte zu der Sorte von Berührung, die an Roberts Selbstbeherrschung kratzte. *Wenn er dich wieder berührt, schnappst du dir mit der Rechten seine linke Hand und biegst Zeige- und Mittel-*

finger so weit nach hinten, bis sie aus dem Gelenk springen. Mit der ausgestreckten Linken stößt du ihm sofort gegen den Kehlkopf. Wenn er in der rechten Hand eine Pistole hält, nimmst du deine Waffe und hältst sie ihm zwischen die Augen. So lautete die Übung. Hunderte Male einstudiert. Robert sah das Mondgesicht an. Allein sich vorzustellen, wie er den Mann überwand, genügte, um die Selbstkontrolle zurückzugewinnen. Robert senkte den Blick, nickte kurz und ging zurück zur Kreuzung. Als er sich umdrehte, stand Mondgesicht vor dem Metalltor und telefonierte. War das der Ort? *Wurden die Mädchen durch dieses Tor zur Galerie gebracht? Möglicherweise. Und dann? Was wirst du dann tun, Robert Faber?*

Robert nahm sein Handy aus der Tasche und wählte Maxims Nummer.

»Kannst du herausfinden, wo Gibran sich aufhält? Wenn du ihn findest, sag mir sofort Bescheid.«

Donnerstag

42 // Es war nur eine Winzigkeit gewesen, aber diese Winzigkeit sollte zu einem veritablen Streit führen. Sie hatten die Anzüge für die Hochzeit anprobieren wollen. Bei einem Schneider, der zu Ismaels Familie gehörte. Und obwohl der Mann irrsinnig viel zu tun hatte, war er bereit gewesen, Ismael und Maxim reinzuschieben. Das Problem war, dass Ismael rechtzeitig zur Anprobe erschienen war. Maxim nicht. Jetzt saß Ismael seit einer Stunde in der Schneiderei, sah

den Frauen zu, die mit flinken Händen Stoffbahnen durch die Nähmaschinen schoben. Dabei sahen sie immer wieder zu ihm hin, tuschelten und kicherten. Natürlich kicherten sie. So oft kam es nicht vor, dass zwei Männer Hochzeitsanzüge bestellten. Dazu auch noch ein Moslem und ein Jude. Was für ein Skandal! In der Türkei, vor allem im Osten, würde man sie dafür totschlagen. Aber hier, in dem gottlosen Berlin ... Ismael verstand jedes Wort und musste an sich halten. Seine Laune wurde dadurch nicht besser.

»Wann kommt er denn?«, fragte der Schneider zum wiederholten Male.

»Er kommt bestimmt jede Minute.«

»Na, mir würde es schon reichen, wenn er in der nächsten Minute kommt.«

Ismael nahm sein Handy, drückte auf die Wahlwiederholung. Immer noch die Mailbox. So ging es eine weitere Stunde, bis Maxim endlich völlig außer Atem in den Laden stürmte. Er hob die Hände, als wolle er sich schon ergeben, bevor noch das erste Wort gefallen war.

»Tut mir leid. Robert hat angerufen.«

»Vielleicht solltest du ihn heiraten.«

»Er ist nicht schwul.«

»Ach? Und das ist der Grund? Ich warte seit zwei Stunden.«

»Ich weiß, tut mir leid.« Maxim wollte Ismael einen Kuss geben, wurde aber brüsk zurückgestoßen.

Ismael deutete mit einem Blick an, dass die Näherinnen sie genau beobachteten. »Tut mir leid reicht nicht.«

»Was soll ich machen? Wollt ihr mich steinigen?«

»Du bist so ein Arschloch«, sagte Ismael.

»Sag nicht Arschloch zu mir, verdammt noch mal. Während du hier Modenschau machst, versuch ich herauszufinden, wie dein Landsmann Akif Kaplan die beiden Mädchen nach Istanbul gebracht hat, wo er sie an perverse Dreckschweine verkauft.«

Ismael gab ihm eine Ohrfeige. »Du nennst diesen Wichser nicht meinen Landsmann, hast du verstanden? Das nimmst du zurück.«

»Wieso soll ich das zurücknehmen? Er ist ein Türke. Und es gibt jede Menge Arschlöcher unter den Türken.«

»Und bei den Juden?«

»Was denkst du? Genauso. Der Unterschied ist nur, dass wir nicht gleich hysterisch werden, wenn uns jemand darauf anspricht.«

Inzwischen hatten die Näherinnen ihre Arbeit unterbrochen und schauten interessiert und amüsiert dem Streit zu. »Wie bei uns zu Hause«, sagte eine. »Schlimmer«, eine andere.

»Nimm es zurück.«

»Seh ich gar nicht ein.«

»Du weißt, was du damit riskierst?«

»Verdammt noch mal, Ismael: Ich reiß mir den Arsch auf. Ich kümmere mich um die Ringe, ich hab ein super Standesamt gefunden. Und du machst mir Vorwürfe wegen zwei lächerlicher Stunden? In ein paar Tagen sind wir verheiratet. Was glaubst du, wie oft du noch auf mich warten wirst? Du bist doch selbst Bulle. Du weißt doch, wie es läuft.«

Es war eine vertrackte Situation. Vertrackt, weil sie beide recht hatten. Sie standen sich gegenüber, wütend, verletzt.

Der Schneider wandte sich an die Frauen. »Es werden Wetten angenommen, wer zuerst nachgibt.«

Die Frauen lachten. Maxim brachte zumindest ein Lächeln zustande.

»Tut mir leid«, sagte er. »Ich hätte dich anrufen sollen.«

Ismael nickte. Er war zufrieden, dass nicht er als Erster nachgegeben hatte.

»Schon okay. Gibt's was Neues?«

»Irgendwas stimmt nicht mit deBuers Anrufen in Ostende.«

Drei

Donnerstag

43 // Helena starrte auf das Handy. Sie hielt sich an dem Anblick fest und ließ die Gedanken in ihrem Kopf gegeneinander antreten. Irgendwann würden sie müde und leiser werden. Darauf wartete sie.

»Gibran steht auf der Liste. Er ist *Der Prophet.* Das heißt, er wird dabei sein, wenn Sophie und Katharina versteigert werden«, sagte sie, ohne den Kopf zu heben.

Sie saß mit Fatima in der Lobby, wartete darauf, dass der Kellner die neuen Getränke auf dem Tisch abgestellt hatte. Auf seinen fragenden Blick hin schüttelte sie den Kopf.

»Du musst ihn anrufen, Helena«, sagte Fatima.

»Und dann?«

»Egal, wie wütend du auf ihn bist. Es kommt jetzt darauf an, dass du schlauer bist als er.«

Sie sah Fatima an, und ihre Augen brannten. Einen kurzen Moment lang stellte der Blick eine Verbindung zu Fatima her und ließ sie hineinschauen, in das, was Helena innerlich auffraß. Vielleicht war das der Moment, in dem sie in Fatima eine Gefährtin entdeckte. Und wenn es so war, dann war es das erste Mal, seit sie und Robert sich getrennt hatten.

Sie gab sich einen Ruck und wählte Gibrans Nummer. Nach dem ersten Läuten meldete er sich.

»Helena!«

»Du stehst auf der Liste«, sagte Helena.

»Was hast du erwartet?«

»Also stimmt es.«

»Deine Empörung ist albern und langweilig.«

»Hast du schon mal bei so einer Versteigerung mitgemacht?«, fragte Helena.

»Ich habe dir gesagt, dass du deine Töchter erst dann finden wirst, wenn du bereit bist, alles hinter dir zu lassen, was dir vertraut und sicher erscheint. Und dass ich dir dann helfen werde.«

»Hast du schon mal bei so einer Versteigerung mitgemacht?«, schrie sie in das Telefon.

Andere Gäste schauten herüber, der Concierge schüttelte ungehalten den Kopf. Gibran schwieg. Lange. Sie konnte sein Atmen hören. Es kam stoßweise, als würde er leise lachen. Sie ließ sich in dem Sessel nach hinten fallen. Worauf ließ sie sich hier ein? Wieso telefonierte sie überhaupt mit ihm?

»Warum fragst du mich nicht, ob ich ein Mädchen ersteigert, anschließend vergewaltigt und getötet habe?«

Helena schloss die Augen und legte den Kopf nach hinten. »Warum stehst du auf der Liste?«

»Wieso ist das wichtig?«

»Weil ich wissen muss, wer du bist und was du getan hast.«

»Die Versteigerung findet heute Nacht gegen elf Uhr statt. Es sind acht Namen auf der Liste. Wie du weißt, sind das nicht die richtigen Namen derer, die dort anwesend sein werden. Manche schicken Mittelsmänner. Du wirst für mich hingehen. Du wirst meine Mittelsfrau sein.«

»Ich soll … Wie soll das gehen? Die werden mich doch erkennen.«

»Lass dir etwas einfallen. Es handelt sich um sehr einflussreiche Leute, die an den Objekten interessiert sind. Wenn sie erkannt oder ihre realen Namen bekannt würden, wäre das ein Skandal, wie du dir denken kannst. Du erhältst einen Code, den du nennst, sobald du dazu aufgefordert wirst.«

»Wie lautet der Code?«

»Er wird immer erst wenige Minuten vor Beginn der Versteigerung bekannt gegeben. Wenn es so weit ist, rufe ich dich an. Besorg dir ein Prepaid-Handy und schick mir die Nummer.«

»Aber es gibt noch ein Problem.«

»Welches?«

»Geld.«

»Geld ist kein Problem.«

Gibran beendete das Gespräch. Helena sah Fatima an, als müsste sie sich vergewissern, dass sie wach war, dass das Gespräch tatsächlich stattgefunden hatte.

»Was hat er gesagt?«, fragte Fatima.

Helena berichtete ihr von Gibrans Plan. Sie versuchte sich vorzustellen, was es hieß, wenn sie zu der Versteigerung ging. Wägte ab und wusste doch die ganze Zeit, dass sie es tun musste. Einfach weil es die einzige Chance war.

»Kannst du einen Schleier besorgen?«, fragte sie Fatima.

»Du kriegst einen Niqab und einen Tschador.«

»Und ich brauche ein Prepaid.«

Fatima ging einkaufen, und Helena ging auf ihr

Zimmer, saß auf dem Bett, sah sich selbst in Zeitlupe und zählte die Minuten. Sie wusste weder wohin sie gehen musste noch was sie dort erwartete. Versuchte sich vorzustellen, wie sie reagieren musste, wenn sie Sophie und Katharina finden würde. Sollte sie sich eine Waffe besorgen? Jeden erschießen, der in der Nähe ihrer Töchter war? Wo war Robert? Wieso war er nicht an ihrer Seite? Ihr linker Fuß schmerzte plötzlich wieder.

Eine Stunde später kam Fatima mit einem Paket und einem einfachen Handy zurück. Der Tschador fühlte sich an, als würde sie in eine Nacht schlüpfen, der Niqab nahm sie aus der Welt. Sie sah sich im Spiegel an. Es fühlte sich an, als würde sie nicht existieren.

»Nicht erkannt zu werden heißt nicht zu existieren, heißt öffentlich ein Nichts zu sein. Das ist der Vorteil«, sagte Fatima.

Eine halbe Stunde bevor die Versteigerung beginnen sollte, rief Gibran endlich an.

»Elf Uhr, ein altes Fabrikgebäude. In der Savcı Bey Sokak gibt es ein großes Tor. Hast du das Prepaid-Handy?«

»Ja.«

»Schick mir die Nummer.«

Sie konnte hören, wie er atmete. So als ob er eine Strecke gerannt wäre oder so als ob ihn etwas beunruhigen würde. Sie schwiegen einen Moment lang. Hörten einander ihrem Schweigen zu. *Wenn ich das Gespräch beende, werde ich allein sein,* dachte sie.

»Warum tust du das?«, fragte Helena.

»Was?«

»Mir helfen.«

»Weil du mich um Hilfe gebeten hast.«

Als er das sagte, bekam seine Stimme ein brüchiges Schwingen. Sie klang wie ein Bogen, der ungeführt über die Saiten einer Geige kratzt. *Weil du mich um Hilfe gebeten hast.* Tief in ihr drin bat sie ihn um noch so viel mehr. Sie spürte eine gefährliche Sehnsucht und schickte sie zurück.

»Was ist mit dem Code?«, fragte sie.

»Ich weiß ihn noch nicht.«

»Wann weißt du ihn?«

Keine Antwort. Er hatte bereits wieder aufgelegt. Helena starrte das Handy eine Weile lang an.

»Was ist?«, fragte Fatima.

Helena riss sich aus dem Moment heraus. »Kennst du die Savcı Bey Sokak? Da soll der Eingang sein.«

Fatima nahm ihr Smartphone und gab die Adresse bei Google Maps ein. »Das ist zu Fuß eine halbe Stunde von hier.«

»Wir nehmen ein Taxi.«

Zwanzig Minuten später erreichten sie die Adresse. Fatima bat den Fahrer, einen Moment zu warten.

»Bist du bereit?«, fragte sie Helena.

»Nein. Aber jetzt ist es wohl zu spät, um noch lange zu überlegen.«

»Ich bleibe irgendwo hier in der Nähe. Für alle Fälle.«

»Ja.«

Helena stieg aus. Das Taxi fuhr noch ein paar Meter weiter, bevor auch Fatima ausstieg.

Helena sah zu dem Metalltor am Ende der Straße

hin. Ein Mann stand dort. Er war klein und hatte ein Mondgesicht. Ein Wagen fuhr an ihr vorbei, hielt vor dem Tor. Ein Mann stieg aus. Sie sah ihn nur von hinten. Er war groß und trug einen Anzug, sprach kurz mit dem Mondgesicht und passierte das Tor. Das Gefühl, dass ihre Töchter hier waren, war so stark, dass sie dachte, sie könnte sie greifen. Noch wenige Minuten, bevor es losging. Wieso rief Gibran nicht an? Ein zweiter und ein dritter Wagen hielten vor dem Tor. Drei Männer, einer davon in einem Kaftan mit einem rotweißen Tuch und einem schwarzen Band auf dem Kopf. Auch sie sprachen kurz mit dem Mann, und dann passierten auch sie das Tor.

Mondgesicht schaute auf seine Uhr, als würde er auf den letzten Kunden warten. Sie hält das Telefon in der Hand. Ihre Finger umklammern es, als würden sie die Nachricht herausquetschen können. Immer noch keine SMS von Gibran. Sie ging trotzdem los. Mondgesicht wollte sich gerade abwenden, hielt dann aber inne. Er legte den Kopf zur Seite, als würde er sich wundern, als hätte er nicht mit einer Frau in Tschador und Niqab gerechnet. Helena blieb vor ihm stehen.

»Ne işin var burada?«, fragte er. [Was willst du hier?]

Seine Stimme klang unfreundlich und hart.

Helena sah ihn an. Sie konnte jeden Herzschlag spüren, das Pulsieren des Blutes war ein Rhythmus in ihren Ohren. *Warum ruft er nicht an?* Mondgesicht fixierte sie. Der Tschador war eine gute Idee. Sie fühlte sich sicher. Weil sie den Blick nicht von ihm abwandte, wurde Mondgesicht unruhig. So als wollte er keinen Fehler machen.

»What do you want?«

Ich will durch dieses Tor gehen.

»Do you have something for me?«

Ich sollte eigentlich etwas für dich haben. Aber ich habe es nicht, weil er mich belogen und betrogen hat.

Im selben Moment piept ihr Telefon. Sie hält es an das rechte Ohr. Ein paar Sekunden lang. Dann sagt sie:

»Scheherazade.«

Donnerstag

44 // Hinter dem Tor liegt ein Hof. Wenn man ein paar Meter geradeaus geht und dann nach rechts abbiegt, sieht man eine Lagerhalle. Die Fenster in den oberen beiden Stockwerken sind mit schwarzen Tüchern verhängt. Vor dem Eingang zu der Lagerhalle stehen drei Männer. Sie reden miteinander, einer bemerkt sie und dreht den Kopf. Die anderen folgen seinem Blick. Anders als Mondgesicht scheinen sie nicht erstaunt zu sein, eine voll verschleierte Frau zu sehen. Helena geht langsam auf sie zu. Zwingt sich zu jedem Schritt. Sie hat Angst. Nicht vor den Männern, nicht davor, entdeckt zu werden, nicht vor Schlägen oder dem Tod. Sie hat Angst, ihre Töchter nicht retten zu können. Sie hat Angst zu versagen.

»Telefon«, sagte einer der Männer. Dabei schnippte er lässig seine Zigarette weg.

Helena gab ihm das Handy.

Ein zweiter Mann nahm einen Metalldetektor und fuhr an ihrem Körper entlang. Dabei achtete er darauf, sie nicht zu berühren. Als er fertig war, nickte er dem dritten Mann zu.

»Follow me.«

Der dritte Mann ging zu einer zweiflügeligen Tür und öffnete sie. Dahinter war es schwarz. Helena zögerte einen Moment lang. Erst als der Mann einen Lichtschalter betätigte, folgte sie ihm. Er ging einen Flur entlang, an dessen Ende sich ein Lastenaufzug befand. Rechts und links waren flache Kisten und Kartons gestapelt. Die Aufdrucke sollten dokumentieren, dass darin Kunstwerke transportiert wurden. Der Fußboden war sauber, eine Fensterscheibe hatte einen Sprung. Als Helena an einer weiteren Tür vorbeikam, konnte sie leise Musik hören, irgendetwas Orientalisches. Sie konnte nicht feststellen, woher die Musik kam. Der Mann drückte auf den Rufknopf neben der Aufzugstür. Dann drehte er sich zu ihr herum. Er trug immer noch die Sonnenbrille. Keine Bewegung in seinem Gesicht, als wären sämtliche Muskeln erstarrt. Ein Blöken von irgendwoher. Jetzt erkannte Helena, dass er ein Funkgerät in der rechten Hand hielt. Er nahm es hoch, sagte etwas, das sie nicht verstand. Ein Krächzen kündigte die Aufzugskabine an, mit einem harten Krachen stoppte sie. Die Tür teilte sich in der Mitte, öffnete sich wie ein Maul. Ein Kopfnicken als kurzer Befehl. Das war der Moment. Der Mann wartete darauf, dass Helena hineinging. Dann schloss er hinter ihr die Tür. Und ohne dass sie etwas tun musste, fuhr der Aufzug nach oben.

Sie ist alleine. Auf der Anzeigetafel leuchten die Nummern der Stockwerke auf. Eins. Es ist heiß unter dem Tschador. In feinen Rinnsalen läuft ihr der Schweiß den Rücken herunter. Zwei. Sie hat nichts dabei, um zu kämpfen. Keine Pistole, kein Messer, nichts. Noch nicht mal ein Telefon, um Hilfe zu holen. Als die Drei aufleuchtet, wird es um sie herum schwarz, das tiefe Rumoren des Aufzuges zieht sich zurück. Sie steht. Schließt die Augen. Ist in einem Tunnel. Sammelt sich, wie ein Feldherr seine Soldaten vor dem Angriff um sich schart. Vier. Der Aufzug hält an. Ein harter Ruck. Ihr Körper füllt sich mit heißer Entschlossenheit. Sie ist bereit für das, was kommen wird. Sie wird ihre Töchter befreien. Das weiß sie. Jetzt. Als sie die Augen öffnet, ist da wieder der Schatten. Das Maul wird rumpelnd aufgerissen.

Ein weiterer Mann erwartete sie. Sie verließ den Aufzug. Stand in einer Halle. Die Wände waren mit schwarzen Tüchern verhangen. Der Holzfußboden unter ihren Füßen war schwarz, die Decke rot. In der Mitte des Raumes füllte ein ovales Caidal beinahe den ganzen Raum aus. Breite, rote und grüne Stoffbahnen von goldenen Fäden durchzogen. In der Mitte strebte das Beduinenzelt der Decke entgegen, wo es von einem starken Seil gehalten wurde. Der Mann ging vorweg zu dem Zelt und öffnete einen Vorhang. Helena trat in den Raum. Es war ziemlich düster. Nach einer Weile, als ihre Augen sich daran gewöhnt hatten, sah sie eine Art Bühne, die an der gegenüberliegenden Seite des Zeltes stand. Ein Tuch aus schwarzer Seide bedeckte eine Box, die Seiten ungefähr einen Meter lang. Ein Steg führte zu dem Rund. Im Halbkreis um die Bühne herum standen im Abstand von ein paar Metern rote

Sessel. Die meisten waren besetzt. Wer auch immer darin saß, verschwand im Schatten. Helena sah sich unsicher um. Was musste sie tun? Sich setzen? Der Sessel vor ihr war leer. War das ihr Platz?

Was geschah hier? Sanfte Musik setzte ein, ein französisches Chanson. Sie setzte sich. Der Sessel war aus Leder und fühlte sich kühl an. Um ihre Füße wehte ein sanfter Luftstrom, der von einer Klimaanlage herrührte. *Niemand soll ins Schwitzen kommen.* Es dauerte eine Weile, dann wurde die Bühne in ein warmes Licht getaucht. Das schwarze Tuch wurde nach oben gezogen und offenbarte einen Käfig. Darin saß ein Mädchen. Sie trug ein hellblaues Kostüm, das am Saum mit goldfarbenen Münzen verziert war. Sie blickte mit fiebernden Augen umher. Aus ihrer Position konnte sie die Personen, die in den Sesseln saßen, nicht sehen.

Helena zuckte zusammen. *Das hier ist schlimmer als jede Fantasie.* Das Mädchen hielt sich an den Gitterstäben fest, schaute umher, sagte etwas auf Französisch, das Helena nicht verstand. *Und jetzt? Was passiert jetzt?*

Eine sanfte Stimme ertönte.

»Lot Nr. 1. Six years old, mother French, father Algerian, virgin. Speaks French and Arabic, plays the violin. Undamaged, shy, smart. Very soft skin, smells like honey and milk.«

Im Halbdunkel sah sie, dass in den Sesseln neben ihr Hände stumm in die Höhe gehoben wurden. *Bieten die? Wie viel bieten die? Wer registriert das?* Irgendwann ertönte ein Gong. Eine Stimme verkündete:

»Lot number one, fortythousand dollar to Mr. Schtuschkin.«

Das Licht über der Bühne erlosch. Ein Mr. Schtuschkin hatte den Zuschlag erhalten. Wer war das? Helena sah sich um. Niemand rührte sich. Eine Weile war es still. Vierzigtausend Dollar für einen Menschen. Zu verkaufen, wie ein Stück Fleisch. Helena spürte, wie ihr das Atmen schwererfiel. Plötzlich bewegte sich das Podest, es war eine Drehbühne. Nach einer Drehung um hundertachtzig Grad erschien ein weiterer Käfig. Wieder ging das Licht an. Ein weiteres Mädchen. Angezogen wie eine arabische Prinzessin in Rot und Gold. Sie lag apathisch auf dem Boden des Käfigs und weinte. Der kleine Körper bebte unter ihrem Schluchzen. Vier Jahre alt, sagte die Stimme, zweisprachig, schwedische Eltern. *Du musst etwas tun, Helena. Wie lange willst du sitzen und zuschauen?* Wieder wurden die Prospekte hochgehoben. Diesmal dauerte es lange, bis der Gong ertönte. Achtzigtausend für das Mädchen. Das Licht erlosch erneut. *Du musst dich konzentrieren. Fokussiere dich auf das erste Ziel. Sophie und Katharina retten. Alles andere kommt später.*

Los Nummer drei, vier, fünf gingen an ihr vorüber. Das Einzige, was sie aufrecht hielt, war der Gedanke, dass sie ihre Töchter in den Käfigen sehen würde. Das war der einzige Gedanke und zugleich der schrecklichste.

»The last lot of today«, sagte die sanfte Stimme aus dem Lautsprecher.

Wieso das letzte Los des Tages? Es müssen zwei sein. Katharina und Sophie. Die Bühne drehte sich erneut. Mit einiger Verzögerung ging das Licht an. Und dann sah Helena sie. Sophie. In dem Käfig kniete Sophie. Sie war geschminkt. Mascara, gezupfte Augenbrauen, die Haare frisiert, rote Lippen, Ohrringe. Ein dunkelrotes Kostüm aus durchscheinender Gaze. Sie hielt den Kopf aufrecht. Sah verächtlich zu den Sesseln hin, in denen sie doch niemanden erkennen konnte. Auch nicht ihre Mutter. Der Blick traf Helena. So hatte sie Sophie noch nie gesehen. Nicht mit diesem Blick, der davon erzählte, dass sie in den letzten Tagen erwachsen geworden war. Nicht körperlich, aber in ihrer Seele. *Was tust du nun, Helena?* Um sie herum wurden Hände gereckt.

Donnerstag

45 // Robert wollte nicht glauben, was ihm Fatima erzählte. Er hatte die Frau unter dem Niqab und Tschador gesehen, die durch das Tor gegangen war. Und jetzt erfuhr er, dass es Helena war. Dass sie als eine Art Abgesandte von Gibran an der Versteigerung teilnahm, um Sophie und Katharina freizukaufen.

»Das reicht«, sagte er.

Er warf einen Geldschein auf den Tisch und verließ das Café. Marschierte die schmale Gasse in Richtung Tor. Fatima kam hinter ihm her und erreichte ihn, als er an der Kette rüttelte, die das Tor verschloss.

»Was hast du vor?«, fragte sie ihn.

Er sprang an dem Tor hoch, hielt sich an der oberen Kante fest, stellte einen Fuß auf und kletterte in den Hof jenseits des Tors.

»Soll ich die Polizei rufen?«, rief Fatima von der anderen Seite her.

Robert antwortete nicht. Bei dem, was er nun tun wollte, würde es ohnehin nicht lange dauern, bis die Polizei käme. Er lief den Hof entlang, bog nach rechts und sah vor sich das Lagerhaus. Die großen Limousinen mit den getönten Scheiben, die vor einer Stunde in den Hof gefahren waren, parkten auf der linken Seite, das Heck zu einer Mauer ausgerichtet. Daneben ein Lieferwagen mit der Aufschrift *Çamaşırhane Servisi*, der offensichtlich zu einem Wäscheunternehmen gehörte. Links davon ein Krankenwagen. Sieben Fahrer standen zusammen, redeten, lachten und rauchten. Als einer von ihnen zu ihm herüberschaute, verstummte das Gespräch. Nach und nach drehten sie die Köpfe und sahen zu Robert hin. Er ignorierte sie. Er sah sich um. Im dritten und vierten Stock des Lagerhauses waren die Fenster immer noch schwarz verhängt. Als er den Eingang betrat, hörte er noch, wie einer der Fahrer in ein Funkgerät sprach. Dann kam auch schon Mondgesicht aus dem Lastenaufzug.

»Hey!«, rief er Robert entgegen.

Robert stürzte auf ihn zu und trat ihm gegen das rechte Knie. Ein hässliches Knacken. Mondgesicht brach mit einem Schmerzensschrei zusammen.

Donnerstag

46 // Sie war wie gelähmt. *Du musst das Richtige tun. Den richtigen Moment abpassen. Immer noch wurden die Hände hochgehoben. Und immer antwortete Helena, ohne zu wissen, um welche Summe es ging und was danach* *geschehen würde. Und dann endlich war sie die Letzte. Außer ihr bot niemand mehr.*

»The auction is finished. We recommend to leave the place due to unexpected circumstances«, erklärte die Stimme.

Was für unerwartete Umstände? Wieso sollte sie den Ort verlassen? Was ist mit Katharina?

»Sophie!« Der Schrei flog Helenas Kehle hinauf und explodierte, als er ihren Mund verließ.

»Mama?« Das entsetzte Staunen in der Stimme. »Mama!« Sophies Blick irrte umher. Es war die Stimme ihrer Mutter. Unverkennbar. Wo war sie?

Helena sprang auf und stürzte zur Bühne hin.

»Sophie!«

»Mama?«

Helena zog den Niqab von ihrem Kopf. Fasste durch die Gitterstäbe, berührte Sophies Gesicht, ihre Hände.

»Sophie, du lebst. Wo ist Katharina?«

»Ich weiß es nicht. Mama, ich hab Angst. Hol mich hier raus. Bitte.«

»Ja, das mach ich.«

Helena riss an der Tür des Käfigs, trat gegen das Vorhängeschloss. Wieder und wieder. Aber das Schloss wollte nicht nachgeben. Und jetzt kamen Männer aus dem Bereich hinter der Bühne. Sie schienen irritiert zu sein, dass die Frau im Niqab mit dem Mädchen sprach. Aber auch wenn sie nicht verstanden, was Helena sagte, das Wort *Mama* hatten sie verstanden. Einer kam auf Helena zu und packte sie am Arm, zog sie vom Käfig weg, schrie sie an.

Helena ließ von dem Käfig ab, griff seine Hand und

kugelte ihm den Zeigefinger aus. Der Mann schrie auf und fiel auf die Knie. Helena traf ihn mit dem rechten Knie am Kinn, sein Kiefer knackte.

Zwei Männer griffen nach ihren Pistolen, richteten die Waffen auf sie. Brüllten. Helena stellte sich vor den Käfig, sodass sie Sophie mit ihrem Körper schützte. Sie war ruhig. Auf den Moment konzentriert. Erinnerungen an das Nahkampftraining aus der Zeit bei der Polizei erwachten.

So etwas vergisst man nicht. Genauso wenig wie Fahrradfahren. Es ist wichtig zu überraschen. Sich schwach zu zeigen, um den Gegner in Sicherheit zu wiegen. Er soll denken, dass du Angst hast, dass du aufgibst. Und dann musst du deinen Gegner so hart treffen, dass er für längere Zeit ausgeschaltet ist. Mach es genau so, wie du in der Nahkampfausbildung gelernt hast. Dreh dich zur Seite, winkele das rechte Bein an und tritt gegen ihre Köpfe. Wenn das nicht möglich ist, gegen den Hals oder den Solarplexus.

Helena drehte sich zur Seite. Winkelte das rechte Bein an. Das Bein schoss nach vorn, beschrieb einen Halbkreis und traf beide Männer. Aber sie traf sie nicht so, wie sie wollte. Sie traf zu tief. Nicht exakt genug, nicht hart genug. Zu wenig Training. Hinter ihr schrie Sophie, weil zwei andere Männer den Käfig von der Bühne herunterzogen.

Bevor Helena etwas sagen konnte, fiel ein Schuss.

Der Schuss war im ganzen Hof zu hören. Hallte zwischen den Mauern hin und her wie ein aufgeregtes Echo. Robert hielt das Mondgesicht an den Haaren und zog ihn in den Aufzug.

»Floor?«, zischte Robert.

Mondgesicht sah ihn mit schmerzverzerrtem Gesicht an. Offensichtlich verstand er nicht, was Robert von ihm wollte. Oder er wollte es nicht verstehen, um Zeit zu gewinnen. Robert deutete auf die Schalttafel. Als Mondgesicht immer noch nicht antwortete, schlug Robert ihm mit der Pistole ins Gesicht. Mondgesicht stöhnte wieder auf, hielt die rechte Hand vor die Nase. Blut lief zwischen seinen Fingern hindurch. In der linken Hand streckte er vier Finger aus. Robert drückte auf die Taste. Langsam setzte der Aufzug sich in Bewegung. Rumorte wie ein beleidigtes Tier. Mondgesicht fluchte auf Türkisch. Erster Stock, zweiter, dritter. Als der Aufzug anhielt und Robert die Tür aufstieß, blickte er in den Raum, in dessen Mitte das Caidal stand. Bilder an den Wänden, die Decke rot. Es war niemand zu sehen. Keine Männer, keine Frau in einem Niqab, keine Mädchen. Er lief auf das Caidal zu, öffnete einen der Vorhänge. Das Zelt war leer. War es das falsche Stockwerk? Er lief zur Fensterfront auf der linken Seite, nahm einen der Vorhänge beiseite. Unten im Hof verließ eine Limousine nach der anderen den Hof. Drei Männer schleppten eine Person in einem Tschador zu dem Krankenwagen. Helena. *Du musst wieder runter. Los, beeil dich!* Der Aufzug fuhr nach unten. *Scheiße. Gibt es noch einen zweiten Aufgang? Die Treppe. Nimm die Treppe.* Robert lief zur gegenüberliegenden Seite des Raumes, dort befand sich noch ein weiterer Aufzug. Die grüne Schrift *Exit*. Es dauerte nur eine Minute, bis er das Erdgeschoss erreicht hatte. Rannte um die Lagerhalle herum in Richtung des Hofes.

Schon von Weitem konnte er die aufheulenden Motoren hören. Als er den Hof erreichte, fuhr die letzte Limousine durch das Metalltor. Robert lief weiter, bog nach rechts ab. Im selben Moment kam ihm der Krankenwagen mit heulender Sirene entgegen. Robert musste zur Seite springen. Noch im Fallen nahm er die Pistole hoch und versuchte die Reifen zu treffen. Eine Kugel schlug in das linke Rücklicht ein, es zerbarst, Plastikscherben flogen umher. Aber der Wagen fuhr weiter. Das Blaulicht auf dem Dach flimmerte wild. Robert sprang auf und rannte dem Wagen hinterher. Durch das Metalltor, die schmale Gasse entlang. Links in die Okçu Musa Caddesi, dann in die Bankaler. Der Krankenwagen vor ihm bahnte sich den Weg zwischen hupenden Autos hindurch. Weil er auf dem Bürgersteig zu langsam vorankam, lief Robert mitten auf der Straße. Manchmal kam er dem Krankenwagen so nahe, dass er fast die hintere Tür greifen konnte. Dann musste Robert an einer Kreuzung dem Verkehr ausweichen und verlor den Sichtkontakt. Aber er merkte sich das Nummernschild. *Ambulans* stand über der hinteren Tür des Mercedes. Auf der Fensterscheibe war ein roter Halbmond aufgeklebt, in der Mitte stand die Nummer des Notrufs *112*. Als er an der Kreuzung Perşembe Pazarı Caddesi ankam, musste er sich entscheiden. Wohin war der Krankenwagen gefahren? Geradeaus führt der Weg irgendwann in Richtung Osten. Nach rechts geht es zur Atatürk-Brücke. Robert entschied sich für geradeaus. Rannte zwischen hupenden Wagen hindurch. Über die erste Kreuzung, die zweite. Er wird den Wagen nicht entkommen lassen. Auf keinen Fall.

Weit vorn ein Stau. Und das Blaulicht, das in den Himmel pulsierte. *Beeil dich. Gib alles, was du in den Beinen hast.* Robert beschleunigte noch einmal, obwohl er kaum noch Luft bekam. Die Bronchien brannten, jeder Schritt schmerzte in den Oberschenkeln. Aber er wollte nicht aufgeben. Und wenn er bis zum Ende aller Tage laufen musste. Die dritte Kreuzung. Der Krankenwagen stand immer noch im Stau eingekeilt. Die Sirene brüllte wütend. Endloses Hupen. *Noch hundert Meter, dann hast du ihn erreicht.* Wagentüren werden aufgerissen, Robert musste ihnen ausweichen. Kletterte auf das Heck eines Wagens, lief über das Dach, sprang auf der anderen Seite wieder herunter. Noch fünfzig Meter. Der Stau begann sich aufzulösen. *Du schaffst es. Du schaffst es.* Zwanzig Meter, zehn. Jetzt. Er reißt die hintere Tür auf. Eine hochschwangere Frau liegt in dem Wagen, schreit. Sanitäter sehen ihn irritiert an. Ein Baby wird geboren. Einer der Sanitäter greift nach der Tür. Schließt sie. Der Krankenwagen fährt los.

Robert steht mitten auf der Straße. Autofahrer hupen und brüllen ihn an.

Donnerstag

47 // Sie hatten ihr die Augen zugeklebt. Deutlich konnte sie den Zug des Klebebandes spüren, wenn sie die Lider bewegen wollte. Der Mund war ebenfalls zugeklebt. Das Band bedeckte zur Hälfte das rechte Nasenloch, behinderte sie beim Atmen. *Ich werde er-*

sticken. Sie hätte das Band entfernen müssen, aber sie konnte die Arme nicht bewegen, auch die waren fixiert. Kein Klebeband, eher ein Stoffband. Ebenso die Beine. Sie spürte Panik in sich aufsteigen. *Ich werde ersticken. Ich werde ersticken.* Sie musste sich beruhigen. Wenn sie langsam atmete, bekam sie genügend Luft. *Du musst die Kontrolle über den Körper zurückgewinnen. Das heißt, du musst gegen die Stresshormone atmen. Langsam und gleichmäßig. Ein und aus und ein und aus und ein und aus. Ganz ruhig. Du wirst nicht ersticken. Wer auch immer dich entführt hat, will nicht, dass du stirbst, sonst wärst du schon längst tot. Oder? Ein und aus und ein und aus.* Und tatsächlich erstickte sie nicht. Sie wurde ruhiger und gewann die Kontrolle über ihren Körper zurück.

Dadurch konnte sie die Umgebung wieder wahrnehmen. Das Schaukeln. Sie lag auf einer Trage. *Die heulende Sirene. Ein Krankenwagen?* Ja, sie lag in einem Krankenwagen. Jemand hatte auf sie geschossen. Der Schmerz im rechten Bein stach ihr bis in den Kopf. Dann war da ein Schlag gewesen. Sie war ohnmächtig geworden. *Sophie? Wo ist Sophie?* Sie erinnerte sich, wie Sophie nach ihr gerufen hatte. *Mama, Mama, Mama.* Ängstlich, verzweifelt. Ja, sie hatte Sophie gefunden. Sophie hatte in dem Käfig gesessen, auf einer Bühne, in diesem seltsamen Zelt. Sie hatte für ihre Tochter geboten. Und dann war die Versteigerung zu Ende und Katharina nicht da gewesen. Wo war sie?

Die Fahrt wurde ruhiger. Weniger Kurven und weniger Stopps. Die Geräusche der Stadt blieben zurück. Und jetzt wurde auch die Sirene abgestellt. Stille. Nur noch das gleichmäßige Brummen des Motors. Und das

Rauschen in ihrem Kopf. Aber das war zu ertragen. Nachdem sie die Situation analysiert hatte und wusste, dass sie entführt wurde, überlegte sie, wer dafür verantwortlich war und wohin derjenige sie bringen würde. Es waren wahrscheinlich dieselben, die auch Sophie und Katharina entführt hatten. Was konnte sie tun? Auf alle Fälle sich ruhig verhalten und so viel Informationen wie möglich sammeln. Wie viele Entführer waren es? In welcher Sprache kommunizierten sie? Konnte sie etwas hören, das ihr half sich zu orientieren? Sirenen von Schiffen, das Rufen eines Muezzins. Wie oft waren sie, seit sie wach geworden war, nach rechts oder links abgebogen? Wie lange fuhren sie geradeaus? Der Wagen fuhr vermutlich mit fünfzig Stundenkilometern. Wenn sie die Sekunden zählte, würde sie die Wegstrecke abschätzen können. Sie waren zweimal links, rechts, links abgebogen. Wie lange sie geradeaus gefahren waren, konnte sie nur raten. Trotzdem: Wenn sie sich die Strecke auf diese Weise merkte, was ein Leichtes für sie war, für sie, die nie etwas vergaß, würde sie später den Weg anhand einer Karte rekonstruieren können. Vorausgesetzt ihre Entführer würden sie irgendwann wieder freilassen oder überhaupt am Leben lassen. Als ihr dieser Gedanke durch den Kopf ging, musste sie lachen. Ein stummes, sarkastisches, böses Lachen. Denn welchen Grund gab es, dass ihre Entführer sie am Leben lassen sollten? Es roch nach Kräutern. Minze, Thymian, Rosmarin, Kreuzkümmel.

Jetzt verlangsamte der Wagen, kam zum Stehen. Eine Kreuzung? Fuhren sie gleich weiter? Türen wurden geöffnet und wieder zugeschlagen. Offensichtlich waren sie am Ziel angekommen. Von irgendwo her riefen Leute durcheinander. Ein kühler Windhauch strich über ihr Gesicht. Jemand hatte die Tür zu ihren Füßen geöffnet. Hände lösten die Bänder, die sie an der Trage fixiert hatten. Packten sie und richteten sie auf. Drehten ihr die Arme auf den Rücken. Die Hände zogen sie aus dem Wagen heraus, zerrten sie vorwärts. So hastig, dass sie mit den Füßen nicht hinterherkam. Schleiften sie wie ein weidwundes Tier. In ein Haus, in dem es nach frischer Wäsche roch. Da war eine Treppe, die abwärtsführte. In einen Keller. Sie spürte die Feuchtigkeit in der Luft, hörte das Rumoren einer Waschmaschine. Mehrerer Waschmaschinen. War es eine Wäscherei? Sie wurde einen Gang entlanggezogen. Jemand riss ihr den Tschador vom Leib und schleuderte sie auf ein Bett. Die Matratze roch muffig, alt. Staub wirbelte auf, sie atmete ihn ein. Sie schlug um sich, griff nach dem Klebeband über ihrem Mund und riss es ab. Sog die Luft ein. Ihre Lunge füllte sich.

Und dann wieder die Stimmen. Laut, unbeherrscht und wütend. Eine andere Stimme antwortete ebenso wütend. *Sprich mit ihnen.*

»Wer seid ihr? Was wollt ihr von mir?«

Keine Antwort.

»Who are you? What do you want?«

Keine Antwort.

»Hey! Talk to me, asshole.«

»Beruhigen Sie sich. Es wird alles gut werden.«

Die Stimme war weich und ruhig. Dieselbe wie bei der Versteigerung. Ein feines Timbre, nicht hoch und nicht tief. Der Akzent wies darauf hin, dass der Besitzer aus dem türkischen oder arabischen Raum kam.

»Wo ist meine Tochter?«

»Sie werden Ihre Tochter wiedersehen. Aber dafür müssen Sie etwas tun.«

»Was ist mit Katharina?«

»Sie werden auch Sie wiedersehen. Aber jetzt noch nicht.«

»Was muss ich tun?«

»Woher wussten Sie von der Versteigerung?«

Woher ich von der Versteigerung weiß? Er hat keine Ahnung, dass Gibran mir geholfen hat. Ich muss vorsichtig sein. Wenn ich ihm sage, dass es Gibran war, habe ich nichts mehr gegen ihn in der Hand.

»Ich will meine Töchter sehen. Dann sage ich es Ihnen.«

Der Mann schwieg. Sie konnte sein verächtliches Schnauben hören. »Nein«, sagte er. »Sie sagen es mir so oder so.«

Zwei Paar Hände packten sie, drückten sie aufs Bett. Einer hielt ihren linken Arm fest. Etwas stach in die Armbeuge. Eine Nadel. Eine Flüssigkeit strömte in die Vene. Sofort hatte sie das Gefühl, ihre Muskeln würden verbrennen. Der ganze Arm stand in Flammen. Das Feuer fraß sich vorwärts. *Wenn es mein Herz erreicht, werde ich sterben.* Doch dann bog das Feuer ab, nahm einen anderen Weg und verwandelte sich in eine Flutwelle aus Wohlbefinden. Ihre Angst löste sich auf. Als hätte ihr jemand eine warme Decke um die Schultern gelegt, fühlte sie sich geborgen. Bald erfasste eine hell leuchtende Euphorie ihren Körper. Natürlich wusste sie immer noch nicht, wo Sophie und Katharina waren, aber das war jetzt nicht mehr schlimm. Nicht mehr so beängstigend wie noch vor wenigen Minuten.

Der Kerl mit der weichen Stimme sagte etwas zu den anderen Männern. Es klang schön. Irgendwie beruhigend. Wenn sie ihn sehen könnte, würde sie ihn umarmen. Eine Tür fiel zu. Und dann war es still. Sie lauschte. Da war das Geräusch eines unruhigen Atems. Es war ihr eigener. Sie griff nach dem Klebeband, das ihre Augen verschloss. Die Lider klebten daran. Vorsichtig löste sie sie mit den Fingern. Dann konnte sie sehen, wo sie sich befand. Ein Raum, etwa zwölf Quadratmeter groß. Der Boden aus festgetretener Erde. An den Wänden blätterte Kalkfarbe ab. Eine Holztür, die sehr massiv aussah. Kein Fenster. Eine nackte Glühbirne an der Decke. Ein Waschbecken. Ein tropfender Wasserhahn. Keine Toilette. Im Zimmer nebenan konnte sie die Waschmaschinen hören. Stimmen von Frauen. Laut und aggressiv. Dann ging das Licht aus.

Freitag

48 // Ismael hatte Stunden am Notebook verbracht. Die Website der CDH war ein komplexes Gebilde. Jede neue Ebene war mit einem Passwort gesichert. Wer auch immer die Seite administrierte, wollte unter allen Umständen verhindern, dass jemand Unbefugtes Zugriff bekam. Und trotzdem war er zumindest in die erste Ebene eingedrungen.

Maxim saß mit den zwei Dutzend Kollegen der Soko

Mona Lisa in dem Besprechungszimmer und wartete auf deBuer. Ismael hatte Maxim die Ergebnisse seiner Recherche per SMS zugeschickt. Während er die Nachricht las, schaute ihm ein Kollege über die Schulter.

»Ist das von deinem Schätzchen?«

»Halt's Maul, Schröder.«

»Was schreibt er denn so?«, feixte Schröder und versuchte Maxim das Handy zu entwenden. Maxim gab ihm einen Stoß, woraufhin Schröder zurück auf seinen Stuhl und mitsamt Stuhl zu Boden krachte. Die Kollegen lachten.

»Du willst wissen, was er schreibt? Er hat dein E-Mail-Konto gehackt und gesehen, dass du zu Hause Frauenunterwäsche trägst.«

Als Schröder aufsprang und eine drohende Haltung gegen Maxim einnahm, kam deBuer herein. Mit einem Blick erfasste er die Situation.

»Setz dich hin, Schröder!«, befahl er. »Gegen ihn hast du sowieso keine Chance.«

Schröder funkelte Maxim an, dann gab er klein bei.

»Interpol hat heute eine Red Notice gegen German Diener und Silvan Verhoeven rausgegeben«, sagte deBuer.

»Was ist mit diesem Akif Kaplan?«, fragte ein Kollege.

»Er gehört zur Botschaft. Das heißt, er ist immun. Und dass jemand eine Galerie in Istanbul hat, ist bis jetzt noch kein Verbrechen.«

»Und Serif Bey?«, fragte eine Kollegin.

»Es gibt einen Halil Şerif Paşa, auch als Khalil Bey bekannt, ein Kunstsammler«, meinte deBuer.

»Sollen wir uns um ihn kümmern?«

»Wird schwierig werden. Er ist 1879 gestorben.«

»Also ein Tarnname.«

»Sieht so aus«, sagte deBuer. Dann wandte er sich an Maxim. »Was hat die Website ergeben?«

»Wir wissen, dass Paulus mit einem gewissen Mesens telefoniert hat«, antwortete Maxim. »Auf der Seite gibt es eine Notiz zu Silvan Verhoeven. Wie es derzeit aussieht, sind Mesens und Verhoeven ein und dieselbe Person.«

»Mesens gehört zu diesem Club?«, fragte Schröder.

»Es heißt nicht nur, dass Mesens zum Club der Humanisten gehört, sondern sagt uns, dass dieser Scheißverein mit der Entführung von Sophie und Katharina Faber zu tun hat.«

»Ist er der Kopf?«, fragte deBuer.

»Kann sein. Er oder dieser Tangui«, antwortete Maxim.

»Wer ist das?«, fragte die Kollegin.

»Der Zweite, mit dem Paulus telefoniert hat.«

»Und da war doch noch ein Dritter«, warf ein Kollege ein.

»Ja, eben dieser Serif Bey«, sagte Maxim entnervt.

DeBuer drehte sich zur Falltafel herum und schrieb die Namen Mesens und Tangui auf.

»Wer kümmert sich um die?«

Die Kollegin meldete sich. DeBuer nickte.

Die Besprechung war zu Ende. Als Maxim gehen wollte, hielt deBuer ihn auf. »Was ist mit dem Handy?«, fragte er.

»Was soll damit sein?«

»Es ist doch inzwischen bei den Nerds gelandet, oder?«

»Nein.«

DeBuer neigte den Kopf zur Seite. »Und du kannst mir bestimmt sagen, wieso nicht.«

»Vergessen.«

Die schlechteste aller denkbaren Ausreden.

»Wo ist es jetzt?«

»Bei mir zu Hause.«

DeBuer nickte und grinste. Purer Sarkasmus.

»Es gibt Gerüchte, dass jemand bei der Staatsanwaltschaft oder bei uns mit den falschen Leuten redet. Es kann auch sein, dass der- oder diejenige nicht das tut, was getan werden muss. Sag mir nicht, dass du das bist.«

Maxim blickte unwillkürlich zur Seite. Als ihm die Reaktion bewusst wurde, ahnte er, dass deBuer es bemerkt hatte. Er sah seinen Vorgesetzten an.

»Darauf antworte ich noch nicht mal, deBuer.«

Maxim ließ seinen Chef stehen und stürmte den Gang entlang zum Parkplatz hinter dem Präsidium. Als er seinen Wagen erreicht hatte, atmete er ein paarmal durch. Er musste sich beruhigen, bevor er zu dem türkischen Juwelier fuhr, den Ismael ihm empfohlen hatte.

Als er eine halbe Stunde später vor dem Laden stand und klingelte, dauerte es ewig, bis die Tür geöffnet wurde. Der Mann, dessen Augen Maxim hinter dicken Brillengläsern entgegenblickten, war bestimmt neunzig Jahre alt. Seine grauen Haare stakten wirr in seine Stirn, Weste, Hemd und Hose hingen an ihm, als wollte er darin verschwinden. Er schob einen Rollator vor sich her.

»Sie wünschen?«, fragte er.

Maxim zeigte seinen Ausweis, der Alte nahm ihn und hielt ihn so nah vors Gesicht, als wollte er hineinbeißen.

»Es geht um einen Ring.« Maxim hielt ihm den Smaragdring entgegen.

Der Alte gab die Tür frei, rumpelte mit seinem Rollator hinter die Ladentheke und kramte in einer Schublade nach einer Augenlupe.

»Hm«, sagte der Alte. »So einen habe ich schon mal gesehen.«

»Wo?«, fragte Maxim.

»Bei einer Vernissage. Aber ich weiß nicht, wer den Ring getragen hat. Ein schönes Stück. Wo haben Sie den her?«

»Von meinem Vater.«

Der Alte sah Maxim streng an. »Das ist eine Lüge, junger Mann, aber da Sie Polizist sind, lasse ich Sie damit durchkommen.« Dann widmete er sich wieder dem Ring. »Viel getragen, der Ring … Ich würde sagen, der ist von Kristmann. Ja, Kristmann.«

»Sind Sie sicher?«

»Wenn ich sicher wäre, würde ich nicht in dem Laden stehen, sondern wäre Allah, der Allmächtige. Kristmann. Und geben Sie mir Bescheid, wenn ich recht habe.«

»Und wenn nicht?«

»Dann nicht. Ich bin zu alt für Irrtümer.«

Maxim bedankte sich und verließ den Laden. Kristmann. Einer der exklusivsten und teuersten Juweliere Berlins.

Freitag

49 // Robert hatte schlecht geschlafen. War immer wieder aufgewacht und hatte sich vergewissern müssen, dass es kein Albtraum war. Seine Frau und seine beiden Töchter waren verschwunden. Vor nicht einmal zwei Wochen hatte er noch gedacht, er würde die Mädchen finden und diejenigen, die sie entführt hatten, zur Strecke bringen.

Es war sieben Uhr morgens, er saß in der Lobby des Riva. Vor der Fensterfront liefen die frühen Passanten vorbei. Einheimische hetzten ihren Geschäften entgegen, müde Touristen schlenderten zu ihren Hotels, die eifrigen waren schon wieder unterwegs. Sie starrten auf ihre Smartphones, sahen ab und zu hoch und suchten Wege zu den Sehenswürdigkeiten. Manchmal schauten sie verstohlen den Frauen unter den schwarzen Schleiern hinterher.

Ist es nicht verrückt?, dachte er. *Als ob jemand sich einen Spaß mit mir machen will. Wenn Helena unter einem der Schleier versteckt wäre, würde ich es nicht sehen*. Fünfzehn Millionen Menschen wohnten in der Stadt. Wo sollte er da anfangen zu suchen? Wenn er die Sprache nicht sprach, keine Unterstützung hatte. Und was wäre, wenn die Mädchen und Helena längst an einen anderen Ort gebracht wurden? *Ich bin schuld daran, dass die Mädchen entführt wurden. Ich habe es provoziert. Ich habe die Warnung ignoriert. Ich habe gedacht, ich sei stärker, schneller, cleverer. Alles, was ich getan habe, war falsch.* Robert verlor sich in dem Gedanken.

»Ich habe das Nummernschild überprüfen lassen.«

Fatima stand plötzlich neben ihm. Er hatte sie nicht bemerkt.

»Der Krankenwagen gehört einem privaten Krankentransport. Die suchen den Wagen, weil einer der Fahrer nicht von seiner Schicht zurückgekommen ist und sie ihn nicht erreichen können«, sagte Fatima.

»Das heißt, Helena ist vielleicht noch in dem Wagen.«

»Die Krankenwagen haben GPS-Sender, weil sie ab und zu geklaut werden. Unser Wagen war zuletzt in Tuzla. Ein ziemlich elendes Viertel im Osten von Istanbul. Viele Flüchtlinge aus Syrien. Dann ist das Signal verstummt.«

»Okay, dann müssen wir sie da suchen.«

»Du willst in Tuzla nach Helena suchen? Warst du schon mal da?«

Nein, war er nicht.

»Wenn du eine Person verschwinden lassen willst, dann gehört Istanbul zu den besten Orten der Welt. Selbst wenn du weißt, in welcher Straße sie verschwunden ist, hast du keine Chance, weil du ohne die Unterstützung der Polizei keinen Zutritt zu den Häusern kriegst. Einfach weil du ein verdammter Europäer bist.«

»Was ist mit Gibran?«

Fatima schwieg und schaute zur Seite, wich seinem Blick aus.

»Weißt du, wie ich mit ihm in Kontakt komme?«

»Ich glaube nicht, dass wir damit irgendetwas erreichen. Gibran verfolgt seine ganz eigene Agenda«, sagte Fatima.

»Zum Beispiel Helena in eine Falle zu locken.«

»Warum sollte er das tun?«

»Ich weiß es nicht. Und ich will es auch nicht wissen, weil es mir egal ist, ob dieses Arschloch eine ganz eigene beschissene Agenda hat. Ruf ihn an.«

Er war so laut geworden, dass eine Gruppe russischer Touristen, die gerade auscheckten, verwundert zu ihm herübersahen. Einige lachten.

»Ist ja gut, beruhig dich wieder.«

Fatima nahm Helenas Handy hervor und schickte eine Nachricht an Gibran, bevor Robert ihr das Telefon aus der Hand nahm und durch die Nachrichten scrollte, die Helena an Gibran gesendet hatte. Dann klingelte sein Handy.

»Maxim?«

»Wir sind bei der Website ein Stück weitergekommen. Du erinnerst dich, dass Paulus mit einem gewissen Mesens telefoniert hat. Silvan Verhoeven, der die zweite Kiste vom Flughafen Ostende wieder mitgenommen hatte, und E.L.T. Mesens sind ein und dieselbe Person«, sagte Maxim.

Robert lehnte sich in dem Sessel zurück. Er musste die Information verarbeiten. Es war der erste Beweis, dass der Club der Humanisten tatsächlich und direkt mit der Entführung von Sophie und Katharina zu tun hatte.

»Ist er der Kopf von diesem Scheißverein?«, fragte er.

»Kann sein. Oder dieser Tangui.«

»Wer steckt hinter dem Namen?«

»Wissen wir noch nicht. DeBuer hat einen internationalen Haftbefehl für Diener und Verhoeven beantragt. Gegen Kaplan können wir nichts machen.«

»Ihm gehört die Galerie hier in Istanbul.«

»Aber das ist nicht illegal«, sagte Fatima.

Robert beendete das Telefonat. Warf das Handy auf den Tisch. »Sophie und Helena sind vermutlich in Istanbul. Aber wo ist Katharina?«

»Wir können nicht nach allen dreien suchen«, sagte Fatima. »Aber wenn Helena irgendwo in Tuzla festgehalten wird, gibt es nur einen Weg, um herauszufinden, wo das ist.«

Freitag

50 // Die ersten sechs Lose hatte er den Kunden bereits übergeben. Das siebte Los, die kleine Sophie Faber, hatte er seinem wichtigsten Kunden geschenkt. Das war notwendig gewesen, nach all dem Chaos, das die Mutter veranstaltet hatte. Er hatte den Wagen, in dem das Mädchen schlafend lag, in zweiter Reihe auf dem Parkplatz vor der Zollabfertigung geparkt und dem Mädchen ein mittelschweres Schlafmittel gegeben. Die Papiere wiesen sie als Kamila (die Vollkommene) al Satiyah aus, Tochter eines Geschäftsmannes aus Katar. Aus den gefälschten Krankenakten ging hervor, dass sie in der Cerrahpasa Faculty of Medicine wegen eines Aneurysmas operiert worden war. Außerdem war ihr Kopf verbunden, und sie hing an einem

Tropf, der allerdings nur eine harmlose Kochsalzlösung enthielt. Nur für den Fall, dass die Polizei unvorhergesehen kontrollieren würde.

Serif Bey sah auf seine Uhr. Auf dem für Privatflieger reservierten Bereich des Istanbul-Sabiha-Gökçen-Flughafens wechselte die Schicht beim Zoll um acht Uhr abends. Dann trat sein Mann den Dienst an. Besser gesagt, er sollte um acht seinen Dienst antreten. Jetzt war es bereits zwanzig nach acht, und noch immer war der Mann nirgends zu sehen. Zum Glück schlief das Mädchen noch tief und fest. Hin und wieder zuckte sie und gab undefinierbare Laute von sich. Wahrscheinlich träumte sie, vielleicht von ihrer Mutter. Er sah aus dem Seitenfenster des Krankenwagens. Von rechts näherte sich ein Polizeiwagen. Langsam rollte er an den parkenden Autos vorbei. Die Polizisten hatten die Fenster heruntergefahren und studierten die Nummernschilder. Als sie auf seiner Höhe waren, stoppten sie. Er nickte ihnen freundlich zu. Sollten die Polizisten aussteigen, würde er ihnen erklären, dass er auf einen Privatjet aus Riad wartete. Sollten sie skeptisch reagieren, würde er ihnen seine Papiere zeigen, die ihn als Mitglied des türkischen Konsulats in Berlin auswiesen. Sollte das nicht ausreichen, würde er ihnen Geld anbieten. Sollten sie das Geld ablehnen und die Papiere des Mädchens genauer untersuchen wollen, sollte das Mädchen dabei aufwachen und schreien, würde er die Polizisten erschießen. Was danach geschehen würde, wusste er nicht. Er wollte auch nicht drüber nachdenken, und musste es auch nicht. Als er den Polizisten erneut zunickte, fuhren sie weiter.

Sobald er das Mädchen abgeliefert hatte, musste er sich um Gibran kümmern. Er hatte sich zu der Versteigerung angemeldet. Wieso war er nicht gekommen? Hatten die Faber und ihr Mann ihn aufgespürt und gezwungen, den Code zu verraten? Oder hatte Gibran die Veranstaltung von sich aus verraten und die ganze Camouflage eingefädelt? Eigentlich unmöglich. Er musste doch damit rechnen, dass er in diesem Fall mit Konsequenzen zu rechnen hatte, erheblichen Konsequenzen. So etwas war ja schon ein paarmal vorgekommen. Wenn einer der Kunden plötzlich Mitleid mit einem der Mädchen bekommen hatte. Derjenige war dann von der Bildfläche verschwunden. Sie hatten sogar schon Polizisten aus dem Weg geräumt. Räumen lassen. Bei dieser Rita Martens war es allerdings schiefgegangen. Nachdem die Versteigerung gegen Ende aus dem Ruder gelaufen war, hatte er den Kunden versichern müssen, dass ihre Identität nach wie vor geschützt sei. Trotzdem hatten sie ihn beschimpft. Dabei machten sie sich keine Vorstellung davon, was für einen Aufwand diese Versteigerungen erforderten.

Angefangen beim Katalog bis hin zum Abtransport der Ware musste eine Unzahl von Schritten koordiniert werden, die zeit- und geldaufwendig waren. Da waren zum Beispiel die Kosten für die Beschaffung der einzelnen Lose, für die man ausgewählte Einlieferer brauchte und die um das Risiko, das mit der Beschaffung einherging, wussten und entsprechend handelten. Meistens jedenfalls. Wenn das nicht funktionierte, wie vor ein paar Tagen bei Diener, musste er dann sogar selbst aktiv werden. Das kostete jedes Mal Zeit. Dann musste er die Lose nicht nur vor Beschädigungen jeder Art schützen, er musste sie auch sicher zur Auktion transportieren. Das bedeutete, er musste Leute bezahlen, die diskret waren. Dazu kam, dass man in diesen Zeiten die verwöhnten Kunden nicht einfach in einen profanen Raum bitten und ihnen dort die Lose zeigen konnte. Die Bieter verlangten nach einer Inszenierung. Und da es sich meistens um Präsenzauktionen handelte, bei der die Bieter oder deren Vertreter persönlich anwesend waren, musste die Versteigerung außergewöhnlich sein. Deswegen hatte er das Beduinenzelt aufbauen, und wegen des Malheurs in der Nacht sofort wieder abbauen lassen. Das hatte Extrakosten verursacht. Aber solche Ausgaben waren es nicht, die seine Kalkulation zu Makulatur machten. Es war die Addition vieler kleiner Ausgaben, die seinen Gewinn drückten. Im Grunde musste er irgendwann einen Weg finden, wie er das Geschäft skalierbar machen konnte. Etwa in der Art von Amazon Prime, das die Ware innerhalb von zwei Tagen nach Hause lieferte. Er könnte eine ähnliche Plattform aufbauen. Er würde sie *Scheherazade* nennen, bezahlt würde mit Bitcoins. Dazu müsste er in dezentralen Lagern Zugriff auf die Ware haben. Dadurch würden Lagerkosten verschwinden, die Lose würden nicht beschädigt. Wenn er den Flugdienst der einzelnen Botschaften benutzte, müsste das möglich sein. An den Flugdienst kam er gut heran, weil es in jeder Botschaft Kunden gab. Das hing mit der besonderen Natur der Botschaften zusammen. In einem fremden Land, abgeschnitten von der eigenen Kultur, langweilte sich das diplomatische Personal schnell und gründlich. Natürlich wusste er, dass es zurzeit noch eine Spinnerei war, aber er liebte solche Träumereien. Und wer konnte schon sagen, ob sich nicht irgendwann die Bedingungen änderten. Starten würde er die Plattform in Ländern, die autokratisch regiert wurden. Türkei, Saudi-Arabien, Vereinigte Arabische Emirate, Iran. Länder, in denen Frauen sowieso Menschen zweiter Klasse waren. Dann würde er das Geschäft auf Länder ausweiten, in denen die Korruption blühte. Russland, Mexiko, China, der Balkan, Aserbaidschan und so weiter. Venezuela war gerade im Ranking aufgestiegen. Afrika nicht. Da blühte zwar das Geschäft, aber die besorgten sich die Ware aus den Dörfern. Ganz selten verlangte jemand europäische Ware. Und gegen eine Konkurrenz wie Boko Haram hatte er keine Chance.

Er würde für jeden Deal eine Provision erhalten. Bei Versteigerungen zehn Prozent Aufgeld und dreißig Prozent des Zuschlagspreises. Und wenn er solch außerordentliche Lose wie Nummer sieben im Katalog hatte, sogar noch mehr. Es war eine Idee von Georg Paulus gewesen, die beiden Mädchen zu entführen. Freilich war das Risiko in so einem Fall groß, weil ihr Vater ein Polizist und ihre Mutter eine Staatsanwältin war. Andrerseits war sie bereits in seiner Hand und würde demnächst auf irgendeiner Müllhalde landen. Der Polizist würde nichts ausrichten können, weil er nicht ahnte, gegen wen er zu Felde zog.

Halb neun. Akif Kaplan sah aus dem Fenster. Sein Mann kam nicht. Wütend schlug er auf das Lenkrad. Wieso bezahlte er den Mann, wenn der sich nicht an die Verabredung hielt? Von links kam der Polizeiwagen zurück. Seinetwegen? Er startete den Motor. Nahm die Pistole aus dem Handschuhfach und legte sie neben sich. Er wollte für alle Fälle gerüstet sein. Als sein Handy klingelte, erschrak er.

»Tut mir leid, ich hab mich verspätet«, sagte der Anrufer. »Sie können jetzt kommen.«

Akif Kaplan setzte rückwärts aus der Parklücke und fuhr zum Zollamt. Als er vor der rotweiß gestreiften Schranke warten musste, sah er im Rückspiegel, wie der Polizeiwagen stehen blieb. Die beiden Polizisten stiegen aus und blickten zu ihm hin. Einer nahm sein Handy ans Ohr. Die Schranke hob sich. Er fuhr los, seinem Mann entgegen.

Samstag

51 // Dunkel. Immer noch dunkel. Oder schon wieder? Was haben die ihr gegeben? Sie ist schläfrig geworden, ohne wirklich zu schlafen. Und während sie nun auf dem stinkenden Bett liegt, hat eine warme Euphorie sie umarmt. Nichts kann sie erschüttern. Angst, weil sie entführt wurde, hat sie nicht. Unruhe, ja, vielleicht. Unruhe. Aber keine Angst. Eher eine schwebende Apathie, als sei alles, was in den letzten Tagen passiert ist, nicht von Bedeutung. Sicherlich macht sie sich immer noch Sorgen um Sophie und Katharina, aber andrerseits ist die Sorge nicht allzu groß. Das Zeug, das sie ihr in den Blutkreislauf gespritzt haben, ist einfach großartig. Was Helena viel mehr beunruhigt, ist die Tatsache, dass die Wirkung dieses großartigen Zeugs nachlässt, und das euphorische Gefühl langsam verblasst. Das ist nicht gut. Das ist gar nicht gut.

Weil es ihr sagt, dass die Wirklichkeit sich langsam wieder über sie stülpt.

Was hatten die ihr injiziert? Heroin? Vermutlich. Und das Zeug musste ziemlich rein gewesen sein. Nach allem, was sie darüber wusste, hatte sie die typischen Anzeichen erlebt. Inklusive derer, die jetzt angekrochen kamen. Das seltsame Kribbeln in den Beinen. Es war nervig. Der trockene Mund. Unangenehm klebrig und faulig. Die Kopfschmerzen. Vielleicht doch nicht so rein. Sie spürte etwas, das sich wie Hunger anfühlte. Nein, nicht Hunger, eher wie Fieber. Sie befühlte ihre Stirn. Da war kalter Schweiß. Kein Fieber. Es war, als ob sie wund wäre. Innerlich. *Was auch immer es ist, ich brauche mehr davon.* Das dringende Bedürfnis, mehr davon zu bekommen. Jetzt sofort. Sofort! Aber dann tauchte für einen winzigen Augenblick der Schatten wieder auf. Sie konnte ihn aus den Augenwinkeln sehen. Doch wenn sie den Kopf zu ihm hindrehte, war er verschwunden. Wie eine Stimme aus der Tiefe ihrer Erinnerungen, die sie warnte. Sie durfte keinen weiteren Schuss bekommen. Was sie brauchte, war ein klarer Kopf. Mit den Männern verhandeln, die sie verschleppt hatten. Die Wunde im linken Fuß tat wieder weh. Und jetzt kamen auch noch die Schmerzen im rechten Bein dazu. Die Wunde brannte. Hoffentlich entzündete sie sich nicht. Sie tastete vorsichtig nach der Stelle. Jemand hatte einen Verband angelegt. Er war feucht. Sie betastete die Feuchtigkeit und roch an dem Finger. Eisen. Also Blut. Die Wunde blutete. Und es roch nach einem Desinfektionsmittel. Die Männer kümmerten sich offensichtlich um sie. Wollen sie nicht umbringen, oder noch nicht. Wann war das gewesen? Gestern? Heute? Schritte näherten sich. Ein Schlüssel kratzte im Türschloss. Als die Tür aufging, schlug der Lichtstrahl einer Taschenlampe auf ihre Augen ein. Hände packten sie und legten ihr Handschellen um, mit einer Kette daran. Sie zogen sie nach oben, sodass sie mit hochgereckten Armen auf dem Bett stand. Die Lampe blendete sie noch immer. Und da war wieder die sanfte Stimme.

»Haben Sie es sich überlegt?«

»Was überlegt?«

»Woher Sie von der Versteigerung erfahren haben.«

Sag es nicht. Es ist dein Pfand.

»Was ist mit meinen Töchtern?«

»Ihre Töchter sind irrelevant.«

»Ich sage es Ihnen, wenn Sie sie freilassen.«

»Gibran?«

Er weiß von Gibran. Was wird passieren, wenn ich sage, dass es Gibran war?

Der Mann schrie sie plötzlich an. »Wo ist er?«

»Das weiß ich nicht.«

»Aber Sie haben Kontakt zu ihm.«

»Nein, er hat Kontakt zu mir. Er ruft mich an.«

»Na gut. Ich habe Zeit. Irgendwann werden Sie es mir sagen. Und bis dahin werden wir mit Ihren Töchtern Dinge machen, die Sie sich nicht vorstellen wollen.«

»Ich weiß es wirklich nicht.«

»Es ist Ihre Entscheidung.«

Er schien sich wegzudrehen.

»Nein, gehen Sie nicht. Warten Sie. Meinen Sie, ich würde Ihnen nicht alles sagen, wo Sie doch meine Töchter bedrohen?«

»Das weiß ich nicht. Weil ich nicht verstehe, was Menschen wie Sie antreibt. Aber ich werde es herausfinden.«

Der Lichtstrahl huschte hin und her wie ein unruhiger Nachtfalter und entfernte sich langsam.

»Ich weiß nicht, wer Sie sind, aber Sie gehören zu diesem Club der Humanisten. Wir wissen von Ihnen. Was glauben Sie, wie lange Sie sich verstecken können?«

Sie bekam keine Antwort. Die Tür fiel hart ins Schloss. Helena schrie.

»Warten Sie. Kommen Sie zurück. Kommen Sie zurück!«

Die Tür wurde erneut geöffnet. Der Lichtstrahl blendete sie wieder. Die Kette wurde gelöst, Helena fiel auf das Bett. Hände packten sie. Eine Schnur wurde um ihren linken Oberarm gebunden. Eine Nadel stach in ihre Armbeuge. Kurz darauf, ein paar Sekunden, vielleicht auch eine Minute später, strömte ein heller Fluss aus Glückseligkeit durch ihren Körper.

Samstag

52 // Eine Viertelstunde vom Topkapi-Palast entfernt verwandelte sich der bunte orientalische Touristentraum in ein trostloses Ghetto. Die Häuser waren

baufällig und schmutzig, in den Straßen stank es nach Abfall. Hierhin verirrte sich kaum jemand, der eine Stadtführung gebucht hatte, die auf den Spuren von Sultan Ahmet wandelte. Seit vier Stunden liefen Fatima und Robert durch Kadirga, einem Viertel in dem Stadtteil Fatih. In der Behram Cavus Sokak, einer bedrückenden Gasse unweit von der Küste gelegen, klopfte Fatima an eine Tür, die nur noch von einem rostigen Scharnier am oberen Rand gehalten wurde. Ein Hund bellte heiser, jemand schimpfte, woraufhin der Hund jaulte, als habe er Prügel bezogen. Müll stapelte sich neben der Tür, Kinder in vor Dreck starrenden Hosen und T-Shirts jagten eine Ratte.

»Bist du sicher, dass wir hier richtig sind?«, fragte Robert. Er war erschöpft und durchgeschwitzt. Sie hatten an unzählige Türen geklopft und immer neue Hinweise erhalten, wo eine gewisse Leyla zu finden sei. Fatima kannte den Namen, nicht jedoch die Person. Aber Leyla genoss eine gewisse Bekanntheit, ja sogar Berühmtheit. Es hieß, sie sei dafür verantwortlich, dass eine Handvoll Männer, die ihre Frauen, Schwestern, Cousinen umgebracht hatten, bald danach selbst verstorben waren. Ob es Zufall war oder ob jene Leyla damit zu tun hatte, blieb in der Welt der Gerüchte verhaftet. Da niemand öffnete, wollte Fatima schon gehen, als ein Geräusch sie aufhielt. Kurz darauf wurde die Tür geöffnet, und eine alte Frau schaute missmutig auf die beiden Besucher.

»Leylayı arıyorum.« [Ich suche Leyla.]

»Burada Leyla diye biri yok.« [Hier gibt es keine Leyla.]

»Var! Annemden biliyorum.« [Doch. Ich weiß es von meiner Mutter.]

»Ne istiyorsun ondan?« [Was willst du von ihr?]

»Onunla konuşmam gerekiyor.« [Ich muss sie sprechen.]

Die Alte sah sie zweifelnd an.

»İstanbul'da kaybolan bir kadını arıyoruz.« [Wir suchen eine Frau, die hier in Istanbul verschwunden ist.]

Fatimas Tonfall war nicht freundlich, nicht bittend. Der Blick der Alten wurde nun noch finsterer. So als würde sie nicht glauben, was sie hörte, als wäre die Nachricht nur ein Trick, um Vertrauen zu stehlen. Eine Frau war verschwunden. Na und? Was war daran so besonders? Fatima erzählte in knappen Sätzen, wer Helena war, warum sie in Istanbul war, was sie suchten. Als Fatima die beiden Mädchen erwähnte, die Namen Sophie und Katharina nannte, nickte die Alte. Das war das Zauberwort, das den Sesam öffnete.

»Ama sadece sen. Bu burada beklesin.« [Aber nur du. Er wartet hier.]

Fatima und Robert wechselten kurze Blicke. Dann nickte Robert. »Okay«, sagte er.

Der Raum war klein, die Decke niedrig, der Boden grau von unzähligen schlurfenden Schritten. Ein ausgefranster Kelim lag in der rechten Ecke. Darauf Kissen, deren Bezüge fadenscheinig waren. Links stand ein kleiner Herd, auf dem ein Kochtopf röchelte. Zwei Fotos an den Wänden. Atatürk und Süleyman der Erste. Die Alte deutete auf die Kissen, was als Aufforderung zu verstehen war, Platz zu nehmen. Fatima folgte der

Aufforderung. Nach einer kurzen Weile kam eine verschleierte Frau herein. Sie war nicht viel älter als zwanzig Jahre. Ihr rechtes Bein stand unnatürlich aus der Hüfte heraus, so als habe es jemand weiter zur Seite gebogen, als die Natur vorgesehen hatte. Ihr Tschador war braun und mehrmals geflickt. Mit einer eleganten Bewegung ließ sie sich vor Fatima nieder. Die Alte kam hinter ihr her, trug zwei Gläser mit Zitronenwasser auf einem Tablett und stellte es zwischen Leyla und Fatima ab. Dann setzte sie sich in eine Ecke und wartete.

»Du bist Leyla?«, fragte Fatima sichtlich überrascht.

»Ja.«

»Meine Mutter hat mir von dir erzählt.«

Leyla nickte.

»Du weißt, warum ich hier bin?«

»Ja.«

»Kannst du uns helfen?«

»Das werden wir sehen.«

Fatima erzählte wie zuvor der Alten noch einmal von der Entführung der beiden Mädchen und Helenas vergeblichem Versuch, sie zu befreien. Seit zwei Tagen war sie nun schon verschwunden. Um sie zu finden, brauchten sie jemanden, die in das Geflecht tief unter der Oberfläche der Stadt sehen konnte.

»Wie kannst du uns helfen?«, fragte Fatima, als sie ihren Bericht beendet hatte. »Du bist doch noch sehr jung.«

»Ich werde niemals so alt werden können, wie ich bin.«

Leylas Stimme war brüchig und unstet. In den nächsten zwei Stunden, die sie miteinander saßen, erzählte Leyla von dem Kreis der Frauen in Kadirga, die sich zusammengetan hatten, um den alltäglichen Vergewaltigungen, Folterungen, Entführungen und Morden etwas entgegenzusetzen. Sie selbst hatte einen Mordversuch nur knapp überlebt, als sie ihrem Vater davon erzählte, dass sie von einem Imam vergewaltigt worden war. Er hatte sie mit einem Knüppel totschlagen wollen. Damals war sie acht Jahre alt gewesen. Seitdem stand ihr rechtes Bein schief. Und seitdem war sie eine Ausgestoßene. Sie hatte nicht mehr in Beyoğlu bleiben können und war von ihrer Mutter zu Verwandten nach Deutschland gebracht worden. Vor sieben Jahren war sie zurückgekommen. Ihre Mutter war inzwischen verstorben, und Leyla hatte Unterschlupf bei der Alten gefunden.

»Bei uns gibt es nur wenige, die sich getrauen, über das zu sprechen, was jeden Tag tausendfach passiert. Also müssen wir andere Wege gehen.«

Leyla hatte vor einiger Zeit begonnen, zuerst auf Facebook und später in einer geschlossenen Gruppe, über die Angriffe zu schreiben, die ihr und anderen Frauen, die sie kannte, widerfahren waren. Innerhalb kürzester Zeit hatten ihr Hunderte Frauen geantwortet und von grausamsten Erfahrungen berichtet. Damit sie sich aber nicht ihrem Leid ergaben, hatte Leyla die Frauen aufgefordert, die Männer, die dafür verantwortlich waren, öffentlich bloßzustellen. Das hatte auch eine Weile Erfolg gehabt, weil Journalisten die Berichte aufnahmen und veröffentlichten. Seit Erdogan jedoch versuchte, die Zeit zurückzudrehen, wagten nur noch wenige Zeitungen, die Berichte der Opfer zu veröffentlichen. Aber das Netzwerk blieb bestehen, auch wenn einige Frauen seitdem verschwunden waren.

»Wir wissen nicht, wo Helena oder ihre Töchter hingebracht worden sind. Aber wir hoffen, dass du etwas darüber herausfinden kannst«, sagte Fatima.

Leyla lächelte. Dann nahm sie ein Smartphone unter ihrem Gewand hervor. Sie öffnete eine App und hastete mit flinken Fingern über die virtuelle Tastatur. Nach einem kurzen Moment sah sie Fatima an. »Ich schicke dir eine Nachricht, wenn du mir deine Nummer gibst.«

»Wir würden dich gerne dabei unterstützen.«

»Wer ist wir?«

»Der Mann von Helena. Er ist der Vater der Kinder. Er wartet draußen.«

»Was wollt ihr tun?«

»Hilft eine Spende?«

»Bestimmt. Aber wenn ihr mutig seid und diejenigen, die die Mutter und ihre beiden Töchter entführt haben, beseitigt, wäre das die größte Spende.«

Fatima sah Leyla konsterniert an. Hatte sie richtig gehört? Es war eine unverhohlene Aufforderung zum Mord. Es war wie das, was Robert in Saigon getan hatte.

»Ihr müsst keine Angst haben, Allah ist auf der Seite derer, die Gerechtigkeit walten lassen, denn die Männer, die die Frauen misshandeln, haben den Propheten beleidigt. *Und tötet keinen Menschen, den euch Allah verwehrt hat, es sei denn um der Gerechtigkeit willen.* So steht es in der Sure 17, Vers 33 im heiligen Buch des Propheten.«

Sie erhob sich flink und verließ den Raum. Die Alte

stand auf und gab Fatima mit einem kurzen Wink zu verstehen, dass sie jetzt gehen musste. Als sie wieder in der Gasse stand, war Robert verschwunden.

Samstag

53 // Hatte er Akif Kaplan unterschätzt? Den Mann, mit dem zusammen er vor zehn Jahren den Club der Humanisten wiedererweckt hatte, um durch die Beschäftigung mit Kunst dem Morast der menschlichen Existenz zu entkommen? Dem er ein unerhörtes Manifest in die Feder diktiert hatte? Das Manifest der Ungleichheit, der Unbrüderlichkeit, der Unfreiheit. Ein Manifest, in dem er gegen die erbärmliche Hoffnung und die demütige Sühne das Recht auf Leben postulierte. In dem er schrieb, dass nicht die Antike oder das Mittelalter das dunkle Zeitalter waren, sondern die Zeit der Aufklärung, die die Menschen überhaupt erst in die Lage versetzt hatte, geradezu göttliche Grausamkeiten zu begehen. Und dann war das Manifest ein Honigtopf geworden, der all die anlockte, die angewidert waren von der Idee, dass alle Menschen die gleichen Rechte hätten, wo doch die Natur jeden Tag das Gegenteil bewies. Es war ein Experiment gewesen, um zu sehen, was in der Petrischale der dunklen Erleuchtung gedeihen würde. Und es war Ungeheures gediehen.

Helena hatte ihm eine Nachricht zukommen lassen. Sie wollte ihn unbedingt sprechen. Wahrscheinlich, weil die Versteigerung schiefgelaufen war. Er wusste allerdings nicht, wie und warum sie schiefgelaufen war. Jedenfalls hatte Akif Kaplan ihn von allen Kommunikationswegen abgeschnitten, was nur bedeuten konnte, dass die Camouflage aufgeflogen war. Er hatte Helena gebeten, zu einem Café am nördlichen Eingang des Mısır Çarşısı zu kommen, einem ägyptischen Basar in der Nähe der Galata-Brücke. Es gab dort Bier und Wein. Das Café wurde von Touristen in Beschlag genommen, die sich auf ihren Handys ansahen, was sie mit eigenen Augen nicht gesehen hatten. Der Geruch von Safran, Pfeffer und Kardamom wehte bis auf die Terrasse des Cafés. Er sah auf seine Uhr. Sie war seit einer Viertelstunde überfällig. Allzu lange konnte er hier nicht warten, wenn er nicht riskieren wollte, dass Kaplan von dem Treffen erfuhr. Vor ihm stand eine leere Flasche Rotwein, eine zweite Flasche hatte der Kellner ihm nicht geben wollen. Es war auch besser so. Er war schon betrunken genug. Ein Zustand, in dem er jemand war, den er nicht leiden konnte. Er bewirkte, dass er sich vor sich selbst ekelte. Und genau das war der Zustand, den er nicht mochte.

Helena kam nicht. Warum auch immer. Er wandte sich zu dem Ehepaar, das neben ihm saß. Holländer.

»Selbstekel führt zu Zynismus«, sagte er.

Die Holländer sahen ihn irritiert an.

»Und was wissen wir über Zyniker? Ein Zyniker wendet sich gegen die Welt, weil er weiß, dass sie ihn nicht im Stich lässt.«

Der Mann nickte, die Frau rückte ein Stück von ihm weg. Als er zahlen wollte, setzte sich ein Mann an seinen Tisch. Robert Faber.

»Wo ist sie?«

»Robert Faber. Hat Helena Sie geschickt?«

»Dann würde ich wohl kaum fragen, wo sie ist, oder? Du hast sie zu der Versteigerung geschickt.«

Er duzt dich. Er ist wütend. Er zeigt dir seine Verachtung. Aber so leicht lässt du dich von ihm nicht aus der Reserve locken. Du wirst ihn mit sich selbst konfrontieren. Das ist ein Leichtes für dich. Lass ihn in seine kleine, verlogene Polizistenseele schauen.

»Ich habe ihr die Möglichkeit gegeben, ihre Tochter zu retten. Offensichtlich hat sie versagt.«

Robert tastete nach hinten an den Hosenbund, nahm eine Waffe heraus und hielt sie unter dem Tisch auf Gibran gerichtet.

»Weißt du, wie ich es mache? Ich drücke unter dem Tisch ab. Das Geräusch lässt die Leute aufschrecken. Ich deute in die Richtung vom Markt, und dann bin ich weg. Und du auch.«

»Ich weiß nicht, wo Helena ist.«

»Du weißt es nicht? Du gehörst zu diesem Club und weißt es nicht?«

»So sieht es aus.«

»Ich zähle jetzt bis drei.«

»Sehen Sie, Herr Faber. Vor mehr als zwei Wochen sind Ihre beiden Töchter entführt worden. Sie sind seitdem, wie ein liebender Vater es macht, durch die halbe Welt gereist, um sie zu finden. Aber Sie haben sie nicht gefunden. Im Gegenteil. Sie haben durch Ihr Verhalten vermutlich dafür gesorgt, dass sie für immer verschwunden sind.«

»Eins.«

»Schauen Sie Pornos? Wenn Sie Glück haben, und wenn Sie wissen, wie man sich im Darknet bewegt, können Sie Ihre Töchter vielleicht irgendwann noch einmal sehen. Es gibt eine kleine, aber feine Fangemeinde für diese Art von Filmen. Vor allem, wenn es für die Mädchen tödlich endet.«

»Zwei.«

»Zwei!« Gibran lachte. »Sie sind wütend, Robert Faber. Das verstehe ich. Aber haben Sie sich schon mal gefragt, warum Männer solche Filme drehen und andere sie anschauen? Warum sie kleine Mädchen foltern, vergewaltigen und töten? Und vor allem, warum alle hier auf der Terrasse sich das vorstellen können?«

Gibran deutete auf die lärmenden Tische voller Touristen. Die Holländer waren verschwunden, drei deutsche Männer in den Sechzigern hatten Platz genommen und erzählten sich Witze.

»Wenn ich die Geschichte Ihrer Kinder hier erzählen würde, wären alle aufgebracht. Jeder von denen würde eine harte Strafe fordern. Die Schweine am liebsten kastrieren und sie dann langsam verbluten lassen. Und warum? Aus Mitleid mit Ihren Kindern, Herr Faber? Nein. Jeder hier an den Tischen um uns herum will die härteste Strafe, weil die Strafe sie selbst davon abhalten soll, diesen schrecklichen Gedanken, der tief in ihrem Organismus schlummert, zu wecken. Welcher Gedanke ist das? Der an Rache? Oder ist es der Gedanke an die kleinen, süßen, nackten Mädchen, der in ihre DNA eingeschrieben ist? Man sieht in einen Spiegel und sieht einen Abgrund. Und nach einer Weile sieht der Abgrund zurück. Ist es nicht so?«

Robert atmete schwer, als müsste er mit äußerster Kraft seinen Verstand und seinen Körper zusammenhalten.

»Sie wissen, warum es Ihre Kinder getroffen hat?«

Er wusste es.

»Sie haben German Diener gedroht. Sie haben gedacht, Sie könnten sich mit dem Club anlegen. Und jetzt erkennen Sie, dass der Club sich mit Ihnen anlegt. Dass der Club immer einen Schritt voraus ist. Haben Sie sich schon mal gefragt, wieso das so ist?«

Ja. Das hatte Robert.

»Weil irgendwo ein Verräter sitzt«, sagte er.

»Richtig, weil irgendwo ein Verräter sitzt«, sagte Gibran. »Wie zum Beispiel Sie. Oder haben Sie Helena von Dieners Drohung erzählt?«

Nein, das hatte er nicht. Aber er war nicht der Verräter, er war nicht das Leck, das dafür sorgte, dass sie jedes Mal scheiterten.

»Wer ist es?«, fragte Robert.

»Das weiß ich nicht. Aber sobald ich es weiß, werde ich es Ihnen sagen. Und dann werde ich Ihnen Ihre Frau wegnehmen.«

Gibran legte ein paar Geldscheine auf den Tisch, grüßte knapp und verließ das Café. Er spürte Robert Fabers Blick im Rücken. Zwischen den Schulterblättern. Gibran sah sich noch einmal um. Robert Faber saß an dem Tisch und bewegte sich nicht. Als würde jede Bewegung den Moment der Erkenntnis zerstören. Gibran ging weiter, tauchte in den Gewürzmarkt ein. Ein kaum merkliches Grinsen auf den Lippen. Er wusste, soeben hatte er das vierte Kapitel der sieben

Kreise der Hölle beschrieben. Er würde es ausformulieren und aufschreiben. Es sollte den Titel *Wut* tragen.

Sonntag

54 // *Nein, er ist kein Freund deiner Mama, er wollte dich auch nicht zu ihr bringen, weil es nicht stimmt, was er gesagt hat, dass sie in einem Flugzeug auf dich wartet. Wieso hast du das geglaubt, Sophie? Hast du nicht die Filme gesehen? Ein Mann sagt einem Mädchen, dass er es nach Hause, zur Mutter, zum Vater, zur Polizei, zu was auch immer bringen will. Und dann endet es für das Mädchen in einem Keller, im Wald, in einer Hütte, wo ihre Schreie verhallen und davonfliegen wie müde Krähen. Hast du das vergessen?*

Sophie hatte es nicht vergessen. Aber der Mann hatte ausgesehen wie jemand, dem man vertrauen konnte. Er hatte gelächelt. Hatte geflüstert, dass sie vorsichtig sein müssten, weil die alle unter einer Decke stecken würden. Wer *die alle* waren, hatte er nicht gesagt, und Sophie hatte nicht danach gefragt. Jetzt lag sie in einem Bett, in diesem großen Flugzeug, das keine Sitzreihen hatte, sondern Zimmer wie ein Haus. Wie lange sie geschlafen hatte, wusste sie nicht. An der Decke über dem Bett war ein Spiegel angebracht, der an den Rändern mit Schriftzeichen verziert war. Sie gehörten zu einer Sprache, die sie nicht kannte. Einige Waren bei dem türkischen Gemüsehändler, bei dem sie immer einkauften, waren in so einer Schrift beschrieben. Wunderschöne geschwungene Zeichen, die man von rechts nach links lesen musste. Der Raum war über und über mit bunten Tüchern dekoriert. Überall lagen Kissen, und davor standen kleine Tische, die golden glänzten. Ob sie tatsächlich aus Gold waren? So wie die Wasserhähne in dem Badezimmer gleich nebenan.

Durch die halb geöffnete Tür konnte sie eine Badewanne sehen, die so groß war wie das Badezimmer zu Hause. Ach was, noch größer. Der Mann, dem das Flugzeug gehörte, musste unglaublich reich sein. Ein Scheich wie die, die sie manchmal im Fernsehen gesehen hatte. Mit den weißen Tüchern auf dem Kopf, die von einer rotweißen Kordel festgehalten wurden. Und Sonnenbrillen. Sie alle trugen Sonnenbrillen, weil in diesen Ländern das ganze Jahr die Sonne schien. Sophie erhob sich und sah durch eines der kleinen Fenster. Wolken, wohin sie blickte. Die Erde war weit weg. So weit weg wie die Hoffnung, ihre Mama zu sehen.

Immer wieder sah sie ihre Mutter vor sich, mit dem Schleier, und wie sie den Schleier hochgenommen hatte, und wie ihre Mama darunter erschienen war. Sie hatte ihren Namen gerufen. Und dann hatte Mama nach Katharina gefragt. Aber sie hatte nicht gewusst, wo ihre Schwester war. Und dann hatte einer der Männer auf ihre Mama geschossen, und ihre Mama hatte geschrien und war zusammengebrochen. Sie hatte sich auf dem Boden gewälzt und ihr Bein gehalten. Aber auf einmal hatte sie das Bein losgelassen und sich nicht mehr bewegt. Sie hatte nach ihrer Mama gerufen, aber die Männer hatten sie aus dem Käfig geholt und weggetragen. Sie hatte sich gewehrt, hatte um sich getreten, geschlagen und einen Mann sogar gebissen. Aber die Männer waren zu stark. Sie hatten ihr mit einem Klebeband den Mund verbunden und einen Sack über den Kopf gestülpt. Danach hatte sie nichts mehr von ihrer Mama gesehen oder gehört.

Wenn Sophie daran dachte, wurde sie von einer so tiefen Verzweiflung befallen, dass sie glaubte, sie könnte aus Angst sterben. Ihre Gedanken wucherten zu einer schwarzen Wolke. Sie schrie und schrie und schrie und schrie. Aber niemand kam. Sie schrie bestimmt zehn Minuten lang. Bis sie keine Kraft mehr hatte. Da wusste sie, dass sie allein war, und dass niemand kommen würde, um ihr zu helfen oder sie zu befreien und zu retten. Da wusste sie auch, dass sie sich selbst helfen musste. So wie Mulan in dem Lied, das sie in dem Disneyfilm singt. *Ahnen helft, hört ihr mich, sonst blamier ich mich ganz fürchterlich, ohne eure Hilfe geht es nicht, dass mein Vater stolz sein kann.* Dass mein Vater stolz sein kann. Ihr Papa war nicht da. Sie hatte nichts von ihm gehört. Aber bestimmt suchte er nach ihr. Ganz bestimmt suchte er nach ihr. Und bis er kommen würde, musste sie sich allein helfen. So wie Mulan sich allein half. *Augen wie ein Adler und ein Herz aus Stahl. Ihr müsst alles wagen, doch der Kampf wird hart.* Zusammen mit dem kleinen Drachen Mushu. Wenn sie an ihn dachte, musste sie lachen. Er war so witzig, weil er Mulan zwar half, aber immer Chaos anrichtete. Und wenn er Mulans Pferd *alte Kuh* nannte, konnte sie sich jedes Mal wegschmeißen. *Ich muss wie Mulan sein. So tun, als wäre ich nicht ich, sondern jemand anderes. Und im entscheidenden Moment …*

Sie brachte den Gedanken nicht zu Ende, weil in diesem Moment die Tür zur Kabine geöffnet wurde. Eine Frau kam herein. Sie trug einen schwarzen Anzug.

»Komm, baden!«, wies sie Sophie an. »Jetzt machen wir eine schöne Braut aus dir.«

Sonntag

55 // Vom Flughafen sind es mit dem Taxi fünfundzwanzig Minuten bis in die Innenstadt von Brügge. Interpol hatte eine Spur von Verhoeven gefunden, die nach Brügge führte. Roger Vermeulen hatte den Hinweis an Maxim weitergegeben, und Maxim hatte Robert informiert. *Ich schwöre dir, er gehört zum Club der Humanisten. Er wird uns sagen, wer die anderen sind, und wo die Mädchen sind,* hatte Maxim gesagt. Robert war nicht so euphorisch. Bisher waren sie noch immer gescheitert. Als er dem Taxifahrer die Adresse der Heilig-Blut-Basilika nannte, wurde er darüber aufgeklärt, dass er dort Hilfe erhalten würde. Dass Robert nicht an Gott glaubte, beeindruckte den Fahrer nicht. Es sei Gott gleichgültig, ob jemand an ihn glaube oder nicht, weil Gott in dieser Frage keinen Unterschied mache, erklärte ihm der Fahrer.

Maxim wartete bereits vor der Basilika auf Robert. Die Begrüßung bestand aus einem flüchtigen Händedruck.

»Wie geht's dir?«, fragte Maxim.

Robert nickte kurz, was alles Mögliche bedeuten konnte. »Wo ist er?«

»Er wohnt in der Vlamingstraat. Schräg gegenüber vom Theater.«

»Wo ist Vermeulen?«

»Wartet vor dem Haus auf uns.«

Maxim hatte zwar einen Leihwagen gemietet, aber schneller kamen sie zu Fuß voran. Vorbei an mittelalterlichen Häusern, die hübsch renoviert waren und Brügge wie ein riesiges Freilandmuseum aussehen ließen. Robert hatte keinen Blick dafür. Er lief schnell, wich den anderen Passanten aus. Ein Fisch gegen die Strömung.

»Was ist mit Vitali Adam?«

»Er will erst reden, wenn er außer Landes ist.«

»Das hat mir deBuer auch schon gesagt. Und wann ist er außer Landes?«

»Woher soll ich das wissen? Ich hab genauso wenig Einfluss darauf wie du. Also mach mich nicht an.«

Robert nickte, er hatte verstanden. »Vielleicht weiß er, wer Diener in Ostende gewarnt hat.«

»Kann sein. DeBuer jedenfalls hat die Kollegen in Ostende angerufen, so wie er es gesagt hat. Die Telefonliste weist einen Anruf um 12:30 Uhr aus. Aber ich weiß nicht, was er gesagt hat.«

»Die Gespräche werden doch aufgezeichnet.«

»An dem Tag nicht, weil die Anlage ausgefallen ist.«

Weil die Anlage ausgefallen ist. War das Zufall oder auch nur ein Teil der Verschwörung, die gegen ihn und Helena lief und die zum Ziel hatte, sie zu vernichten? Egal, was sie taten, egal, was sie an Indizien zutage förderten, es brachte sie ihren Kindern nicht näher.

»Sonst was?«

»Ich weiß inzwischen, wer der Juwelier ist, der die Ringe herstellt. Er heißt Kristmann.«

»Schau mal einer an.«

»Du kennst ihn?«, fragte Maxim verblüfft.

»Seine Frau ist ermordet worden. Wir haben damals vermutet, dass er dahintersteckt. War aber nicht zu beweisen. Der Mann gehört zur Berliner Gesellschaft. Mäzen für junge Schauspielerinnen, gibt Partys, zeigt sich mit Politikern und unterstützt den Kinderschutzbund jährlich mit ein paar Tausend Euro.«

»Wenn ich zurück in Berlin bin, nehme ich ihn mir vor. Und Serner hängt sich rein. Allerdings erfahren wir nicht, was er vorhat. Wie es aussieht, will er die Soko neu besetzen.«

»Wieso?«, fragte Robert.

»Er traut weder seinem Laden noch uns.«

»Ist vielleicht nicht das Schlechteste.«

»Er scheint jemanden im Außenministerium zu kennen. Jedenfalls hat er darum gebeten, dass die bei den Türken wegen Akif Kaplan vorstellig werden.«

»Und?«

»Bisher noch nichts.«

Plötzlich blieb Robert stehen und hielt Maxim am Arm fest.

»Wenn Serner sich abschottet und verlangt, dass die Soko neu besetzt wird, woher weißt du dann, dass er im Außenministerium war?«

Maxim legte den Kopf zur Seite. Eine indifferente Geste, die vor allem die Verwunderung wiedergab, dass Robert ihm vielleicht nicht mehr traute.

»Ich will eine Antwort.«

Maxim schüttelte erstaunt den Kopf. »Was soll die Frage, denkst du …«

»Ich will eine Antwort, jetzt.«

»Er gehört zur Gemeinde.«

Robert brauchte einen Moment, bis er verstand, was Gemeinde bedeutete. »Okay. Sieht man ihm gar nicht an.«

»Dir sieht man ja auch nicht an, dass du eigentlich ein netter Kerl bist.«

Ein schiefes Grinsen huschte über Roberts Lippen. Er war in diesem Augenblick dankbar, jemanden wie Maxim an seiner Seite zu haben. Maxim schien es zu spüren. Er machte einen Schritt auf Robert zu und umarmte ihn. Robert versteifte ein wenig.

»Keine Angst, hier kennt dich niemand«, sagte Maxim.

»Darum geht es nicht. Ich weiß nur, wenn ich loslasse, komme ich nicht mehr hoch.«

Sie marschierten weiter. Rannten beinahe. Am Markt vorbei. Zum ersten Mal, seit seine Mädchen entführt worden waren, sprach Robert davon, wie der Schmerz ihn auffraß. Es war ein Gefühl, als würde ein Tier mit spitzen Zähnen in seinem Bauch wohnen und ihn von innen heraus verzehren. Ein hinterhältiges Tier, das ihn immer wieder aus den Schmerzen entließ, um genau dann zuzubeißen, wenn er dachte, er würde es überstehen.

Das Museum *St. Jacobstraat*. Maxim hörte Robert zu, sah wie Tränen unter der Sonnenbrille auftauchten und über die Wangen hinabliefen, wo sie in seinem Bart versickerten. Links die Europabank. Robert hatte aufgehört, sich zu rasieren. Er wusste nicht, wieso. Als sie das *Stadsschouwburg Theater* erreicht hatten, war von Roger Vermeulen nichts zu sehen.

»Wo ist er?«, wunderte sich Maxim.

Das Haus hatte die Nummer 39. Am Klingelschild stand ein Akronym: SDV. Silvan Daniel Verhoeven. Maxim klingelte. Nichts geschah. Er hielt das Ohr an die Tür aus schwarzem Eichenholz. Vielleicht waren Schritte zu hören. Robert hielt die Hände wie Scheuklappen rechts und links an den Kopf, um besser durch eine Fensterscheibe sehen zu können. Niemand. Die Tür war nicht beschädigt, das Schloss aus Messing glänzte.

»Spürst du das?«

Maxim nickte. Es war ein Instinkt, der sich über Jahre entwickelt hatte. Ein tierischer Instinkt, der Gefahr witterte und der bei ihnen beiden durch die Arbeit wieder geweckt worden war. Dieser Instinkt sagte ihnen jetzt, dass etwas nicht in Ordnung war. Sie mussten rein in das Haus. Sofort.

Gleich neben dem Haus befand sich ein libanesischer Obst- und Gemüseladen. Nach einem Blick auf die Polizeimarken entschied der Besitzer, auf Scherereien keine Lust zu haben. Er ließ sie durch den Laden in den Innenhof gehen. Leere Pappkartons stapelten sich zu einer zwei Meter hohen Mauer. Die Sonne schien, und in einem grünen Container faulte Obst und Gemüse vor sich hin. Als Robert zu der hinteren Tür von Haus Nr. 39 ging, sah er sofort, dass sie nur durch den Schnapper gehalten wurde. Mit einem festen Stoß öffnete sie sich.

»Maxim!« Robert winkte seinen Kollegen herbei.

Zu zweit betraten sie das Haus. Eine Treppe aus vier Stufen führte direkt ins Wohnzimmer. Es war sehr puristisch eingerichtet. Die Möbel waren kantig und in kühlen Farben gehalten. Bücher lagen auf einem flachen Glastisch, ganz oben ein Bildband über Botticelli. In dem Regal an der Wand eine Sammlung pornografischer Bildbände aus dem neunzehnten Jahrhundert. Alles sauber und akkurat. Geradezu pedantisch. Was störte, war der Geruch. Beinahe gleichzeitig hoben sie die Nasen und schnüffelten wie Jagdhunde. Drehten die Köpfe hin zu der Treppe, die auf der linken Seite nach oben führte. Robert besaß keine Pistole, aber Maxim hatte mit offizieller Erlaubnis seine Waffe mitnehmen dürfen. Also ging er voran, die Stufen hinauf. Drei Türen, jeweils halb geöffnet, erwarteten sie. Sie sahen sich kurz an, Robert deutete auf die mittlere Tür. Von dort war ein leises Stöhnen zu hören. Sie stellten sich rechts und links davon mit den Rücken an die Wand. Robert zählte mit den Fingern bis drei. Dann drückte er die Tür auf, Maxim wirbelte herum, stellte sich in die Türöffnung und richtete die Pistole in den Raum. Im selben Moment entfuhr seiner Kehle ein Laut, den er noch nie zuvor gehört hatte.

Eine Hand und ein Unterarm ragten aus einer schwarzbraunen Brühe, die die Wanne bis knapp unter den Rand füllte. Das Stöhnen rührte von Verwesungsgasen her, die aus dem Mund aufstiegen. Robert stürzte in das Badezimmer und betrachtete die Tote. Ein Mädchen. Das T-Shirt, mit Michael Jackson auf der Brust, so wie Andy Warhol ihn gemalt hatte. Robert schrie auf. Dann sah er ein Tattoo auf der Innenseite des Handgelenks. Kyrillische Buchstaben. Nicht Katharina, nicht Sophie.

»Weiter«, Maxim zog ihn aus dem Badezimmer. Die nächste Tür. Das gleiche Prozedere. Nichts. Die dritte Tür. Ein Büro. Darin ein Computer, auf dessen Bildschirm das Foto eines Gemäldes von Egon Schiele. *Kauerndes Mädchen mit gesenktem Kopf.* Rote Haare, nackt, die Schenkel geöffnet, die Unterschenkel eingeknickt. Als Robert die Maus bewegte, veränderte sich das Foto. Das gleiche Motiv und immer noch im Stil von Egon Schiele, aber ein anderes Gesicht. Es war die Art von Service, den die Website *Du bist Kunst* versprach. Robert setzte sich auf den hölzernen Schreibtischstuhl, bewegte die Maus hin und her. Immer neue Gesichter. Und dann Sophie. Seine Sophie. Er stöhnte auf. Das Tier in seinem Bauch biss zu. Er spürte, wie er von einer unkontrollierbaren Wut überschwemmt wurde. Die Hände zu Fäusten geballt, hätte er am liebsten den Bildschirm mit einem Schlag zertrümmert.

Maxim schaltete den Bildschirm aus. Sie mussten das nicht sehen.

»Ich nehm die Festplatte raus.«

Robert starrte auf den schwarzen Bildschirm. Sein Gesicht darin war eine Fratze.

»Wo ist er?«, flüsterte er. »Wo ist Verhoeven?«

Im Keller fanden sie ihn. Nackt und aufrecht stehend, die Hände und Füße an eine Tür genagelt. An seiner rechten Hand glitzerte ein Smaragdring. Der Kopf hing vornüber, das Kinn lag auf der Brust. Seine Zähne hielten seinen Penis. Die Blutspur aus seinem

Mund reichte bis zum Boden und bahnte sich eine Spur, die dort endete, wo Rita Martens stand. Ein Fleischermesser in der Hand.

Sonntag

56 // Die Matratzen, auf denen die anderen Mädchen gelegen hatten, waren leer. Katharina konnte sich nicht erinnern, wann man sie abgeholt hatte. Sie wusste nur noch, dass der freundliche Mann, der sie vergewaltigt hatte, sie in diesen Raum geschleppt hatte. Die Coladosen waren ausgetrunken. Eine Pizza war zur Hälfte aufgegessen. Wie lange sie geschlafen hatte, wusste sie nicht. Es gab kein Fenster. Alles, was es gab, waren graue Wände, in die die anderen Mädchen mit den Fingernägeln ihre Namen in den Putz geritzt hatten, dazu Herzen, Telefonnummern und immer wieder das Wort *Hilfe* in verschiedenen Sprachen. Das Blut zwischen ihren Beinen war getrocknet. Es tat nicht mehr weh. Aber etwas fühlte sich anders an als sonst. Sie wusste nicht, was es war. Vielleicht würde sie krank werden. Vielleicht ein Virus, den sie sich irgendwo gefangen hatte. Oder es war das, woran sie nicht denken wollte. Nein, auf keinen Fall wollte sie daran denken. Besser war es, sich zu fragen, warum die anderen Mädchen abgeholt worden waren und wohin man sie gebracht hatte. Und warum sie die Letzte in diesem Raum war. Waren die anderen schon tot? Nein, nicht daran denken. An etwas anderes denken. Vielleicht hatte sie einfach nur Hunger. Ja, das war es. Deswegen fühlte sie sich so anders als sonst. Sie hatte Hunger. Die Pizza war zwar ziemlich hart, aber ließ sich noch beißen. Und wenn sie die Stücke lange genug im Mund behielt, wurden sie wieder weich und schmeckten sogar ganz gut. *Schon seltsam, dass in unserer Familie dauernd jemand verschwindet,* dachte sie. Erst war ihr Vater ausgezogen, dann war ihre Mutter verschwunden und jetzt Sophie und sie. Bestimmt suchten ihre Eltern nach ihnen. Zumindest hoffte sie es. Was sollten sie auch sonst tun? Ins Kino gehen? *Ihr sucht uns, ich weiß es.* Sie erinnerte sich, dass sie vergangenes Jahr mit ihrer Mutter über Madeleine gesprochen hatte. Das Mädchen, das in Portugal entführt worden und seitdem verschwunden war. Das war bestimmt schon zehn Jahre her. Und die Eltern suchten immer noch nach ihr. Zehn Jahre. Als sie daran dachte, überfiel sie eine kalte Panik. Würde sie zehn Jahre irgendwo festgehalten werden? Dann wäre sie dreiundzwanzig, wenn sie freikäme. Oder würde es noch länger dauern? Vielleicht bis an ihr Lebensende? Ihr Magen zog sich zusammen, als würde sich jemand auf sie draufsetzen. Sie schob die anderen Matratzen zur Seite und schaffte sich auf diese Weise eine Insel in einem Meer von Schrecken. Sie setzte sich, kreuzte die Beine und dachte darüber nach, was sie tun konnte, um aus ihrem Gefängnis herauszukommen. Sie musste es klüger anstellen als beim ersten Mal. Der Mann war einfach zu stark. Er hatte es geschafft, alle Mädchen abzuschütteln, hatte sie von sich geworfen, als wären sie kleine Katzen, die nur spielen wollten. Wenn sie ihn noch einmal angreifen würde, durfte sie kein Kätzchen sein. Dann musste sie ein Leopard sein. Ja, das war eine gute Idee. Oder noch besser ein schwarzer Panther. Irgendwo auf einem Ast liegen und darauf warten, dass die Beute vorbeikommt, und sich dann darauf stürzen. *Aber hier gibt es keinen Ast. Und es gibt auch keine Beute, die darunter hindurchgeht. Da musst du dir schon was Besseres einfallen lassen.* Ja, das musste sie. Sie musste klug sein. Ihre Möglichkeiten realistisch einschätzen. Welche waren das? Ihr fielen keine ein. *Wie soll ich mich gegen einen Mann wehren, der zehnmal stärker ist als ich?* Sie sah ihn, wie er vor ihr gestanden hatte. Wie er seine Hose geöffnet hatte. *Denk nicht daran, Katharina, denk nicht daran.* Wie sie die Lippen fest zusammengepresst hatte. Wie er sie an den Haaren gezogen hatte, sie ins Gesicht geschlagen hatte. *Denk nicht dran, Katharina, denk nicht dran.* Und dann auf der Matratze. Die Augen geschlossen, die Beine auseinandergedrückt. Seine Hand, die sie würgte, dass sie beinahe ohnmächtig wurde. Das Stöhnen. Der Schlag ins Gesicht. Das Endspiel. Das Ende. Sie sah es wieder vor sich. Fetzen von Bildern in einem Nebel. Stopp. Stopp! *Wenn du Angst vor deinem Gegner hast, wirst du nicht gewinnen*, hatte ihr Vater gesagt, als sie mit ihrer Mannschaft zum Endspiel der JBBL angetreten war. *Wenn du Angst hast, hast du schon verloren. Es gewinnt nicht immer die Mannschaft, die besser ist, sondern die, die es mehr will.* Sie hatte es sich zu Herzen genommen, und dann hatten sie gewonnen. Obwohl die Spielerinnen ihrer Mannschaft kleiner waren als das Team aus München. Schwächer. Nicht so gut werfen konnten. Unter dem Korb keine Chance hatten. Aber sie waren schneller, flinker, manchmal auch fieser gewesen. Und dann hatte es 45 zu 46 gegen sie gestanden, und die Uhr war abgelaufen, und ihre Mannschaft hatte noch zwei Freiwürfe zugesprochen bekommen. Keine aus ihrer Mannschaft hatte werfen wollen. Sie auch nicht. Sie hatte Angst zu versagen. Wie die anderen auch. Aber dann sah sie zu ihrem Vater hin, der in der dritten Reihe zwischen den Münchner Fans saß. Die pfiffen und schrien und zeigten mit den Daumen nach unten. Ihr Vater aber stand auf und zeigte auf sie und lächelte und nickte. Da nahm sie den Ball und versenkte den ersten Wurf. 46 zu 46. Die Halle wurde erfüllt von einem wahnsinnigen Gebrüll. Nicki, der Pointguard, gab ihr den Ball, und schrie etwas, das sie in dem Lärm nicht verstehen konnte. High Five. Sie ließ den Ball ein paarmal auf den Boden tropfen, fing ihn auf. Ging leicht in die Knie. *Stell dir vor, dass der Ball im Netz landet, noch bevor du ihn geworfen hast. Schalte alles andere ab. Die Pfiffe und Buhs der Münchner. Die Druckluftfanfaren. Schalte es ab. Du musst noch nicht mal zielen, weil der Ball ja bereits im Korb ist.* Sie warf. Sekunden später stürzten sich alle aus ihrer Mannschaft auf sie und jubelten, und sie war so stolz. So stolz. Es war das beste Gefühl ihres Lebens. Und jetzt erinnerte sie sich, dass sie dem Feind ins Auge blicken musste. *Du musst deinen Gegner an dich heranlassen. Ihn in Sicherheit wiegen, ihn täuschen. Und dann zuschlagen.* Ja, das war es. Das würde sie tun. Sie würde warten, bis er sich wieder auf sie legte und dann … und dann … und dann? Sie sah sich um. Den Putz von der Wand kratzen, den Staub in die Hand nehmen. Dem Mann den Staub in die Augen reiben, wenn er stöhnt. *Das ist eine gute Idee.* Das wollte sie machen. Sie kratzte Putz von der Wand, bis alle Fingernägel abgebrochen waren. Hielt den Putz in der Hand. Wartete. Wie lange? Sie wusste es nicht. Eine Stunde, zwei. Ein halber Tag? *In Panik verfallen darf, wer alle anderen Optionen ausgeschöpft hat. Du musst dich, solange es geht, an der Hoffnung festhalten, dass es für jedes Problem eine Lösung gibt,* hatte ihr Vater gesagt. *Angst und Verzweiflung lähmen dich. Hoffnung und Mut erheben dich,* hatte er gesagt. Ihr Vater, ihr toller Vater. So saß sie auf ihrer Insel und wartete, bis die Tür geöffnet wurde.

Montag

57 // Die Zeitungen und Nachrichtensendungen überschlugen sich. In den Kommentarspalten und auf Twitter und Facebook tobte der Hass. Erinnerungen an Marc Dutroux wurden geweckt. Ein totes Mädchen, das in einer Badewanne lag, die mit Salzsäure gefüllt war. Und die belgische Polizei hatte wieder nichts getan, um eine solche Tragödie zu verhindern. Der zuständige Oberstaatsanwalt, der sich schon um den Skandal anlässlich der Ausstellung in Ostende hätte kümmern sollen, hatte auch hier versagt. Er wurde noch am selben Abend abgelöst. Ebenso der Untersuchungsrichter, obwohl der vergeblich angemahnt hatte, Silvan Verhoeven ins Visier zu nehmen. Man traf sich in einem hochmodernen Konferenzraum im zweiten Stock der Brügger Staatsanwaltschaft. Per

Video waren der belgische Generalstaatsanwalt Simons, der Polizeichef von Ostende, Cools, sowie die Innenministerin Leclerc zugeschaltet. Sieben Männer saßen um den Konferenztisch herum. Robert und Maxim saßen in der zweiten Reihe, hinter Serner und Jacobs, dem Oberstaatsanwalt von Brügge.

»Eine Stunde, dann bin ich hier weg«, flüsterte Robert Maxim zu.

Maxim nickte, während er auf sein Handy sah.

»Was Neues?«

»Hochzeitsvorbereitungen.« Maxim sah Robert an, als wollte er sich dafür entschuldigen, dass er sich um seine privaten Angelegenheiten kümmerte.

Robert nickte und zwinkerte Maxim zu. Inmitten all der Sorgen und Enttäuschungen freute er sich darüber, dass wenigstens Maxim etwas Glück in seinem Leben hatte.

Auf dem Bildschirm an der Stirnseite des Raumes begrüßte die Innenministerin Marianne Leclerc die Runde. Sie hatte ein paar grundlegende Informationen erhalten und wollte nun etwas genauer wissen, was sich zugetragen hatte und wieso es zu diesem skandalösen Versagen hatte kommen können. Als der Polizeichef von Ostende zu einer Erklärung anhob, schnitt sie ihm mit einem kurzen Satz das Wort ab.

»Meneer Cools, uw verklaringen zijn mij bekend. Ik geef er de voorkeur aan, deze duitse politie agent betreffende de gebeurtenissen te bevragen.« [Ihre Erklärungen, Herr Cools, sind mir bekannt. Ich ziehe es vor, diesen deutschen Polizisten zu den Vorgängen zu hören.]

Sie sah von dem Bildschirm in Roberts Richtung.

»Wat is uw naam?« [Wie ist Ihr Name?]

»Faber«, antwortete Robert. Ein Dolmetscher war zugeschaltet und übersetzte simultan.

Die Innenministerin fühlte sich befleißigt, ihm ihr Bedauern auszusprechen und ihm zu versichern, dass sie alles in ihrer Macht Stehende unternehmen würde, damit er seine Töchter und seine Frau zurückbekäme. Robert machte eine vage Geste mit der Hand. Er hatte solche Beteuerungen schon zu oft gehört, um ihnen noch eine Bedeutung beizumessen.

»Vertelt u ons, hoe u de gebeurtenissen in Oostende en Brugge heeft beleeft?« [Erzählen Sie uns, wie Sie die Vorgänge in Ostende und in Brügge erlebt haben.]

»Zullen we niet eerst het rapport van beide politie centrales doorlezen?« [Sollten wir nicht zuerst den Bericht der beiden Polizeizentralen lesen?«], schaltete sich der Oberstaatsanwalt ein.

»Als dat zou moeten, dan had ik het u gezegd, meneer Jacobs.« [Wenn wir das sollten, hätte ich es gesagt, Herr Jacobs.] Leclercs Tonfall war schneidend.

Der Oberstaatsanwalt verstummte.

Leclerc forderte Robert auf, näher an den Tisch heranzurücken, damit sie ihn besser verstehen konnte. Nach einer Weile machte der Polizeichef Platz, und Robert rutschte mit seinem Stuhl an den Tisch heran. Serner saß neben ihm und nickte ihm ermunternd zu.

»Es gibt nicht viel dazu zu sagen. Ich habe Informationen erhalten, die sowohl die Kunstausstellung in Ostende als auch den deutschen Galeristen German Diener und Silvan Verhoeven betreffen.«

»Van wie heeft u deze informatie?« [Von wem haben Sie diese Informationen erhalten?], fragte der Polizeichef von Ostende.

Robert dachte eine Weile nach. »Daran kann ich mich nicht mehr erinnern.«

»Kunt u niet of wilt u eenvoudig niet?« [Können Sie nicht, oder wollen Sie nicht?]

»Macht das einen Unterschied?«

»Meneer Faber, u heeft informatie verkregen, die u aan de plaatselijke politie had moeten doorgeven. Ik verlang een duidelijk antwoord op mijn vraag!« [Herr Faber, Sie haben Informationen erhalten, die Sie an die hiesige Polizei hätten weitergeben müssen. Ich erwarte eine klare Antwort auf meine Frage], bellte der Polizeichef.

»Die Informationen, die ich und mein Kollege erhalten haben, waren auch der Polizei in Ostende bekannt. Aber Sie haben es vorgezogen abzuwarten, bis alles vorbei ist.«

Der Polizeichef schnappte nach Luft.

»Betekent dat, dat de betrokkenheid van Silvan Verhoeven met de ontvoering van de meisjes in Oostende bij de politie bekend was?« [Heißt das, dass Silvan Verhoevens Verwicklung in die Entführung der Mädchen in Ostende der Polizei bekannt war?], schaltete die Innenministerin sich wieder in das Gespräch ein.

»Wie hätte ich sonst davon erfahren sollen?«, fragte Robert.

Köpfe wurden zusammengesteckt, die Anwesenden flüsterten, die Blicke auf Robert gerichtet. Er war ihr Feind, das war offensichtlich. Allerdings beantwortete das nicht die Frage der Innenministerin, wie Robert erfahren hatte, dass Verhoeven sich in Brügge aufhielt. Und Robert war nicht gewillt, diese Frage zu beantworten. Genauso wenig, ob er jemanden am Tatort gesehen habe. Der Name Roger Vermeulen fiel von Seiten des Polizeichefs. Aber das war nur ein vager Verdacht, was dazu führte, dass die Innenministerin ziemlich ungehalten wurde.

»Aha, en hoe kan het, dat een duitse politie agent, die vanuit Istanbul komt aangereist, beide slachtoffers vindt?« [Aha. Und wie kommt es, dass ein deutscher Polizist, der aus Istanbul anreist, die beiden Toten findet?]

Der Polizeichef rechtfertigte sich mit dem Hinweis auf einen Anfangsverdacht, um wenigstens ein bisschen an Statur zurückzugewinnen.

»Sagen Sie das den Eltern des Mädchens, das mein Kollege und ich in der Badewanne gefunden haben«, schnauzte Robert den Polizeichef an. »Ich habe ein Foto, das können Sie ihnen in dem Zusammenhang geben. Wenn ich der Vater wäre, würde ich Ihnen die Fresse polieren.«

»Faber!« Serner legte die Hand auf Roberts Arm und versuchte ihn zu beruhigen. Aber da war es schon zu spät.

»Mein Chef deBuer hat die Polizei von Ostende am Donnerstag um 12:30 Uhr informiert, dass in einer Lagerhalle am Hafen von Ostende Mädchen festgehalten werden. Achtzehn Stunden lang ist nichts passiert. In der Zwischenzeit ist meine Tochter in einer Kiste vom Flughafen Ostende nach Istanbul gebracht worden.«

Der Polizeichef fuhr nervös mit dem rechten Zeigefinger über sein iPad. Die Blicke der anderen waren wie Suchscheinwerfer auf ihn gerichtet. Als er gefunden hatte, was er suchte, hob er triumphierend den Kopf. Laut dem diensthabenden Beamten war der Anruf von deBuer erst am Freitag um 7:32 im Polizeipräsidium Ostende eingegangen und im elektronischen Telefonprotokoll aufgezeichnet worden. Mit ein paar Fingerstrichen startete der Polizeichef die Aufzeichnung. DeBuers Stimme war klar zu erkennen. Er nannte seinen Rang, seinen Namen und die Dienststelle. Dann gab er die Informationen durch, die er von Maxim erhalten hatte, erwähnte die Lagerhalle und die Kunstmesse. Der diensthabende Beamte in Ostende fragte, woher deBuer die Informationen habe, woraufhin deBuer erwiderte, es handele sich um eine zuverlässige Quelle. Am Ende der Aufzeichnung nannte eine Computerstimme die Uhrzeit des Telefonates. Null-siebendrei-zwei, sowie die Dauer: vier Minuten sechzehn.

»En de middag daarvoor was er geen telefoongesprek?« [Und es gibt keinen Anruf am Mittag davor?], fragte Leclerc.

»Nee.«

Robert starrte vor sich hin. Er konnte die Blicke spüren, die ihn zu einer Antwort aufforderten. Das Protokoll zeigte, dass die Polizei von Ostende erst gegen Morgen informiert wurde. Es war sinnlos. Das Gespräch würde zu nichts anderem als weiterer Verwirrung führen. Robert erhob sich von seinem Stuhl und verließ den Raum. Aufgeregte Stimmen verfolgten ihn.

Als er den langen Gang hinunter in Richtung Ausgang trabte, hört er Maxims Schritte hinter sich. Am Kopf der Treppe blieb er stehen und wartete, bis Maxim ihn erreicht hatte.

»Entweder die haben das Protokoll manipuliert und den Anruf von Donnerstagmittag gelöscht, oder deBuer erzählt Scheiße«, sagte Maxim.

»Ich kenne deBuer seit Ewigkeiten. Er …« Er wollte sagen, dass er seinem Freund und Vorgesetzten hundertprozentig glaubte. Aber auf einmal war er nicht mehr sicher. Nichts war mehr sicher.

»Rufst du ihn an?«, fragte Maxim.

»Nein. Du musst die Telefonliste besorgen. Auch vom Handy«, antwortete Robert.

»Okay«, sagte Maxim.

»Kannst du mich zum Flughafen fahren?«

Maxim nickte. Zu zweit eilten sie die Treppe hinab in die gläserne Lobby. Nach dem Skandal um Dutroux hatte man Transparenz demonstrieren wollen. Die Menschen sollten hineinsehen können in das Gebäude, in dem der Gerechtigkeit auf die Sprünge geholfen wurde. Für Robert war es nicht mehr als Hohn. Niemand konnte sehen, was hinter den geschlossenen Türen geschah.

»Was Neues von diesem Akif Kaplan?«, fragte Robert.

»Nein.«

»Diener?«

Roberts Handy klingelte. Auf dem Display konnte er den Namen Serner lesen. Er drückte den Anruf weg. »Wenn du dich an deBuer dranhängst, sei vorsichtig.«

Er nahm einen Ring aus der Hosentasche und warf ihn Maxim zu. »Da ist ein Stempel eingraviert. Der sieht besser aus als bei Paulus.«

Maxim schaute auf die Innenseite von Verhoevens Smaragdring. Ein vorsichtiges Lächeln wuchs in seinen Mundwinkeln. Vielleicht würde dieser Ring sie zu dem verdammten Club führen, wenn sie mit Kristmann oder der Website nicht weiterkommen sollten.

»Und sag mir sofort Bescheid, wenn du auf Verhoevens Festplatte irgendwas findest.«

Dienstag

58 // Der Absturz kam schnell. Dabei war sie doch eben noch in bester Laune gewesen. Ach was, Laune, euphorisch. Helena wusste, was sie tun musste, um ihre Mädchen zu finden. *Wenn dieser Motherfucker wieder auftaucht, erkläre ich ihm, dass er auf dem falschen Dampfer ist. Er muss einfach begreifen, dass er damit nicht durchkommt. Verstehst du? Das funktioniert nicht. Und warum funktioniert es nicht? Ganz einfach. Weil Gott sieht, was er tut. Hast du das vergessen? Gott ist allmächtig. Und Gott wird dich grausam bestrafen. Aber nicht, wenn du umkehrst. Nein, nicht, wenn du umkehrst. Wenn du … wie heißt das Wort? Verdammt noch mal, wie heißt das Wort? Wenn man etwas wiedergutmachen will. Du hast Schuld auf dich geladen, und du tust … Vergebung? Nein, nicht Vergebung. Es fängt mit R an. Ich weiß das verdammte Wort nicht. Wieso weiß ich das verdammte Wort nicht? Es liegt daran, dass die mir was gespritzt* *haben. Was haben die mir gespritzt? Hey, was haben die mir gespritzt?*

Innerhalb von wenigen Minuten löste sich das gute Gefühl auf. Ein zähfließender Teer breitete sich in ihr aus, besetzte die Synapsen, und die Euphorie färbte sich schwarz. Sie kämpfte dagegen an. Stellte sich vor, wie sie über das Meer flog. Das Meer, das sie gesehen hatte, als sie in Fatimas Wagen saß und vom Flughafen zum Hotel fuhr. Aber das Meer war auch wie Teer. Dämpfe stiegen hoch, die ihr die Luft nahmen.

Mein Puls rast, ich atme, als hätte ich einen Marathon hinter mir. Ich muss mich genau beobachten. Erst wenn ich weiß, was sie mir in die Vene gejagt haben, kann ich sie besiegen. Mein Kopf ist heiß, als hätte ich Fieber. Gleichzeitig habe ich kalte Füße. Mein Bein tut nicht mehr weh. Mein Mund ist trocken.

Sie spuckte aus. Zweimal, dreimal. Dann übergab sie sich.

Zuerst hatte sie vermutet, es wäre Heroin. Aber es war kein Heroin. Es war etwas anderes, etwas das weitaus giftiger war. Es verursachte den gleichen Höhenflug. Diese großartige Euphorie. Das Wissen, dass sie unbesiegbar war. Absolut unbesiegbar. Aber auch einen fürchterlicheren Absturz.

Wenn Gott je eine Tochter hatte, dann war ich es. Denn jetzt bin ich nicht mehr Gottes Tochter. Jetzt bin ich ein beschissener Wurm. Ich bade in Schmerzen, ich denke Schmerzen, gebäre Schmerzen, atme, schwitze, kotze Schmerzen. Ich kotze Methamphetamin. Crystal. Oh Gott, wenn sie mir dieses Scheißzeug gespritzt haben, bin ich am Arsch. Ich weiß es. Die Scheiße ist hoch toxisch. Es bewirkt eine irr-

sinnig hohe Ausschüttung von Adrenalin und Dopamin. Dadurch produzieren die MAO-Enzyme Sauerstoffradikale, die die Mitochondrien und die Nervenausläufer zerstören. Ich weiß das, weil ich es gegoogelt habe, weil Sophie in der Schule einen Aufsatz schreiben sollte, weil die Lehrerin den Kindern klarmachen wollte, was Drogen anrichten können, weil ein paar Ältere an der Schule Gras rauchen. Mama, wer ist Mao? Helena hatte gelacht. Dann hatte sie bei Wikipedia nachgeschaut.

Willst du es wörtlich wissen? Achtung! Die Monoaminooxidasen (MAO) sind mitochondriale Enzyme, die Monoamine durch Desaminierung mithilfe von Wasserstoff und Sauerstoff zu den entsprechenden Aldehyden, Ammoniak und Wasserstoffperoxid abbauen. Diese Reaktionen sind Teil der Biotransformation in Eukaryoten, sie dienen dem Abbau giftiger Substanzen. MAO-A und MAO-B finden sich im Gehirn in den Astrozyten und Neuronen, aber auch außerhalb des Gehirns. Beide MAO-Enzyme sind vorwiegend in der Außenmembran der Mitochondrien lokalisiert. Hihi, huhu, haha. Ich weiß es. Ich weiß es. Mein Gehirn ist noch nicht gegrillt worden. Aber das kommt noch, weil ich weiß, was mich noch erwartet: Depression, Panikattacken, Schlafstörungen, Hirnschädigungen. Ich werde mir die Haut aufkratzen, weil da irgendwas ist, das mich stört. Aber das ist nicht so schlimm, weil mein Herz sowieso versagen wird. Oder mein Hirn. Und wenn das nicht, dann durchlaufe ich eine starke Persönlichkeitsveränderung, bekomme Halluzinationen oder Psychosen. Ich muss ihn dazu bringen, dass er mir nicht wieder was spritzen lässt. Ich muss ihm sagen, dass ich die Informationen von Gibran habe. Nein, das weiß er ja schon. Also was anderes. Ich könnte so tun, als würde ich mit ihm zusammenarbeiten und Gibran in eine Falle locken. Aber in Wirklichkeit … in Wirklichkeit. Was ist in Wirklichkeit? Was habe ich eben gedacht? Ich wollte was denken, aber ich weiß nicht mehr, was es war.

Ihre Beine zuckten, als die Krämpfe zunahmen. Sie lag auf dem Bett. Sie war ein Tempel aus Schmerz. Und sehnte nichts mehr herbei als die Erlösung von den Ängsten, die ihr die Luft zum Atmen nahmen. Eine Möglichkeit wäre, das Seil, das ihre Hände mit dem Haken in der Decke verband, um ihren Hals zu legen. Sie sah nach oben. Ob der Haken sie wohl halten konnte?

Dienstag

59 // Fatima war müde. Die Ringe unter den Augen ließen sich kaum noch überschminken. Duschen half nur für ein paar Augenblicke, Kaffee ließ sie nervös und ungeduldig werden. Seit Samstag hatten sie nichts von Leyla gehört. Robert und sie saßen in der Hotellobby, die Handys auf dem Tisch und bereit, im nächsten Augenblick einen Tipp, einen Hinweis, eine Adresse genannt zu bekommen. Ein Kellner brachte den wievielten Mokka? Sie hatte aufgehört, durch Kadirga zu laufen und ein Foto von Helena herumzuzeigen, weil niemand etwas wusste oder wissen wollte. Helena war nicht mehr hier. Wenn sie überhaupt noch am Leben war und nicht schon längst am Grund des Bosporus lag, mit vierzig Kilo Beton an den Füßen.

Ein Gedanke, der wie ein Elefant im Raum stand und den sie dennoch zu ignorieren versuchten. Robert war erst vor einer Stunde im Hotel angekommen. Er hatte ihr von Verhoeven und Rita Martens erzählt. Und dass Rita seitdem, genau wie ihr Bruder, untergetaucht war.

»Du hast von diesem Netzwerk von Frauen gesprochen.«

»Und?«

»Gehört Rita Martens dazu?«

»Woher soll ich das wissen?«

»Wer noch? Leyla?«

»Hör zu, Robert, das Netzwerk heißt Nemesis. Die Frauen, die dazugehören sind anonym. Es gibt keine Dateien mit Namen, keine Telefonnummern, keine E-Mailadressen. Ein paar Frauen wissen von anderen Frauen, die wiederum weitere Frauen kennen. Nur so ist zu verhindern, dass irgendjemand irgendetwas darüber erfährt.«

»Und Gibran? Gehört der auch dazu?« Eine Provokation, die sie nicht weiterbrachte. Robert wusste es, kaum dass er den Satz ausgesprochen hatte. »Wieso meldet diese Leyla sich nicht?«

»Sie wird sich melden.«

»Ja, wenn Helena und die Mädchen tot sind. Vielleicht machen wir einen Fehler«, sagte Robert.

»Wir machen dauernd Fehler. Sonst würden wir nicht hier sitzen«, entgegnete Fatima müde.

Paulus war tot, Verhoeven war tot. Diener war verschwunden und Serif Bey, der wahrscheinlich Akif Kaplan hieß und ebenso wahrscheinlich der Kopf des Netzwerkes war, war ein Phantom. Er gehörte dem türkischen Konsulat in Berlin an. Es gab Fotos, aber darauf war er meist nur von hinten zu sehen. Er konnte jedermann sein.

»Ich muss duschen«, sagte Robert.

Als er aufstand und zum Aufzug ging, meldete sich Fatimas Handy. Eine kurze Nachricht. *»Wollen wir Mama heute besuchen?«* Fatima sprang sofort aus dem Sessel auf und lief Robert hinterher. Sie erwischte ihn, bevor die Aufzugstür sich schloss. Wortlos zeigte sie ihm die SMS.

»Leyla?«, fragte Robert.

»Ja.«

Auf der Fahrt erfuhren sie die Adresse, an der Helena angeblich gefangen gehalten wurde. Ob sie noch lebte, ob die Mädchen bei ihr waren, ging aus der SMS nicht hervor. Das mussten sie vor Ort in Erfahrung bringen.

Die Adresse lag in Tuzla. Zweihundertzwanzigtausend Einwohner, am östlichen Stadtrand von Istanbul gelegen, Heimat einer Formel-1-Rennstrecke, einiger Werften und eines Viertels, in dem sich die reichen Rentner vor dem Trubel der Stadt versteckten. Aber auch mit einem Viertel am Hafen, in dem Tausende illegale Einwanderer hausten. Das machte den Stadtteil unübersichtlich und unkontrollierbar. Fatima dirigierte das Taxi zum Hafeneingang. Sie schlugen sich in einen Hauseingang, schlüpften beide in Tschadors, die Fatima unterwegs gekauft hatte, zogen die Schleier über die Köpfe und liefen eine Viertelstunde, bis sie ein dreistöckiges Haus erreicht hatten. Es beherbergte eine Wäscherei. Sie warfen kurze Blicke auf das eiserne

Tor. Schräg gegenüber dem Haus lag die Ruine einer Fabrik, deren ursprünglicher Zweck nicht mehr erkennbar war.

Robert stieß die klapprige Holztür auf. Zu zweit kletterten sie eine baufällige Treppe hoch in den ersten Stock. Von dort hatten sie einen guten Ausblick auf die Wäscherei. Es waren weit über dreißig Grad, und sie schwitzten unter dem schwarzen Stoff. Eine Stunde lang beobachteten sie das Tor, bis ein Lieferwagen die Straße entlangrollte und auf das Gelände der Wäscherei einbog. Der Lieferwagen sah aus wie der, den Robert in dem Hof neben der Lagerhalle gesehen hatte. Zumindest hatte er die gleiche Aufschrift auf der Seite. Çamaşırhane Servisi. Wieso hatte er nicht nach dem Wagen gesucht? Wieso hatte er dem Wagen keine Bedeutung beigemessen?

»Sieht so aus, als wären wir hier richtig«, sagte er. »Ist nur noch die Frage, wie wir da reinkommen.«

Die wichtigere Frage, ob Helena oder die Kinder überhaupt dort waren, und falls ja, ob sie noch lebten, blieb unausgesprochen.

Dienstag

60 // Maxim hatte den Juwelier Kristmann am Sonntag auf dem Tenniscourt des *LTTC Rot-Weiß* ausfindig gemacht. Der Mann war in der Zeit vor dem Fall der Mauer eine Berliner Koryphäe in Sachen Finanzskandal gewesen. Als Mitglied der CDU hatte er überall seine Finger drin, wenn es darum ging, Geld aus öffentlichen Projekten abzuzweigen. In den letzten Jahren war es allerdings still um ihn geworden.

Kristmann hatte Maxim zuerst ignoriert und die Security gerufen. Als er ihm jedoch gedroht hatte, der Presse eine Nachricht zukommen zu lassen, wonach sein Name in Verbindung mit dem Club der Humanisten stand, war Kristmann eingeknickt. Er hatte den Ring betrachtet und festgestellt, dass er in einer Werkstatt, die für ihn arbeitete, angefertigt worden war. Wer die Ringe gekauft hatte, wusste der Juwelier nicht auswendig zu sagen. Maxim wollte eigentlich sofort zu Kristmanns Laden fahren, um die Namen zu erfahren, doch dann hatte deBuer ihn angerufen. Die Polizisten, die das Haus bewachten, in dem sie Vitali Adam versteckten, waren zu einem Überfall gerufen worden. Das hieß, das Haus war unbewacht. Er war zu der Adresse gefahren. Vitali Adam war verschwunden. Zuerst hatte er noch gehofft, dass der wichtigste Zeuge einfach abgehauen war. Aber dann hatten Spaziergänger eine Leiche gefunden.

Jetzt stand Maxim in dem kleinen Wäldchen nördlich des Hubertussees. Vor ihm stand Vitali Adam. Das Sonnenlicht drang nur in Streifen durch das Blätterdach. Die Eichen blühten seit ein paar Wochen, die Buchen schon etwas länger. DeBuer hatte ihm das gezeigt, als sie vor einem Jahr den Mord an einem Stricher nur anhand der Baumblüten aufgeklärt hatten. Nun würden die Blüten nichts nützen. Vitali stand aufrecht. Er stand aufrecht, weil man ihn an eine Eiche gebunden hatte. Zu seinen Füßen glommen noch die Reste eines Feuers. Die Flammen mussten vier Meter hoch geklettert sein. Die Rinde der Eiche war verkohlt. So wie Vitali. Seine Kleidung hing in Fetzen von ihm herab, soweit sie nicht mit der verbrannten Haut verschmolzen war. Der Kopf war kahl, die Augenhöhlen leer. Zwei Reihen weißer Zähne leuchteten zwischen den Resten der Lippen hervor. Berger und zwei Kollegen hatten den Tatort in einem Kreis von vier Metern abgesperrt. Wahrscheinlich würden sie bei der KTU Reste eines Brandbeschleunigers finden. Vielleicht Spuren von Stiefeln oder die Herkunft des Seils, mit dem Vitali gefesselt worden war. Vielleicht hatte ein Spaziergänger etwas gesehen. Vielleicht auch nicht.

Als er wieder im Präsidium war, begegnete ihm deBuer auf dem Weg zum Kaffeeautomaten. Gemeinsam warteten sie darauf, dass die Maschine die braune Brühe ausspuckte. Der Kaffee schmeckte nicht einmal schlecht, seit sie selbst die Bohnen kauften. Anschließend gingen sie zu einem Fenster und sahen auf die Straße hinaus.

»Danke für die Einladung zu deiner Hochzeit«, sagte deBuer.

»Klar.«

»Was soll ich dir schenken? Bügeleisen?«

»Wir stellen eine Spardose auf, für die Hochzeitsreise.«

»Wo soll es hingehen?«

»Hawaii. Big Island.«

»Martha und ich waren auf Mallorca. Da haben wir uns zum ersten Mal gestritten. Von da an ist es bergab gegangen. Hochzeitsreisen muss man machen, *bevor* man heiratet. Und weißt du warum? Du lernst deine Frau erst dann so richtig kennen, wenn ihr euch irgendwo verfahren habt, oder wenn es im Restaurant keinen Tisch mehr gibt, und Kakerlaken im Zimmer sind.«

»Jemand hat die beiden Jungs von dem Haus weggelotst.«

»Wissen die, wer es war?«

»Die Einsatzzentrale.«

»Und die sind einfach so abgezogen?«

Maxim trank seinen Kaffee aus. Es fühlte sich seltsam an, neben einem Mann zu stehen, der einerseits sein Vorgesetzter war, und dem er andrerseits nicht mehr vertraute. Er hatte deBuer noch nicht auf die Anrufe in Ostende angesprochen. Er brauchte Beweise. Er musste hundertprozentig sicher sein, dass deBuer das Leck war. Und er brauchte jemanden, dem er die Beweise zeigen konnte.

»Je älter man wird, umso mehr braucht die Arbeit als Polizist Motivation«, sagte deBuer. »Und Motivation ist etwas, das ich in meinem Ökosystem immer seltener finde. Ich muss von Jahr zu Jahr tiefer graben, um morgens einen Grund zu finden, für den es sich lohnt aufzustehen. Ich bin wie ein verlassenes Bergwerk, in dem noch ein paar letzte Krümel Kohle liegen. Wenn die aufgebraucht sind …«

Maxims Handy unterbrach den Redeschwall. »Ja?«

Er wandte sich ab. Hörte eine Weile dem Anrufer zu. Dann beendete er das Gespräch wortlos. Er atmete durch. Wollte entspannt und normal erscheinen. Obwohl das, was er soeben gehört hatte, ihn auslaugte, als hätte er ein paar Liter Blut zu viel gespendet.

»Ismael«, sagte er zu deBuer. »Wir sind uns bei der Gästeliste noch nicht einig.«

DeBuer nickte grinsend, als würde er die Vorboten einer Ehekrise sehen. »Was ist eigentlich mit dem Ring?«

»Kristmann will nachsehen, an wen die verkauft worden sind. Dann ruft er mich an.«

»Oder er ruft die an, an die er verkauft hat. Und die Festplatte von Verhoeven?«

»Wird noch untersucht.«

»Genauso wie Paulus' Handy?«

Es waren nur Nuancen, die den Stimmungswechsel ankündigten. Maxim sah seinem Chef in die Augen. Er sah ein wütendes Funkeln und dahinter abgrundtiefes Misstrauen.

»Sag mir nicht, dass du da drinsteckst«, sagte deBuer.

»Wo drin?«

»Du weißt genau, was ich meine. Und ich schwöre dir, Maxim, wenn du damit zu tun hast, mache ich dich fertig.«

Wie bitte? Verdächtigte deBuer ihn, das Leck zu sein? Eben noch hatte er von Ismael erfahren, dass deBuer in Bezug auf die Anrufe in Ostende gelogen hatte. Eben noch hatte er gedacht, dass deBuer die beiden Polizisten nach Hause geschickt hatte. Was sollte das bedeuten? Ein Ablenkungsmanöver?

»Ich will morgen die Ergebnisse von der Festplatte und dem Handy auf dem Tisch haben, verstanden?«

Bevor Maxim noch antworten konnte, ging deBuer den Flur entlang zu seinem Büro.

61 // Helena wusste nicht, wie lange sie geschlafen hatte. Eine Stunde, drei, fünf? Als sie aufwachte, hatte ein Heer von Tigermücken sie als Nahrungsquelle ausgesucht und ihre Haut in eine Landschaft aus kleinen, roten Pusteln verwandelt. Das Jucken machte sie wahnsinnig. Im Schlaf hatte sie sich gekratzt, weshalb einige Stiche angefangen hatten zu bluten, was nun noch mehr Mücken anlockte. Ihre Lippen waren rau und der Geschmack in ihrem Mund ekelhaft. Die Wasserflasche, die ihr jemand neben das Bett gestellt hatte, war umgefallen. Nur noch ein paar Tropfen, um einen unbändigen Durst zu stillen. Helena versuchte, sich zu konzentrieren. Wenn wieder einer von den Männern kommen würde, um ihr einen Schuss zu setzen, würde sie versuchen, mit ihm zu flirten. Das T-Shirt ausziehen, den BH. Ihm ihre Brüste zeigen, seine Hand nehmen und sie zwischen ihre Beine führen. Wenn er auf das Angebot einging, würde sie zuschlagen, auf den Kehlkopf. Sie wartete. Versuchte den Körper zu ignorieren, der nach einem neuen Schuss verlangte. Das Kribbeln in den Muskeln machte sie wahnsinnig.

Eine Melodie drang zu ihr durch. Kam sie aus dem Radio, das unablässig dudelte und bei dem jemand permanent den Sender änderte, oder war sie in ihrem Kopf? »Oh! Darling, please believe me I'll never do you no harm …« Sie kannte das Lied. Bei ihrer Hochzeitsfeier hatten sie eine Band engagiert und Robert hatte Beatles-Lieder für sie gesungen. War es kitschig? Natürlich war es kitschig. Aber sie hatte den Moment geliebt, und sie hatte Robert geliebt, und sie hatte geliebt, dass er sich zu ihr bekannt hatte. Laut und leidenschaftlich und überschwänglich. Der heiratet dich niemals, hatten alle noch eine Woche zuvor gesagt. Und dann hatte er ihr das Ja-Wort gegeben. »Oh! Darling, if you leave me, I'll never make it alone …« Damals war die Leere verschwunden. Und wenn sie sich anstrengte, würde sie auch jetzt verschwinden.

Die Musik wurde leise gestellt. Schritte näherten sich. Der Schlüssel im Schlüsselloch. Sie schloss die Augen, tat so, als sei sie ohnmächtig. Sie blinzelte, sah nackte Füße. Das war keiner der Männer, die sie hierhergebracht hatten. Es war eine Frau. Alt. Vielleicht siebzig Jahre alt. Wieso schickten die ihr eine Frau? *Weil sie denken, dass du am Ende bist, und dich nicht mehr wehren kannst. Und weil sie recht haben.* Helena öffnete die Augen. Als die Alte ihren linken Arm aus dem Seil befreite, die Vene mit einer Hand abdrückte und mit der anderen eine Spritze in die Armbeuge stach, größer als die anderen davor, wusste sie, warum sie ihr die Alte geschickt hatten. Sie brauchten sie nicht mehr. Sie war Müll, der verschwinden musste. Die Alte war rabiat. Verpasste die Vene, zog die Nadel aus der Armbeuge, stach erneut zu. Traf die Vene wieder nicht, versuchte es noch einmal. Und noch einmal. Und dann drückte sie den Inhalt der Spritze einfach so in den Arm. Helena spürte, wie das Gewebe zu brennen anfing.

»Du hast eine schöne Uhr«, sagte die Alte.

Sie sprach deutsch. Lächelte Helena an und zeigte die verfaulten Zähne in ihrem Mund. Ihr Atem roch nach Knoblauch und saurer Milch.

»Warum sprichst du so gut deutsch?«, fragte Helena.

Die Droge entfaltete nur eine geringe Wirkung. Es war nicht die Explosion wie bei den Malen zuvor. Eher ein sanftes Streicheln.

Die Alte hob die Schultern mit einem gleichgültigen Gesichtsausdruck. Nur ihre Augen glänzten, waren auf die Uhr geheftet. »Die brauchst du nicht mehr.«

Die Welle aus Euphorie blieb aus. Nur ein leichtes Gefühl des Mutes und der Freude, das Helenas Sinne benebelte.

»Willst du sie haben?«, fragte Helena. »Es ist eine Rolex. Kennst du Rolex? Die hat mir mein Mann geschenkt.«

Die Alte grinste verächtlich. »Du gehst nirgendwo mehr hin.«

Du gehst nirgendwo mehr hin. Sie wollten sie tatsächlich umbringen und dann verschwinden lassen. Dazu benutzten sie die Alte. Wahrscheinlich war Serif Bey schon gar nicht mehr in der Nähe. Und die Männer waren auch verschwunden.

»Hast du Kinder?«, fragte Helena. »Ich habe zwei Mädchen. Sie sind entführt worden. Ich suche sie. Du kannst die Uhr haben, wenn du mir hilfst.« Sie nahm die Uhr vom Handgelenk, hielt sie der Alten hin. Lächelte freundlich. »Nimm sie.«

Die Alte zögerte, als sei sie nicht sicher, als würde eine Stimme sie vor der Falle warnen. Aber dann war die Stimme zu leise und die Gier zu groß. Sie griff nach der Uhr, und im selben Moment schlug Helena zu. Mitten ins Gesicht. Brach ihr das Nasenbein. Die Alte schrie auf, taumelte rückwärts und stolperte über einen Stuhl. Als sie zu Boden stürzte, war ein deutliches Knacken zu hören. Danach blieb sie wimmernd liegen. Helena befreite die rechte Hand aus der Schlinge. Horchte an der Brust der Alten. Sie atmete. Das war schon mal gut. Helena nahm die Uhr, streifte sie über das linke Handgelenk, schloss den Bajonettverschluss. *Roberts Uhr bleibt nicht zurück.* Die Schmerzen im rechten Bein zogen sich zurück. Jetzt bemerkte sie, wie das Zeug von den Kapillaren zum Herzen und weiter zum Gehirn transportiert wurde.

Sie taumelte, vor ihren Augen verformte sich der lange Gang. *Da ist er wieder, der Geruch von frisch gewaschener Wäsche. Das Rattern von Maschinen, die Rufe einiger Frauen.* Seltsam dünne, schwarze Figuren schwebten auf sie zu. Sie wehrte sie ab, schlug nach ihnen, taumelte weiter. *Auf das Licht zu, das eine Kugel ist und sich von ihr entfernt.* Eine Treppe. Helena wusste, dass sie auf dieser Treppe in den Keller geschleift worden war. *Aber die Stufen sind hoch und die Treppe steil.* Steiler, als sie sie in Erinnerung hatte. Auf allen vieren kroch sie vorwärts. Stufe um Stufe nach oben. Bis sie die Tür erreichte, hinter der etwas wartete, das sie nicht kannte. Sie lauschte. *Stimmen. Gebrülle von Tausenden. Manche nah, andere weit entfernt. Sind die draußen oder in ihrem Kopf?* Sie waren überall, versammelten sich zu einem pulsierenden Rauschen. Stülpten sich über sie, stießen Worte aus wie schwarze Tinte. *Was hat die Alte mir verdammt noch mal gegeben?* Immer noch auf allen vieren, drückte sie vorsichtig die Tür auf. *Ein Hof, in dem zwei Lieferwagen stehen, die eigentlich Elefanten sind und auf hohen Beinen stehen, die wie Stelzen aussehen.*

Schwäne baden im Sand. Eine Frau belädt einen Lieferwagen, nimmt Wäsche aus Schubladen an ihren Beinen. Ein Mann mit einem schwarzen Schnurrbart tritt vor sie. Er macht große Augen, als wunderte er sich, sie hier zu sehen. Sie kennt ihn. Du bist Salvador Felipe Jacinto Dalí i Domènech, auch Marqués de Púbol. Geboren am 11. Mai 1904, gestorben am 23. Januar 1989. Wichtiger Maler des Surrealismus. Deine Themen sind Träume, Rausch, Fieber, Religion. Du hast den spanischen Diktator Franco verehrt. Aber du kannst nicht hier sein, Salvador Dalí, weil du in Katharinas Aufsatz bist. Geh weg. Verschwinde! *Aber er verschwindet nicht. Sein Kopf verformt sich, Stützen wachsen aus seinem Kinn und bohren sich in die Erde.*

Es ist nicht echt, Helena, es ist nur eine Fantasie, ausgelöst von etwas, das in deinen Arterien und Venen schwimmt und dein Gehirn besetzt hat. Du musst dich zusammenreißen und zu dem Lieferwagen gehen und dich im Laderaum verstecken. Nein, nicht jetzt schon! Du musst warten, bis die Frau weggegangen ist, die den Lieferwagen belädt. *Während ein Tiger auf sie zuspringt, mitten im Sprung verharrt und zu einer Wolke aus Schmetterlingen wird, die sich zu einem Segel formen und den Lieferwagen in Bewegung setzen. Hinaus auf die hohe See der roten Straßen.* Du musst die Halluzinationen zurückdrängen, dich konzentrieren, die Realität erkennen. *Auf allen vieren kriecht sie über einen See aus Spiegeln auf den Lieferwagen zu. Ein Schiff, das Beine hat, blaue Beine und Arme, die zwischen den Segeln wachsen.*

Das war ihre Realität. Jeder andere hätte eine andere Realität gesehen. Eine der vielen, die es gibt. Zum Beispiel die einer Frau, die über den Boden kriecht, zwischen Steinen, Zigarettenstummeln, Hühnerscheiße hindurch. Vorbei an Lieferwagen, die in Reih und Glied stehen. Weil alle vor dem Fernseher sitzen und das Spiel Beşiktaş gegen Başakşehir FK, den Erdogan-Club, anschauen. Es steht eins zu null für Beşiktaş, und das Geschrei ist groß. Alle fiebern mit Beşiktaş mit.

Nur zwei Personen nicht. Sie standen etwa fünfzig Meter entfernt auf der anderen Straßenseite im ersten Stock einer verlassenen Fabrik und dachten darüber nach, was sie tun konnten.

Dienstag

62 // Leylas Tipp war richtig gewesen. Sie hatten Helena gefunden. Endlich. Aber was sie sahen, war alles andere als ermutigend. Sie sahen Helena, die mit einem Seil um den Hals über den Boden robbte. Die Richtung wechselte. Zum Tor hin und wieder weg. Sie sahen Autos. Frauen, die umherliefen. Das verschlossene Tor.

»Was machen wir?«, fragte Fatima.

Mit dem geschulten Blick eines Polizisten scannte Robert die Umgebung.

»Es sind bestimmt ein Dutzend Frauen auf dem Gelände, die hauptsächlich die Wäsche waschen. Drei Männer in dem Zimmer rechts schauen ein Fußballspiel.«

»Beşiktaş gegen Başakşehir FK«, las Fatima von ihrem iPhone ab.

»Wann hat das Spiel angefangen?«

»Es müsste bald zu Ende sein.«

»Wie steht es?«

»Eins zu null für Beşiktaş. Was meinst du? Ist sie alleine, oder ist Sophie bei ihr?«, fragte Fatima.

Unmöglich zu sagen. Robert prägte sich die Gegebenheiten in dem Hof ein. Links der Eingang zur Wäscherei, davor die Lieferwagen. Rechts der Raum, in dem die Männer vor einem Fernseher saßen. Helena mitten im Hof auf der Erde.

»Wir gehen folgendermaßen vor.« Robert erklärte seinen Plan.

Fatima zieht den Tschador wieder an und versteckt sich unter einem Niqab. Dann geht sie zum Tor. Klopft und wartet, bis jemand öffnet. Robert steht neben dem Tor und schaltet die Person, die das Tor öffnet, aus. Wenn es einer der Männer ist, nimmt er ihm die Waffe ab, wenn es eine der Wäscherinnen ist, kommen sie wenigstens in den Hof rein. Fatima geht zu Helena und bringt sie zu einem der Lieferwagen. Sie steigen beide ein. Halt. Fatima muss sich vorher vergewissern, dass der Schlüssel steckt. Den Motor noch nicht starten. Robert legt zuerst die zwei Pkws still, die weiter hinten im Hof stehen. Dann schließt er die Tür zu dem Raum, in dem die Männer sitzen. Auf Zuruf von Robert startet Fatima den Lieferwagen. Robert steigt ein. Fatima gibt Gas, sie rammt das Tor auf und biegt sofort nach rechts ab. Sie fahren in Richtung Westen zum Bosporus. Dort in ein Boot, das Fatima telefonisch mietet und dann in Richtung Norden. Alles Weitere werden sie sehen.

Der Plan war gut. Sie hatten alles bedacht. Und dann ging fast alles schief. Fatima klopfte an das Tor, mindestens zehn Minuten lang, aber niemand öffnete. Erst als ein weiterer Lieferwagen Wäsche brachte, vor dem Tor hielt und hupte, änderte sich die Situation. Robert stieg auf der Beifahrerseite in den Lieferwagen ein, schlug den Fahrer nieder, stieß ihn aus dem Führerhaus und übernahm das Steuer. Mit Vollgas krachte er zuerst durch das Tor, raste über den Hof und dann gegen die Tür zu dem Raum, in dem die Wachmänner brüllend das Fußballspiel verfolgten. Die Mauer stürzte ein, das Dach gab nach und begrub die Männer unter sich. Augenblicklich verstummten sie. Lediglich der Kommentator war weiterhin mit hysterischem Gekreische zu hören. Da die Tür des Lieferwagens durch den Aufprall demoliert war, musste Robert die Windschutzscheibe heraustreten, um auszusteigen. Fatima hatte unterdessen Helena zu einem anderen Lieferwagen geschleppt, fand aber keinen Schlüssel im Zündschloss. Was jetzt? Durch den Lärm aufgeschreckt, kamen Wäscherinnen aus dem Haus. Zuerst wussten sie nicht, was sie tun sollten, doch als sie sahen, wie Fatima Helena zum nächsten Lieferwagen schleppte, blieben sie stehen und schauten unbewegt. Eine von ihnen kam auf Fatima zu.

»Leyla'yı tanıyormusunuz?«, fragte sie unter dem Niqab. [Kennt ihr Leyla?]

Fatima sah sie überrascht an. Zwei leuchtend blaue Augen hinter dem schmalen Spalt, den der Stoff freigab.

»Evet«, antwortete sie. [Ja.]

Die Verschleierte nickte.

»Çabuk, acele edin. Allah'a emanet olun«, flüsterte sie. [Schnell, beeilt euch. Allah wird euch beschützen.]

Robert hatte inzwischen den zweiten Lieferwagen gestartet, in dem der Schlüssel steckte. Er stieg aus und ging auf Fatima und Helena zu. »Ist Sophie hier?«, schrie er.

Keine Antwort.

»Helena! Ist Sophie hier irgendwo?«

»Ich weiß es nicht.«

»Einsteigen!«, brüllte er.

»Was hast du vor?«, schrie jetzt auch Fatima.

Robert nahm die Pistole aus dem Gürtel, stürmte durch die Tür, durch die Helena gekommen war, und rannte die Treppe hinunter in den Keller.

»Katharina! Sophie!«

Er sah in jeden Raum hinein, die Waschküche, den Raum mit den Trocknern, den Bügelraum, in dem riesige Wäschemangeln standen. Er sah hinter jeden Wäschekorb. Überall starrten ihn verunsicherte und verängstigte Augen an. Die meisten Frauen hatten die Niqabs abgelegt.

»Girls! Where are the girls?«

Die Frauen verstanden ihn nicht.

»Kız? Kız?«

Die Frauen schüttelten die Köpfe. Weiter. Die nächsten Räume. Überall schlug ihm unerträgliche Hitze entgegen. Und überall arbeiteten Frauen in Tschadors. Schwitzend, die Köpfe rot von der Hitze.

»Kız? Kız?«

Kopfschütteln.

Mit der Hilfe der Verschleierten zog Fatima die bewusstlose Helena zur Beifahrerseite des Lieferwagens und schob sie auf den Sitz. Als sie selbst in den Wagen einsteigen wollte, krachte plötzlich eine Kugel neben ihr in die Fahrertür. Fatima verlor den Halt und stürzte zu Boden. Einer der Männer hatte sich aus den Trümmern befreit. Er war über und über mit Staub bedeckt, der von Blut durchtränkt war, und taumelte. Fatima raffte sich wieder auf. Versuchte erneut einzusteigen.

»Steig ein!«, schrie Robert, als er zurück in den Hof kam. Die nächsten Kugeln schlugen in die Karosse des Lieferwagens ein. Eine erwischte Robert am rechten Arm. Er schrie auf, kletterte mühsam auf den Fahrersitz und schoss zurück. Helena neben ihm sah ihn verwirrt an. *Was passiert hier?* Sie wollte aus dem Wagen aussteigen. Robert hielt sie mit der linken Hand fest, versuchte mit der rechten die Maschine wieder zum Laufen zu bringen. Das Jaulen des Anlassers. Robert brüllte die Kiste an. Und dann endlich. Der Motor begann zu laufen. Sie konnten losfahren. So schnell wie möglich weg von hier. Aber Fatima war nirgends zu sehen. Wo war sie?

Fatima stand neben der Beifahrertür und blickte in den Lauf einer Glock. Die Waffe zitterte in der Hand des Mannes. *Es ist vorbei, Fatima.* Sein Gesichtsausdruck schwankte, oszillierte zwischen Wut und Bestürzung. *Es ist vorbei, Fatima.* Sein rechter Zeigefinger krümmte sich. Bis er ein Geräusch hinter sich hörte. Er drehte sich herum und sah noch den Schatten der Eisenstange, die auf seinen Kopf niederging. Die Verschleierte stand über ihm. Zitterte, atmete schwer.

»Steig ein!«, befahl Robert. »Fatima! Wir müssen hier weg!«

Fatima stieg nicht ein. Sie stand mit leerem Blick. Als würde sie aus einem Traum erwachen, unfähig sich zu bewegen, weil sie die Orientierung verloren hatte. Die Verschleierte ließ die Eisenstange fallen und rannte davon.

»Fatima!«

Robert kletterte über Helena hinweg, ergriff Fatimas Hand und wollte sie in den Wagen hineinziehen. Doch Fatima riss sich von ihm los. Hob die Pistole des Mannes auf, schoss auf ihn, bis das Magazin leer war. Dann ließ sie sich in den Wagen hineinziehen. In dem Moment heulte der Motor auf. Helena saß auf dem Fahrersitz. Trat auf das Gaspedal. Unkontrolliert raste das Gefährt rückwärts auf das Tor zu, riss die eisernen Flügel aus der Verankerung. Auf der Straße krachte sie gegen einen parkenden Wagen. In dem Moment wurde die Fahrertür des Lieferwagens aufgerissen. Ein weiterer Mann. *Wo kommt der her?* Er riss an Helenas Armen. Wütende Flüche. Hass und Verachtung in den Augen. Robert stemmte sich vom Sitz hoch und trat dem Mann gegen den Kopf. Ein deutliches Knacken war zu hören. Der Mann brach zusammen, ließ Helenas Arm los. Der nächste Mann erschien an einem Fenster im ersten Stock. Er hielt ein Handy ans Ohr und schrie Unverständliches hinein. Dabei zeigte er mit ausgestrecktem Arm auf den Lieferwagen.

»Du fährst!«, sagte Robert zu Fatima. Er zog Helena vom Fahrersitz herunter, damit Fatima sich hinters Steuer klemmen konnte.

Fatima legte einen Vorwärtsgang ein, das Getriebe protestierte krachend, bevor der Wagen sich mit einem Ruck in Bewegung setzte und donnernd die Straße hinunterraste.

Robert deutete auf den rechten Außenspiegel. »Da ist jemand hinter uns her.«

Einer der Wagen, die im hinteren Teil des Hofes geparkt waren, verfolgte sie und setzte immer wieder zum Überholen an.

»Vorne rechts!«, rief Robert.

Fatima zerrte am Lenkrad und bog in die Aydınlı Yolu Caddesi ein. Zwei Kilometer weiter nördlich lag die D 100, die in Richtung Nordwesten zum Bosporus führte. Der Wagen war immer noch hinter ihnen her und versuchte zu überholen, wurde aber vom Gegenverkehr jedesmal abgedrängt.

»Siehst du die Ampel?«, fragte Robert.

Fatima nickte.

»Fahr schneller.«

»Sie ist rot.«

»Fahr schneller!«

Fatima trat aufs Gaspedal. Der Wagen beschleunigte auf achtzig, neunzig, hundert Stundenkilometer.

»Dreißig Meter vor der Ampel trittst du mit aller Kraft auf die Bremse. Wenn du stehst, legst du sofort den Rückwärtsgang ein und gibst Gas.«

Fatima starrte auf die Ampel, fixierte sie wie einen Feind. Als sie dreißig Meter davor war, trat sie so fest auf die Bremse, dass die Reifen blockierten und der Lieferwagen schlingernd auf die Kreuzung rutschte. Robert und Helena wurden nach vorne geschleudert und stießen sich die Köpfe an der Windschutzscheibe. Kurz darauf war ein Ruck zu spüren. Der Wagen, der sie verfolgte, war in das Heck des Lieferwagens gekracht.

»Rückwärtsgang!«, befahl Robert.

Fatima legte den Rückwärtsgang ein.

»Gas!«

Die Hinterräder des Lieferwagens drehten durch. Qualm stieg auf. Dann schob sich das Heck über die Motorhaube des Verfolgers. Quetschten den Fahrer hinter dem Lenkrad ein. Passanten schrien.

Donnerstag

63 // Es war sehr früh am Morgen, als das Handy klingelte. Maxim griff halb schlafend danach, hielt es ans Ohr und flüsterte ein missmutiges *Ja*, weil er Ismael nicht wecken wollte. Heute sollte die Trauung sein. Um zehn Uhr in zweihundertdrei Metern Höhe im Fernsehturm, in einer temporären Außenstelle des Standesamtes Berlin Mitte. Zwei Anzüge hingen an den geöffneten Schranktüren. Der eine in Weiß, der andere in einem Dunkelblau, das sich kaum vom Schwarz abgrenzen wollte. Beide waren perfekt geschnitten, saubere Maßarbeit. Welcher Anzug wem gehörte, war nicht zu erkennen.

»Wer ist es?«, fragte Ismael noch im Halbschlaf.

»Robert.«

»Wie viel Uhr?«

»Fünf.«

»Kommt er?«

»Schlaf weiter.«

Maxim stand aus dem Bett auf und ging ins angrenzende Wohnzimmer. Gläser, Flaschen, Teller erzählten davon, dass sie den Junggesellenabschied intensiv gefeiert hatten. Ein interkonfessioneller Tabubruch. Jude und Moslem, beide Polizisten, der eine aus einer orthodoxen jüdischen Familie, die ihn verstoßen hatte, der andere aus einer der libanesischen Familien verstoßen, die Neukölln beherrschten. Beide schwul. Es war eine Prüfung, wie Gott sie nicht strenger hätte verordnen können, um die Angst und Hass auflösende Kraft der Liebe zu beweisen. Zwei Männer schliefen eng umschlungen auf dem Sofa. Eine Frau hatte sich im Sessel eingerollt wie eine Katze. Hinter einem Sessel lugten drei Beine hervor. Es war nicht zu erkennen, zu wem sie gehörten und wo das vierte Bein geblieben war. Maxim ging in die Küche, weil er die Schlafenden nicht wecken wollte. Er schloss die Tür hinter sich.

»Hast du Helena gefunden?«

Maxim klemmte sich das Handy zwischen linke Schulter und Ohr, befreite die Kaffeemaschine aus einem Berg von Töpfen und Plastikschüsseln, in denen Reste von Hummus, Spinat-Shakschuka, Süßkartoffeln, Huhn, Lamm und Börek langsam vor sich hin trockneten.

»Ja«, antwortete Robert.

»Wie geht es ihr?«

»Geht so.«

»Die Mädchen?«

»Noch nichts.«

»Scheiße.«

»Hast du was Neues über deBuer?«

»Der erste Anruf hat gerade mal fünfzehn Sekunden gedauert.«

»Die Belgier haben gesagt, es hätte keinen Anruf gegeben.«

»Vielleicht hat er einfach nichts gesagt. Dann ist der Anruf abgebrochen worden.«

»Von wem?«

»Lässt sich nicht feststellen. Aber fünfzehn Sekunden reichen nicht, um den Belgiern von der Lagerhalle zu erzählen.«

»Handy?«

»Am nächsten Morgen. Wieder Belgien. Derselbe Anschluss. Das Gespräch hat vier Minuten sechzehn Sekunden gedauert.«

Roberts Schweigen erzählte davon, wie er die Nachricht hinter dieser Nachricht zu verarbeiten versuchte.

»Er hat mich gestern verdächtigt, das Leck zu sein. Aber er ist es«, sagte Maxim. »DeBuer gibt die Informationen an diesen beschissenen Club weiter. Ich schwör es dir.«

Eine Weile schwiegen sie beide. Maxim, weil er darauf wartete, dass Robert reagierte, und Robert, als ob er noch eine letzte Erklärung finden wollte, ein letztes Argument, das den Verdacht zu einem Irrtum erklärte.

»Und es gibt da noch was«, sagte Maxim. »Ich habe deBuers Bankkonto abgefragt. Es gibt ein paar auffällige Transaktionen. Mehrmals zweitausend Dollar von einem Konto in der Türkei.«

»Scheiße.«

»Ja.«

»Hast du auch irgendwas für mich, das sich gut anhört?«, fragte Robert. »Ich dreh sonst durch.«

»Ich war bei dem Juwelier. Ein zäher Hund. Sobald sich was tut, sobald die irgendwas planen, erfährt er es. Dann sagt er mir Bescheid.«

»Kristmann? Der verarscht dich.«

»Glaub ich nicht. Ich hab ihm gesagt, dass sein Name auf der CDH-Liste steht. Er hat nicht reagiert. So als ob ihn das nicht verwundert.«

»Sein Name steht aber nicht auf der Liste.«

»Ja, komisch, oder?«

»Hast du mit jemandem darüber gesprochen?«

»Du meinst mit Serner?«

»Ja.«

»Noch nicht. Ich weiß nicht, was bei dem los ist. Er hält sich bedeckt, organisiert seinen Laden neu. Irgendwie kommt es mir so vor, als würde er sich den Fall vom Hals halten wollen.«

»Erzähl mir nicht, dass er auch mit drinsteckt.«

»Das muss er nicht. Es genügt doch, dass er dem Fall keine Priorität gibt.«

Die Kaffeemaschine spuckte die braune Flüssigkeit in das Auffangbecken aus, weil Maxim vergessen hatte, eine Tasse unter das Ventil zu stellen.

»Warte mal«, sagte er, suchte eine Tasse und fing die letzten Schlucke Kaffee auf. »Bin wieder da.«

»Bist du okay?«, fragte Robert.

»Wir haben gestern Junggesellenabschied gefeiert.«

»Die Hochzeit ist heute? Tut mir leid, dass ich nicht da sein kann.«

»Du hättest dich sowieso nicht wohlgefühlt unter

den ganzen Tunten.« Maxim konnte Roberts Grinsen zweitausend Kilometer entfernt sehen.

»Kommt deBuer zur Hochzeit?«

»Keine Ahnung. Wenn er kommt, frag ich ihn nach den Überweisungen.«

»Okay. Aber sei vorsichtig. Wir wissen nicht, wie tief er mit drinsteckt.«

»Wenn er das Leck ist, ist es ab morgen dicht.«

»Sag Ismael einen schönen Gruß von mir. Geschenk kriegt ihr, wenn wir zurück sind.«

»Das einzige Geschenk, das ich von dir haben will, sind Helena, Sophie und Katharina lebend wieder zurück in Berlin.«

Er konnte hören, wie Robert tief einatmete. Das Gespräch war beendet. Hinter ihm wurde die Tür geöffnet. Ismael kam mit einer veritablen Morgenlatte herein. Er ging zum Waschbecken und hob das Geschirr heraus.

»Was machst du da?«, fragte Maxim. Obwohl er genau wusste, was Ismael vorhatte.

»Benny hängt kotzend über der Kloschüssel.«

Ismael pinkelte versonnen ins Waschbecken. Als er Maxims fassungslosen Blick wahrnahm, wunderte er sich. »Was ist? Stell dir vor, es wäre eine Eigenurintherapie.«

»Im Waschbecken?«

Maxim warf zwei Aspirin ein, ging ins Bad und ignorierte besagten Benny. Er brauchte eine kalte Dusche, um fit zu werden. Es sollte ein wunderbarer Tag werden, vielleicht der wunderbarste seines Lebens. Er war sechsunddreißig Jahre alt, hatte sich jahrelang durch die Szene gevögelt, bis er vor drei Jahren Ismael kennengelernt hatte. Ismael war vor langer Zeit Nachwuchs beim Mansoor-Clan gewesen. Dreihundert Libanesen, die halb Neukölln beherrschten. Als Siebzehnjähriger hatte er Mitglieder anderer Clans verprügelt. Deswegen hatte ihm der deutsche Staat drei Monate Jugendarrest geschenkt. Als Ismael aus dem Gefängnis kam, wussten alle, dass er schwul war. Damit war seine Karriere beim Clan beendet. Da seine Verurteilung nicht im Zentralregister stand, war er auf Vermittlung von deBuer beim SEK untergekommen. Und jetzt würde Maxim ihn heiraten. Jeder, der sich ein bisschen auskannte, konnte sich vorstellen, was sowohl bei der Polizei als auch bei den Libanesen los war. Maxim und Ismael hatten sich darüber lustig gemacht, weil Ismael im Knast gesehen hatte, wie die Jungs aus den Clans Schwänze lutschten und sich gegenseitig fickten. Aber das war wohl eine Sache, die im Knast bleiben sollte. Was Sex anging, war der Knast exterritoriales Gebiet. Ein anderer Planet. Als Maxim fertig geduscht hatte, blieben noch zwei Stunden bis zum Termin im Fernsehturm. Genug Zeit, um noch einmal das orthodoxe Sex-vor-der-Ehe-Gebot zu brechen. Seltsam für Maxim war lediglich, dass er von einer unerklärlich traurigen Ahnung übermannt wurde.

Donnerstag

64 // An einer Tankstelle hatten sie den Lieferwagen stehen lassen und waren mit einem Taxi weiter-

gefahren. Es war sogar für Istanbul ungewöhnlich viel Polizei auf den Straßen. Das hatte jedoch mehr mit einer Demonstration von Erdogan-Gegnern zu tun, wie der Taxifahrer erklärte. Er selbst war ein glühender Anhänger des Präsidenten, der die Türkei mit Sicherheit in eine glorreiche Zukunft führen würde.

Sie mussten Istanbul so schnell wie möglich verlassen. Fatima hatte während der Fahrt mit einem Bootsbesitzer ausgehandelt, dass sie seinen Kahn für einen Tag ohne Kapitän mieten konnte. Mit ihrem SBF See wusste sie, wie man ein Boot dieser Größe steuert, und konnte es sogar nachweisen, also war er einverstanden gewesen. Bezahlt wurde mit Fatimas Kreditkarte, weil sie hofften, dass die am wenigsten auffiel.

Eine Stunde später lag Helena in der Kajüte des Bootes unter mehreren Decken und hatte Schüttelfrost. Sie war kaum ansprechbar und fiel immer wieder in Ohnmacht. Robert saß neben ihr und versuchte, sie wach zu halten.

»Was haben sie dir gegeben?«, fragte er.

Keine Antwort.

»Helena, komm schon. Sprich mit mir.«

Er nahm sie an den Schultern und schüttelte sie. Für einen kurzen Moment öffnete sie die Augen, um gleich darauf wieder das Bewusstsein zu verlieren. Robert hatte einiges an Erfahrung in Bezug auf Drogen, aber in diesem Fall war er ratlos. Als er ihr Wasser einflößte, hob sie nach einer Weile den Kopf und sah ihn verwirrt an.

»Was haben die dir gegeben?«

Helena schüttelte den Kopf. Es war nicht dasselbe

Zeug gewesen, das man ihr die Tage zuvor gespritzt hatte.

Robert kletterte die schmale Stiege hoch an Deck. Seine Verletzung war zwar schmerzhaft, konnte aber mit einem Verband und Desinfektionsmittel, das sie in einer Apotheke gekauft hatten, versorgt werden.

»Sie braucht einen Arzt«, sagte er zu Fatima.

»Sobald wir in Kumköy sind.«

»Ich weiß nicht, ob sie so lange durchhält.«

»Dann mach etwas, damit sie durchhält. Wir können nicht ans Ufer fahren und zu irgendeinem Arzt gehen. Egal wer es ist, er wird uns fragen, wer wir sind, und was mit ihr passiert ist. Wahrscheinlich sind wir längst in den Nachrichten. Die Leute haben Angst, etwas zu tun, was sie in Gefahr bringen könnte.«

»Wie weit ist es noch?«

»Es gibt auf der Westseite einen Fährhafen. Eine Stunde von hier. Da legen wir an. Ich hoffe mal, dass wir da ein Auto bekommen. Von dort ist es noch eine halbe Stunde bis Kumköy.«

In Kumköy hatte Fatimas Familie über Generationen hinweg gelebt. Nachdem ihre Mutter vor zwei Jahren gestorben war, hatte auch dieser Zweig der Familie ein Ende gefunden. Jetzt lebten nur noch entfernte Verwandte in dem Ort. Allerdings gab es außerhalb noch ein kleines Haus, von dem aus die Olivenfelder bewirtschaftet worden waren.

Die Meerenge lag ruhig, sie kamen gut voran. Helenas Zustand blieb kritisch. Robert saß neben ihr und kontrollierte ihren Puls. In der letzten halben Stunde hatte er abwechselnd zu rasen begonnen, um im nächsten Augenblick kaum mehr tastbar zu sein. *Aber solange sie schläft und atmet, ist erst mal alles in Ordnung*, sagte er sich. *Der Körper heilt sich selbst.* Als sie in dem Fährhafen anlegten, machte Fatima sich auf die Suche nach einem Mietwagen. Danach rief sie den Bootsbesitzer an und teilte ihm mit, dass der Motor defekt sei und er sein Boot selbst abholen müsse. Sie kaufte mehrere Flaschen Wasser, holte in einer Apotheke Vitamine, Mineralstoffe und das stärkste Beruhigungsmittel, das ohne Rezept zu kriegen war. Im Netz hatte Robert keinen Hinweis gefunden, was Helenas Zustand ausgelöst haben konnte. Als Fatima mit einem zehn Jahre alten Fiat ankam, verfrachteten sie Helena auf den Rücksitz; Robert setzte sich neben sie und hielt ihren Kopf aufrecht.

»Wenn es ihr heute Abend nicht besser geht, müssen wir sie ins Krankenhaus schaffen. Egal was die Konsequenzen sind«, meinte Robert.

Fatima sah ihn skeptisch an. »In ein Krankenhaus zu gehen bedeutet das Ende unserer Suche nach den Mädchen. Wir werden wegen der Geschichte in der Wäscherei in U-Haft genommen. Und nach allem, was man über die türkische Justiz inzwischen weiß, dauert es Monate, bis wir eine Anklageschrift zu lesen bekommen. Falls wir irgendwann wieder freikommen, sind die Mädchen entweder tot oder irgendwo in einem Bordell in Asien, wo du sie nie mehr findest. Willst du das?«

Er war in einem Zustand, den er zuletzt erlebt hatte, als Helena verschwunden gewesen war. Damals hatte er sich immer wieder gesagt, dass er die Hoffnung nicht verlieren durfte. *Wenn du die Hoffnung verlierst, hast du alles verloren. In Panik geraten wir erst, wenn alle anderen Optionen ausgeschöpft sind.* Wie oft hatte er den Satz zu Sophie und Katharina gesagt, wenn etwas verloren gegangen war und sie stundenlang gesucht hatten. Am Ende war der Gegenstand dann irgendwo wieder aufgetaucht. Aber jetzt, wo er selbst die Hoffnung nicht aufgeben sollte, zweifelte er an seinem Mantra. Jetzt saß er in einem klapprigen Fiat und hielt den Kopf seiner Frau hoch. *Kopf hoch! Wenn die Situation nicht so tragisch wäre, müsste ich über die Geste lachen*, dachte er.

Sie fuhren an Äckern vorbei, auf denen hart gearbeitet wurde. Eine grüne Landschaft in einem Land, das ihm fremd war, dessen Bewohner er nicht verstand und dessen Polizei ihm Angst einflößte. Sie schwiegen. Hin und wieder murmelte Helena etwas vor sich hin, das niemand verstand, seufzte tief und schwer. Robert gab ihr Wasser zu trinken. Dazu musste er ihre Wangen zusammendrücken, damit sie den Mund öffnete. Dann gab er ihr einen kleinen Schluck zu trinken und wartete, bis der Schluckreflex einsetzte. Wenn sie sich verschluckte, hustete sie kurz und hörte auf zu atmen. Dann musste er ihr so fest auf den Rücken schlagen, dass sie aus den Tiefen irgendeines Abgrundes nach oben kam und wieder nach Luft schnappte.

Nach einer halben Stunde Fahrt sahen sie Kumköy vor sich. Fatima bog nach rechts von der Landstraße ab und fuhr in einen Pinienwald hinein. Die Straße war voller Schlaglöcher. Sie wurden durchgeschüttelt, und Helena rutschte mehrmals von der Sitzbank herunter.

Robert griff nach ihr und zog sie wieder hoch. Ihr Zustand verschlechterte sich zusehends. Als sie eine kleine Lichtung erreicht hatten, tauchte neben einem verlassenen Acker ein kleines Haus auf. Es war in einem schlechten Zustand. Fatima parkte den Wagen und schloss die Tür auf.

»Hier können wir erst mal ein paar Tage bleiben und überlegen, wie es weitergeht.«

Robert zog Helena aus dem Wagen und trug sie zum Haus hin. Als er an der Tür stand, bemerkte er, wie sie immer schwerer wurde. Ihr rechter Arm um seinen Hals rutschte nach unten, der linke hing baumelnd herab. Er konnte sie kaum noch halten. Sie hörte auf zu atmen.

Donnerstag

65 // Du bist auf einem Boot auf einem Fluss. Darauf wachsen Mandarinenbäume unter einem Himmel aus oranger Marmelade. Jemand ruft einen Namen, du antwortest ganz langsam. Woher weißt du das? Wer sagt das? Die Lowrey-Orgel singt rätselhafte Melodien, die sich wie Würmer unter deiner Haut winden. Du willst etwas sagen, aber die Worte sind kleine Luftballons. Kaum sind sie zwischen deinen Zähnen hindurchgeflutscht, schweben sie hoch zu den Wolken, die über und über mit spitzen Zähnen besetzt sind. Da sitzen Sophie und Katharina, sitzen zur Rechten des allmächtigen Gottes.

Winzige Augenblicke lang hatte sie sehen können,

was um sie herum geschah. Wer sie war, wo sie war. Das Auto, der Wald, das kleine Haus, Robert, der sie trug und sie aus entsetzten Augen ansah. Es waren Augenblicke, in denen sie verstand, dass sie in zwei Welten lebte. Die eine war die, die sie kannte. Darin kamen Robert und Fatima vor. Und ihre Kinder. Ihre Kinder.

Aber der Allmächtige schlägt auf deine Brust, Helena. Er hat den Kopf eines Mannes und den Körper einer Echse. Einer riesigen Echse, die sich zu deinem Mund herab beugt und dir den Atem einflößt, den gelben Atem. Den du spüren kannst, wie er in deinem Körper umherwandert. Du folgst ihm, gehst mit ihm durch dieses Labyrinth aus Millionen kleiner Gänge, dem anatomischen Totraum im System der Bronchien, wo sie das Gas austauschen.

Sie spürte, wie sie wegdriftete. Sich entfernte, die Hände und die Lippen nicht mehr spürte. In eine Dunkelheit versank, wie vor Monaten in dem See, in dem sie beinahe ertrunken wäre.

Sie haben Helena auf den Tisch inmitten des Zimmers gelegt. Vorher mit einer einzigen Bewegung Tassen und Aschenbecher heruntergefegt. Jetzt kniet Robert auf dem Tisch neben ihr, hält den Kopf an ihre Brust, das rechte Ohr über ihrem Herzen. Er kann es schlagen hören. Ganz leise und schüchtern. Als wollte es nicht stören. Sie stirbt, denkt er. Blickt auf und sieht das angsterfüllte Gesicht von Fatima. Er stülpt seinen Mund über Helenas Nase und bläst hinein. Dann die Hand an die Stelle, vier Zentimeter oberhalb des Schwertfortsatzes, zwei Zentimeter links an der Stelle, an der die Brust sich zu wölben beginnt. Er drückt zuerst vorsichtig, dann fester. Drückt das Brustbein in Richtung Wirbelsäule. Fünf Zentimeter tief. Dreißig Mal und Pause, dann wieder beatmen. Erneut: dreißig Mal und Pause. Damit das Herz sich wieder mit Blut füllen kann. Helena! Komm schon, bleib bei mir. Sag was, sag was!

Ich soll etwas sagen. Ich soll etwas sagen. Was soll ich denn sagen? Weiß der Allmächtige denn nicht, dass Sprechen eine dem Atmen untergeordnete Funktion ist? Sieht er denn nicht, dass ich nicht atmen kann, weil ich in einem Meer ertrinke? Und wer nicht genug Luft zum Atmen bekommt, kann auch nicht rufen. Wer ertrinkt, steht aufrecht im Wasser und bewegt sich nicht und tritt kein Wasser und macht keine Schwimmbewegungen. Wer zu ertrinken droht, antwortet nicht auf Rufe. Da sehe ich das Mädchen vor mir. Das Mädchen, das kommen und mich retten wird. Das aus dem Himmel kommt. Das Augen hat wie ein Kaleidoskop aus siebenundzwanzig Sonnen. Sie beleuchtet meinen Weg, ist meine Führerin und Beschützerin, meine Mutter, Schwester und Tochter. Hier unten, tief unten kann ich sie alle sehen. Wie sie mit ausgestreckten Armen auf mich warten. Mich in ihre Mitte nehmen. Hier unten, wo es dunkel ist und wir das Meer einatmen.

Seit zehn Minuten (oder waren es fünfzehn?) versuchte Robert, seine Frau zurück ins Leben zu holen. Blies Luft in ihre Lunge, drückte auf ihren Brustkorb, um das Herz daran zu erinnern, dass es schlagen sollte. Wieder und wieder hielt er den Kopf an ihre Brust, horchte, lauschte auf das erlösende Bumbum, Bumbum, Bumbum. Der Schweiß tropfte von seiner Stirn auf sie herab, vermischte sich mit der Spucke, mit dem weißen Schaum, der aus ihrem Mund quoll. Als er keine Kraft mehr hatte, kletterte er vom Tisch herunter und deutete wortlos auf Fatima. *Du bist dran,* sagte die Geste. Ohne zu zögern, übernahm Fatima. Massierte das Herz und beatmete Helena. Immer und immer und immer wieder.

»Maxim und ich haben mal einen Mann eine halbe Stunde lang reanimiert. Er ist aufgewacht«, antwortete er atemlos auf eine Frage, die nicht gestellt worden war und sich dennoch wie eine Schlange durch den Raum wand.

Es riecht nach Oliven, dachte er, als würde er erst jetzt den Raum wahrnehmen. Da waren die Atome aus Staub, die von den Bewegungen in die Luft gewirbelt wurden, im Licht der Sonne einen Augenblick lang Berühmtheit tankten und dann wieder zu Boden sanken. Da war ein Bett, ein Sofa, ein Tisch, vier Stühle, das Waschbecken und die Anrichte rechts davon. Ein Kühlschrank, darüber ein Regal, in dem Trockennahrungsmittel und Dosen standen. Packungen mit Reis und Nudeln, Nescafé und Tomatendosen, Thunfisch, in Salz und Essig eingelegte Zwiebeln. Eine Steinmühle in der Ecke hinten rechts. Daneben Holzkörbe, die Kanister, die unter Staub versteckt waren. Daher kam der Geruch von Oliven. Helena atmete immer noch nicht.

Ich rieche das Meer. Ein Meer, das blühende Olivenbäume aus Cellophan über uns auftürmt. Angefüllt mit süßem

Duft, umschwärmt von Bienen und Schaukelpferden, die schneller und schneller um eine Mitte kreisen, in der ich stehe und den Frauen zuwinke, während sie mit einem Lächeln aus Marshmallows auf den Lippen mir den Weg zeigen. Mit dem Kopf in den Wolken. Zum Bahnhof hin, wo am Drehkreuz jemand auf mich wartet. Wach auf! Licht dringt durch die halb geöffneten Lider, sucht sich den Weg durch die Pupillen und die endlosen Nervenbahnen und erschafft ein Bild der Welt um mich herum.

»Fatima?«

Helena war mit einem tiefen Seufzen zurück ins Leben gekommen. Wie Robert gesagt hatte. Atmete, wachte auf und sah sich um.

»Wo bin ich? Was ist passiert?«

»Das ist eine längere Geschichte«, sagte Fatima.

Vier

Freitag

66 // Es gibt eine Schuld, die tief in uns einen Winterschlaf hält. In jedem von uns. Manchmal, wenn wir erschöpft sind, können wir hören, wie sie atmet. Dann erhalten wir eine Ahnung davon, wie groß und mächtig sie ist. Für gewöhnlich raffen wir uns in diesen Momenten auf und drängen sie zurück in die Höhle. Aber manchmal fehlt uns die Kraft dazu. Dann taucht die Schuld auf, geschmückt in lebhafte Erinnerungen, gemalt in den dunkelsten Farben und so nah, als sei das, was geschehen ist, erst gestern geschehen. Und dann staunen wir darüber, welche Kraft sie hat, wie sie sich jeder Zelle bemächtigt, wie unersättlich sie ist. Dann müssen wir entscheiden, in welcher Zeit wir leben wollen, wer und was wir sein wollen.

Gibran hatte sich für die Schuld entschieden. Am Tag, als er begonnen hatte zu schreiben und damit zum ersten Mal wieder in die Zeit eingetaucht war, aus der seine Schuld stammte, hatte er sich entschieden. Er hatte in sein Innerstes geschaut und die Verwüstungen gesehen. Und mittendrin seine kleine Schwester, die von dem Imam zu Tode geprügelt worden war, weil sie ein Lied gesungen hatte. Ein Lied. Eine Melodie, die sie selbst in sich entdeckt hatte. Sie hatte nicht aufgehört zu singen, unter den Schlägen, bis sie starb. Und er hatte danebengestanden und zugesehen. Dann hatte er sich noch einmal entschieden bei der Gründung des

Clubs der Humanisten. Als er dachte, dass es in der Kunst und durch die Kunst eine Befreiung geben konnte, Freude und Lust. Dass er leben konnte, wenn er sein Innerstes nach außen stülpte und es in der Sonne heilte. Dann noch einmal an der Universität, als er vergeblich versuchte, die Studenten aufzuwecken, und sich in ihnen. Zuletzt, als er Helena getroffen hatte. In ihr hatte er ein Versprechen gesehen, einen Freispruch und eine Erlösung. Ein fernes Glimmen von etwas, das jenseits von Schuld war. Ein zeitloses Schweben. Und dann waren sie gekommen. Paulus, Diener, Verhoeven, Kaplan. Sie hatten den CDH schon vor langer Zeit übernommen. Hatten ihn zweckentfremdet, hatten ihn zur Kirche ihrer Selbsterhöhung gemacht. Und so war geschehen, was immer geschah. Alles Grauen entsteht aus den guten Absichten. Dabei waren die Absichten nie wirklich gut gewesen.

Als er in den Ägyptischen Markt gegangen war, hatte er Kaplan angerufen. Erfüllt von der Absicht, es zu beenden. Die Mädchen zu retten, Helena zu retten. Und sich zu retten. Egal, wie lächerlich und sentimental es sich anfühlte. *Es ist vorbei, Kaplan,* hatte er gesagt. In völliger Unkenntnis der Lage, in der er sich befand. Ohne zu wissen, dass sie bereits auf ihn warteten.

Sie fingen ihn im Ägyptischen Markt ab, kurz nachdem er Robert Faber verlassen hatte. Drei Männer, von denen einer ein beeindruckendes Mondgesicht hatte. Er ging an einer Krücke und gab den anderen beiden Befehle. Als sie ihm eine Kapuze über den Kopf zogen und Gibran sich wehrte und schrie, eilte niemand zu Hilfe. Sie stießen ihn in ein Auto, fesselten seine

Hände und fuhren eine Stunde lang. Dort, wo sie anhielten, roch es nach Öl und Metall. Ein Schrottplatz, vermutete Gibran. Er wusste, dass die meisten östlich von Istanbul lagen. Das Auto hielt an. Drei Türen wurden geöffnet und wieder zugeschlagen. Er blieb allein zurück. Wartete, dass sie ihn aus dem Auto herausholen und verprügeln würden. Oder dass sie ihn zu Kaplan bringen, dass Kaplan seinen Triumph auskosten und ihn erschießen würde. Aber nichts dergleichen geschah. Er saß einfach nur in dem Wagen, die Kapuze über dem Kopf, und wartete. Hörte auf die Geräusche von Trennschleifern und Bohrmaschinen. Von Hämmern und splitterndem Glas. Das Kreischen einer Maschine. Gabelstapler fuhren umher, hoben Lasten in die Höhe. Entfernte Stimmen. Rechts von ihm musste eine Bahnstrecke sein. Ein Zug rumpelte hupend vorbei. Endlos lange. Ein seltsames Gefühl beschlich ihn. Das Gefühl, dass er sterben würde. Hier auf diesem Schrottplatz. Der Endstation der Zivilisation. Inmitten von Eisen, Öl und Schmutz. Er schaffte es, sein Handy aus der Hosentasche zu nehmen. Einen Augenblick lang dachte er daran, die Polizei zu rufen. Aber es gab kein Funknetz. Also befahl er Siri, etwas aufzuzeichnen.

Sie sagen, es ginge um Macht. All die, die sich auf die Kinder stürzen, würden Macht spüren wollen. Ich habe diese Theorie nie geglaubt. Macht über ein vierjähriges Mädchen? Ich glaube vielmehr, dass es nicht um Macht geht, sondern um den Moment der Auflösung. Jenseits aller Grenzen. Der religiösen wie der moralischen. Eine Reise in ein unbekanntes Land der vollkommenen Auflösung. Dort-

hin, wo seit Urzeiten etwas Entsetzliches und Unaussprechliches wartet. Wie bei einem endlosen Blutrausch. Der Mensch ist das einzige Tier, das sinnlos tötet. Ein majestätisches Tier, wild, voller Kraft und so schön, dass es schmerzt, es anzusehen. Aber wir wollen es ansehen. Wir wollen seine Nähe spüren. Deshalb haben wir es gefangen und eingesperrt. Wir glauben, wir könnten es mit Jobs und Autos und Häuser und Karriere und Ehen füttern, und es würde dann schweigen. Und dann merken wir, dass wir es so lange eingesperrt haben, bis wir nicht mehr wagen können, es freizulassen. Weil es zu einer unkontrollierbaren Bestie geworden ist. Ein Vampir. Ich habe die Randzonen ausgetestet. Ich wollte sehen, was mich jenseits der Grenzen erwartet. Ich habe es gesehen. Ich habe den vollkommenen Horror gesehen. Und der vollkommene Horror war ich. Und dann bin ich weitergegangen. In das Herz einer ungeheuren Finsternis. Ich habe nicht dran gedacht, dass ich zurückkommen müsste. Ich hätte auch nicht sagen können, wie ich hätte zurückkommen sollen. Ich bin einfach immer weitergegangen. Habe mich ziehen lassen von einer Sehnsucht, die schrecklich ist, so aus der Zeit gefallen. Es hat sich angefühlt, als würde ich ein genetisches Erbe aus Millionen von Jahren in mir tragen. Ein Erbe, bestehend aus dem reinsten Egoismus, den du dir vorstellen kannst. Das war erschreckend, und es war schön. Erschreckend und schön. Und dann war es vorbei. Mit einmal Mal war eine ganze Welt verschwunden. Sie verschwindet im Moment, in dem du kommst. Und das macht dich wütend. Du willst es wiederhaben. Also gehst du erneut den Weg. Und jedes Mal ein Stück weiter. Bis zu dem Moment, in dem du sterben musst. Der Moment, in dem du nur noch selbst das Opfer sein kannst.

Er lachte laut, als er seine Predigt an sich selbst zu Ende gesprochen hatte. Laut und lange. Und dann krachte etwas auf das Dach des Wagens. Ein brutales Quietschen und Knirschen. Der Wagen wurde nach unten gedrückt, die Stoßdämpfer ächzten. Die Scheiben um ihn herum brachen. Er schaukelte hin und her. Und dann wurde der Wagen in die Luft gehoben. Schwebte. Ja, er schwebte. Es war zwar nicht das Schweben, das er sich gewünscht hatte, aber immerhin. Ein Gefühl wie früher, wenn er in einem Kettenkarussell gesessen und um eine Mitte gekreist war. Bis er mitsamt dem Wagen abstürzte und hart auf einem Boden aufschlug. Inmitten dessen, was er als kreischende Maschine gehört hatte. Das Kreischen kam von den Wänden, die näher rückten, den Wagen durchschüttelten, die Seiten zusammendrückten, quetschten. Gegen seine Schultern, das Becken, die Beine. Mit einer ungeheuren Kraft, gegen die es keine Abwehr mehr gab. Bis sie sein Herz zerdrückte, und seine Schuld bezahlt war. Es war der fünfte Kreis der Hölle, er hieß Erkenntnis.

Freitag

67 // Helenas Zustand hatte sich stabilisiert. Sie hatte etwas getrunken und war wieder eingeschlafen. Jetzt lag sie gleichmäßig atmend auf dem Bett. Robert und Fatima saßen am Tisch. Sie starrten eine Weile stumm vor sich hin. Robert spielte mit der kleinen Tablettendose. Er schraubte sie auf, schüttete die Letzte auf den Tisch. Fatima nahm den Autoschlüssel und

verließ das Haus. Nach einem kurzen Moment war zu hören, wie der Motor startete und der Wagen sich entfernte. Robert sah zu Helena hin, die ab und an mit den Beinen zuckte, als würde sie weglaufen wollen.

»Wasser …« Das Wort war nur ein Hauch, wie das Umblättern einer Buchseite. Helena richtete sich auf. Sah sich skeptisch um. Offensichtlich wusste sie nicht, wo sie sich befand. Robert sprang von seinem Stuhl auf, nahm eine Wasserflasche und hielt sie Helena an die Lippen. Sie trank gierig.

»Nicht so schnell.«

Er setzte die Flasche ab und strich Helena über die Haare.

»Wasser.«

Ihre Hand zitterte, als sie Robert die Flasche aus der Hand nahm und trank. Zu schnell, zu viel. Das Wasser lief aus ihren Mundwinkeln.

»Wie geht's dir?«

Helena setzte die Flasche ab, ließ sie los, der Inhalt ergoss sich in ihren Schoß. Robert hob ihren Kopf hoch, sodass er ihr in die Augen sehen konnte.

»Helena?«

»Was?«

»Wie geht es dir?«

»Ich weiß nicht.«

»Hast du Schmerzen?«

Sie zog die Stirn in Falten, als würde sie sich nicht erinnern, was Schmerzen sind. »Was haben die mir gegeben?«

»Ich weiß es nicht.«

»Ich will es haben.« Sie ließ sich wieder zurücksinken. Bot den rechten Arm an, deutete mit der linken Hand auf die Einstichstelle. »Gib es mir.«

»Das geht nicht.«

»Wieso geht das nicht?«

»Erstens weiß ich nicht, was es ist, und zweitens musst du von dem Scheiß runter.«

»Wer sagt das?«

»Ich sage das.«

»Gib es mir!«, schrie sie. Sie packte Roberts Hand, zog sich daran hoch. »Bitte.«

»Ich kann nicht.«

»Dann hol jemand, der es kann.«

»Das werde ich nicht machen.«

»Wieso nicht?«

Sie schlug nach ihm, sodass Robert den Arm schützend vor das Gesicht halten musste. Ließ sie gewähren, bis sie keine Kraft mehr hatte.

»Bitte! Ich mach, was du willst.«

»Nein.«

»Robert, du kannst keinen kalten Entzug mit mir machen. Das geht nicht. Das geht nicht.«

»Doch, das geht.«

»Los, verpass mir einen Schuss.«

»Ich soll dir einen Schuss verpassen? Ich soll dir einen Schuss verpassen? Warum? Damit du nichts mehr merkst? Damit du wieder glücklich bist? Scheiße. Sophie und Katharina sind verschwunden. Wahrscheinlich werden sie in diesem Moment von irgendwelchen gottverdammten Wichsern vergewaltigt. Und du willst einen Schuss haben?«

Wieder ließ sie sich zurück auf die Matratze sinken.

Jammerte, heulte. Der Rotz lief ihr aus der Nase. Sie wischte ihn mit der Hand weg. Robert ging zu der Anrichte und öffnete eine der Weinflaschen, die Fatima eingekauft hatte. Füllte ein robustes Glas voll und ging zurück zu Helena.

»Hier, trink das.« Er half ihr sich aufzusetzen.

»Was ist das?«

»Weißwein.«

»Ich trinke keinen Weißwein.«

Sie schlug gegen seine Hand, der Weißwein schwappte aus dem Glas.

»Dann nicht.« Robert selbst trank den Rest, der noch im Glas verblieben war.

»Nein, gib her.«

Sie streckte die Hand aus. Robert goss das Glas halb voll, hielt es Helena an die Lippen. Sie trank zwei Schlucke, hustete und übergab sich. Aber außer Wasser und Wein kam nichts aus ihrem Magen heraus. Als sie sich beruhigt hatte, nahm sie das Glas wieder an die Lippen und trank es in kleinen Schlucken leer. Dann sah sie Robert an.

»Was ist mit den Mädchen?«

Robert schüttelte den Kopf. Nichts war mit den Mädchen.

»Ich hab sie gesehen.«

»Wen?«

»Sophie. Sie hat wie eine Prinzessin ausgesehen. Sie war voller Angst. Ich hab sie gesehen. In einem Käfig. Sie hat gesagt, dass ich sie mitnehmen soll.« Helena legte den Kopf in die Hände und weinte. Rollte sich schluchzend zusammen.

So verging ungefähr eine Stunde. Robert versuchte mehrmals mit Maxim zu sprechen, landete aber immer auf der Mailbox. Eine Stunde, in der Helena genug Wein trank, um einschlafen zu können. Eine Stunde, bis das Geräusch eines Motors zu hören war. Robert sprang vom Stuhl auf und lief zum Fenster. Fatima kam mit zwei Plastiktüten in den Händen auf das Haus zu. Robert öffnete die Tür, und Fatima drückte ihm die Tüten in die Hände. Blieb vor der Eingangstür stehen. Weinte.

»Was ist passiert?«, fragte Robert.

»Ich hab eben mit Ismael telefoniert. Er hat in Maxims Computer eine Mail von einem Juwelier Kristmann gefunden.«

»Und?«

»In drei Tagen findet in Berlin ein großes Fest statt. Offiziell wegen einer Ausstellung in der Alten Nationalgalerie. Zwei Dutzend Leute haben sich angekündigt. Es gibt eine Liste mit Namen …«

Fatima musste nicht weitersprechen, damit Robert wusste, was sie damit meinte.

»Und warum weinst du? Was ist passiert?«

(Ein Tag zuvor, Donnerstag)

68 // *Für eine standesamtliche Trauung in zweihundertdrei Metern Höhe reservieren wir gerne unseren Barbereich für Sie und Ihre Gäste. Für eine Stunde steht Ihnen dieser exklusiv zur Verfügung. Nach der Zeremonie bieten wir Ihnen die Möglichkeit, einundzwanzig Stufen höher* *in unserem Drehrestaurant Sphere auf zweihundertsieben Metern Höhe den fantastischen Ausblick in Ihre gemeinsame Zukunft bei einem Hochzeitsempfang zu genießen. Für die Exklusiv-Anmietung wird ein Pauschalpreis von 1.000 Euro zzgl. eines Sondereintrittspreises von 10 Euro erhoben. Jeweils ein Glas Champagner zum Anstoßen ist inklusive. Wir unterstützen Sie gern mit einem maßgeschneiderten Konzept.*

Maxim und Ismael hatten ihre Auswahl dieser besonderen Außenstelle des Standesamtes bis zuletzt geheim gehalten, weil sie befürchteten, dass ein paar Schläger aus dem Mansoor-Clan auftauchen und die Frage, warum das Paar nicht den Bund der Ehe eingehe dürfe, auf ihre ganz eigene Art mit lautem Hupen und Pöbeleien beantworten würden. In zweihundertdrei Metern Höhe sollte ihnen das schwerfallen. Sie fuhren hinauf zum Restaurant. Maxim in Weiß, oder Beige, wie er es nannte, Ismael in Dunkelblau. Sie ahnten nichts Böses und wurden dann doch davon überrascht, dass die Trauzeugen dreiundzwanzig Freunde zusammengetrommelt hatten, die in Weiß bereitstanden, die Schließung des Ehebundes zu bezeugen. DeBuer fehlte. Die Standesbeamtin war professionell, die Zeremonie unsentimental. Dann wurde der angekündigte Champagner ausgeschenkt und getrunken; die dreiundzwanzig Freunde sowie die Trauzeugen hatten sich in drei Reihen aufgestellt und sangen *All you need is love*.

Ismael hatte geweint, Maxim auch, hatte aber erklärt, er habe etwas ins Auge bekommen. Man hatte sich umarmt und geherzt, gelacht und hart auf Schultern geklopft, bedauert, dass zwei so tolle Typen sich dem Fleischmarkt entzogen hätten. Und dann hatte ein Handy geklingelt. Maxims Handy. Er hatte aufs Display gesehen, dort stand *Anonym,* und den Anruf dennoch angenommen. Wahrscheinlich ahnte er, wer *Anonym* war. Maxim war zu der Fensterreihe gegangen, hatte eine Weile stumm dem Anrufer zugehört, während in einem langsamen Schwenk das Panorama Berlins vor seinen Augen vorbeifuhr. Dann hatte er das Handy eingesteckt und zu Ismael gesagt, dass er kurz wegmüsse. Auf Ismaels ungläubige Frage, was so wichtig sei, dass Maxim die Hochzeit verließe, antwortete Maxim nur: Roberts Töchter.

Über das, was danach geschieht, wurden später unterschiedliche Versionen erzählt. Die wahrscheinlichste und vermutlich wahrhaftigste lautet wie folgt:

Vor dem Fernsehturm steht ein ziviler Einsatzwagen der Berliner Kripo. Maxim steigt in den Wagen ein. Die Fahrt soll zu einem Wochenendhaus führen, wo Sophie und Katharina festgehalten werden. Maxim weiß zu diesem Zeitpunkt, dass deBuer in die Entführung der Mädchen involviert ist. Er zeigt ihm die Überweisungen, fragt ihn, ob Ismael irgendwann den Namen deBuer auf der Seite des Clubs der Humanisten finden wird. Ob in der Liste der Männer, die entführte Mädchen ordern, auch der Name deBuer steht. DeBuer weiß, dass er aufgeflogen ist. Er schwört, dass er niemals ein Mädchen geordert hat. Dass er niemals ein Mädchen vergewaltigt hat. Dass er niemals ein Mädchen auch nur angefasst hat. Aber er hat Geld dafür bekommen, die Verantwortlichen zu warnen, wenn polizeiliche Ermittlungen drohten. Und er hat die Ermittlungen nicht befördert, sondern behindert. Deswegen bedeutet die Tatsache, dass er auf dieser Liste aufgeführt wird, das Ende seiner Karriere. Von nun an ist er beruflich und privat ruiniert. Er erklärt sich daher bereit, Maxim und Robert dabei zu unterstützen, den Club der Humanisten auffliegen zu lassen. DeBuer will dadurch seine Bereitschaft zur Reue zeigen und um Vergebung bitten.

»Wo fahren wir hin?«, fragt Maxim.

»Müggelsee«, antwortet deBuer knapp.

»Geht es ein bisschen genauer?«

»Entenwall.«

»Kenne ich nicht.«

»So eine Scheißinsel. An der Stelle, an der die Spree in den Müggelsee fließt. Paulus hat da ein Haus. Hatte.«

Sie fahren die Bundesstraße 96a. Vorbei am Treptower Park mit dem sowjetischen Ehrenmal. Vorbei an der Siedlung Plänterwald.

»Sag mir eins, deBuer: Wieso?«

DeBuer schweigt. Vielleicht weil er nach einer Antwort sucht, die in einem Bereich seiner Persönlichkeit liegt, über den er nichts weiß. Eine seelische Halde, die ihm Angst macht, die ihm Ekel vor sich selbst verursacht. Die eine Macht über ihn hat, die unheimlich ist.

»Ich weiß es nicht.«

»Wegen Geld?«

»Geld hilft, das schlechte Gewissen zu beruhigen.«

»Du hast ein schlechtes Gewissen? Das glaubst du doch selbst nicht.«

»Es ist egal, was ich glaube oder was du glaubst.«
»Wie lange geht das schon?«
»Zwei Jahre.«
Maxim sieht deBuer an, als würde er auf einmal verstehen. »Als Claudia dich verlassen hat?«
»Schon davor. Du erinnerst dich an den Überfall auf das Pokerturnier im Hyatt? Wir haben vierhundert Riesen beschlagnahmt. Aber eigentlich waren es fünfhundert, wie später rausgekommen ist.«
»Die hundert hast du genommen?«
»Ich hatte damals jemand kennengelernt.«
»Und du hast gedacht, du gibst sie wieder zurück. Bevor es auffliegt.«
DeBuer grinst bitter.
»Was hat das mit diesem beschissenen Club der Humanisten zu tun?«
»Ich hab ein Bild gekauft.«
Sie verlassen die 96a bei Niederschönhausen. Fahren auf der Oberspreestraße, über die Dahme, dann den Müggelheimer Damm entlang.
»Du? Im Ernst? Seit wann hast du was mit Kunst?«
»Meine Bekanntschaft. Es hat ihr gefallen, und ich hab gedacht, ich zeig ihr, dass ich es kaufen kann, und dass ich … egal.«
»Wo hast du das Bild gekauft? Galerie Diener?«
»Es hat zweihundertfünfzig gekostet.«
»Und da hat Diener einen Deal mit dir gemacht.«
»Nicht Diener. Der ist nur ein kleines Arschloch. Akif Kaplan ist die große Nummer.«
Maxim nickt. Das denkt er auch.
»Akif Kaplan aka Serif Bey.«

»Ja. Er hat mir das Bild geschenkt.«

»So einfach ist es?«

»So einfach ist es.«

»Es sind Kinder.«

»Scheiß drauf. Jeden Tag werden Tausende Kinder misshandelt. Und regt das jemanden auf?«

Als sie die Neuen Wiesen erreichen, biegt deBuer in die Straße zum Müggelturm ein, der auf dem Kleinen Müggelberg steht.

»Das ist nicht die Straße zum Müggelsee«, sagt Maxim.

»Ich will dir vorher noch was zeigen«, erklärt deBuer. »Dann verstehst du es.«

DeBuer biegt nach links ab. Der Wagen holpert über den schmalen Weg, die Stoßdämpfer schlagen durch und krachen gegen die Aufhängung.

»Du hast es verdammt eilig!«, sagt Maxim.

DeBuer hört nicht auf ihn, sondern fährt einfach weiter, bis sie einen kleinen See erreichen. Er wird Teufelssee genannt. Dahinter liegt das Teufelsseemoor. Hier hält deBuer an. Er steigt aus, geht ein paar Schritte, deutet nach vorn.

»Siehst du das?«, fragt deBuer.

»Was?« Maxim folgt ihm.

»Den See.«

»Und?«

»Das verdammte Loch wird Teufelssee genannt. Es gibt da so eine Geschichte. Eine Sage. Die geht ungefähr so: In dem Schilf da drüben liegt ein goldener Stein. Die Leute nennen ihn Prinzessinnenstein. An der Stelle hat angeblich früher ein Schloss gestanden.

Und in dem Schloss hat eine Prinzessin gewohnt. Sie war jung und hübsch und unschuldig. Und irgendwann ist das passiert, was mit jungen, hübschen und unschuldigen Mädchen passiert. Seitdem kommt sie einmal im Jahr zum Vorschein. Wenn man genau hinsieht.«

»Du bist irre, deBuer, total krank.«

»In dem See liegen die Leichen von einem Dutzend Mädchen. Eingepackt in Plastiksäcke und mit Sand beschwert. Ist dir klar, was ihr lostretet, wenn ihr die Sache an die große Glocke hängt?«

»Ist mir egal.«

»Du brauchst Leute, die dir den Arsch freihalten.«

»Ja. Zum Beispiel den neuen OStA.«

»Serner? Glaub ich nicht.«

»Wieso?«

»Er ist schwul, oder?«

»Und?«

»Was glaubst du, warum er sich zurückhält? Sie haben gedroht, ihm was anzuhängen. Ein Stricher, der beim Arschficken abgekratzt ist.«

Es fällt schwer, die Dimension dieses Verbrechens zu verstehen. Und mehr noch, sie zu glauben. Maxim hat einiges kennengelernt in Bezug auf die arabischen Clans und ihre Zusammenarbeit mit der russischen und italienischen Mafia. Wie sie ganze Straßenzüge in Berlin aufkauften und dabei Dutzende Leute in der Stadtverwaltung schmierten. Aber das hier? Hier geht es nicht um Scheißimmobilien. Hier geht es um Kinder.

»Wer weiß überhaupt von der Liste?«

Maxim versteht endlich, worauf deBuer hinauswill.

Sein Blick verfinstert sich. »Ich, Ismael und noch zwei andere.«

»Und wer sind die zwei anderen?«

»SEK.«

»SEK? Wieso glaube ich dir das nicht?«

»Keine Ahnung. Aber du kannst es ja drauf ankommen lassen, du verdammtes Arschloch.«

Am liebsten würde er ihm jetzt die grinsende Fresse einschlagen. Aber Maxim hält sich zurück. Er weiß, dass deBuer vorhat, ihn zu erschießen und im See verschwinden zu lassen. Aber er weiß auch, dass deBuer das nicht tun kann, weil es die Liste gibt. Und weil deBuers Name auf der Liste steht. Und weil Leute gesehen haben, wie er bei deBuer in den Wagen gestiegen ist. Und weil es Wahnsinn wäre, wenn deBuer sich einen Scheiß darum kümmern würde. Aber da hat deBuer bereits eine Waffe auf Maxim gerichtet. Nicht seine Dienstwaffe, wie Maxim sofort erkennt.

»Im Ernst, deBuer?«

»Was für eine Wahl hab ich denn noch?«

»Da wüsste ich einiges. Zum Beispiel dich stellen. Erzählen, wer alles zu diesem scheiß Club der Humanisten gehört. Diese Ficker auffliegen lassen. Verhindern, dass noch mehr Mädchen entführt und vergewaltigt werden. Und vielleicht sogar deinem Freund Robert helfen, seine Töchter zurückzubekommen.«

»Die wird er nicht mehr zurückbekommen. Und wenn doch, wird er sich wünschen, sie wären tot.«

»Was bist du nur für ein Arschloch.«

»Ja. Das bin ich. Ein verdammtes Arschloch. Und ich hab mich auch noch selbst in die Scheiße reingeritten. Aber vielleicht habe ich noch eine Chance, da einigermaßen heil rauszukommen.«

»Die hast du nur dann, wenn du jetzt einsteigst. Wir fahren zum Revier, und du erzählst ein bisschen was.«

Als Maxim sich von deBuer wegdreht, zum Wagen geht und die Tür öffnet, hört er ein Geräusch hinter sich. Und dann ein dumpfes Klatschen, als ob ihm jemand mit Anlauf in den Rücken getreten hätte. Sein Verstand versucht die Situation einzuordnen. Erinnerungen werden abgeglichen und sagen ihm, dass das kein Tritt war. Dafür war das Geräusch zu laut gewesen. Der Knall gehört eher zu einer Pistole. Ja, richtig. Es war das Geräusch eines Schusses. Das kennt er. DeBuer hat geschossen.

Die Rechtsmedizinerin Dr. Claudia Becker wird später notieren: *Kleine, schwarze Öffnung, an den Rändern ausgefranst. Die Kugel ist durch die Haut gedrungen, hat die Wirbelsäule in der Höhe des neunten Rückenwirbels zerschmettert. Beim Austritt der Kugel an der Brust hat sie ein kuchentellergroßes Loch gerissen.*

Es fühlt sich an, als ob er gehustet hätte. Der Geschmack von Aceton im Mund. Es wird warm. Er sieht an sich herunter. Das weiße Hemd färbt sich dunkelrot, wird feucht und glänzend. Er spürt, wie der Blutdruck absinkt. DeBuer. Schwarze Schleier vor den Augen. Da steht er nun in seinem weißen Anzug und handelt automatisch. Oberstes Ziel: das Überleben garantieren. Schnelles Handeln. Ein Reflex, jahrelang trainiert. Seine rechte Hand bewegt sich zum Pistolenhalfter, das er am Gürtel trägt. Er greift nach der Pistole, dreht sich herum, richtet die Pistole auf deBuer.

Drückt ab. Mehrmals. Still, stumm. Kein Pistolenhalfter, die Hand ist leer. Keine Pistole. Während seine Gedanken sich zurückziehen, der Körper die Wahrnehmung der Außenwelt abschaltet, um alle Energie auf die Abwehr des Blutverlustes und der Reparatur der zerfetzten Nervenstränge im Rückenmark zu verwenden, denkt er an seinen Vater. Er sieht, wie sie beide an einem weißen Strand jauchzend ins Wasser laufen. Er kann das Meer riechen. Die Wellen spüren. Und er sieht zwei grelle Lichter. Sie treiben tief in seine Brust. Stoßen ihn zurück, werfen ihn gegen den Wagen. Seine Beine stemmen sich in den Boden. *Nicht fallen. Fallen bedeutet sterben. Am Boden liegen bedeutet erlöschen.* Er hebt noch einmal die Hand. Der Blick fassungslos und ungläubig.

»Du hast etwas vergessen, deBuer«, krächzt Maxim.

»Was? Was hab ich vergessen?«

Dann hört Maxim das Geräusch der Lichter. Zwei dumpfe Schläge. Als er zu Boden sinkt, ist er bereits tot.

»Was? Was hab ich vergessen?«, schreit deBuer.

Freitag

69 // Nachdem Helena ein Schmerzmittel geschluckt hatte, ging es ein wenig besser. Die Krämpfe in den Muskeln wurden schwächer. Einzig ihr Magen rebellierte. Jetzt schlief sie. Die Nachricht von Maxims Tod war ein Schlag gewesen, der ihnen den Boden unter den Füßen weggezogen hatte.

Fatima saß mit angezogenen Beinen auf dem Sofa, starrte vor sich hin. Robert stand seit einer halben Stunde regungslos am Fenster. Er versuchte zwei Informationen miteinander zu verbinden, die sich mit aller Kraft dagegen sträubten. Erstens: DeBuer ist mein Freund, ich kenne ihn seit vielen Jahren, er ist mein Trauzeuge, er weiß fast alles über mich. Zweitens: DeBuer hat Maxim erschossen. Die ersten Ermittlungsergebnisse waren zwar nicht eindeutig, denn deBuer hatte ausgesagt, Maxim habe ihn umbringen wollen und er habe ihn in Notwehr erschossen. Maxim würde zum Netzwerk gehören. Wie überhaupt die ganzen schwulen Arschficker zu dem Netzwerk gehören würden. Aber dann hatte Ismael noch einmal angerufen und die Namen derer genannt, die er auf Verhoevens Festplatte gefunden hatte. Mitsamt den Klarnamen. Aber was nützte ihnen das? *Wenn du dich selbst kennst, doch nicht den Feind, wirst du für jeden Sieg, den du erringst, eine Niederlage erleiden. Wenn du weder den Feind noch dich selbst kennst, wirst du in jeder Schlacht unterliegen.* Das hatte deBuer ihm eingetrichtert, als er in der Abteilung 1, Delikte am Menschen, angefangen hatte. Es war vermutlich irgend so eine Kalenderweisheit aus dem Handbuch des Kriminalpolizisten. Aber sie war richtig, wie Robert zum ersten Mal begriff.

Mitten in die Stille hinein klingelte Roberts Handy. Er hoffte, dass es Maxim sei, dass er doch irgendwie überlebt hätte, dass die Informationen über seinen Tod falsch seien. Aber auf dem Display stand *Anonym*.

»Ich will Ihre Zeit nicht lange in Anspruch nehmen, Herr Faber, weil ich weiß, dass Sie Ihre Töchter suchen.

In diesem Zusammenhang möchte ich Ihnen mitteilen, dass es mir sehr leidtut, was geschehen ist. Und ich hoffe, Sie werden Ihre Familie bald wieder in die Arme nehmen können.«

»Wer sind Sie?«

»Ein Anwalt und Freund von Herrn Akif Kaplan. Und wenn Sie einverstanden sind, bin ich auch Ihr Anwalt und Freund.«

»Bin ich nicht.«

»Das ist schade, aber vielleicht überlegen Sie es sich noch. Ich werde Sie jetzt mit Herrn Akif Kaplan verbinden. Herr Kaplan ist Angestellter des türkischen Außenministeriums, stellvertretender Kulturattaché und eine angesehene Person in unserer Gesellschaft. Herr Kaplan hat nichts mit den Geschehnissen zu tun, die Sie benannt haben. Im Gegenteil. Er ist einer der entschiedensten Unterstützer jeglicher Ermittlungen, die den Menschenhandel betreffen.«

Während der Anwalt sprach, blieb er die ganze Zeit über von einer oberflächlichen Freundlichkeit, die irgendwo unterhalb von fünfzehn Grad minus angesiedelt war.

»Ist das so? Warum betreibt er dann eine Seite, auf der Mädchen angeboten werden? Und wieso ist er unter dem Namen Serif Bey der Kopf einer Organisation, die sich Club der Humanisten nennt? Ich weiß, welche Rolle Kaplan oder Serif Bey oder wie auch immer er sich nennt, in diesem Geschäft spielt. Und Sie können mir noch so viel drohen …«

»Ich drohe Ihnen nicht.«

»Sie müssen mich schon erschießen, wenn Sie mich

davon abhalten wollen, dieses Schwein zur Strecke zu bringen. Haben Sie verstanden?«

Stille am anderen Ende. Rascheln. Flüstern, das nicht zu verstehen war. Dann eine neue Stimme, ein wenig höher, feiner.

»Ich muss sagen, ich verstehe Sie und respektiere Ihre Entschlossenheit, Herr Faber.«

»Wer sind Sie?«

»Können Sie sich das nicht denken?«

Akif Kaplan. Oder Serif Bey. Der Mann, dem er die Hölle zu verdanken hatte. »Stecken Sie sich Ihren Respekt in den Arsch. Was wollen Sie?«

»Ich will Ihnen einen Handel anbieten, der zu unser beider Vorteil ist.«

»Ich handele nicht.«

»Doch, das werden Sie. Ich kann Ihnen Ihre beiden Töchter nicht zurückgeben.«

»Was soll das heißen?«

»Ihre jüngste Tochter, sie heißt Sophie, richtig?«

»Wo ist sie?«

»An einem Ort, an dem Sie sie nicht finden werden.«

»Vergessen Sie es. Ich werde sie finden.«

»Ich weiß, wie es Ihnen geht. Ich bin selbst Vater von zwei Mädchen. Und es ist schwer zu akzeptieren, dass man nichts tun kann, um sie zu retten. Vor allem, wenn man Schuld an dem trägt, was passiert ist. Aber ich empfehle Ihnen, von Vater zu Vater, das Mädchen zu vergessen. Stellen Sie sich vor, sie wäre tot. Das ist das Beste, was Sie tun können.«

Du kannst es nicht glauben. Das Telefon in deiner

Hand, die Stimme in dem kleinen Lautsprecher, ihr ruhiger Tonfall, die Ungeheuerlichkeit der Worte.

»Wir alle müssen uns den Bedingungen stellen und versuchen, das Beste daraus zu machen. Ich würde Ihnen das Mädchen gerne zurückgeben, weil es mir eine Menge Ärger ersparen würde. Aber es geht hier um ein Geschäft und um Verträge, die abgeschlossen wurden. Und Sie wissen ja, die Reputation eines Geschäftsmannes hängt davon ab, ob er Verträge einhält. Ich würde in Ihrem Fall gerne noch sagen, dass es nicht persönlich ist. Sie wissen schon, dieses Klischee, das in schlechten Filmen benutzt wird. Aber wir beide wissen, dass es persönlich ist. Für Sie und auch für mich. Und Sie wissen, warum das so ist.«

»Ich werde dich kriegen, du Arschloch. Mach dich darauf gefasst, dass ich dir Schmerzen zufüge, die schlimmer sind als alles, was du dir vorstellen kannst.«

»Das hat Ihre Frau auch schon gesagt. Aber es wird dadurch, dass Sie es wiederholen, nicht wahrer. Herr Faber, ich verstehe Ihren Zorn, doch Sie ändern nichts, indem Sie mir drohen. Lassen Sie mich lieber zu dem Handel kommen. Ich biete Ihnen Ihre älteste Tochter an, wenn Sie im Gegenzug aufhören, mich zu verfolgen. Überlegen Sie es sich gut. Ich weiß, dass es Ihnen schwerfällt, auf diesen Vorschlag einzugehen, weil Sie dadurch ein Kind verlieren. Aber irgendwann wird der Schmerz nachlassen, und alles ist wieder gut. Vielleicht zeugen Sie neue Kinder.«

»Wo sind Sie?«

»Haben Sie das noch nicht bemerkt? Ich bin dort, wo Sie mich niemals finden werden. Vielleicht klammern Sie sich an die Hoffnung, Sie könnten wie einst David den Goliath auch mich besiegen. Aber die Geschichte ist eine Mär. David hat niemals Goliath besiegt. In Wahrheit hatte David nur eine Chance: zu verstehen, dass er ein Nichts ist, ein Wurm. Ich gebe Ihnen drei Stunden. Wenn Sie bis dahin keine Entscheidung getroffen haben, werden Sie auch Ihre ältere Tochter nicht mehr wiedersehen.«

Das Gespräch war beendet. Robert starrte das Telefon an. Er war kein David, er besaß keine Steinschleuder. Er war ein dummer, wütender Stier, der gegen ein rotes Tuch anrannte, in dem Glauben, das sei sein Gegner. Drei Stunden. Es bestand kein Zweifel daran, dass Akif Kaplan seine Drohung ernst meinte. Als er aufblickte, sah er, dass Helena und Fatima ihn beobachteten.

»Kaplan?«, fragte Helena.

Robert nickte.

»Was hat er gesagt?«

Samstag

70 // Es würde eine Party werden, wie es sie bisher noch nicht gegeben hatte. In zwei Tagen kamen Gäste aus der ganzen Welt. Sie würden den Tag auf der *Berlin Fine Art Auction* von Sotheby's verbringen, Millionen für Kunstwerke ausgeben und am nächsten Abend ihre Freude bei einem ausgelassenen Fest zelebrieren. Es lagen siebzehn Anmeldungen vor. Inzwischen hatten sie die siebzehn Gäste überprüft und würden ihnen,

ein paar Stunden bevor die Party beginnen sollte, die Adresse in einer verschlüsselten Nachricht zukommen lassen. Nachdem er mit Robert Faber telefoniert hatte, war Akif Kaplan ziemlich sicher, dass er keine weitere Störung seines Geschäftes zu erwarten hatte. Es war einfach unvorstellbar, dass dieser Polizist und seine Frau nicht auf sein Angebot eingingen. Trotzdem musste er sichergehen, dass es nicht zu unangenehmen Überraschungen kam. Zumal den Tag über ein zweites großes Fest stattfinden sollte und er kaum Zeit hatte, sich um eventuelle Probleme zu kümmern.

Dass dieses Fest mit dem Geburtstag seiner Frau zusammenfiel, war offiziell ein Zufall, inoffiziell aber einer Fatwa geschuldet, wonach Muslime ihren Geburtstag nicht feiern, weil auch der Prophet seinen Geburtstag nie gefeiert hatte. Als Samira ihn vor Jahren gefragt hatte, wieso sie nicht ihren Geburtstag feiern durfte, obwohl doch alle anderen Mädchen in der Schule es so hielten, hatte er es ihr erklärt. *Das Feiern der Geburtstage ist eine Nachahmung der Juden und Christen. Allahs Prophet, Muhammad, warnte uns, den Juden und Christen in irgendeiner Weise zu ähneln. Allahs Prophet sagte: Ihr Muslime ahmt genau die Lehren der Ehemaligen nach. Selbst, wenn diese sich ins Loch einer Eidechse verkriechen würden, würdet ihr dies auch tun. Man fragte Allahs Propheten: Meint ihr mit ›Ehemalige‹ die Juden und Christen? Allahs Prophet erwiderte: Wen sonst?*

Abends wollte seine Frau mit ein paar Freundinnen in einen Club gehen, in dem eine englische Männertruppe eine Stripshow bot. Er hatte es widerwillig erlaubt, weil er sie dadurch beschäftigt und zufriedengestellt wusste. Es war zwar an Lächerlichkeit nicht zu überbieten, dass sie den Besuch einer Männer-Stripshow als einen emanzipatorischen Akt verstand, aber er wollte ihr in diesem Punkt nicht widersprechen. Als es am Gartentor klingelte, sah er auf der Videoüberwachung den Lieferwagen einer Eventagentur, die Stühle, Tische, Sonnenschirme und eine Tanzfläche aufbauen würde. Das Catering für das Mittagessen sollte schon seit einer Stunde vorbereitet werden, aber die Firma hatte Probleme mit dem Koch, versprach dennoch, rechtzeitig vor Ort zu sein. Es sollte ein Fest für über zweihundert Gäste werden. Neben den Freundinnen und Bekannten seiner Frau hatten sie das Who is Who der Berliner Prominenz eingeladen. Den ehemaligen Regierenden Bürgermeister, amtierende Politiker, die Künstler, Schauspieler, Musiker. Das Fünf-Gänge-Menü würde um 13:00 serviert werden, ein Streichquartett Mozart und Schubert darbieten, die Kinder würden durch Animateure beschäftigt werden. Für den Nachmittag hatte er eine Sängerin engagiert, die zusammen mit ihrer Band Musik aus der Heimat spielen sollte. Bei Einbruch der Dunkelheit sollte ein kleines Feuerwerk die Party abrunden. Bis auf das Catering lief bisher alles perfekt, aber das war auch bei Gesamtkosten von knapp hunderttausend Euro nicht anders zu erwarten. Er wies noch schnell die Leute von der Eventagentur an, wie der Aufbau der Tische aussehen sollte, wo die Bühne und Tanzfläche aufgebaut werden sollte, und ging dann in den ersten Stock hoch, um Selin und Samira zu wecken.

Die beiden Mädchen hatten in den letzten Wochen eine Mozart-Sonate für Klavier und Violine einstudiert, mit der sie ihre Mutter überraschen wollten. Er hatte ihr ein vierreihiges Tahitiperlen-Collier gekauft, bei dem Diamanten auf den Zwischenstegen appliziert waren. Die Perlen waren dunkelgrau, kamen von Französisch-Polynesien und hatten eine Triple-A-Qualität. Der ganze Klunker hatte um die hundertfünfzigtausend Euro gekostet. Viel Geld, aber dafür erhielt er im Gegenzug ihr Schweigen, ihre Duldung und die perfekte Fassade. »Ich werde mir einen der Stripper greifen und mich von ihm ficken lassen!«, hatte sie am vergangenen Abend gesagt. Da war sie schon ein wenig vom Champagner betrunken gewesen, und er hatte ihre sexuellen Avancen zurückgewiesen. »Wieso soll ich dich ficken, wenn ich die Mädchen habe?«, hatte er sie im Gegenzug gefragt. Daraufhin hatte sie ihm ihr Glas Champagner ins Gesicht geschüttet und er ihr ins Gesicht geschlagen. Nicht zu fest, damit es keine blauen Flecken gab, aber doch fest genug, um ihr zu zeigen, wozu er fähig war. Er hatte ihr dann noch einen kurzen Vortrag darüber gehalten, was er von ihr erwartete. Sie hatte dankbar zu sein, weil er ihr erlaubte, in der Öffentlichkeit ohne Hijab zu erscheinen. Sie konnte froh sein, dass er sie an seiner Seite duldete, dass er großzügig über ihre Shoppingexzesse hinwegsah, dass er sie nicht verstieß und zurück in das kleine Dorf schickte, wo er sie aufgegabelt hatte. Sie hatte geweint, was er als Zeichen zu lesen wusste, dass sie sich demütig in das Arrangement fügte.

Als er die Tür zu Samiras Zimmer öffnete, saßen die

beiden Mädchen vor dem Spiegel der Frisierkommode und schminkten sich.

»Guten Morgen, seid ihr soweit?«, fragte er.

»Guten Morgen, Papa. Schläft Mama noch?«, fragte Samira.

»Nein, aber ich habe ihr gesagt, dass sie erst aufstehen darf, wenn ihr es erlaubt.«

»Sag ihr, sie kann kommen!« Samira zerrte ihre jüngere Schwester Selin an der Hand aus dem Zimmer.

Er ging ins Schlafzimmer und weckte seine Frau mit einem leichten Fußtritt. »Die Kinder warten auf dich.«

Sie stieg aus dem Bett, zog einen Morgenmantel an und verließ das Schlafzimmer. Er nahm sein Handy, wählte eine Nummer, ging zum Fenster und sah den Leuten von der Eventagentur zu, wie sie die Sonnensegel über die Tische und Stühle spannten. Nach ein paar Sekunden meldete sich deBuer.

»Was wollen Sie?«

Der Polizist war wie üblich kurz angebunden und von einer schroffen Unfreundlichkeit. Akif Kaplan sah darüber hinweg, weil er um das moralische Dilemma wusste, in dem deBuer gefangen war.

»Ich erwarte, dass die Feier ohne Probleme ablaufen kann.« Akif Kaplan konnte hören, wie deBuer ein und aus atmete. »Haben Sie mich verstanden?«

»Ja«, sagte deBuer.

»Ich habe gestern mit Faber telefoniert. Ich habe ihm gesagt, dass er eine seiner Töchter zurückbekommen kann, wenn er seine Aktivitäten gegen uns einstellt.«

»Wie hat er reagiert?«

»Wenn er vernünftig ist, wird er meinem Vorschlag folgen.«

»Faber ist nicht vernünftig. War er noch nie.«

»Deshalb werden Sie Einfluss auf ihn ausüben. Sollte er sich nicht an die Abmachung halten, werden Sie ihn bremsen.«

»Er weiß nicht, wo es heute Nacht stattfindet?«

»Nein.«

»Wo ist dann das Problem?«

»Es gibt intern ein kleines Problem.«

»Welches?«

»Das ist für Sie uninteressant. Sie sorgen dafür, dass der Mann nicht unüberlegt handelt. Das gilt auch für seine Frau.«

Akif Kaplan beendete das Gespräch, weil er aus dem Salon die Mozart-Sonate hören konnte. Samira war am Cello durchaus begabt, aber sie war nichts im Vergleich zu Selin. Mit ihren sechs Jahren hatte sie bereits zweimal bei *Jugend Musiziert* Preise gewonnen. Ihre Lehrerin attestierte ihr ein großes Talent als Pianistin, das durch geeignete Lehrer und das richtige Instrument gefördert werden sollte. Von der Empore sah er hinab in den Salon, sah Selin, wie sie sich den Tönen hingab und mit geschlossenen Augen die Musik zu fühlen schien. Samira dagegen hatte die Augen auf das Notenblatt geheftet, aber verspielte sich nur einmal. Er war stolz, dass seine beiden Töchter sich für Musik interessierten.

71 // Die leere Flasche. Die Kippen auf dem Teller. Halb geraucht und dann ausgedrückt. Fatima ging zum Herd und setzte Wasser für Tee auf. Eine leere Weißweinflasche lag auf dem Tisch. Der Hals zeigte auf Robert, als hätten sie Flaschendrehen gespielt und er sich zwischen Wahrheit oder Pflicht entscheiden müssen.

Robert hatte das Telefonat wiedergegeben. Nahezu wortwörtlich. Als wäre jedes von Akif Kaplans Worten in sein Gedächtnis geritzt. Fatima hatte mit einer kaum zu ertragenden Kaltblütigkeit geraten, taktisch klug vorzugehen. *Nehmt Katharina. Dann habt ihr wenigstens eines eurer Mädchen in Sicherheit.* Und was ist mit Sophie? *Das wissen wir nicht. Aber wollt ihr beide Mädchen verlieren?* Nein, sie wollten beide Mädchen bei sich haben. »Diese Option steht, wie es aussieht, nicht zur Verfügung«, hatte Fatima gesagt. Helena hatte den Kopf geschüttelt. *Diese Option steht nicht zur Verfügung.* Sie wollte nicht daran glauben. Eine Weile versanken sie in ihren Gedanken.

»Ismael hat eine Liste mit Namen. Er sagt, dass Akif Kaplan Serif Bey sein muss, wir wissen, dass German Diener sich höchstwahrscheinlich Tangui nennt. Wir wissen von zwanzig weiteren Mitgliedern aus dem Club der Humanisten, wer sie sind, wo sie wohnen, welche Positionen sie bekleiden«, sagte Robert. »Und was nützt uns das? Maxim ist tot. Und Akif Kaplan droht, Katharina umzubringen, wenn wir nicht tun, was er verlangt.«

»Was machen wir also?«, fragte Helena nach einer Weile.

Es fiel ihr schwer, sich zu konzentrieren. Sie hatte immer wieder Aussetzer, als würde die Droge sich noch nicht geschlagen geben.

»Du willst wissen, was wir machen sollen?«, fragte Robert.

»Ja.«

»Du kennst den Spruch, der in meinem Büro hängt.«

Zuerst war er nur auf ein Blatt Papier gekritzelt, dann hatte Maxim ihn abgetippt, ihn rahmen lassen und aufgehängt.

»Wenn du dich selbst kennst, doch nicht den Feind, wirst du für jeden Sieg, den du erringst, eine Niederlage erleiden. Wenn du weder den Feind noch dich selbst kennst, wirst du in jeder Schlacht unterliegen«, zitierte Helena auswendig.

»Wenn du weder den Feind noch dich selbst kennst, wirst du in jeder Schlacht unterliegen«, wiederholte Robert. Er stand auf und ging zum Fenster, als würde er die Landschaft als Rückendeckung brauchen für das, was er nun sagen wollte.

»Ich hab gewusst, dass Sophie Fotos hochgeladen hat.«

»Was?« Der Satz irrte in ihrem Kopf umher, als sei er in einer fremden Sprache gesprochen worden. Sie sah Fatima an, um sich zu vergewissern, dass sie richtig gehört hatte. »Wann?«

»Bevor sie verschwunden ist.«

»Aber …«

»Ich hab gedacht, ich könnte German Diener kriegen und dann Paulus. Ich hab gedacht, er steckt hinter der Sache.«

»Welche Sache? Du meinst die Website *Du bist Kunst*?«

Noch immer hatte Helena die Dimension von Roberts Geständnis nicht erfasst.

»Du erinnerst dich an die Villa im Spreewald. Diese Organisation, die sich um Jugendliche kümmert. *Krieger des Lichts.* Als wir den Laden hochgenommen haben, sind Videos aufgetaucht. Die Hilfsorganisation war ja nur eine Tarnung. Eigentlich ist es um Mädchen gegangen. Die Jüngste war noch nicht mal ein Jahr alt.«

»Aber warum hast du allein …?«

»Weil du dein Gedächtnis verloren hattest. Du warst nicht mehr ansprechbar. Nicht wirklich. Und dann warst du verschwunden.«

»Hat Maxim davon gewusst?«

»Nein. Niemand.«

»Warum, Robert? Ich verstehe es nicht.«

»Ich habe Material gesammelt. Irgendwann hab ich gesehen, dass German Diener da drin hängt. Er hat zu diesen *Kriegern des Lichts* gehört. Ich war bei ihm. Ich hab ihm Fotos gezeigt.«

»Von Sophie?«

»Fotos aus der Villa. Die Kinder. Ich hab ihm gesagt, dass ich Namen von den anderen aus dem Verein haben will. Dass ich ihn auffliegen lasse. Ich hab ihm gedroht, dass er den Knast nicht überleben wird, weil Kinderschänder da der unterste Abschaum sind. Er hat gesagt, das wäre unmöglich. Er hat sagt, er erzählt mir nichts, weil er nichts davon weiß. Und selbst wenn er es wüsste, würde er nicht ins Gefängnis gehen. Weil ich nur eine kleine, unbedeutende Kakerlake wäre. Eine kleine, unbedeutende Kakerlake. Und er hat recht.«

»Und dann?«

»Ich hab in seiner Galerie den Lieferwagen gesehen. Mit der Aufschrift *Du bist Kunst*.«

Helena atmete ein und nicht wieder aus. Lange.

»Warum hast du die ganze Zeit nicht mit mir darüber geredet?«, fragte sie.

Er sah sie an, kam von seinen Erinnerungen zurück in das kleine Haus, das er gerade in eine Hölle verwandelt hatte. »Ich weiß es nicht.«

»Du weißt es nicht?«

»Ich war wütend.«

»Wütend? Wütend worauf?«

»Auf dich.«

»Auf mich?«

Da war er wieder. Dieser Blick, den sie schon so lange kannte. Der ein Vorwurf in Reinkultur war. Der davon sprach, was sie auseinandergebracht hatte. Dass sie sich nach der Trennung mit Paulus eingelassen hatte. Dass sie mit Gibran im Bett gewesen war. Ein Blick so voll mit Vorwürfen und Wut, dass er den Raum füllte und Helena die Luft zum Atmen nahm.

Er senkte den Kopf. »Ich hab nicht gedacht, dass sie sich Sophie und Katharina schnappen. Unmöglich.«

»Wieso unmöglich?«

»Weil ich ein Scheißbulle bin. Und du eine Scheißstaatsanwältin. Wir sind nicht niemand. Verstehst du? Wir sind … Wir sind das Gesetz. Ich hab nicht gedacht, dass die uns angreifen.«

Fatima setzte sich zu Helena. Verstärkung für das, was ihnen bevorstand. »Was machen wir jetzt?«, fragte sie.

»Wir gehen auf den Deal ein. Wenn wir Katharina bekommen können, haben wir wenigstens eines der Kinder zurück«, sagte Helena.

»Und Sophie?«, fragte Robert.

»Sophie suchen wir anschließend. Ich werde auch sie finden«, sagte Helena und verbesserte sich: »*Wir* werden sie finden.«

»Wieso bist du da so sicher? Er hat gedroht, sie umzubringen, wenn wir ihn nicht in Ruhe lassen.«

»Weil ich es weiß.«

»Von wem? Gibran?«

»Was hat Gibran damit zu tun?«, fragte Helena.

»Ich hab ihn getroffen. In Istanbul. Er hat mir gesagt, dass er zu dem beschissenen Club gehört. Und dass er dich …«

»Was willst du? »

Er verlor die Kontrolle. Lief umher, suchte etwas, woran er seine Wut auslassen konnte. Schlug mit der rechten Faust gegen die Wand, bis die Haut über den Knöcheln aufplatzte und blutige Spuren auf dem Putz hinterließ. Immer wieder. Erst als seine Wut nachließ, schien ihm bewusst zu werden, was er tat.

Helena und Fatima sahen zu, wie er zum Waschbecken ging und die Hand unter das kalte Wasser hielt. Er nahm ein Tuch und wickelte es um die verletzte Hand.

»Er muss uns sagen, wo diese Scheißparty stattfindet.«

»Und dann?«

Er nahm Fatima das Telefon aus der Hand und legte es vor Helena auf den Tisch.

»Ruf ihn an.«

Helena schüttelte den Kopf. »Nein.«

»Helena, es geht um Sophie und Katharina!«

»Nein«, sagte Helena. »Es geht um Katharina. Und wir müssen vorsichtig sein. Ich will sie nicht irgendwo so finden wie die anderen Mädchen. Wie Annika. Oder die Kleine in Ostende. Ich versuche das Richtige zu tun. Und ich sterbe fast dabei. Aber ich will nicht irgendwann an Katharinas und Sophies Grab stehen. Verstehst du das? Wir werden ruhig und vernünftig handeln. Wir werden uns nicht von unserer Angst und Wut und Verzweiflung hinreißen lassen, etwas zu tun, was Katharinas Leben gefährdet. Also werden wir auf den Deal eingehen, weil wir nicht wissen, wo die Mädchen sind und was mit ihnen geschieht. Akif Kaplan weiß über jeden unserer Schritte Bescheid, er weiß, was wir tun, was wir denken.«

»Weil es ihm dein Freund Gibran erzählt.«

»Vielleicht.«

Das war eine Möglichkeit. Eine unwahrscheinliche zwar, aber wer konnte da schon sicher sein. Auf alle Fälle war es nicht angeraten, Gibran anzurufen. Oder überhaupt irgendjemanden anzurufen, wenn sie nicht wussten, ob es außer deBuer noch ein weiteres Leck gab. Bei der Polizei oder der Staatsanwaltschaft.

Robert nahm seine Jacke, den Autoschlüssel und verließ das Haus. Die Tür fiel hart ins Schloss.

»Was wird er tun?«, fragte Fatima.

»Er wird alles kaputt machen.« Da kannte sie ihren Mann gut.

Sonntag

72 // Robert Faber fuhr mit dem Mietwagen in Richtung Westen. Nördlich von İpsala Sınır Kapısı über die grüne Grenze nach Griechenland. Sieben Stunden über staubige Straßen und holprige Pisten. Durch Olivenhaine und vertrocknete Äcker. Vorbei an Menschen, die von irgendwoher kamen, Afghanistan, Syrien oder Nordafrika, und hier gestrandet waren. Frauen mit Babys auf den Armen, Männer, die ihr Hab und Gut in Koffern und Taschen trugen. Kindern, die allein am Straßenrand saßen. Sie winkten ihm, er solle anhalten. Er sah sie, aber er hatte kein Auge für sie. Nicht jetzt. Altruismus war ein Luxus, den er sich nicht leisten konnte. In Thessaloniki die erste Maschine nach Berlin. Als er abends in Tegel die Haupthalle betrat, war er umringt von Familien, die in den Urlaub aufbrachen. Kinder wuselten aufgeregt umher. Er musste eine Weile suchen, bis er den Mann fand, der ihn abholen sollte. Er stand neben seinem Wagen und telefonierte. Als Robert näher kam, beendete er das Telefonat.

»Du bist Ismael?«, fragte Robert.

Ismael nickte kurz. Ein kurzer Blick, zwei Hände, Schläge auf die Schultern zur Vergewisserung ihrer Trauer. Und obwohl Ismael lächelte, war in seinem blassen, vom Weinen aufgeweichten Gesicht der Schmerz deutlich zu sehen. Sie stiegen in Ismaels Alfa ein, verbanden sich mit dem Strom der Taxis, die den Flughafen verließen.

»Tut mir leid wegen Maxim«, sagte Robert, ohne Ismael anzusehen.

»Ihr wart Freunde, er hat dich länger gekannt.«

Der übliche Stau auf der A 100.

»Was gibt's Neues?«

»Meinst du deBuer? Er ist untergetaucht.«

»Serner?«

»Macht allen die Hölle heiß. Ich krieg das nur am Rande mit. Aber nachdem er in der Staatsanwaltschaft aufgeräumt hat, ist jetzt die Kripo dran. Sie haben zwei Leute beim LKA hochgehen lassen.«

»Wen?«

»Kessler und den zweiten weiß ich nicht mehr.«

Maxim überholte einen schwarzen Mercedes mit dem CD-Kennzeichen für *Corps Diplomatique*. Die hinteren Scheiben waren abgedunkelt. Robert sah zum Fahrer hin. Ein Riese mit Halsmuskeln, die wie Mutationen aussahen. Wer auf dem Rücksitz saß, konnte er nicht sehen. An der Ausfahrt Beusselstraße fuhr Ismael von der Autobahn ab. Er war mit Maxim in eine kleine Wohnung in der Turmstraße in Moabit gezogen, nicht weit von der Staatsanwaltschaft entfernt. Ismael hatte die Wohnung von einem Onkel vermittelt bekommen. Dass zwei Männer darin wohnten, wurde von der muslimischen Gemeinde vorerst akzeptiert. Wahrscheinlich, weil Ismael zum SEK gehörte. Ismael schloss die Tür auf. Die Wohnung war hell und sauber und in einem Zustand, als würde sie demnächst für ein Einrichtungsmagazin fotografiert werden.

»Bist du da?«, rief Ismael.

»Im Bad«, zwitscherte eine Stimme, die Robert weder als weiblich noch als männlich identifizieren konnte.

»Ich habe Besuch mitgebracht.«

Es war weniger eine Ankündigung als eine Warnung. Kurz darauf kam Rita Martens aus dem Bad. Zuletzt hatte Robert sie in Verhoevens Haus gesehen. Er hätte jeden hier erwartet, aber nicht Rita Martens.

»Was machst du hier?«, fragte er konsterniert.

»Maxim und Ismael haben mir Unterschlupf gewährt.«

Ismael lächelte mühsam.

»Ich werde über euren Fall schreiben«, erklärte Martens.

»Was ist mit deinem Bruder?«

»Ich hab ihn schon seit Monaten nicht mehr gesehen.«

»Die Polizei in Brügge behauptet, er hätte Verhoeven umgebracht«, sagte Robert mit einem deutlich sarkastischen Unterton.

»Das habe ich auch gehört.« So wie sie das sagte, den Kopf dabei senkte und sofort wieder hob, um keine Flanke für weitere Fragen zu öffnen, gewährte sie ihm einen kurzen Blick in ihr verwüstetes Leben. »Wir sind eine spezielle Familie. Insbesondere unser Vater war besonders. Verstehst du?«

Ja, er verstand.

»Setz dich in die Küche«, sagte Ismael. »Bin gleich wieder da.«

Robert nahm in der Küche Platz.

»Bier?«

Rita öffnete den Kühlschrank und nahm drei Flaschen Bier heraus. Sie öffnete sie und setzte sich Robert gegenüber. Kurz darauf kam Ismael mit seinem Notebook herein. Er setzte sich zwischen Robert und Rita.

»Maxim hat dir gesagt, dass die Website dieses beschissenen Vereins auf einem Server im Darknet läuft.«

»Ja.«

»Sie ist inzwischen umgezogen. Anderer Name, andere IP. Das heißt, man kommt da nicht ran, wenn man nicht eine spezielle Software benutzt. Und selbst wenn du die Software hast, hast du immer noch keinen Zugang. Wer auch immer der Admin ist, hat sich viel Mühe gegeben, sie gegen unautorisierten Zugang zu sichern. Aber was ist heute schon sicher.«

Während er sprach, huschten seine Finger über die Tastatur, schlugen immer wieder auf die Enter-Taste, bis er gefunden hatte, was er suchte.

»Okay, ich werde dich jetzt nicht mit dem großen Überblick langweilen. Was du wissen musst, ist, wie das hier funktioniert. Es gibt einen Admin, der bis vor Kurzem die Seite einmal pro Woche upgedated hat. Manchmal auch häufiger.«

»Wer ist das? Akif Kaplan?«

»Er hat keinen Namen.«

»German Diener.«

»Kein Name. Nur eine Kombination aus Ziffern und Zeichen.«

»Heißt das, es gibt noch jemanden? Jemand, den wir nicht kennen?«

»Sieht so aus.«

Für einen Moment huschte wieder dieser eine Name durch Roberts Gedanken.

»Gibran? Ist Gibran der Kopf?« War das möglich?

»Es ist egal, wer dieser Jemand ist«, sagte Ismael.

»Ist es nicht.«

»Von mir aus. Alles, was ich dir zeigen kann, ist das hier.« Er deutete auf den Bildschirm. »Mister X war manchmal nachlässig. Dann hat er den Zugang für ein paar Minuten offen gelassen. Das heißt, ich konnte dann reingehen und mich ein bisschen umsehen. Und ich konnte ein Fenster offen lassen, was er nicht gemerkt hat, damit ich *jederzeit* rein konnte. Warum erzähle ich dir das?«

»Keine Ahnung.«

»Damit du verstehst, dass das, was ich dir jetzt sage, kein Fake ist. Vor zwei Tagen habe ich Fotos auf der Seite gefunden.«

Robert sah Fotos von zwölf Mädchen. Zwei davon waren höchstens vier Jahre alt. Maximal fünf. Keines war älter als dreizehn. Alle in schwarzen Dessous. Das letzte Foto war ein Stich ins Herz. Katharina. In einem schwarzen Unterrock. Mit rot geschminkten Lippen, die Augen schwarz umrandet. Die Haare hochgesteckt. Die Karikatur einer Femme fatale. Zurechtgemacht für etwas, an das er nicht denken durfte, sonst würde er durchdrehen. Robert ballte die rechte Hand zur Faust und hielt sie vor den Mund, bevor er mit der anderen Hand den Deckel des Notebooks ein Stück herunterklappte, damit Katharina ihn nicht länger von dem Foto anstarrte.

»Wir wissen nicht, wer dabei ist und wo die Sache stattfindet«, sagte Ismael. Er nahm sein Bier und trank.

»Das stimmt nicht ganz«, sagte Rita. »Wir wissen, wer diese Party organisiert.«

Robert setzte die Flasche ab. Sah von Rita zu Ismael.

»Wer?«

Montag

73 // Auf dem gleichen Weg wie Robert hatten sie die Türkei verlassen. In Tegel stand der OStA Serner neben der Passkontrolle und sorgte dafür, dass Helena und Fatima problemlos einreisen durften.

»Mein Wagen steht vor der Haupthalle. Wohin darf ich Sie mitnehmen?«

»Danke«, sagte Fatima. »Wir nehmen ein Taxi.«

Serner wandte sich Helena zu, während er die beiden Frauen zum Taxistand begleitete.

»Dass Sie zurück in Berlin sind, erzählt mir, dass Sie Ihre Töchter hier in der Stadt vermuten.«

»Ich bin müde. Ich wurde unter Drogen gesetzt. Und ich weiß nicht, wo meine Töchter sind«, antwortete Helena.

»Natürlich. Ich will Sie auch nur darauf hinweisen, dass wir in engem Kontakt zur Polizei in Ho-Chi-Minh-Stadt stehen. Sollte sich herausstellen, dass Sie und Ihr Mann am Mord an Georg Paulus involviert sind, werde ich nicht zögern, Sie festnehmen zu lassen.«

»Ich weiß«, sagte Helena.

»Allerdings ist es auch möglich, dass die Kooperation

mit der vietnamesischen Polizei nicht so zufriedenstellen verläuft, wie wir das erhoffen. Das setzt aber voraus, dass Sie und Ihr Mann keine Selbstjustiz betreiben. Habe ich mich klar genug ausgedrückt?«

»Sehr klar.«

Serner hielt Helena am Arm fest. »Frau Faber. Sie wissen inzwischen, mit wem Sie sich angelegt haben. Ich habe in der Staatsanwaltschaft sieben Mitarbeiter entlassen. Zurzeit wird bei der Berliner Polizei aufgeräumt. Ich möchte, dass Sie mir vertrauen. Um Ihrer Kinder und Ihrer selbst willen. Wir können Unrecht nicht mit Unrecht bekämpfen.«

Helena sah auf ihren Arm, den Serner fest umklammert hielt.

»Sie haben recht«, sagte sie. »Aber wie Sie wissen, fällt es manchmal schwer, Unrecht und Recht zu unterscheiden. Und jetzt wäre es nett, wenn Sie mich loslassen würden.«

Fatima hatte ein Taxi angehalten und hielt Helena die Tür auf.

Helena wollte nicht in ihrem Haus schlafen. Sie wollte nicht in einem Albtraum wohnen, in dem sie jedes Möbelstück, jedes Glas Nutella, jedes Deo im Bad an die Mädchen erinnerte. Sie holte ein paar frische Jeans, Pullover, Schuhe und eine Jacke, während Fatima im Taxi wartete. Die Nachbarin aus dem Haus gegenüber beobachtete das Taxi von der Haustür aus. Sie winkte scheu, als Helena aus dem Haus kam und die Tür abschloss. Helena nickte.

»Ich hab für heute Abend ein paar Frauen eingeladen«, sagte Fatima.

Das Taxi bog in die Olympische ein, die Straße, auf der sie hinter dem Lieferwagen hergerannt war.

»Fahren Sie zuerst in die Reichsstraße«, wies sie den Taxifahrer an.

»Besser wir nehmen die Autobahn. Das geht schneller.«

»Die Reichsstraße, bitte.«

»Aber das ist ein Umweg.«

Da Helena nicht antwortete, folgte der Taxifahrer murrend der Aufforderung. Der Feierabendverkehr quoll auf die Straßen. Sie kamen nur im Schritttempo voran. Rechts die Tankstelle, der türkische Gemüseladen, dessen Besitzer sie gut kannte. Das kleine Sportstudio, das sie kaum besuchte, aber durch monatliche Beiträge subventionierte. Das Sushi-Restaurant, die kleine Buchhandlung. Am Theodor-Heuss-Platz war die Ampel rot. *Da sieht sie ihn, den Lieferwagen, wie er auf die Mittelinsel fährt, wie die hintere Tür aufgeht. Der Mann mit der Maske. Und Sophie, die die Hände nach ihr ausstreckt. Sie, mit der Pistole in der Hand. Zitternd, völlig außer Atem, der Blick unscharf von der Erschöpfung. Schieß, Helena, schieß! Du musst schießen, sonst nimmt er deine Töchter mit. Aber sie schießt nicht. Aus Angst, Sophie zu treffen. Der Wagen fährt über die Mittelinsel und verschwindet in Richtung ICC.* Bis heute. Wie lange war sie nicht mehr hier gewesen? Mehr als drei Wochen. Als sie Fatimas Hand auf ihrem Arm spürte, tauchte sie wieder in die Gegenwart ein.

»Hast du Robert erreicht?«, fragte Fatima.

»Er geht nicht ran.«

Sie fuhren den Kaiserdamm in Richtung Siegessäule.

Im Licht der späten Sonne konnten sie die goldene Viktoria schon von Weitem strahlen sehen. Sie streckte den rechten Arm in die Höhe, hielt den Siegerkranz in der Hand, als wollte sie Helena verhöhnen. Vor der S-Bahn bog das Taxi nach links ab. Vorbei am Westhafen in den Sprengelkiez.

Fatimas Wohnung lag im vierten Stock, Vorderhaus, Blick auf die Müllerstraße. Altbau, ohne Aufzug, drei Zimmer. Die Zimmer sahen aus, als hätte Fatima sie Hals über Kopf verlassen. Und so war es auch gewesen, als sie erfahren hatte, dass Sophie nach Istanbul gebracht worden war.

»Du kannst im Wohnzimmer schlafen. Die Couch kann man ausziehen«, erklärte Fatima.

»Danke.«

»Ich geh was einkaufen für heute Abend. Hast du einen speziellen Wunsch?«

»Ich hab keinen Hunger.«

»Aber du musst was essen.«

»Wenn du Obst kaufen kannst? Ich hab Lust auf Obst.«

Eine halbe Stunde später kam Fatima zurück, die Hände voll mit Plastiktüten, als habe sie den nächsten Supermarkt leergeräumt. Als Helena wieder zu zittern anfing, gab Fatima ihr eine Valium. Die Nachwirkungen des Drogencocktails, den die Alte Helena gespritzt hatte, waren weniger geworden. Aber sie tauchten immer wieder auf. Schweißausbrüche, Schüttelfrost, unkontrolliertes Zittern. Helena hatte Angst, dass die Kopfschmerzen, die sie aus dem Nichts überfielen, stärker werden würden. Die Valium beruhigte sie. Das

Zittern ließ nach, und sie versank in einen gütigen Nebel.

Nachdem sie ein paar Stunden geschlafen hatte, wurde sie von dem Durcheinander mehrerer Frauenstimmen geweckt. Sie schleppte sich benommen in die Küche und sah vier Frauen, die um den Tisch herum saßen. Sie redeten durcheinander, fielen sich ins Wort, schimpften und tranken Bier, während Fatima am Herd stand und sich mit den gefüllten Auberginen abmühte.

»Waren wir zu laut?«, fragte Fatima, als sie Helena in der Tür stehen sah.

»Hast du ein Glas Wasser?«

Die Frauen verstummten und sahen Helena prüfend an. Die Blicke schienen sie für eine Erscheinung aus einer anderen Welt zu halten. Fatima reichte Helena eine kleine Flasche Wasser. Sie trank sie in einem Zug leer und spürte, wie die klare Flüssigkeit ihre Kehle hinablief, sie von innen kühlte und reinigte.

»Es gibt gleich was zu essen.«

Helena setzte sich an den wackligen Ikea-Holztisch. Die Frau ihr gegenüber war ein paar Jahre älter als sie. Ihre Nase stand schief, und über dem rechten Auge hatte sie eine vier Zentimeter große Narbe. Sie streckte Helena die Hand entgegen.

»Ich bin Marta. Fatima hat uns von dir erzählt.«

Ihr Blick war freundlich und die Stimme rau. Helena fühlte sich an das Knirschen der Bremsen ihres Volvos erinnert. Sie ergriff die Hand, schüttelte sie. Nach und nach stellten die anderen Frauen sich vor. Jasmin, Helga, Sirikit. Während sie sich über die türkische Pizza hermachten, fragten die Frauen Helena, wie es ihr gehe, wie sie damit klarkomme, dass ihre Töchter entführt worden waren. Helena erzählte mit knappen Worten. Als sie irgendwann wissen wollte, warum man sich in Fatimas Küche traf, verstummten die Frauen. Fatima trank ihr Bier aus.

»Ich hab dir von dem Netzwerk erzählt.«

»Nemesis.«

»Das hier ist ein Teil davon.«

Fatima hatte ihr von dieser ominösen Gruppe von Frauen berichtet, die aus allen gesellschaftlichen Schichten kamen, Jobs bei Zeitungen hatten, Rechtsanwältinnen waren, Trainerinnen für Kampfsport, Taxifahrerinnen, Polizistinnen. Sie hatte auch von Leyla aus Kadirga erzählt, durch die sie überhaupt erst Helena gefunden hatte. Helena sah die Frauen an. Das sollte Nemesis sein? Sie hatten nichts an sich, was den Vorstellungen entsprach, die Helena sich von den Frauen gemacht hatte. Sie sahen normal aus, durchschnittlich. Das Einzige, was sie gemeinsam hatten, waren seelische und körperliche Narben von Verwundungen und Verletzungen. Die kleinste der Frauen, Jasmin, trug eine Perücke. An den Rändern waren Spuren einer Säureverletzung zu sehen, genauso an den Händen. Helgas Arme waren von kleinen Brandwunden gezeichnet. Sirikits Verletzungen waren nicht zu sehen. Fatima schien Helenas Verwunderung zu bemerken.

»Die Namen, die du gehört hast, sind nicht die richtigen Namen. Die Frauen hier kennen dich nicht. Es ist vorerst zu ihrem Schutz. Wir haben lange diskutiert, was wir tun können, wenn du Katharina in Empfang nimmst.«

»Ihr werdet nichts tun«, sagte Helena. »Er wird sie umbringen, wenn irgendwas schiefläuft.«

Sie sah Fatima an. »Du warst dabei, als er das gesagt hat.«

In die atemlose Stille, die sich plötzlich über die Köpfe legte, stand Fatima auf, ging zum Kühlschrank und holte Nachschub an Bier.

»Diese verdammten Arschlöcher haben Verbindungen bis in die höchsten Stellen der Politik, der Staatsanwaltschaft und der Polizei. Wenn sie ein Mädchen freiwillig gehen lassen, laufen sie Gefahr, dass sie von ihr identifiziert werden«, sagte Marta.

»Niemand wird etwas unternehmen«, sagte Helena. »Ich treffe Akif Kaplan. Er übergibt mir Katharina und fertig.«

»Und was ist mit deiner anderen Tochter?«, fragte Helga.

»Das weiß ich nicht. Aber ich werde auf keinen Fall etwas tun, wodurch das Leben von Katharina gefährdet wird«, schrie Helena. Dann wandte sie sich ab und floh aus der Küche. Die Wohnungstür fiel hart ins Schloss.

»Lauf ihr hinterher«, sagte Fatima zu Helga. »Schnell! Sie muss sich beruhigen. Und sie muss wieder klar denken.«

Helga stürmte aus der Küche, die Tür knallte zum zweiten Mal zu.

»Und jetzt?«, fragte Jasmin.

»Wir lassen diesen Akif Kaplan nicht davonkommen. Egal, was sie dazu meint«, sagte Marta.

»Vor allem müssen wir verhindern, dass ihr Ehemann irgendetwas macht, was die Übergabe gefährden kann«, sagte Jasmin.

Fatimas Handy klingelte. »Ja?« Sie hörte eine Weile zu. »Okay, such weiter.«

Fatima legte das Handy wieder auf den Tisch.

Montag

74 // German Diener in Berlin? Es war dreist. Schon beinahe unverschämt, mit welcher Chuzpe der Mann sich in Berlin herumtrieb. So als ob er zu einhundert Prozent sicher sei, dass ihm nichts passieren konnte. Natürlich hielt er sich nicht an öffentlichen Plätzen auf, zeigte sich nicht im Showroom seiner Galerie in der Auguststraße in Berlin Mitte. Trotzdem konnten Robert und Ismael ihn ziemlich schnell ausfindig machen, als Diener in seinem Lieblingslokal Borchardts Wiener Schnitzel aß und dazu wie gewöhnlich besten Riesling trank. Sie saßen auf der anderen Straßenseite in dem Ritter-Sport-Showroom und beobachteten den Eingang des Szenerestaurants, während im Hintergrund Kinder völlig aufgedreht Schokolade zusammenrühren durften.

»Der Wichser sitzt da seit zwei Stunden. DeBuer hat einen Haftbefehl beantragt. Und dann ist der Haftbefehl auf Antrag von Serner wieder aufgehoben worden.«

Das Wort *Wichser* brachte Ismael mahnende Blicke der Verkäuferinnen ein.

»Er wird ein Taxi nehmen«, sagte Robert.

Ismael nickte und verließ den Laden, während Robert weiterhin observierte. Die Tafel *Rum Trauben Nuss*, die ihm eine Verkäuferin anbot, nahm er dankbar an. Jetzt erst bemerkte er, dass er Hunger hatte. Daran hatte auch die Currys nichts ändern können, die er und Ismael sich gegönnt hatten.

Kurze Zeit später hielt ein Taxi vor dem Restaurant. Der Fahrer stieg aus, lehnte sich auf der Beifahrerseite an die Karosse und rauchte. Nicht lange und Diener kam aus dem Borchardts und stieg ins Taxi ein. Robert wartete noch, bis der Wagen in die Friedrichstraße einbog, dann verließ er den Laden. Ismael wartete ein paar Meter weiter in seinem Alfa. Kaum war Robert eingestiegen, gab Ismael Gas.

»Wo bringt er ihn hin?«

»Westhafen, Behala.«

Sie folgten der Bundesstraße 96, bogen in die Westhafenstraße ein und sahen Diener, wie er wild gestikulierend mit dem Taxifahrer diskutierte. Ismael hielt ein paar Meter hinter dem Taxi. Dann stiegen Robert und er aus.

»Probleme?«, fragte Ismael.

»Ich hab diesem Idioten gesagt, ich will in die Auguststraße. Ist das hier die Auguststraße?«, echauffierte sich Diener.

»Allgemeine Verkehrskontrolle. Führerschein und Ausweis bitte, auch Ihren.«

»Wie bitte? Wieso wollen Sie meinen Ausweis?«, echauffierte sich Diener.

Der Taxifahrer zeigte Ismael seinen Ausweis. Ismael warf einen kurzen Blick darauf, zwinkerte dem Fahrer zu und gab den Ausweis zusammen mit einem Fünfziger zurück.

»Ich habe keinen Ausweis dabei«, sagte Diener.

»Dann werden Sie uns aufs Revier begleiten.«

»Sie sind wohl verrückt geworden. Ich werde mich bei Ihrem Vorgesetzten beschweren.«

Plötzlich zuckte er irritiert zusammen.

»Sie sind doch …« Er deutete auf Robert und grinste breit. »Herr Faber. Was für eine Überraschung. Wie geht es Ihren Mädchen? Haben Sie sie inzwischen gefunden?«

»Nein. Aber ich bin sicher, dass Sie uns was dazu sagen können. Aussteigen.«

Als Diener sich wehrte, packte Ismael ihn, zog ihn aus dem Wagen und drehte ihm den rechten Arm auf den Rücken. Dann schob er ihn in den Alfa. Robert setzte sich neben Diener. Ismael fuhr los.

»Was Sie hier machen, meine Herren, wird Ihnen noch auf die Füße fallen. Sie machen einen schweren Fehler.«

»Ich hab schon so viele Fehler gemacht, da kommt es auf einen mehr oder weniger auch nicht mehr an.«

Diener sah Robert breit grinsend an. »Da haben Sie allerdings recht.«

Roberts Faust traf ihn mitten auf der Nase. Diener schrie auf und hielt sich die Hand vor die Nase, während das Blut durch seine Finger tropfte.

»Scheiße, was machst du da?« Ismael hatte den Schlag nur am Rande mitbekommen, während er auf der 96 zu einem ehemaligen Schießstand des SEK fuhr.

»Guck nach vorne.«

»Ich werde Sie anzeigen! Ich sorge dafür, dass Sie ins Gefängnis wandern«, schrie Diener.

Robert nahm ein Taschentuch und hielt es Diener hin.

Der Rest der Fahrt verlief in wütendem Schweigen, bis sie den Schießstand in Weißensee erreicht hatten. Robert zerrte Diener aus dem Wagen und schleppte ihn zu dem Gebäude, das sich gleich rechts neben dem Eingang befand. Eine heruntergekommene Anlage, die nicht mehr benutzt wurde, seitdem man Asbest in den Deckenverkleidungen gefunden hatte. Ismael trat die Tür ein.

»Was ist das hier?«

Robert gab Diener einen Stoß, schob ihn durch den Flur zu einem Zimmer, das früher als Aufenthaltsraum gedient hatte. Poster von Hertha BSC neben Union Berlin an den Wänden. Helene Fischer neben AC/DC. Ein Foto von Angela Merkel, der jemand einen Oberlippenbart gemalt hatte.

»Setz dich.«

Ismael packte ihn an den Schultern und drückte ihn auf den Stuhl. Bog seine Arme nach hinten, fesselte seine Hände mit Kabelbindern. Anschließend nahm er Dieners Handy aus dessen Jackentasche.

»Wie ist der Code?«

»Sie können mich mal. Ich will sofort meinen Anwalt hier haben.«

Maxim packte Dieners rechte Hand, bog sie nach hinten, bis Diener aufschrie. Dann drückte er Dieners Daumen auf den Homebutton. Als das iPhone entsperrt war, scrollte er durch die Liste der Anrufe.

Robert baute sich vor Diener auf. »Weißt du noch, was du zu mir gesagt hast? Auf dem Parkplatz vorm Präsidium? Du hast gesagt, ich hätte keine Ahnung, mit wem ich mich anlege. Und ich müsste dich umbringen. Und jetzt? Paulus ist tot. Verhoeven ist tot.«

Diener sah Robert bestürzt an. »Sie haben …? Das waren Sie?«

»Robert?« Ismael hielt ihm das iPhone hin. In der Liste der Anrufer stand der Name Kassandra Diener.

»Das ist seine Mutter.« Dann wandte er sich wieder Diener zu. »Wo sind meine Töchter?«

»Ich weiß nichts von Ihren Töchtern.«

»Wo findet diese Party statt?«

»Ich weiß nicht, wovon Sie sprechen.«

Ismaels Handy klingelte. Er sah kurz drauf, zeigte es dann Robert. *Fatima* stand auf dem Display. Robert schüttelte den Kopf.

»Ich frag dich noch einmal: Wo sind meine Töchter? Und wo findet diese Party statt?«

»Und ich habe bereits gesagt, dass ich es nicht weiß. Und selbst wenn ich es wüsste, würde ich es Ihnen nicht sagen. Sie verstehen nicht, um was es hier geht. Für Paulus war es Rache. Er wollte Ihre Frau bestrafen und hat sich dafür Ihre Töchter ausgesucht. Aber für uns ist es völlig unwichtig, ob es Ihre Töchter sind. Es geht einzig und alleine darum, dass es Mädchen sind. Junge Mädchen, Kinder. Dass sie unberührt sind. Dass sie sich nicht wehren können. Und dass sie für alles zur Verfügung stehen, wonach man sich sehnt. Ich weiß, in Ihrer kleinen Welt, Robert Faber, eingesperrt in ein moralisches Gefängnis, ist das unvorstellbar.

Aber haben Sie nie daran gedacht, sich eine Ihrer Töchter zu nehmen? Nein? Das ist sehr schade für Sie. Sie wissen ja gar nicht, was Ihnen entgeht.«

Sein Lächeln strahlte ein groteskes Mitleid und Bedauern aus.

»Und jetzt machen Sie mich wieder los. Sofort.«

Robert sah Diener fassungslos an. Dann forderte er Ismael mit einer knappen Kopfbewegung auf, den Raum zu verlassen.

»Was hast du vor?«

»Geh schon.«

»Auf keinen Fall.«

Roberts Blick ließ keine Wahl. Widerstrebend ging Ismael nach draußen. Robert schloss die Tür, ging zurück zu Diener.

»Ich habe damals auch gesagt, dass es keine Grenzen gibt. Erinnerst du dich? Ich habe gesagt, wenn jemand mir das nimmt, was ich über alles liebe, mehr noch als mein Leben, gibt es keine Grenzen.«

»Keine Grenzen.« Dieners Stimme vibrierte. Angst wuchs in kleinen Schweißperlen auf seiner Stirn. »Sehen Sie, Herr Faber, davon spreche ich. Sie ziehen Ihre Befriedigung aus der Gewalt, und ich aus kleinen Mädchen. Wenn sich die Möglichkeit bietet, gibt es für uns keine Grenzen. Lassen Sie mich gehen, und ich führe Sie zu Ihren Töchtern.«

Robert sah sich um. Er brauchte irgendetwas, mit dem er zuschlagen konnte. Eine Eisenstange, ein Stück Holz. Als er nichts dergleichen fand, brach er einen zweiten Stuhl auseinander und nahm eines der Stuhlbeine in die Hand.

75 // Ich werde auf keinen Fall etwas tun, wodurch das Leben von Katharina gefährdet wird. Das hatte Helena gesagt. Sie hatte es geschrien, damit die Frauen verstanden, wie ernst es ihr war. Aber was war mit Sophie? Bedeutete es nicht, dass sie Sophie aufgegeben hatte, wenn sie so etwas dachte? War der Plan, nach Katharinas Befreiung weiter nach Sophie zu suchen, nicht einfach nur eine Ausrede? *Nein, ist es nicht, verdammt noch mal. Es ist das Einzige, was ich tun kann.*

Sie lief seit einer Stunde durch Moabit, hatte vor dem Amtsgericht gestanden und überlegt, hineinzugehen und mit Serner zu reden. Ihm zu erzählen, was sie wusste. Aber konnte sie sicher sein, dass er nicht auch zum Club der Humanisten gehörte? Wenn sie darüber nachdachte, bekam sie das kalte Grausen. Bis vor wenigen Wochen noch hätte sie es für unmöglich gehalten, dass so etwas passieren konnte. Dass sie, eine Staatsanwältin in Berlin, nicht wissen würde, an wen sie sich wenden sollte, um ihre Töchter aus den Händen von brutalen Kinderschändern zu befreien.

Sie lief weiter. Musste sich bewegen, um die Gedanken, die in ihrem Kopf Chaos veranstalteten, zu bremsen.

Als sie das Ufer der Spree erreichte, hielt sie inne. Stützte die Hände auf die Oberschenkel und atmete schwer. Die Brust schmerzte, weil sie es nicht mehr gewohnt war zu laufen. Sie sah auf den Fluss. Der Blick auf das Wasser beruhigte sie, trug sie für einen Moment aus ihrem Körper hinaus. Nach einer Weile konnte sie wieder klar denken. *Der wichtigste Faktor ist die Zeit.*

Wann geschieht etwas? Was muss zuerst geschehen? Katharina befreien, Akif Kaplan schnappen, Sophie finden. Das Netzwerk des Clubs der Humanisten ist zwar weit verzweigt und überaus einflussreich, aber es ist nicht unangreifbar. Kaplan gehörte zum türkischen Konsulat. Er genoss diplomatische Immunität. War für die deutsche Justiz unangreifbar. Selbst bei einem schweren Verbrechen wie Kindesentführung und Vergewaltigung entscheidet das Herkunftsland, ob und wie gegen die Person vorgegangen wird. *Aber die Leute machen Fehler. Sonst wäre Paulus nicht aufgeflogen, und in Ostende wären die Mädchen nicht befreit worden, und Rita hätte Verhoeven nicht umgebracht.*

Helena setzte sich auf eine Parkbank. Malte mit einem Stock Spuren in den sandigen Weg. Bis ihr Handy klingelte. *Anonym.*

»Ja?«

»Sind Sie mit meinem Vorschlag einverstanden?«, fragte eine Stimme.

»Wer sind Sie?«

»Sie wissen, wer ich bin.«

Akif Kaplan.

»Wo sind meine Kinder?«

»Katharina ist hier. Das andere Mädchen ist bei jemandem, der es gut mit ihr meint. Sie hat alles, was sie braucht. Kleider, zu essen, Freundinnen.«

Es war unglaublich. Er schien das ernst zu meinen. Wie pervers muss jemand sein, der davon spricht, dass es ihrer elfjährigen Tochter bei jemandem gut gehen kann, der sie entführt hat.

»Heute Nacht erfahren Sie den Ort, an dem Sie

Katharina in Empfang nehmen können. Aber ich erinnere Sie noch einmal daran, wenn Sie etwas unternehmen, das unserer Abmachung widerspricht, werde ich davon erfahren. Sie werden Ihre Tochter nicht mehr zu sehen bekommen. Sie werden sie noch nicht einmal finden.«

»Wo ist sie?«

»Sie ist an einem sicheren Ort.«

»Wo ist sie?!« Ein Schrei.

Keine Antwort. Stille. Es fühlte sich an, als würde sie fallen. *Wieso hast du aufgelegt? Ruf mich an. Ruf wieder an.*

Helena starrte auf das Display, als könnte sie es hypnotisieren. Es dauerte eine Ewigkeit, bis sie wieder *Anonym* lesen durfte.

»Haben Sie sich beruhigt?«

»Ja.«

»Werden Sie mir zuhören?«

»Ja.«

»Selbst wenn ich Ihnen sage, wo Sophie sich befindet, werden Sie nicht zu ihr vordringen können. Es versteht sich also von selbst, dass Sie keine Ihrer Töchter jemals wieder lebend sehen werden, wenn Sie sich nicht an unsere Abmachungen halten. Haben Sie das verstanden?«

»Ja«, sagte Helena erneut. »Ich halte mich an die Verabredung, wenn Sie sich auch daran halten.«

Sie konnte ihn atmen hören. Ein kurzes Schnaufen, als würde er über sie staunen.

»Ich muss sagen, ich bewundere Ihren Pragmatismus. Es ist besser, ein Kind zurückzubekommen als keines, auch wenn es Ihnen das Herz bricht. Aber dennoch sind Sie stark und vernünftig genug, die Realitäten anzuerkennen.«

»Wo treffen wir uns?«

»Das erfahren Sie rechtzeitig. Ich rufe Sie um Mitternacht wieder an.« Kaplan beendete das Gespräch.

Helenas Puls war zwar während des Telefonates in die Höhe geschossen, aber sie verfiel nicht in Panik. Sie rief Robert an und erreichte ihn nicht. Die Mailbox war ausgeschaltet.

Es heißt, dass man Kraft braucht, um Entscheidungen zu treffen. Dabei sind es erst die Entscheidungen, die Kraft geben. Von Weitem sah sie Helga, die ihr erleichtert zuwinkte. *Und du brauchst Menschen, die zu dir stehen*, dachte Helena.

Montag

76 // Diener hatte Robert nicht gesagt, wo die Party stattfand. Als Ismael gesehen hatte, wie Robert den Galeristen zugerichtet hatte, war er entsetzt gewesen. Er hatte Robert angeschrien, hatte ihn gefragt, ob es noch einen Unterschied zwischen ihm und Diener gäbe. »Nein«, hatte Robert geantwortet. »So ist das nun mal. Wer ein Monster bekämpfen will, muss zu einem Monster werden.« Dann hatte er Ismael daran erinnert, dass es Leute wie Diener waren, die Schuld an Maxims Tod hatten. Und dass er sich entscheiden müsse. Ismael hatte Robert lange schweigend angesehen. Dann war er ohne ein weiteres Wort mit dem Alfa losgefahren.

Jetzt saß Robert in einem BMW von Drive Now unweit der *Galerie German Diener.* Verschnörkelte Schrift in Rot, Blau und Gelb. Er hatte Rita angerufen und sie gebeten, ihn zu unterstützen, da Ismael sich offensichtlich aus dem Team verabschiedet hatte.

»Bist du sicher, dass Dieners Mutter weiß, wo die Party ist?«, fragte Rita.

Er reichte ihr Dieners iPhone. Eine neue Nachricht von Kassandra Diener an ihren Sohn. *Wo bist du? Ich fahre nachher los. Serif Bey macht sich Sorgen, dass etwas schiefgehen könnte.*

Rita sah Robert verwundert an. »Hat sie keine Angst, dass die Handys abgehört werden?«

Offensichtlich nicht.

»Was werdet ihr machen, wenn Katharina und Sophie wieder bei euch sind?«, fragte Rita.

»Weiß nicht. Du?«

»Neuseeland.«

»Neuseeland? Weil es da besser ist?«, fragte Robert verwundert.

»Roger hat da eine Farm gekauft.«

»Schafe züchten.«

Robert sah angestrengt zu der Galerie hin, als könnte er durch seinen Blick Kassandra Diener dazu bringen, sich endlich in Bewegung zu setzen.

»Willst du etwa bei deinem Laden bleiben?«, fragte Rita.

»Ich hab ein Angebot von einem Sicherheitsdienst.«

»Promis Gassi führen?«

»Wird gut bezahlt.«

»Warum kommt ihr nicht mit nach Neuseeland?«

»Wer? Helena und ich und die Mädels? Wenn das hier vorbei ist, werden wir keine Familie mehr sein.«

»Das ist nicht wegen dir passiert. Paulus war wütend, weil Helena ihn hat auffliegen lassen. Er hätte das sowieso gemacht. So sind diese Leute. Sie ertragen keine Niederlagen. Und du musst aufhören, dich deswegen fertigzumachen. Das nützt niemandem was. Dir nicht und den Mädchen nicht. Du musst nach vorne sehen. Die Mädchen brauchen dich. Und Helena braucht dich auch.«

»Du meinst, ich kann Katharina und Sophie in die Augen sehen, wenn sie wissen …«

»Sie werden es verstehen.«

»Das werden sie nicht. Ich verstehe es ja selbst nicht.«

Robert deutete zu der Galerie hin, in der jetzt das Licht gelöscht und die Leuchtreklame angeschaltet wurde. Eine Gruppe von Frauen stiefelte über die Straße. Sie hielten Sektflaschen in den Händen und waren schon ziemlich betrunken. Kicherten und sangen »I'm every woman, it's all in me«, als würden sie einen zynischen Kommentar abgeben.

»Du hast nicht wissen können, wer da alles seine dreckigen Finger drin hat«, sagte Rita.

Es war offensichtlich, dass sie Robert aus dem selbstgewählten Fegefeuer rausholen wollte.

»Ich hätte es wissen können«, sagte Robert. »Wie lange ist Dutroux her?«

»Zwanzig Jahre.«

»Zwanzig Jahre. Wie viele Kinder sind seitdem verschwunden? Es passiert jeden Tag. Jeden Tag landet eine Vermisstenmeldung in der Abteilung. Und wenn wir dann anfangen zu ermitteln, gibt es auf einmal Fälle, die wichtiger sind. Und dann werden wir abgezogen. Und im Grunde sind wir froh, dass wir abgezogen werden, weil wir es dann nicht sehen müssen. Ich hab es gewusst, und ich hab die Warnung nicht ernst genommen, weil …«

Das Klingeln seines Handys unterbrach ihn. *DeBuer* stand auf dem Display.

»Ja?« Robert hörte eine Weile zu. Dann beendete er das Telefonat wortlos.

Rita sah ihn verwundert an. »Helena?«

»DeBuer.«

»Was hat er gewollt?«

Robert nahm sein Handy, öffnete die Drive-Now-App.

»Du musst Diener ein paar Stunden allein überwachen.«

»Wo ist er?«

»Da vorne steht ein Mini.«

»Was ist los?«

»Steig aus.«

»Du sagst mir jetzt, was deBuer gewollt hat.«

Robert sah Rita prüfend an. Sein Blick war dunkel und voller Misstrauen. »Er weiß, dass wir Diener observieren und der Party einen Besuch abstatten wollen.«

»Was? Woher?«

Ja, woher. Als Robert schwieg, verstand Rita, dass er sie verdächtigte.

»Du denkst, dass ich …«

»Steig aus.«

Robert beugte sich über sie, öffnete die Beifahrertür.

»Du bist so vernagelt, dass du nicht mehr siehst, wer auf deiner Seite ist.«

»Auf meiner Seite? Du bist die Einzige, die davon weiß.«

»Nein. Ismael weiß davon. Und Helena.«

Montag

77 // Als sie loslief, zurück zu Fatimas Haus, spürte sie, wie ihre Beine zitterten. Aber es war kein Zittern der Schwäche. Es fühlte sich eher wie eine Unruhe an, so als ob ihre Beine sie antreiben wollten. Die Wunden taten bei jedem Schritt weh. Sie ignorierte die Schmerzen. Sie waren unwichtig. Etwas in ihr wusste, was wichtiger war, und was sie tun musste.

Kurze Zeit später stand sie in Fatimas Küche.

»Wir haben uns Sorgen um dich gemacht«, sagte Fatima.

»Wo sind die anderen?«

»Beschäftigt. Wo warst du?«

Helena erzählte von ihrem Telefonat mit Akif Kaplan.

»Und was wirst du jetzt machen?«

»Ich brauche eine Waffe.«

Fatima verließ die Küche und kam kurze Zeit später mit einer Walther PPK zurück. Sie legte sie auf den Tisch. Dazu eine Schachtel Patronen.

»Was brauchst du noch?«

»Das ist alles.«

»Gut. Und nur, damit du Bescheid weißt, ich habe mit Rita gesprochen.«

»Wo ist sie?«

»In Berlin. Robert ist auf dem Weg zu deBuer.«

Helena nahm ihr Handy aus der Hosentasche und wählte Roberts Nummer. Ein paarmal war der Rufton zu hören, dann ertönte das Besetztzeichen. Als sie erneut anrief, schaltete sich die Mailbox ein.

»Ich bin's. Du darfst dich erst dann mit deBuer treffen, wenn ich Katharina habe. Hast du verstanden? Ruf mich an. Sofort. Bitte.«

Sie legte das Telefon neben die Pistole. Stützte den Kopf in die Hände.

»Wann triffst du ihn?«, fragte Fatima.

»Er ruft mich an. Das heißt, wenn ich Glück habe und er mich nicht angelogen hat.«

Was hier geschah, war unkontrollierbar. Es war jenseits aller Chancen erfolgreich zu sein. Sie wusste es. Und wenn sie Fatima ansah, stand ihr ins Gesicht geschrieben, dass sie es auch wusste. Helena nahm wieder ihr Handy, wählte Roberts Nummer. *Der Teilnehmer ist vorübergehend nicht* … Helena warf das Telefon auf den Tisch.

»Ruh dich aus«, sagte Fatima.

Eben noch, auf dem Weg zu Fatimas Wohnung, hatte Helena sich stark und mutig gefühlt. Voller Energie und entschlossen, alles zu tun, was sie tun musste. Jetzt lag das Handy vor ihr, sagte ihr, dass Robert nicht mit ihr sprechen wollte. Oder nicht konnte. Nicht mehr konnte. Fatima stand auf und zog Helena vom Stuhl hoch. Umarmte sie.

»Es wird alles gut werden.«

Helena schloss die Augen. Sie spürte die Wärme und nahm das Angebot an, sich anzulehnen. Zum ersten Mal, seit es begonnen hatte. Nur für einen kurzen Moment. Nicht zu lange, sonst würde sie keine Kraft haben weiterzukämpfen. Das wusste sie. Ihr Handy holte sie zurück.

Diesmal war es nicht *Anonym*, sondern der neue OStA Serner. Helena löste sich von Fatima und nahm das Telefon vom Tisch.

»Sie glauben, dass ich Sie und Ihre Kinder hängen lasse, Frau Faber.«

»Ich glaube es nicht, ich weiß es.«

»Sie haben vom Club der Humanisten gehört?«

»Ja.«

»Ich will Ihnen nur sagen, dass ich die Ermittlungen gegen diesen Club vorerst einstellen werde.«

»Ja, was auch sonst.«

»Ich habe eine Nachricht erhalten. Eine … Warnung, dass ich im Internet auf pornografischen Seiten unterwegs sein könnte. Kleine Jungs und so weiter. Ich muss hoffentlich nicht betonen, dass das nicht stimmt. Aber wenn so eine Nachricht erst mal in der Welt ist, ist sie ein Stigma, das man nicht mehr loswird.«

»Was wollen Sie jetzt von mir? Absolution? »

»Ich werde auf den Zug aufspringen, wenn Sie den Kopf der Hydra gefunden und abgeschlagen haben. Wir haben vom türkischen Konsulat die Aufforderung erhalten, jegliche Ermittlungen gegen Kaplan einzustellen. Natürlich kann das türkische Konsulat uns nicht auffordern, etwas zu tun oder nicht zu tun. Aber vom deutschen Außenministerium erhalten wir wenig Unterstützung in dieser Hinsicht. Es gibt offensichtlich wichtigere Interessen.«

Ja, die gab es. Schon seit Langem. Und immer wieder.

»Ich glaube nicht, dass dieser Club Ihnen Ihre Tochter zurückgeben wird. Alles, was ich über diese Leute in Erfahrung gebracht habe, spricht dagegen.«

»Wir haben einen Deal. Er gibt mir Katharina, und ich verfolge ihn nicht weiter.«

Sie konnte hören, wie Serner bitter grinste.

»Lassen Sie ihn nicht davonkommen.«

»Sie können etwas für mich tun.«

Wieder das Atmen auf der anderen Seite.

»Ich brauche die Adresse von Kaplan.«

»Wozu?«

»Damit er nicht davonkommt.«

»Warum suchen Sie die Adresse nicht im Internet?«

»Unter was soll ich suchen? Wohnort Kinderschänder?«

»Das kann ich nicht machen.«

Montag

78 // Obwohl die Wege in der Kleingartensiedlung nur schwach beleuchtet waren, konnte Robert ihn schon von Weitem sehen. DeBuer hockte auf der Terrasse vor der Datsche, in die er sich seit der Scheidung zurückgezogen hatte. Nordöstlich von Berlin. Das kleine Grundstück direkt am Wasser hatte seinen Schwiegereltern gehört. Niemand suchte ihn hier, weil ihn niemand hier kannte. Dreihundert Quadratmeter Grundfläche, Rosenhecken, Efeu wie Spinnennetze. Das Haus sechzig Quadratmeter. Ein Vordach aus PVC hielt den Nieselregen ab. Auf dem Tisch stand eine Flasche Wodka, zwei Gläser. Die Flasche war halb leer.

»Tür ist offen«, rief deBuer, ohne den Kopf zu drehen. Als habe er nur darauf gewartet, dass Robert kommen würde.

Robert stakste an den Pfützen vorbei, die der Regen auf dem aufgeweichten Boden hinterlassen hatte. Vor ein paar Wochen noch, als ein Starkregen niedergegangen war, hatte die Siedlung knietief unter Wasser gestanden.

»Scheißregen«, sagte deBuer. »Alle regen sich auf, wenn der Kudamm unter Wasser steht, und uns lassen sie hier absaufen. Setz dich.«

Robert blieb vor deBuer stehen. Durch die halb geöffnete Tür konnte er zwei Koffer sehen.

»Willst du verreisen?«, fragte Robert.

»Ein paar Tage Urlaub.«

»Wo? Bangkok?«

DeBuer schenkte die beiden Gläser voll. »Du kennst mich seit einer Ewigkeit. Und du weißt, dass ich nicht auf so was stehe. Ich brauche dicke Frauen, große Brüste und fette Hintern.« Er stieß mit seinem Glas das zweite an. Wartete nicht, dass Robert das Glas nahm, schüttete den Wodka in sich hinein, als wollte er etwas löschen. »Wie ist das eigentlich passiert? Sie haben Paulus in Saigon von der Straße gekratzt. Du warst auch da.«

»Wie tief hängst du drin?«

»Tief genug, um zu wissen, was du vorhast. Ist Ismael dabei?«

»Was willst du?«

»Ich würde das an deiner Stelle nicht machen.«

»Hast du mich deswegen angerufen?«

»Nimm es als Warnung von einem Freund.«

»Warnung von einem Freund? Ist das dein Ernst?«

DeBuer sank in sich zusammen und starrte auf seine Hände. »Es war ein Fehler. Es war alles ein Fehler.«

»Du hast Maxim umgebracht!«, schrie Robert.

Ein weiterer Wodka.

»Warum? Hast du gedacht, du kommst davon?«

»Ich hab gedacht … Ich weiß nicht, was ich gedacht hab.« Er sah zu Robert auf, lächelte plötzlich. »Weißt du eigentlich, dass Maxim den SEK-Bullen nur geheiratet hat, weil er dich nicht kriegen konnte?« DeBuer lachte, als hätte er den Witz des Jahres gemacht. Verschluckte sich, hustete und schenkte sein Glas ein drittes Mal voll.

Robert sah ihn fassungslos an. Langsam nahm der Gedanke, dass er deBuer umbringen würde, Gestalt an.

»Du hast Diener und Verhoeven in Ostende gewarnt.«

»Diener ist nur ein Arsch, der seinen Spaß daran hat, auf Mädchen zu pissen. Er macht das, was Kaplan ihm sagt. Und ich mache auch, was Kaplan sagt.«

»Die Versteigerung?«

»Saigon, Ostende, die Versteigerung. Komm jetzt, trink endlich.«

»Ist er der Kopf?«

»Akif Kaplan ist nicht der Kopf. Er ist eine wichtige Person, das ist alles.«

»Wer dann?«

»Auf alle Fälle jemand mit Verbindungen.«

»Was für Verbindungen?«

»Politik. Bundestag. Regierung.«

»Erzähl mir keinen Scheiß.«

»Wundert dich das? Edathy, Förster, Tauss. Bundestagsabgeordnete. Wegen Besitz von Kinderpornografie angeklagt. Meinst du, das sind die Einzigen? Und da hört es nicht auf. Was ist mit der Odenwaldschule oder den Domspatzen oder den katholischen Erziehungsheimen? Glaubst du, das sind Ausnahmen? Wenn du da den Deckel runtermachst, kriegst du das Kotzen.«

»Und du bist dabei?«

»Was weißt du denn schon?«

»Du bist der Pate von Sophie!«

»Ja, ich bin der Pate von Sophie.«

»Was ist nur los mit dir?«

»Das frage ich mich auch.«

»Ich hab ein Foto von Katharina gesehen. Wo ist sie? Und wo ist Sophie?«

»Helena war doch dabei, als sie Sophie versteigert haben. Wahrscheinlich irgendwo in Saudi-Arabien. Oder Katar. Bahrein. Irgend so ein Kameltreiber wird sie in seinen Harem gesteckt haben.«

Robert nahm seine Pistole aus dem Halfter.

»Was? Willst du mich erschießen?«

Würde er seinen Vorgesetzten erschießen? Den Mann, den er für seinen Freund gehalten hatte? Der ihn enttäuscht hatte, wie man nur jemanden enttäuschen kann.

»Warum hast du mich angerufen?«

»Weil ich müde bin, Robert. Und weil ich es leid bin, Anrufe zu kriegen, in denen mir gesagt wird, was ich zu tun habe, was ich unter den Tisch kehren soll, wen ich warnen soll und so weiter und so weiter.«

DeBuer griff in seine Hosentasche, nahm einen Zettel heraus und gab ihn Robert.

»Das ist die Adresse. Nimm es als meine Sühne.«

Er lachte. Trank aus der Flasche.

Robert steckte den Zettel ein.

»Aber lass dir eines gesagt sein. Aus alter Freundschaft. Wenn du denkst, du kannst da reinmarschieren und alle verhaften … Du hast keine Ahnung, Robert.«

Robert sah zu den Koffern hin. DeBuer registrierte den Blick.

»Die sind leer. Ich hab ein paarmal dran gedacht zu verschwinden. Aber das funktioniert bei mir nicht. Ich krieg schon Heimweh, wenn ich nur mal zwei Wochen auf Malle bin.«

Robert versuchte zu verstehen, was den Mann, den er all die Jahre für seinen besten Freund gehalten hatte, dazu getrieben haben konnte, Kinderschänder zu decken. Aber sosehr er sich auch bemühte, er verstand es nicht. Als er das realisierte, schlug er zu. Traf deBuer mit dem Griff der Pistole auf der Nase. Das Knirschen des Knochens war laut und deutlich zu hören. Schlug noch einmal zu, traf deBuers Unterarm, den der schützend über seinen Kopf hielt, schlug immer und immer wieder zu. Dann packte er den bewusstlosen deBuer, zog ihn vom Stuhl hoch und schleppte ihn zweihundert Meter weit zu einem Seitenarm der Havel. Warf ihn ins Wasser, drückte seinen Kopf nach unten in den Schlamm. DeBuer zappelte, schlug um sich. Robert ließ ihn Luft holen. Um dann wieder seinen Kopf in den Schlamm zu drücken. Dreimal. Viermal. Als deBuer tot war, ließ er ihn einfach liegen. Futter für die Wölfe, die sich in der Gegend wieder angesiedelt hatten.

Dienstag

79 // Fünf Minuten nach Mitternacht. Noch immer kein Anruf von Akif Kaplan. Helena saß auf dem Sofa in Fatimas Wohnzimmer. Seit etwa einer Stunde versuchte sie die Geschichte zu entziffern, die in den Kelim gewebt war, der an der Wand gegenüber hing. Es ging um eine Prinzessin, die aus Liebeskummer gestorben war. Was genau zu dem Liebeskummer geführt hatte, war nicht zu entschlüsseln. Helena versuchte ihre eigene Version zu erfinden, um sich für eine Weile abzulenken. Aber es gelang ihr nie länger als zwei, drei Minuten. Sie hatte ein Dutzend Mal versucht Robert zu erreichen und war immer wieder beim Anrufbeantworter gelandet. Wenn er zu deBuer gefahren war, dann konnte es sein, dass Akif Kaplan gewarnt war. *Verdammt noch mal, warum gehst du nicht ans Telefon?* Das dumpfe Kreischen eines Mahlwerkes drang aus der Küche. Fatima ließ den wievielten Kaffee aus der Maschine? Als sie mit zwei Tassen zurückkam, zwinkerte sie Helena zu.

»Fünf nach bedeutet noch gar nichts. Er ruft an. Ganz bestimmt.«

»Es ist zehn nach.«

Fatima stellte den Kaffee vor Helena ab. Das Abendessen stand weitgehend unberührt auf dem Tisch. Gefüllte Weinblätter, Falafel, Pide, Salat. Angeliefert vom Türken um die Ecke.

»Er ruft nicht an«, sagte Helena. »Er weiß, dass Robert Scheiß bauen wird. Und da hat er absolut recht. Robert denkt, dass er die Angelegenheit auf seine Art lösen kann. Und das heißt, mit einer Pistole in der Hand reinmarschieren und fertig.«

Helena stand vom Sofa auf, lief umher. Fluchtreflexe aus uralten Zeiten. »Wieso? Wieso?«, schrie sie. »Was muss denn noch alles passieren?«

»Du kriegst Katharina zurück.«

»Ich kriege Katharina zurück? Wieso? Weil du es sagst? Weil du Gott bist, oder was?«

Sie ging zum Fenster, sah hinaus. Das nächtliche Leben wälzte sich durch die Straße, Nachtschwärmer lärmten und lachten, als sei nichts geschehen.

»Er ruft nicht an.«

Dienstag

80 // Sie hat wahrscheinlich gedacht, sie könnte ihn überlisten. Geht einen Deal ein, wo es keinen Deal geben kann. Aus einem einfachen Grund: Man verhandelt nicht mit dem schwächeren Feind. Man wiegt ihn in Sicherheit, man lässt ihn glauben, dass er Erfolg haben kann. Aber nur, um im entscheidenden Augenblick zuzuschlagen. Das hatte Akif Kaplan in seiner Medresse, der Umm-Al-Qura-Universität in Mekka, am meisten beeindruckt. Die strategischen Überlegungen, die zum Sieg des Islam über den Rest der Welt führen sollten, gingen davon aus, dass man mit dem Feind nur so lange verhandelt, ja sich sogar schwach zeigt, bis man ihm überlegen ist. Dann geht der Gläubige los und vernichtet den Ungläubigen.

Er würde Helena nicht vernichten, zumindest nicht physisch. Er würde sie auf andere Weise treffen und dafür bestrafen, dass sie ihn verfolgte und glaubte, sie könne ihm drohen. Wie lächerlich! Wusste sie denn nicht, mit wem sie es zu tun hatte? Mit wem sie sich anlegte? Seit ein paar Tagen hatte er nicht mehr nach dem Mädchen gesehen. Er hatte ihr zwar Wasser und Brot überlassen, sogar ein Paket mit Trockenfrüchten, aber ob sie noch am Leben war, wusste er nicht.

Am Nachmittag hatte er seine Frau und die beiden Töchter mit der Turkish Airlines nach Istanbul geschickt und ihnen versichert, dass er bald nachkommen würde. Dann würden sie ein paar Tage Urlaub in New York machen. Und dann mit einem Wohnmobil die Route 66 nach Westen fahren. Jetzt legte er das rechte Ohr an die Tür zu dem Raum, in dem er sie gefangen hielt. Kein Geräusch. Trotzdem musste er vorsichtig sein. Er schloss die Tür auf. Keine Reaktion. Er schob mit dem Fuß die Tür auf. Immer noch nichts. Sie lag auf dem Bett. Als er den Raum betrat, hob sie den Kopf. Ließ ihn gleich darauf wieder sinken. Es stank fürchterlich. Der Eimer, in den sie ihre Notdurft verrichten sollte, war umgekippt. Als er das sah, wurde er wütend. Er hasste es, wenn jemand nachlässig war. Auch wenn er das Mädchen tagelang allein gelassen hatte und den Eimer nicht leeren konnte, gab es keinen Grund für dieses Verhalten. Was es aber gab, war ein Grund, sie zu bestrafen. Er ging zum Bett, griff ihre Hand und zog sie hinter sich her aus dem Raum heraus. Sie schrie, versuchte mit den Füßen Halt auf dem blanken Boden zu bekommen. Er ging schnellen Schrittes weiter zu einem Raum, in dem es Wasseranschluss gab. Das Mädchen schrie weiter, was seine Wut nur noch mehr anstachelte. Er stieß die Tür zu dem Raum auf, ließ das Mädchen los und ging zu einem Waschbecken. Am Wasserhahn war ein Schlauch befestigt, um Wasser in einen Eimer umzuleiten. Den füllte er nun und schüttete ihn über dem Mädchen aus. Jetzt schrie sie nur noch lauter. Und das machte ihn noch wütender. Wieso eigentlich? Warum war er so wütend? Gab es dafür einen Grund? Er wusste es nicht. Erst als er den dritten Eimer über ihr ausgegossen hatte und sie nur noch ein heulender Haufen Elend war, dämmerte ihm, dass er sie für ihre Mutter bestrafte. Für deren unbotmäßiges Verhalten. Für die Frechheit und Respektlosigkeit, mit der sie ihm begegnet war. Die Unverschämtheit, die so typisch war für viele Frauen, denen er in seiner Funktion als Mitglied des türkischen Konsulates und Förderer und Finanzier zeitgenössischer Kunst begegnet war. Das war der Grund. Und es war ein guter Grund.

Dienstag

81 // Ein Dutzend Wolken am nächtlichen Himmel, die ihr Versteckspiel mit dem Mond trieben und die Szene in blasses Grau tauchten. In einem Umkreis von zwei Kilometern war es das einzige Anwesen. Die Mauer knapp zwei Meter hoch. Schätzungsweise. Das Tor an der östlichen Seite mit Metallplatten verbarrikadiert. Dahinter ein Herrenhaus aus dem achtzehnten Jahrhundert. Zwei Türme mit Spitzdächern rechts und links, dazwischen ein trotziger Bau, dessen verblendete Fenster den Blick ins Innere verwehrten. Ein Verlies. Rita hatte Kassandra Diener verfolgt und ihm den Ort beschrieben. Sie hatte mit ihm kommen wollen. Er hatte sie weggeschickt. »Es ist besser, wenn du nicht dabei bist. Du kannst ja hinterher darüber schreiben«, hatte er gesagt.

Robert saß in dem BMW, ca. einhundert Meter entfernt. Er hatte sich die Anhöhe ausgesucht, weil er von hier aus einen guten Blick auf das Grundstück hatte. Wachmänner mit Hunden patrouillierten zwischen den Limousinen, die seitlich auf dem Kies neben der Einfahrt parkten. Oberes Segment. Porsche, Mercedes, Ferrari, Bentley. Sogar ein Fahrrad stand in der Reihe. War etwa einer der Besucher mit dem Rad gekommen? Ein Öko- und Fitnessfreak? Bei dem ersten Fahrzeug in der Reihe, einem großen BMW, konnte Robert das CD eines diplomatischen Dienstes erkennen.

Google Earth zeigte ihm, dass das Haus auf der Rückseite an einen See angrenzte. Ein kleiner Steg ragte ins Wasser hinein. *Vielleicht gibt es im Untergeschoss ein Bootshaus, das direkten Zugang zum Wasser hat*, dachte er. *Das wäre eine Möglichkeit, in das Haus hineinzukommen, wenn da nicht auch Wachmänner prostiert sind. Was zu erwarten ist. Helena glaubt, dass Akif Kaplan ihr Katharina aushändigt. Sie hat einen Deal gemacht und will Sophie opfern. Das ist unmöglich! Er jedenfalls wird da nicht mitmachen. Er wird nicht vor diesen verdammten Schweinen kapitulieren. Er nicht.*

Robert stieg aus dem Wagen aus und schlich einen schmalen Weg entlang, der ihn in hundert Metern Entfernung an dem Grundstück vorbei zum See führte. Er mied die Mauer, weil er vier Kameras entdeckt hatte, die in einem Radius von hundertachtzig Grad das Gelände beobachteten. Der Weg war vom Regen aufgeweicht und der Boden unsicher. Zweimal verlor er den Halt und rutschte ein Stück abwärts. Seine Hose und Jacke waren verdreckt, als er das Ufer des Sees erreichte, die Innenfläche der linken Hand blutete. Er zog Jacke und Schuhe aus, nahm die Pistole zwischen die Zähne und tastete sich auf dem sandigen Ufer ins Wasser. Steine stachen in seine Fußsohlen. Der See war kalt. Kälter, als er erwartet hatte. Muskeln anspannen, vorwärts gehen, bis das Wasser an die Hüfte reicht. Und dann langsam in die Knie gehen, die Füße vom Boden nehmen. Ruhige Schwimmbewegungen, um jedes Geräusch zu vermeiden, das die Wachmänner alarmieren konnte. Es waren ungefähr hundert Meter. Hundert endlos lange Meter, bis er die Rückseite des Herrenhauses und den hölzernen Steg erreicht hatte. Kein Licht, was es schwer machte zu erkennen, ob der Steg ihn tragen würde. Die Holzpfeiler waren vom

Wasser aufgeweicht, morsch und von Grünzeug überwuchert. Der Steg führte zu einer Tür, die von außen nicht zu öffnen war. Kein Griff, kein Schloss, nichts. Links von dem Steg gab es ein kleines Tor, durch das Boote aus dem Haus herausfahren konnten. Er schob den Riegel beiseite. *Was erwartet dich auf der anderen Seite?* Als er das Tor öffnete, sah er das schwache Licht einer Glühbirne und den Rumpf eines Motorbootes. Er schob sich an dem Boot entlang zum Heck. Vorbei an zwei nach oben gekippten Yamaha-Außenbordern bis zur Verlängerung des Steges. War da jemand? Konnte er Stimmen hören? Schritte? Atmen? Nichts. Er zog sich an der Stegkante nach oben, sah sich um. Tatsächlich war weit und breit niemand zu sehen. Der Raum war etwa fünfzig Quadratmeter groß. An der hinteren Wand waren Regale angebracht. Anglerausrüstung, Ersatzteile, ein alter Motor, Gummistiefel. Rechts eine Tür, einen Spaltbreit offen. Dahinter war es dunkel. Robert legte die Pistole auf dem Steg ab und zog sich aus dem Wasser. Seine Kleidung triefte. Er wischte über die Hemdärmel und die Hose, drückte das Wasser, so gut es ging, aus dem Stoff. Und trotzdem, jeder Schritt hinterließ eine Spur. Die Holzbretter knarrten, und als er die Tür öffnen wollte, quietschte sie wie in einem billigen Horrorfilm. Weiter. Aber wohin? Robert drückte sich an der Wand entlang, bis er eine zweite Tür erreichte. Sie war verschlossen.

Wie viele Patronen hast du in der Waffe? Neunzehn. Das heißt, wenn du das Schloss mit einer Kugel zerstören kannst, kannst du noch achtzehn Mal schießen. Wenn es notwendig sein sollte. Und nach allem, was er bisher erlebt hatte, würde es notwendig werden. Robert wusste, er musste das Schloss mit einem Schuss so demolieren, dass er die Tür öffnen konnte. Was und wer auch immer sich hinter der Tür befanden, wäre für einen Moment überrascht. Diesen Moment brauchte er, um die Situation abzuchecken und reagieren zu können. Er richtete den Lauf seiner Glock auf das Türschloss. Abstand zehn Zentimeter. Atmete durch. War bereit, nach dem Schuss die Tür sofort aufzustoßen, sich in den Raum dahinter abzurollen. *Alles Weitere wirst du dann sehen.* Er lauschte an der Tür. Hörte Schritte. Wartete.

Dienstag

82 // Als Kaplan um zwei Uhr morgens immer noch nicht angerufen hatte, wusste Helena, dass der Deal eine Lüge war. Er hatte niemals vorgehabt, Katharina an sie zu übergeben. Sie hatte den OStA Serner noch einmal angerufen und ihn angefleht, ihr zu helfen.

»Denken Sie an die pornografischen Seiten mit den kleinen Jungs«, hatte sie gesagt.

Serner war wütend geworden, hatte ihr gedroht, sie zu entlassen. Also ob ihr das noch etwas ausmachte.

Jetzt stand sie zusammen mit Fatima am Gartentor. Eine Straße im Villenviertel von Dahlem. Alle Rollläden waren geschlossen. Im Erdgeschoss war bläuliches Licht zu sehen. Offensichtlich schaute jemand fern.

»Da ist niemand mehr«, sagte Helena.

»Woher willst du das wissen? Da ist ein Fernseher an.«

»Das ist kein Fernseher. Das Licht wechselt zu gleichmäßig.«

»Was machen wir jetzt?«

»Wir gehen trotzdem rein.«

Fatima schien nicht überzeugt, aber das war auch nicht nötig, weil Helena bereits über das Gartentor geklettert war. Zu zweit liefen sie auf das Haus zu. Sahen sich um, suchten nach Bewegungsmeldern. Als Helena einen davon neben der Haustür sah, gab sie Fatima ein Zeichen.

»Wenn wir uns ganz langsam bewegen, reagiert er vielleicht nicht«, sagte Helena.

Doch kaum hatte sie den Satz ausgesprochen, gingen überall im Garten Lichter an. Helena und Fatima duckten sich, legten sich flach auf den feuchten Rasen. Überraschenderweise blieb die Alarmanlage stumm. Die beiden sahen sich gespannt an. Wagten keine Bewegung. Rührte sich etwas im Haus? War da jemand zu hören? Nein. Helena gab ein Zeichen. Gebückt gingen sie um das Haus herum. Vorbei an Kinderfahrrädern, die unbenutzt aussahen. An einer Tonne, in der Regenwasser aufgefangen wurde. Eine Schubkarre stand an die Hauswand gelehnt. Als sie nach rechts abbogen, glänzte vor ihnen die weitläufige Terrasse im Licht von mehreren Strahlern, die sich im Glas der bodentiefen Fenster brachen. Aber nirgends stand ein Fenster offen. Die Terrassentür war verriegelt. Und immer noch die Lightshow.

»Hilf mir«, sagte sie zu Fatima.

Zu zweit hoben sie eine große Feuerschale an. Nahmen Anlauf und warfen sie durch das linke Terrassenfenster. Das war es, worauf die Alarmanlage gewartet hatte. Die Sirene brüllte los und heulte die Tonleiter rauf und runter. Dazwischen ein Piepen, so laut, dass Fatima sich die Ohren zuhielt. Helena trat mit dem Fuß die Reste der Scheibe aus dem Rahmen. Dann stieg sie in das Haus ein.

»Du oben, ich unten«, wies sie Fatima an.

Sie trennten sich im Flur. Fatima stieg die Treppe hinauf in den ersten Stock, während Helena sich im Salon umsah. Das Klavier von Schimmel, ein Notenständer, aber kein weiteres Instrument. Eine Sitzlandschaft, um ein Fußballteam aufzunehmen. Bilder an den Wänden. Waren das Originale? Ein paar davon erkannte Helena. Van Gogh, Monet, Cezanne. Auf einer Kommode eine Reihe von Fotos. Akif Kaplan mit seiner Familie. Seine beiden Töchter. Am Klavier und mit Cello. Sie sahen streng in die Kamera. Nein, nicht streng, eher unglücklich. Als Helena die Fotos sah, lief ihr ein kalter Schauer über den Rücken. Dann ein Foto von Akif Kaplan mit dem Berliner Kultursenator, aufgenommen vor einem Bunker. Daneben Kaplan bei der Eröffnung des Humboldtforums. Und dann Kaplan mit dem türkischen Botschafter und dem Regierenden. Halt. Helenas Blick wanderte zurück. Der Bunker. Hatte Kaplan nicht davon gesprochen, dass Katharina an einem sicheren Ort sei? Dass niemand sie finden und, selbst wenn, nicht zu ihr vordringen könnte? Der Bunker.

»Polizei!«, rief Fatima von der Galerie herunter.

Blaulichter huschten über die Wände.

»Hast du was gefunden?«, fragte Fatima.

»Kann sein.«

»Okay. Du gehst hinten raus. Ich nehme die Jungs in Empfang.«

»Nein, auf keinen Fall.«

»Jemand muss sie aufhalten, Helena. Jetzt geh schon! Du kannst ja bei deinem Plädoyer auf Gefahr im Verzug und Freispruch plädieren.«

Helena lächelte matt. Dann lief sie zurück zur Terrasse.

Dienstag

83 // Der Schuss prallte von der Tür ab, sein Widerhall schlug ihm lauter entgegen, als er erwartet hatte. Ein Pfeifen in den Ohren und eine temporäre Taubheit ließen ihn einen Augenblick lang zögern. Dann trat er einen Schritt zurück und warf sich gegen die Tür. Ein schmerzhafter Stich in der Schulter, der sich bis ins Gehirn fortsetzte. Aber das Schloss gab nach. *Wenigstens das, Robert Faber, wenigstens das kannst du noch ganz gut. Dann das Programm abspulen. Hechtrolle vorwärts. Auf den Beinen landen. In der Hocke bleiben. Die Waffe im Anschlag. Nach rechts und links sichern. Wenn frei, aufstehen und Deckung suchen.* Deckung suchen. Wo sollte er Deckung suchen? Es gab keine Deckung. Er stand in einem Flur. Holzgetäfelte Wände, gerahmte Bilder, die friedliche Landschaften zeigten. An der Decke dunkelbraune Kassetten. Auf dem

Fußboden ein roter Läufer. Der Flur führte nach rechts und links, bog am Ende ab. Wohin, wusste er nicht. Welche Richtung er nehmen sollte, auch nicht. Das wurde ihm jedoch von den Rufen und Schritten einiger Wachmänner abgenommen. Sie kamen von links. Also musste er nach rechts laufen. Bis zum Ende des Flurs. Dann eine Treppe hinauf. Wo auch immer die hinführte. Zu einem weiteren Flur. Weiße, gekalkte Wände. Auch hier Bilder an den Wänden. Jagdszenen. Wälder. Wildtiere. Rechts und links Türen. Die ersten beiden riss er auf. Die Zimmer dahinter waren ein Horror. Das erste war gekachelt, auf dem Boden schwarze Schlieren. Vermutlich eingetrocknetes Blut. Im zweiten waren die Wände in Rot gehalten, die Decke hingegen in Schwarz. Der Fußboden ein alter Dielenboden, ein Kreuz an einer Wand. Mindestens zwei Meter hoch. Als Robert die dritte Tür öffnete, krachte ein Schuss und eine Kugel schlug Zentimeter vor ihm in den Türrahmen.

»Da ist er«, brüllte jemand.

Robert nahm die Pistole hoch, schoss viermal blind in die Richtung des Rufers, während er durch das Zimmer lief, auf eine zweiflügelige Tür zu. Jemand schrie auf. Etwas schlug auf den Boden auf, wahrscheinlich ein menschlicher Körper. Er hatte keine Zeit nachzuschauen. *Aber du hast höchstwahrscheinlich getroffen. Jetzt hast du noch vierzehn Patronen.* Hinter der zweiten Tür lag der Raum im Halbdunkel. Die Wände von roter Stofftapete überzogen und der Fußboden in dunklem Holz. Schatten und Schemen einer mittelalterlichen Folterkammer. Er versuchte in der Düsternis etwas zu entdecken, blinzelte. War das da hinten auf der Streckbank ein Körper? Nein, nur ein Haufen Wäsche. *Meine Fantasie geht mit mir durch,* dachte er. Dann hörte er Schüsse hinter sich. Kugeln schlugen in das Holz der Tür ein.

Er warf sich hinter den rechten Türflügel und wartete, bis Schritte zu hören waren. Sie blieben vor der Tür stehen. Wie viele waren es? *Bestimmt drei. Vielleicht auch vier.* Schwer zu sagen. Sie flüsterten etwas, das er nicht verstand. Was hatten sie vor? *Und was machst du?* Er blieb stehen, richtete die Pistole auf den Türflügel. Als seine Verfolger sich bewegten, schoss er durch die Tür. Sechsmal. Wieder Schreie, wieder fielen Körper. Flüche. Er warf sich zu Boden. Dann schossen sie zurück. Durch die Tür. Und er, auf dem Boden liegend, in Kniehöhe, schoss zurück. Fünfmal. Auf der anderen Seite brüllten zwei Männer, als sie zu Boden stürzten. Robert sah noch einmal zu der Streckbank hin. Hatte sich da etwas bewegt? Nein. Nur Einbildung. *Der Verstand narrt dich, zeigt dir, was du zu sehen befürchtest. Deinen schlimmsten Albtraum. Weiter.* Zur nächsten Tür und zur nächsten Tür und zur nächsten Tür. Ohne Plan, ohne Orientierung, einzig mit dem Ziel, seine Töchter zu finden.

Dienstag

84 // Die vier Männer, die in dem Krankenwagen saßen, sahen aus, als würden sie zu einem Maskenball gehen. Weiße Schuhe, weiße Hosen, weiße Kittel, weiße Hemden. Rita hatte ihm die Adresse genannt und ihn gebeten, Robert nicht im Stich zu lassen. Robert war ihm nicht wichtig. Er wollte Maxim nicht im Stich lassen.

Ismael starrte auf sein Handy und dirigierte Samy, den Fahrer, über die stockdunkle Landstraße. Ein paar kurze Streckenkommandos, ansonsten schwiegen sie. Sie waren konzentriert, sahen in die dunkle Landschaft hinaus. Im Radio lief *Raining Blood* von Slayer, was sie hin und wieder bei offiziellen SEK-Einsätzen vorab hörten. Was für ein Gegensatz. Die schnelle, harte Musik und die vier Männer, in sich ruhend wie im Auge eines Hurrikans. Ismael drehte den Kopf leicht zur Seite.

»Ein Kilometer.«

Niemand reagierte. Sie hatten verstanden.

»Wie ist die Strategie?«, fragte Samy, als Ismael, Rudy und Angelo weiße Motorradmasken übers Gesicht zogen.

»Wir gehen rein und holen die Mädchen raus«, sagte Ismael.

»Das ist doch mal eine gute Strategie.«

Sie lachten. Dann sahen sie in einiger Entfernung das Herrenhaus. Ismael nahm das Fernglas.

»Die Security rennt da rum wie aufgescheuchte Kakerlaken. Das heißt, er ist drin.«

»Wie viele?«, fragte Angelo.

»Schwer zu sagen. Ein Transporter. Vielleicht zehn, zwölf. Können auch mehr sein.«

Nahezu gleichzeitig nahmen sie ihre Pistolen aus den Gürtelhalftern, ließen die Magazine herausspringen, kontrollierten sie kurz und steckten die Magazine wieder rein. Ismael drehte sich zu seinen Leuten herum.

»Ich sag's noch mal. Wer nicht dabei sein will, kann jetzt noch aussteigen. Ich versteh das. Kann sein, dass der Alte uns in den Arsch tritt und wir die längste Zeit beim SEK waren. Keine Prämien mehr, keine Pension, nichts. Also überlegt es euch gut.«

Er sah vier Masken, die jede Gefühlsregung in den Gesichtern dahinter verbargen.

»Du hast gesagt, das sind Kinderficker.« Rudy.

Ismael nickte.

»Na, dann.«

»Scheiß auf die Prämie.« Angelo.

»Tun wir mal was Gutes. Für Maxim.« Samy.

Vier Hände fuhren in die Höhe, klatschten sich ab.

»Für Maxim«, brüllten sie durcheinander.

Dienstag

85 // Ein erratisches Grab aus Beton. Inmitten einer Wohnsiedlung sah der Bunker wie ein Findling aus, den Außerirdische unter die Menschen gepflanzt haben mussten. Seit einer Viertelstunde stand Helena davor und überlegte, wie sie da reinkommen sollte. Sie war um den Block herumgegangen, um sicherzugehen, dass es nur einen einzigen Zugang an der Frontseite gab. Dabei war ihr aufgefallen, dass zwischen den Mittelklassewagen auch ein Mercedes mit dem CD-Zeichen stand. Zufall? War Akif Kaplan da drinnen? In diesem Moment? Mit Katharina? Der Gedanke war unerträglich. UNERTRÄGLICH! Was konnte sie tun? *Konzentrier dich, Helena. Es muss einen Weg geben,* *wie du da reinkommst. Aber es gibt keinen Weg. Was hast du erwartet? Dass es eine Klingel gibt mit seinem Namen? Und daneben ein poliertes Messingschild mit den eingravierten Worten: Akif Kaplan, alias Serif Bey. Mädchenhandel, Vergewaltigungen und Kindsmord.*

Sie ging wieder um den Block herum. Kein Fenster, das sie erreichen konnte. Und das eine, in vier Metern Höhe, war vergittert. Also zurück auf die Straße. Wieder zu dem Mercedes. Was wäre, wenn es wirklich sein Wagen wäre? Auf dem Rücksitz lag ein Cellokasten. Auf einem der Fotos war eine seiner Töchter mit einem Dreiviertel-Cello abgebildet. Helena sah sich um. Sie stand auf einem gepflasterten Bürgersteig. In ihrem Rücken spürte sie eine Bewegung. Ein Schatten. Als sie sich herumdrehte, war der Schatten verschwunden. Einige der Steine waren lose. Sie pulte den größten davon aus seinem Bett. Dann stellte sie sich neben das Beifahrerfenster und holte aus. Die Schreibe zersprang, und es geschah, was sie erhofft hatte. Die Alarmanlage kreischte los. Nachts um 00:35. *Wenn ich nicht reinkomme, muss er herauskommen. Wenn er die Alarmanlage überhaupt hört.* Sie stellte sich hinter einen Lieferwagen. Den Blick auf die Bunkertür gerichtet. *Bitte komm raus. Bitte. Damit ich dich umbringen kann.* Der Pflasterstein nahm die Wärme ihrer Hand an.

Dienstag

86 // Robert verspürte Schmerzen, deshalb hatte er sich in eine Art Schlafzimmer zurückgezogen. Seine

Verfolger waren zwar dezimiert, aber immer noch hinter ihm her. Und jetzt erwies sich das riesige Haus, in dem er sich bislang verlaufen hatte, als Segen. Für einen Moment war er sicher und unbeobachtet. Er hielt die Hand an die linke Seite, spürte die Nässe, die durch das Hemd drang. Die Hand war rot. Wann war er getroffen worden? Er hatte die Kugel nicht gespürt. Nur einen Druck, als sei er gegen einen harten Gegenstand gestoßen. Nichts, was sich lebensgefährlich anfühlte.

Er öffnete die Tür einen Spaltbreit und wartete. Keine Schritte. Keine Kommandos aus Walkie-Talkies. *Verlass das Zimmer. Finde Katharina. Jetzt!*

Ein weiterer Flur, der in einen Seitenflügel führt. Ist das der richtige Weg? Eine Treppe. Nach oben oder nach unten? Er entscheidet sich für oben. Landet vor einer schweren Tür. Horcht. Leise, sehr leise kann er klassische Musik hören. Irgendwas von Johann Sebastian Bach. »Air«. Er öffnet die Tür. Sie ist gepolstert, damit nichts nach außen dringt.

Dienstag

87 // Das Blaulicht wurde von dem Metalltor reflektiert und irrlichterte über Bäume und Sträucher. Samy hielt die Hand auf der Hupe, bis ein Flügel des Tores geöffnet wurde. Er nahm die Maske herunter. Die anderen drei drehten sich zur Seite. Der Wachmann sah in den Krankenwagen.

»Wir sind gerufen worden«, sagte Samy.

»Ja, Scheiße. Vier oder fünf Verletzte.«

Der Wachmann beeilte sich, auch den anderen Flügel zu öffnen. Dann winkte er den Wagen durch und schloss das Tor wieder.

Samy brachte den Wagen vor dem Haupteingang zum Stehen. Zwei weitere Wachmänner kamen aus dem Haus und schleppten einen verletzten Kollegen die Eingangstreppe hinunter. Als sie neben dem Krankenwagen standen, schienen sie sich zu wundern, dass niemand ausstieg. Einer von ihnen, ein Blonder mit Bürstenschnitt, ließ den Verletzten los und ging zur Beifahrertür.

»Was ist los? Worauf wartet ihr Arschlöcher?«

Ismael stieß die Tür auf. Der Mann wurde am Kopf getroffen, taumelte ein paar Schritte rückwärts und fiel zu Boden.

Das war das Zeichen. Samy, Rudy und Angelo sprangen aus dem Wagen und stürzten sich auf den zweiten Wachmann. Bevor er noch reagieren konnte, hatten sie ihn überwältigt und mit Gaffa-Tape gefesselt. Dann war der Erste an der Reihe. Sie schafften beide in den Krankenwagen und schlossen die rückwärtige Tür. Das ging alles so leise, geschmeidig und schnell vonstatten, dass niemand im Haus etwas bemerkt zu haben schien. Sie liefen die Treppe hoch zum Haupteingang. Ein Saal, der sich über zwei Stockwerke erstreckte, empfing sie.

»Rudy und Angelo rechts, Samy und ich links.« Ismael deutete in die Richtungen. Sie rannten los.

Zwei Dutzend Holzstühle mit hohen Lehnen in einem Kreis aufgestellt. Männer mit roten Umhängen, Kapuzen über die Köpfe gezogen, rote Masken vor den Gesichtern. In der Mitte eine Drehbühne, Durchmesser ungefähr drei Meter. Darauf Mädchen. Nackt. Eine hält ein Baby auf dem Arm. Alle Mädchen haben Lederbänder um den Hals, die nach oben zu einem stählernen Ring führen, der wiederum an einem Holzgestell befestigt ist. Um den Hals haben sie kleine, verzierte Schilder mit Nummern darauf. Eins bis zwölf. Sogar das Baby hat eine Nummer. Die Bühne dreht sich. Von oben kann Robert die Gesichter der Mädchen nicht sehen. Ist Katharina unter ihnen? Sophie?

Einer aus der Runde der Männer erhebt sich und geht zu der Drehbühne. Drückt auf eine Fernbedienung, woraufhin die Bühne stehen bleibt.

»Darf ich Sie bitten, meine Herren, Ihre Wahl zu treffen?«

Die Stimme. Robert kannte sie. Sie war hoch, abweisend, arrogant. Kassandra Diener.

Dienstag

88 // Das enervierende Hupen von der Straße her nervte gewaltig. Eine Autoalarmanlage. Und das Telefon mit einem Ton, den er zuerst nicht identifizieren konnte. Irgendein Social-Media-Signal? Nein, dafür war es zu langanhaltend und penetrant. Was war es dann? Und dann fiel es ihm ein. Es war der Ton für die Autoalarmanlage. Jemand machte sich an *seinem* Mercedes zu schaffen. Das war an und für sich nicht schlimm, weil der Wagen über das Konsulat versichert war. Schlimm war, dass das Cello auf dem Rücksitz lag.

Ich hätte es mit hier reinnehmen soll. Ich Idiot. Wenn dieser Scheißkerl da draußen das Cello mitnimmt, drehe ich durch. Er hatte dreihundertfünfzigtausend Euro dafür bezahlt. Ein Schnäppchen, weil es immerhin ein Montagnana war. Noch mal hunderttausend für die Restauration. Nicht, dass er dachte, Samira würde dem Instrument gerecht werden. Nein, es war eine Geldanlage. In ein paar Jahren, wenn er Samira verheiratet hätte, würde er bestimmt eine Million dafür bekommen. Als Mitgift.

Akif Kaplan stürmte den langen Gang entlang, zwei Stufen auf einmal die Treppe hinunter. Immer noch hupte die Alarmanlage in dem nervigen Rhythmus. Er erreichte die stählerne Eingangstür, fummelte den Schlüssel in das Schloss, wobei er sich in seiner Aufregung ungeschickt anstellte. Dann endlich ließ der Schlüssel sich drehen. Er riss die Tür auf und sah den Mercedes auf der anderen Straßenseite. Die Lichter blinkten wie wild. Die Türen waren zu. Die Hupe verstummte. Er sah sich um. Rechts, links. Weit und breit war niemand zu sehen. Und selbst die Häuser blieben dunkel. Kein Licht. Mit ein paar Schritten überquerte er die Straße. Das Fenster auf der Beifahrerseite war zertrümmert. Aber das Cello lag noch auf dem Rücksitz. *Glück gehabt,* dachte er. Und dann hörte er eine Stimme hinter sich.

»Du bist Akif Kaplan?«

Er drehte sich herum. Helena Faber stand hinter ihm.

Sie war überrascht, wie normal er aussah. Harmlos und von einer unauffälligen Attraktivität. Einer von Millionen. Er könnte ein Fernsehmoderator sein, jemand der Nachrichten verliest, ein Schauspieler, den sie gut finden würde, ein Sportler. Aber all das war er nicht. Oder er war es und war auch noch jemand anderes. Wie jeder von uns. Gekleidet in eine glatte Haut, die davon ablenkt, was darunter lauert. Das ist es, was sie schon immer erstaunt hat. Er erkannte sie offensichtlich auch. Sah den Pflasterstein in ihrer rechten Hand. Bevor er noch etwas sagen konnte, schlug sie zu.

Dienstag

89 // Einer nach dem anderen nahm jeder Maskierte ein Mädchen aus dem Reigen, öffnete das Halsband und führte es mit sich. Als nur noch zwei Männer in der Runde übrig waren, stand ein kleiner, außerordentlich fetter Kerl auf. Er ging tänzelnd auf die Bühne zu und blieb vor dem Mädchen stehen, das das Baby hielt. Er deutete auf das Baby. Das Mädchen schüttelte den Kopf, hielt das Kleine fest an sich gedrückt. Weinte, flehte. Das Baby schrie. *Du musst handeln, Robert Faber, du musst handeln. Wie lange willst du noch warten? Und worauf?*

Der Fette schimpfte auf Niederländisch. Riss das Mädchen von der Bühne herunter. Schlug ihr ins Gesicht. Jetzt sah Robert, dass es keine von seinen Töchtern war.

»Please!«, schrie sie. »Take me. Please, take me!«

»Hou je kop dicht!«

Als er wieder nach dem Baby griff, fiel ein Schuss.

Der Fette schien überrascht. Nickte kurz und stolperte einen Schritt vorwärts. Hielt die Hände vors Gesicht und fing einen Brei aus Haut, Blut, Knochen und Gehirn auf. Ein zweiter Schuss ins verlängerte Rückenmark. Der Fette fiel vornüber.

Dienstag

90 // Die Haut war aufgeplatzt, der weiße Schädelknochen schimmerte hinter den Blutschlieren hervor. Akif Kaplan war bewusstlos, als Helena ihn über die Straße und in den Bunker hineinzog. Bevor sie die Tür schloss, sah sie noch einmal auf die Straße hinaus. Niemand zu sehen. In einem Haus schräg gegenüber wurde das Licht gelöscht. *Die Leute haben sich so an Alarmanlagen gewöhnt, dass niemand mehr reagiert*, dachte sie. Helena schloss die schwere Tür, suchte in Akif Kaplans Taschen nach dem Schlüssel und verriegelte den Eingang.

»Aufwachen!« Sie schlug ihm rechts und links ins Gesicht. »Komm schon, so schlimm war es doch nicht.«

Weiter rechts und links auf die Wangen. Bis Akif Kaplan die Augen öffnete und verstört blinzelte. Er fasste sich an den Kopf. Stöhnte.

»Aufstehen.«

Helena richtete ihre Pistole auf sein Gesicht.

»Aufstehen!«

»Gehen Sie weg!«

»Wo ist meine Tochter?«

»Verschwinden Sie.«

Akif Kaplan versuchte aufzustehen und griff hinter sich, um sich abzustützen. Helena sah, wie er sich abmühte. Offensichtlich war der Schlag gegen seinen Kopf so stark gewesen, dass er die Kontrolle über seinen Körper verloren hatte. Er fiel zur Seite, schlug mit dem Kopf auf und brüllte seinen Schmerz in den Beton.

»Wo ist sie?«

Akif Kaplan sah Helena mit zusammengekniffenen Augen an, bemühte ein schiefes Lächeln. »Sie ist tot.«

Tot. Tot? Glaub ihm nicht. Katharina ist nicht tot. Sonst wäre er nicht aus dem Bunker gekommen, um nach seinem Wagen zu sehen. Sonst würde er eine Jacke tragen, sonst hätte er die Tür nicht aufgelassen. Und wenn doch? Wenn er etwas anderes gemacht hat? Sie ist nicht tot! SIE IST NICHT TOT.

Er grinste. Vermutlich sah er den Widerstreit in ihren Augen. Die Zweifel und das Zögern.

»Sie ist nicht tot«, schrie Helena ihn an.

»Nein, sie ist nicht tot. Aber sie ist nicht hier. Wenn Sie mir helfen aufzustehen, zeige ich Ihnen, wo sie ist.«

Das ist ein Trick, Helena. Ein blöder Trick. Sie ist hier. Kannst du es nicht spüren? Durch den Beton hindurch? Durch meterdicke Wände? Hörst du es nicht?

Ein Rufen von weit weg. Ein dumpfer Hall. *Das ist Katharinas Stimme, Helena. Das ist ihre Stimme!*

»Katharina!«, schrie Helena.

Im selben Moment trat Akif Kaplan ihr die Beine unter dem Körper weg. Helena stürzte zu Boden. Akif Kaplan auf sie drauf.

91 // Kisten mit Obst und Gemüse. Styroporkartons, aus denen Hummerzangen herausdrängen, Austern auf Eis liegen. Metallgefäße mit Ochsenbäckchen, Kalbsbries, Lammrücken (bereits mariniert). Zwei Kisten Spätburgunder aus dem Hunsrück. Eine Kiste Dom Perignon, die Variante rosé. Die Wachmänner waren ausgeschaltet, saßen mit Kabelbindern gefesselt in der großen Küche zwischen den Köchen und Kellnern.

Wo war Katharina? Wo Sophie?

Robert, Ismael und seine Truppe stürmten maskiert durch die Gänge. Der Boden unter ihren Füßen erzitterte. Ihre Wut war greifbar. Schlösser brachen auf. Türen krachten aus den Angeln. Sie fanden Zimmer, in denen das Grauen Feste feierte. Keine zwei Räume glichen einander. Da war eine Hütte in einen Raum gebaut, in der ein Mann mit Wolfsmaske sich über ein Mädchen hermachte, das er an ein Bett gefesselt hatte und dessen Mund er mit einem Knebel verbunden hatte. Da war die Hütte von Baba Jaga und ein Raum, der dem Harem des Schahrayâr aus den Märchen aus Tausendundeiner Nacht nachempfunden war. Es gab ein Krankenzimmer und ein Mädchenzimmer, in dem Dutzende Barbiepuppen an den Wänden aufgereiht standen und regungslos dem Grauen zusahen. Es gab den Kindergarten, das Internatszimmer, die Sakristei einer christlichen Kirche. Ismael und seine Männer griffen sich die Männer, schlugen sie nieder, traten sie, ließen ihre Wut an ihnen aus. Schleiften sie an den Haaren aus den Zimmern, brachen ihnen Nasen, Finger, Rippen. Wussten sie, dass die Strafe vor allem den Zweck hat, den zu bessern, welcher straft? Und nirgendwo Katharina. Nirgendwo Sophie.

Dienstag

92// Er saß hinter ihr auf dem Fußboden. Sie saß zwischen seinen Beinen, mit dem Rücken an seine Brust gepresst. Ihre Waffe lag ein paar Meter weit weg am Fuß der Treppe. Unmöglich sie zu erreichen. Seine Beine lagen auf ihren Beinen und hielten sie fest. Den rechten Arm hatte er um ihren Hals gelegt und drückte zu, bis ihr Gesicht rot anlief und die Augen aus den Höhlen starrten. Sie versuchte ihn zu schlagen, traf ihn am Kopf, im Gesicht, aber das schien ihm nichts auszumachen. *Wut und Hass machen immun gegen Schmerzen.* Helena spürte, wie der Raum vor ihren Augen sich verfärbte. Dunkelrot, blau, schwarz. War es das? War das der Moment, in dem es endete? Ohne dass sie ihre Töchter gefunden und befreit hatte? Sie versteifte den Oberkörper, schlug weiter, strampelte. Aber ihre Kraft reichte nicht mehr aus. Der Körper stoppte die Versorgung der Gliedmaßen mit Sauerstoff, um zuletzt noch Herz und Gehirn zu versorgen. Die beiden zentralen Kraftwerke, die nicht alles sind, aber ohne die alles nichts ist. Sie kämpfte. Versuchte eine Hand zwischen seinen Arm und ihren Hals zu bekommen. Erhöhte dadurch aber nur den Druck auf ihren Kehlkopf. Spürte, wie das Blut gegen die Wände ihrer Schläfen drückte, als wollte es den Kopf zum Bersten bringen. Der

Schatten war wieder da. Sie sah ihn, sah sich. Da verstand sie, dass sie selbst der Schatten war. Und dann geschah es. Ein lauter Knall. Der Druck ließ nach. Die Arme lockerten den Griff. Helena konnte sich aus seiner Umarmung befreien und drehte sich zu Akif Kaplan um. Was war passiert? Er sah sie mit erstaunten Augen an. Blut quoll aus seinem Hals. Und jetzt wurde die Antwort gegeben. Katharina stand am Fuß der Treppe. Die Pistole ihrer Mutter in der Hand.

»Ist er tot?«, fragte sie.

»Katharina!« Helena erhob sich mühsam und stürzte auf ihre Tochter zu, umarmte sie, drückte sie an sich. Flüsterte ihren Namen. Immer und immer wieder. »Ich hab dich zurück, mein Mädchen.«

»Mama?« Urin lief an ihren Beinen herab. »Wo ist Sophie?«

Dienstag

93 // Es wird ein Rätsel bleiben, wieso eine Armada von Anwälten noch vor der Polizei in dem Herrenhaus eintreffen konnte. Zwei davon sogar mit einem Helikopter. Die Männer, die ihre Klienten so übel zugerichtet hatten, waren verschwunden. Angeblich mit einem Krankenwagen. Die Anwälte wollten Anzeige wegen Körperverletzung, Hausfriedensbruch, Freiheitsberaubung, Nötigung, Amtsanmaßung erstatten. Eben all das, was das Gesetz in so einem Fall hergibt.

Als endlich die Polizei und kurz darauf die Staatsanwaltschaft eintraf, konnte keiner der Besucher des

Balls festgenommen werden. Der OStA Serner musste akzeptieren, dass zwei Personen diplomatische Immunität besaßen. Drei besaßen parlamentarische Immunität. Vier weiteren Personen konnte nicht nachgewiesen werden, dass sie Mädchen missbraucht hatten. Zwei waren nicht auffindbar. Eine davon war Kassandra Diener.

Die Mädchen wurden noch vor Ort ärztlich versorgt und dann in die Hände von Psychologinnen gegeben, die sich um sie kümmern würden.

Acht Wachmänner waren zum Teil schwer verletzt worden. Sie wurden von Notärzten versorgt.

Einer der Ballbesucher, ein fetter, war tot und konnte aufgrund der Schwere seiner Verletzung nicht identifiziert werden. Sein Gesicht war nicht mehr vorhanden. Der Rechtsmediziner würde, wenn die Fingerabdrücke nicht registriert waren, auf das Gebiss zurückgreifen.

Wer den Mann erschossen und die Wachmänner verletzt hatte, konnte zu diesem Zeitpunkt nicht festgestellt werden.

Die Bilder, die sich den Beamten und Beamtinnen in den zahlreichen Räumen boten, waren schlimmer als alles, was sie bis dahin gesehen hatten. »Wie ist das möglich?«, fragte eine Kollegin. »Wie ist das heute immer noch mitten in Berlin möglich?« Sie war noch jung. Kam aus einem ordentlichen Elternhaus und glaubte daran, dass die Welt ein relativ zivilisierter Ort sei. Diesen Glauben verlor sie an dem Tag.

Der Erkennungsdienst fror den Tatort ein und beschäftigte sich zwei Tage lang mit der Sicherung der Spuren.

94 // Helena und Katharina hatten jeden Raum in dem Bunker nach Sophie durchsucht. Vergeblich. Nach einer Stunde verständigte Helena schließlich die Polizei. Sie und Katharina wurden ins Krankenhaus gebracht, wo sie ärztlich versorgt wurden. Katharina sollte in den nächsten Tagen in therapeutische Behandlung kommen. Danach durften sie nach Hause gehen. Zur Sicherheit wurde eine Polizeistreife vor dem Haus abgestellt.

Am nächsten Tag kam der OStA Serner zu Helena nach Hause. Er wurde von einem Hauptkommissar begleitet, den Helena noch nie gesehen hatte. Er hieß Philipp Jäger. Sie saßen in der Küche. Helena hatte einen Moment lang den Impuls gespürt, den beiden Männern Kaffee anzubieten, es dann aber sein lassen.

»Wie geht es Ihnen?«, fragte Serner.

»Was glauben Sie, wie es mir geht. Sophie ist immer noch verschwunden. Und nach allem, was ich in den letzten Tagen und Wochen gesehen habe…« Sie sprach nicht weiter.

»Das verstehe ich. Aber Sie wissen, dass wir alles Menschenmögliche tun, um Ihre Tochter zu finden.«

Das wusste sie. Und sie wusste, dass es eine Lüge war.

»Wir werden die Personen, die in dem Haus aufgegriffen wurden, vernehmen und gemäß den Paragrafen 239, 177, 223 und 227 StGB anklagen.«

Helena nickte. Sie war zu müde, zu enttäuscht und aufgewühlt, um dem Gespräch zu folgen. Und sie wusste auch, dass der Polizist nicht zufällig dabei war. Sie erhob sich von ihrem Stuhl.

»Es ist halb zwei. Ich muss meine Tochter zur Therapie fahren.«

Jäger hob die Hand, als wollte er sie körperlich aufhalten. »Eine Frage noch«, sagte er. »Wir haben keine Fingerabdrücke auf der Waffe gefunden, mit der Herr Akif Kaplan erschossen wurde.«

»Und?«

»Haben Sie auf Herrn Kaplan geschossen?«

»Ja.«

»Können Sie uns beschreiben, wie es dazu gekommen ist?«

Helena atmete tief ein. Dann erinnerte sie sich an den Moment, als sie vor dem Bunker eintraf. Sie beschrieb jedes Detail. So minutiös und genau, dass Jäger und der OStA staunten. Nur als sie zu dem Kampf mit Akif Kaplan kam, änderte sie die Fakten. Sie bog das Geschehen so zurecht, dass allein sie den Mann erschossen haben konnte.

»Sie werden verstehen, dass ich Sie mitnehmen muss«, erklärte Jäger.

Serner bremste ihn. »Ich kann mir nicht vorstellen, dass im Fall von Frau Faber Fluchtgefahr besteht. Ich werde den Untersuchungsrichter bitten, von der U-Haft abzusehen.«

Jäger zuckte mit den Schultern. Er war offensichtlich nicht einverstanden, konnte sich aber gegen den Oberstaatsanwalt auch nicht durchsetzen. Er beugte sich nach vorne.

»Da ist noch etwas.«

»Ja?«

»Wissen Sie, wo Ihr Mann ist?«

»Nein, ich weiß nicht, wo Robert ist.«

»Mama?«

Katharina stand in der Tür zur Küche. Serner und Jäger fuhren herum. Sahen ein Mädchen, das ein Schatten seiner selbst war. Weit, weit zurückgezogen hinter die Fassade eines matten Lächelns.

»Wir müssen fahren.«

»Ja«, sagte Helena. »Ich komme.«

Donnerstag

95 // Obwohl der Wetterbericht Regen vorhergesagt hatte, strahlte die Sonne so hell, als wollte sie die Trauergäste auf dem Friedhof für die dunklen Momente der letzten Wochen um Verzeihung bitten. Mehr als einhundert Polizisten standen um den Sarg herum, der auf zwei Stangen über der Grube ruhte. Ganz vorne Ismael. In der zweiten Reihe Serner und ein paar Vertreter der Institutionen. Jemand sang *Der Weg* von Herbert Grönemeyer, und sogar die hartgesottenen unter denen vom SEK bissen auf die Zähne, pressten die Lippen zu dünnen Strichen, um nicht zu weinen. *Du hast jeden Raum mit Sonne geflutet / Hast jeden Verdruss ins Gegenteil verkehrt / Endlos zärtlich, deine sanftmütige Güte / Dein unbändiger Stolz, das Leben ist nicht fair.*

Helena stand abseits. Vor ein paar Augenblicken hatte sie erfahren, dass Gibran in Istanbul ums Leben gekommen war. Ob es Selbstmord war, oder ob ihn jemand ermordet hatte, wusste die türkische Polizei nicht zu sagen. Die Nachricht hatte sie wie ein eisiger

Wind berührt. Doch zwischen all den verwirrenden Gefühlen, die in ihr um Bedeutung rangen, blieb es nur ein kurzer Schmerz. Viel später würde sie spüren, was sie verloren hatte. Katharina neben ihr hielt ihr Handy so, als würde sie die Beerdigung filmen. Nebenbei streamte sie die Bilder in Echtzeit via Facebook an ihren Vater, der aus bekannten Gründen nicht auf der Beerdigung sein konnte.

Fatima stand hinter den beiden. Sie flüsterte Helena etwas ins Ohr. Helena sah sich erstaunt um und nickte.

»Was ist, Mama?«, fragte Katharina.

»Später.«

Als der Trauerzug den Friedhof verließ, holte Serner die Frauen ein.

»Sie haben es vermutlich bereits gehört. Wir haben große Schwierigkeiten, einige Anklagen durchzusetzen. Wir arbeiten hart, aber die Mühlen der Justiz … Wer weiß das besser als Sie. Es tut mir leid. Kann ich Sie irgendwo hinfahren?«

»Nein. Das Krankenhaus ist nicht weit.«

Serner sah sie zweifelnd an. Er wusste noch nicht, dass Katharina schwanger war und dass in zwei Tagen eine Abtreibung vorgenommen werden würde.

Mittwoch

96 // Die Staatsanwaltschaft in Person des OStA Serner ließ eine knappe Woche später anklingen, dass sie gegen Helena wegen Totschlags eine Strafe von fünf Jahren Freiheitsentzug beantragen würde. Notwehr wollte er nur eingeschränkt gelten lassen, da Helena zur Zeit ihres Angriffs auf Akif Kaplan vorab die Möglichkeit gehabt hätte, die Polizei zu verständigen.

Fatima vereinbarte mit Helena, dass das Sorgerecht für Katharina, sollte das Gericht dem Antrag der Staatsanwaltschaft folgen, für die Zeit der Haft an Fatima übergehen sollte.

Die Suche nach Sophie war zum Stillstand gekommen. Nur vorübergehend. Aber da Helena Berlin nicht verlassen durfte und Robert untergetaucht war, musste Sophie warten. Wo auch immer sie sich befand. Unter welchen Umständen auch immer. Und wenn sie überhaupt noch am Leben war. Das dachte Helena in den Stunden, wenn sie nicht einschlafen konnte, wenn sie Tabletten nahm, um die Gedanken zu betäuben.

Ein möglicher Prozess gegen die Männer, die an dem monströsen Ball in dem Herrenhaus teilgenommen hatten, drohte zu platzen; das kristallisierte sich bereits einige Tage später heraus. Politische Querelen, Einflussnahmen, Befangenheitsanträge. Plötzliche Erkrankungen der Angeklagten und die daraus resultierende Unfähigkeit, am Prozess teilnehmen zu können, führten dazu, dass die Presse sich in Empörung überschlug, aber bald niemand mehr daran glaubte, dass die Männer noch verurteilt werden könnten.

Rita Martens war nach Brüssel zurückgekehrt und beschrieb in einem Artikel die Systematik solcher Prozesse und die Möglichkeiten, die den Angeklagten halfen, einer gerechten Strafe zu entgehen. Etwa indem sie sich hinter diplomatischer Immunität versteckten, Mitarbeiter der Ermittlungsbehörden bestachen oder untertauchten. Und wenn das alles nicht half, sogar nicht davor zurückschreckten, Unfälle zu arrangieren, bei denen Zeugen ums Leben kamen. Wie zum Beispiel einer der Wachmänner und eine Köchin aus dem Herrenhaus.

Aber war das schon das Ende?

Freitag

97 // Zwei Tage später saß Helena zusammen mit Marta, Sirikit, Jasmin und Helga in Fatimas Küche. Auf Fatimas Notebook lief ein Fernsehbericht über den erbärmlichen Zustand der Ermittlungen. Der Oberstaatsanwalt Serner stand auf der weitschwingenden Treppe des Amtsgerichts in der Turmstraße. Die Anklage gegen fünf Teilnehmer an dem monströsen Ball war fallengelassen worden. In gesetzten Worten erklärte er die Gründe. Fragen nach Einmischung, Einflussname und juristischen Deals beantwortete er ausweichend, verwies auf die offizielle Erklärung, die er in den nächsten Tagen übergeben würde.

Durch einen Seiteneingang verließen derweil fünf Männer das trutzige Gebäude. Olaf Beinlich, ehemals Berliner Senator für Gesundheit und Soziales, inzwischen Europaabgeordneter einer rechtsnationalen Partei. Frans Steen, Nuntius des Vatikan in den Niederlanden, Anatoli Gross, russischer Unternehmer, Marko Castaneri, Unternehmer mit nachweislichen Verbindungen zur italienischen Mafia. Salman Ibn Salman, stellvertretender Botschafter des Königreichs Saudi-

Arabien. Sie waren in Begleitung ihrer Anwälte und einer Horde Personenschützer, die sie rabiat gegen den Schwarm der Reporter abschirmten. Ein paar von ihnen lächelten in die Kameras. Einer hob die rechte Hand zum Victory-Zeichen. Ein weiterer zeigte einem Pressefotografen den Finger.

Als der Bericht zu Ende war, schaltete Fatima den Lautsprecher stumm. Die sechs Frauen saßen noch eine Weile stillschweigend da und folgten dem Wetterbericht. Sie lächelten, als für den kommenden Sonntag Sonnenschein und mindestens zweiundzwanzig Grad vorhergesagt wurde. Das war gut für ihren Plan. Regen würde nicht stören, aber die Aufmerksamkeit und mediale Wirkung einschränken.

»Es ist ein Autodafé«, sagte Marta.

»Es ist ein Autodafé«, wiederholte Sirikit.

»Und wir sind die Inquisition.«

Dann lachten sie.

Samstag

98 // Die Touristen quollen aus den Hotels und stürzten sich auf die Sehenswürdigkeiten. Busse fuhren auf den immer gleichen Routen, Stadtführer beteten durch ihre Mikrofone die Propaganda der prosperierenden Metropole herunter. Wer kein Deutsch verstand, hörte die Predigt in den Kopfhörern in fünf Sprachen übersetzt. Attraktionen wurden versprochen und aneinandergereiht. Es gab die Tour der Schuld. *Topographie des Terrors*, das Jüdische Museum, das Georg-

Elser-Denkmal und das Holocaust-Mahnmal neben dem Brandenburger Tor. Es gab die Tour der preußischen Geschichte mit dem alten Fritz auf seinem Gaul in Bronze, dem wiederaufgebauten Schloss, dem Schloss Charlottenburg und – wer Zeit hatte – den Abstecher nach Sanssouci. Es gab an diesem Samstag wie an jedem Tag viel zu sehen. Aber eine Sehenswürdigkeit war exklusiv und einzigartig.

Zuerst nahm niemand von dem schwarzen Lieferwagen mit den getönten Scheiben Notiz, der sich aus dem Norden Berlins kommend, zuerst über die A 111, dann über die Beusselstraße und die Straße des 17. Juni dem Brandenburger Tor näherte. Weil die Durchfahrt durch das berühmte Tor, auf dem stolz die Quadriga von einstigen Ruhmestaten der Preußen erzählte, seit Jahren gesperrt war, bog der Lieferwagen vor dem Tor nach links ab, machte eine Schleife über die Dorotheenstraße und Wilhelmstraße und erreichte nun aus östlicher Richtung den Platz vor dem Brandenburger Tor. Links das Hotel Adlon, die DZ-Bank und die Rückseite der amerikanischen Botschaft, rechts Starbucks, die französische Botschaft und das Allianz Forum. Zehn Kilometer pro Stunde Höchstgeschwindigkeit mahnte ein Verkehrszeichen. Der Lieferwagen fuhr langsam auf die gepflasterte Mitte, drängte sanft, aber nachdrücklich die Touristen und Händler zur Seite, die allerlei Devotionalien anboten. Sogar die weiß und silbern geschminkten Pantomimen rückten, in ihrer jeweiligen Rolle verbleibend, mit gespielter Empörung beiseite. Dann hielt der Lieferwagen an.

Zwei in Schwarz gekleidete Frauen, Masken über

den Gesichtern, Sonnenbrillen vor den Augen, sprangen aus dem Führerhaus. Als Erstes stachen sie die vier Reifen des Lieferwagens platt. Danach legten sie ein Nagelband, ungefähr einen Meter breit, in fünf Meter Abstand um den Wagen herum. Die Passanten traten zurück und wunderten sich. Hielten ihre Smartphones hoch und machten Fotos. Einige, die von weiter weg das Geschehen nur am Rande mitbekommen hatten, drängten nun nach vorn und verursachten Rangeleien. Die beiden Maskierten, die den Wagen installiert hatten, verließen nun den Pariser Platz und stiegen in ein Taxi ein. Nichts geschah. Bis Beethovens Neunte, der vierte Satz, sehr laut einsetzte. Die meisten Passanten erkannten das Stück, ein glückliches Lächeln war in den Gesichtern zu sehen. Selbst die, die das Stück noch nie gehört hatten, verstummten und ließen sich davon mitreißen.

Es begann mit den Dissonanzen der Bläser im Kampf mit den Kontrabässen, die die alte Zeit beendeten und etwas völlig Neues ankündigten. Die Zuschauer spürten diese Veränderung. Doch was das in diesem Augenblick bedeutete, wussten sie sich nicht zu erklären. Die einen vermuteten irgendeine Werbeaktion, andere dachten an eine Kunstperformance, wieder andere wollten die Ankündigung eines neuen Blockbusters entdecken. Als die Kontrabässe die Melodie von *Freude schöner Götterfunken* zu spielen begannen, bewegten sich die schwarz glänzenden Seitenwände des Lieferwagens behutsam nach oben, klappten zur Mitte hin und legten sich auf dem Dach ab. Darunter kam ein Kubus aus dunklen Glasscheiben zum Vorschein. Aber immer noch war nicht zu erkennen, was sich im Inneren des Wagens befand. Alles, was die Passanten sehen konnten, war die leicht verzerrte Spiegelung ihrer selbst. Streicher und Bläser kämpften unterdessen musikalisch weiter um Dominanz und Zukunft.

Langsam wurden die ersten Umstehenden unruhig. Ein paar wenige stiegen über das Nagelband, um näher an die Glasscheiben heranzutreten. Bis eine tiefe Männerstimme zu singen begann: »Oh Freunde, nicht diese Töne.« Die Mutigen hielten inne. Es war ein Witz, dass die Musik sie ausgerechnet jetzt aufforderte, sich zurückzuhalten. Und es war ein noch viel größerer Witz, dass sie sich von der Musik zurückhalten ließen. Aber es war auch der exakt richtige Moment, denn nun wurde es hell hinter den Scheiben. Menschliche Umrisse waren in dem Glaskasten zu erkennen, an den Ecken vier Monitore. Drei Männer und eine alte Frau. Kassandra Diener. Aufrecht stehend. Die Arme nach oben gestreckt, die Hände an Streben an der Oberseite des Wagens gekettet. Sie waren nackt. In ihren Gesichtern war Entsetzen zu lesen. Angst, Wut, Scham. Und obwohl sie sich wanden und den Blicken ihrer Zuschauer zu entgehen versuchten, konnte jeder lesen, was auf ihre Bäuche und Rücken mit roter Farbe geschrieben stand: *Vergewaltiger*. Die Passanten schrien auf. Einige, weil sie erschraken, andere, weil es für sie ein willkommenes Spektakel war. Smartphones fotografierten und filmten die Szenerie.

Dann sprangen vier Monitore in den vier oberen Ecken des Glaskastens an. Fotografien von Mädchen, die vermisst oder tot aufgefunden worden waren. Mit

Namen, Alter und Umständen ihres Todes. Dazu die Namen der drei Männer und der Frau, die hier zur sozialen Hinrichtung ausgestellt wurden. Die Verunsicherung unter den Passanten führte dazu, dass sie den Moment nicht mehr als überraschende Abwechslung hinnahmen, sondern erschüttert und bestürzt reagierten. Einige lachten, weil sie die Peinlichkeit des Momentes nicht ertrugen. Andere hielten die Hände vor die Münder. Kinder wurden von ihren Eltern weggezogen. Trotzdem drängten immer wieder Neugierige zu dem schwarzen Lieferwagen mit dem gläsernen Kasten und den vier Menschen darin vor. Scheue, verschämte, belustigte, wütende Blicke auf die Hingerichteten. Und niemand wusste, was zu tun war. Man sah sich um, konnte nirgends jemanden entdecken, der für das Spektakel verantwortlich war, der es erklären oder beenden konnte. Bis in dem Moment, als der Chor einsetzte und *Freude schöner Götterfunken, Tochter aus Elysium* zu singen begann und die Sirenen der ersten Polizeiwagen zu hören waren.

Sie hielten auf dem Platz an, Polizisten bahnten sich Wege durch das Publikum. Als sie sahen, was die Aufmerksamkeit erregte, versuchten sie, die Masse zurückzudrängen. Kommandos wurden in Funkgeräte gesprochen. Ein paar besonders verrohte Gaffer beschimpften die Polizisten und bedrängten sie. Immer mehr Polizisten trafen ein. Zuletzt auch ein SEK. Die Männer gingen zum Führerhaus des Lieferwagens. Da die Türen verschlossen waren, schlugen sie Fensterscheiben auf der Fahrer- und Beifahrerseite ein.

In dem Moment ereignete sich eine Explosion in

dem Glaskasten, und das Innere fing Feuer. Die Personen in dem gläsernen Kasten verbrannten unter dem Entsetzen derer, die um den Wagen herumstanden. Ein kollektiver Schauder erfasste sie, wie eine Katharsis, von der es hieß, dass sie die Herzen der Zuschauer reinigen würde. Sicher waren alle der Meinung, dass der Gerechtigkeit Genüge getan wurde.

Von da an dauerte es noch eine Viertelstunde, bis die Feuerwehr anrückte und die Flammen löschte. Die vier Personen aus dem Glaskasten waren verbrannt. Als ihre schwarz verkohlten Körper in Plastiksäcke gelegt und abtransportiert wurden, schrie die Menge und buhte. Vereinzelt flogen Getränkedosen und Flaschen auf die Feuerwehrmänner und die Polizisten.

In den nächsten Tagen und Wochen war die öffentliche Hinrichtung das große Thema in allen Zeitungen und Fernsehnachrichten. In Talkshows wurde endlos diskutiert, Experten gaben Stellungnahmen ab, forderten Gesetzesänderungen, beschuldigten die Politik der Untätigkeit. Sogar die internationale Presse widmete dem Spektakel ein paar Schlagzeilen. Bis irgendwann andere Ereignisse wichtiger wurden und der Tod der Männer sowie die Zerschlagung des Clubs der Humanisten erst wieder in den Jahresrückblicken auftauchen würden.

Montag

99 // Wer die Aktion geplant und durchgeführt hatte, konnte nicht ermittelt werden. Gerüchte erzählten von einer Organisation mit dem Namen *Nemesis*. Wer hinter dieser Organisation stand, wer dazu gehörte, was ihre Ziele waren, blieb im Dunkeln. Dafür wurde ein sogenannter Club der Humanisten im Zusammenhang mit der Entführung und Misshandlung von Mädchen aufgedeckt und zerschlagen. Die Kommentatoren sprachen von Dekadenz und Verrohung und verkannten, dass nicht mehr geschehen war als die Öffnung eines Raumes, in dem sich die Gewalt ungehindert austoben konnte.

Wochen später trat Fatima Volkan eine Stelle bei einer Organisation an, die sich gegen Kindesmissbrauch einsetzte. Eine Beteiligung an der Aktion auf dem Pariser Platz konnte ihr nicht nachgewiesen werden.

Helena Faber wurde trotz der Notwehrsituation wegen Totschlag zu drei Jahren Haft verurteilt. Es hieß, sie würde aufgrund der Umstände, die zur Tat geführt hatten, mit hoher Wahrscheinlichkeit vorzeitig aus der Haft entlassen werden.

Robert Faber war abgetaucht und suchte dennoch weiter nach seiner Tochter Sophie. Erst nach Monaten nahm er Kontakt zu seiner Tochter Katharina auf.

Katharina Faber zog bei Fatima ein. Der Schwangerschaftsabbruch war ohne Komplikationen verlaufen. Sie begann sich für Kampfsport zu interessieren und sagte, sie wolle wie ihr Vater zur Polizei gehen. Sie schwor, sobald sie volljährig sei, sich auf die Suche nach ihrer Schwester Sophie zu machen.

Sophie Faber wurde an Qassim Ibn Nasser verheiratet, der einundvierzig Jahre älter war als sie. Als ihre

Schwiegermutter sie fragte, was sie sich am meisten wünschen würde, sagte sie, dass sie zurück zu ihrer Mama wolle. Im Laufe dieser Zeit brachte sie ein Mädchen und einen Jungen zur Welt.

Im Gefängnis las Helena alle Bücher, die Gibran geschrieben hatte, alle Aufsätze und Artikel. Sogar die privaten Tagebücher, die halb verkohlt aus einer Kiste in seinem Hotelzimmer aufgetaucht waren. In der Cloud hatten die Ermittler Notizen gefunden, die zu dem unvollendeten Manuskript *Die sieben Kreise der Hölle* gehörten. Helena hatte darum gebeten, sie lesen zu dürfen. Eine Datei fiel ihr besonders auf. Es handelte sich um ein Video, aufgenommen in einem Hörsaal der Humboldt-Universität. Gibran stand vor dem übervollen Auditorium und warf genussvoll sein sarkastisches Lächeln den Studenten entgegen.

»Wo hört die Demut der Gedemütigten auf? Wann geht die Geduld der Geduldigen zu Ende? Warum verlieren die Beherrschten nicht die Beherrschung? Nun meine Damen und Herren? Hat jemand eine Antwort?«

»Es ist die Fähigkeit zu verzeihen«, war eine schüchterne, weibliche Stimme zu hören.

»Verzeihen!« Der Spott in seiner Stimme grollte wie ein Gewitter. »Das Verzeihen der Frauen ist die Entschuldigung ihrer Schwäche. Wer hat noch eine Erklärung?«

Eine Weile herrschte Stille. Dann meldete sich eine Stimme, leise und womöglich aus den hinteren Reihen.

»Großmut?«

»Großmut. Auch das noch. Großmut ist nichts anderes als eine Tarnung ihrer Angst. Noch jemand? Strengen Sie sich an, meine Damen und Herren.«

»Ohnmacht.« Eine undefinierbare Stimme, dünn und hoch.

»Ja. Jetzt sind wir am Ziel angekommen. Ohnmacht. Diese lächerlichste aller Erklärungen der Feigheit. Sie, meine Damen, haben schon als Mädchen all diese Gründe, warum es falsch ist zu handeln, entdeckt. Da war es noch ein unbestimmtes Gefühl. Jetzt, an der Schwelle zur Ehefrau, zur Gebärerin, von den Hormonen in eine dumpfe Glucke verwandelt, verliebt in den Einen, finden Sie unzählige Argumente, um ihr Stillhalten zu begründen. Und wenn es nicht die Aufzucht der Brut ist, dann werden Sie eloquente Akademikerinnen, sie forschen und analysieren und denken und diskutieren. Alles, um nur nicht handeln zu müssen. Sie bauen philosophische Burgen, um ihr Versagen zu verhüllen.

Aber wissen Sie denn nicht, dass keine Waffe so tödlich ist wie die Propaganda der Tat? Wer alles verliert, gewinnt alles. Wer nichts mehr hat, erhält das größte aller Geschenke – die Freiheit. Und die Freiheit ist einer der Kreise der Hölle.«

Helena stoppte das Video. Uhrzeit und Datum verwiesen darauf, dass das Video vor einem halben Jahr aufgenommen worden war. Ein weiteres, siebtes Kapitel konnte sie nicht finden.

Nachts, als sie dachte, sie könnte nicht einschlafen, träumte sie, Gibran würde vor ihr stehen. Er sah gut aus, gesund und munter. Er sagte ihr, dass der siebte Kreis der Hölle *Terror* hieße. Und dass sie es verstehen würde, sobald sie das Gefängnis verlassen habe – nicht das Gefängnis, in dem sie saß, sondern das ihres Geistes und das ihrer Seele. Von diesem Moment an begann Helena, ihren eigenen siebten Kreis der Hölle zu schreiben.

100 // Denn diese Geschichte war noch nicht zu Ende …

Danksagung

Auf dem Cover eines jeden Buches steht ein Name. Der Name des Autors. Nur dieser Eine. Dabei haben so viele Menschen geholfen und mitgewirkt, dass aus einer Idee ein Roman werden konnte, weshalb sie alle hier erwähnt werden:

Ein herzliches Danke an Kamil Fehmi Kurtkan, Ender Oeztuefek und Robert de Witte für die Übersetzungen ins Türkische und Holländische (flott und sehr professionell), René Stein für die äußerst produktive Arbeit am Manuskript (hat großen Spaß gemacht), Johanna Bedenk, die ins kalte Wasser gesprungen ist und mit viel konstruktivem Elan den Roman befördert hat (meinen ganzen Respekt), Anne Wickinger für Hintergründe zur Arbeit der Staatsanwaltschaft (wichtig wie immer), Lydia Cacho für ihr Buch *Sklaverei* (großartige und erschreckende Recherche), Jens Jäger für Informationen über den internationalen Frauenhandel (der richtige Name bleibt verborgen) und Isabel Bernheimer und Jan Kuck ganz am Schluss noch für überraschende Einblicke in den Kunsthandel.

Vor allem aber geht mein Dank (auf den Knien meines Herzens) an meine Frau Rosi, die sich mit engelsgleicher Geduld jede Idee anhört und dann per knappem Stirnrunzeln über die Qualität entscheidet. Was wäre ich ohne dich.